主　　编： 顾易生　徐培均　袁震宇

副 主 编： 张思齐

撰 稿 人： 顾易生　徐培均　袁震宇
张思齐　钱鸿瑛　乐秀拔
范民声　谢浩范　徐　飚
徐　桦　徐粹育　罗立刚

经典宋词

淮南皓月冷千山

南宋后期词

顾易生 徐培均 袁震宇 主编
徐培均 修订

黄山书社

图书在版编目(CIP)数据

淮南皓月冷千山：南宋后期词 / 顾易生，徐培均，袁震宇主编. —合肥：黄山书社，2016.12
ISBN 978-7-5461-6002-3

Ⅰ.①淮… Ⅱ.①顾… ②徐… ③袁… Ⅲ.①宋词-选集 Ⅳ.①I222.844

中国版本图书馆 CIP 数据核字(2016)第 304776 号

淮南皓月冷千山：南宋后期词 顾易生 徐培均 袁震宇主编

责任编辑 欧阳慧娟 胡晓雪
装帧设计 观止堂_未氓
出版发行 时代出版传媒股份有限公司(http://www.press-mart.com)
黄山书社(http://www.hspress.cn)
地址邮编 安徽省合肥市蜀山区翡翠路 1118 号出版传媒广场 7 层 230071
印　　刷 安徽国文彩印有限公司
版　　次 2016 年 12 月第 1 版
印　　次 2017 年 8 月第 2 次印刷
开　　本 700mm × 1000mm 1/16
字　　数 200 千
印　　张 26
书　　号 ISBN 978-7-5461-6002-3
定　　价 28.00 元

服务热线 0551-63533706
销售热线 0551-63533761
官方直营书店(http://hsssbook.taobao.com)

原版前言

顾易生

宋词是中国古代文学皇冠上光辉夺目的巨钻，历来与唐诗并称双绝，都代表一代文学之胜。

唐诗的兴盛和发展，达到了古代诗歌史上的巅峰。词萌芽于隋唐之际，兴于晚唐五代而极盛于宋。从广义上来说，词本属诗之一体，然逐渐与传统诗歌分庭抗礼，宋代无数词人于此倾注深情，寄托豪兴，驰骋才华，精心琢磨，创作出大量晶莹、灿烂、温润、磊落，反映时代精神风貌而具有不同于传统诗歌艺术魅力的瑰宝，遂与唐诗如双峰并峙，各有千秋。

近代学者王国维在《人间词话》中说："词之为体，要眇宜修，能言诗之所不能言，而不能尽言诗之所能言。诗之境阔，词之言长。"这里比较诗词体制的短长，也是对唐宋之诗与词进行比较，抓住了关键，颇具特识，当然也不可能将两者特征全部概括。下面拟就词体的特殊性与审美价值、宋词的基本风貌作浮光掠影的介绍，附述一些有关词的常识，以供读者参考。

一、曲子词与长短句

词初名曲、曲子、曲子词，简称“词”，又名乐府、近体乐府、乐章、琴趣，还被称作诗余、歌曲、长短句。归纳起来，这许多名称分别说明词与音乐的密切关系及其与传统诗歌不同的形式特征。我国古代诗乐一体，《诗三百》与汉魏六朝乐府诗大都是合于音乐而可歌唱的。“乐府”原为汉时政府音乐机关之名。汉以后的五、七言古体诗和唐以后的近体诗始为徒诗而不可歌。唐人的拟乐府古题与新乐府不再合乐，实为古体诗了。唐代绝句也有可配乐歌唱的，或称“唐人乐府”，有时与词相混，如《阳关曲》《杨柳枝》等，也被作为词调名。

唐宋之词，系配合新兴乐曲而唱的歌词，可说是前代乐府民歌的变种。当时新兴乐曲主要系民间乐曲和边疆少数民族及域外传入的曲调，其音节抑扬顿挫、变化多端，与以“中和”为主的传统音乐大异其趣；歌词的句式也随之长短错落、奇偶相间，比起大体整齐的传统古近体诗歌来大有发展，具有特殊的表现力。曲子词、近体乐府、诗余、长短句之名由此而得。作词一般是按照某种乐调曲拍之谱填制歌词。曲调的名称如《菩萨蛮》《蝶恋花》《念奴娇》等叫作“词调”或“词牌”，按照词调作词称为“倚声”“填词”。宋词唱法虽早已失传，但读当时的倚声或后来依谱所填的词，仍然可以从其字里行间感受到音乐节奏之美，或缠绵宛转，或闲雅幽远，或慷慨激昂，或沉郁顿挫，令人回肠荡气，别有一种感染力量。

前人按各词调的字数多少分别称之为“小令”“中

调”或“长调”。有的以58字以内为小令,59字到90字为中调,91字以上为长调;有的则主张62字以内为小令,以外称“慢词”,都未成定论。词调中除少数小令不分段称为“单调”外,大部分词调分成两段,甚至三段、四段,分别称为“双调”“三叠”“四叠”。段的词学术语为“片”或“阕”。“片”即“遍”,指乐曲奏过一遍。“阕”原是乐终的意思。一首词中的两段分别称上、下片或上、下阕。词虽分片,仍属一首。故上、下片的关系,需有分有合,有断有续,有承有起,句式也有同有异,而于过片(或换头)处尤见作者的匠心和功力。我们看到宋代许多词人于此惨淡经营,创造出离合回旋、若往若还、前后映照的艺术妙境,在一首词中增添了层次、深度和波澜。

大部分词的句式长短不齐,押韵也变化多端。例如为唐宋词人所常用的《菩萨蛮》词调,系唐代时据从东南亚传入的乐曲所制①。北宋魏夫人依此调所填的词云:

> 溪山掩映斜阳里,楼台影动鸳鸯起。隔岸两三家,出墙红杏花。　　绿杨堤下路,早晚溪边去。三见柳绵飞,离人犹未归。

本词调全首八句,句句押韵。上片前两句七言押仄韵,本词用仄声中上声“纸”韵;后两句五言押平韵,本词押平声中“麻”韵。下片四句均是五言,前两句押仄韵,本词用仄声中的去声“遇”和“御”韵;后两句押平韵,本词

①唐苏鹗《杜阳杂编》谓“女蛮国”,据今学者杨宪益、任二北考证,《菩萨蛮》为“骠苴蛮”或“符招蛮”之异译,乃古缅甸乐。

押平声中“微”韵。通常近体诗八句的，全篇都是七言句，或都是五言句，隔句押同一个韵，首句也有押韵的。两者比较，词调显然别呈错综参差之美。本词上片写景色，下片写女主人公的行动与心理活动，环境与人物、人物的动作与内心，通过五、七言长短参差的句式、“麻”“微”平韵和“上”“去”仄韵的交替更迭，臻于多角度、多层次地情景交融的美妙境界。

平仄诸韵分别具有声情之美。一般来说，平声声调长，不升不降，宜于曼声吟唱，表达不尽的情意、盎然的韵味。仄也称“侧”，是不平之意。诗词中仄声包括上、去、入三声，声调都是短的。上声是升调，去声是降调，入声特别短促。以欹侧短促的仄声押韵，易于寄寓奇拗不平的感慨，令人激动不已。不少词调中平仄诸韵递押，也就是长短声调递用、平调与升降调或促调递用，不仅声调抑扬顿挫，激荡而和谐，蕴蓄的感情也显得更加丰富曲折。这是我们诵读宋词时值得注意的。

词调中有一般诗体中罕见的一字、两字句，或八字以至十字以上长句，交错迭出。例如蔡伸《苍梧谣》（即《十六字令》）：

天！休使圆蟾照客眠。人何在？桂影自婵娟。

开头以一字句振起全篇，接以七字、三字、五字句，又有摇曳的余韵。再看辛弃疾的《唐河传》：

春水，千里。孤舟浪起，梦携西子。觉来

村巷夕阳斜。几家？短墙红杏花。　　晚云做造些儿雨，折花去。岸上谁家女？太狂颠！那岸边，柳绵，被风吹上天。

这里二字句、三字句、四字句、五字句、七字句，押平韵的，仄韵中上、去声的，错综递用，宛如大珠小珠落玉盘，描绘出无边春色的生意盎然，青春少女的天真娇憨。全词在写作上对前举魏夫人《菩萨蛮》似有所借鉴，而写来更加清新活泼、跌宕多姿，也与所用词调更加灵活多变有关。相对来说，《菩萨蛮》句式保留了较多五、七言诗体的痕迹。

词中的长句也能使情意更加宛转，气势更见浩瀚：

对潇潇暮雨洒江天，一番洗清秋。渐霜风凄紧，关河冷落，残照当楼。（柳永《八声甘州》）

柳词中“渐”字下领三个四字句，实为十三字句。再如刘克庄《沁园春》的“叹年光过尽，功名未立；书生老去，机会方来”，也当为十七字长句。

长短句比诸齐言体提供了选词用语方面远为灵活的条件。李清照《声声慢》运用大量叠字就是著名的例子：

寻寻觅觅，冷冷清清，凄凄惨惨戚戚。……梧桐更兼细雨，到黄昏点点滴滴。

前人对此评价极高："此乃公孙大娘舞剑器手……出奇制胜，真匪夷所思。"王又华《古今词论》略云："晚唐诗人好用叠字语，义山（李商隐）尤甚，殊不见佳。""如《菊诗》：'暗暗淡淡紫，融融冶冶黄。'亦不佳。"李清照《声声慢》"起法似本于此，乃有出蓝之奇。盖此等语，自宜于填词家耳"。晚唐诗人李商隐是造语的高手，李清照却更能"出奇制胜""青出于蓝"，除其绝世才华外，还因为"曲子词""长短句"这个在当时来说属于现代化的有多功能设备的舞台使她得以充分施展其绝技。本词开端一连十四个叠字，一波三折而一气贯穿，诗中无此句法。"到黄昏点点滴滴"，七字句而上三下四，于诗属拗句，而在句法参差的词中则读来十分自然，断续连绵细雨凄清入耳的声情也充分而又有余不尽地传达出来了。

当然，词调中也有全首齐言的，如《生查子》上、下片实为两首五言绝句，《玉楼春》上、下片实为两首七言绝句。词体并不完全丢掉整齐之美。

二、词体的格律与自由

李清照《词论》对词的音律提出很严格的要求："盖诗文分平侧（仄），而歌词分五音，又分五声，又分六律，又分清、浊、轻、重。"有些词调既押平韵，又押仄韵。仄声之中，有要求专押上、去或入声的。各个词调句式的长短与句中词语的平仄也是有规定的。传统诗歌中，以律诗的格律最严，字数、平仄、对偶都按修辞、审美、音韵学原则规定。故元代方回《瀛奎律髓》说："文之精者为诗，诗之精者为律。"倚声填词，每个字都须按照曲拍调谱填写，在审音协律方面有比律诗要求更加严密之处，这使词的语言音调显得特别精美。然而词体之所以为广大作者所乐于运用、成功运用，除精审的格律外，更因其在运用时还有相当大的自由。词律也有比诗律远为解放者。

首先，词有大量不同音律句式的调和体，作者可以在极为广泛的范围内选择符合创作需要的词调。据清康熙时编的《康熙词谱》所载，有826调、2306体，还有好多尚未收入。各种词调的长短、句式、声情变化繁多，适合于表达和描绘各种各样的情感意象，或喜或悲，或刚或柔，或哀乐交进，或刚柔兼济，均有相应的词调可作为宣泄的窗口。再者，词调与体的变化和创造原是没有先例的。懂得音律的作者可以自己创调与变体。康熙《钦定词谱序》云："词寄于调，字之多寡有定数，句之长短有定式，韵之平仄有定声，杪忽无差，始能谐合。"然试看《钦定词谱》所载同一词调诸体的句式、平仄、押韵、字数常颇有出入，可见古人填写时有着相当大的自由。词韵常比诗韵宽，有时平仄以至四声可以通押或者代替，也有押方言音的。如《满江红》词调，一般押仄声中入声韵，以寄寓磊落不平之感，岳飞的《满江红》（怒发冲冠），抒发激烈的壮怀，读来使人慷慨悲愤，押的便是入声韵。然而姜夔的《满江红》（仙姥来时），遐想湖上女神，却换押平韵，声情遂变作缓和舒徐，富有潇洒优游的情趣。姜夔《长亭怨慢》自序云："予颇喜自制曲，初率意为长短句，然后协以律，故前后阕多不同。"该词中有句如："阅人多矣，谁得似长亭树？树若有情，不会得青青如此！日暮，望高城不见，只见乱山无数。韦郎去也，怎忘得玉环分付？”写景抒情，卷舒自如，浑如散文。但由于作者深谙音律，故虽随意为长短之句，而自然合乎律度，适应歌者口吻。“从心所欲不逾矩”，这是一种自由与规律高度统一的产物。

词的格律宽严有一个发展过程。唐到北宋前期还比较宽松，而北宋后期至南宋则越来越严密。各时期不同作家对审音协律也有不同要求。如有人认为苏轼的词不协音律，有人则为之辩护。陆游《老学庵笔记》云：“世言东坡不能歌，故所作乐府多不协律。”晁以道谓：“绍圣初，与《跋东坡七夕词后》又云：‘歌之曲终，东坡别于汴上，东坡酒酣自歌《阳关曲》。’则公非不能歌，但豪放，不喜剪裁以就声律耳。”《跋东坡七夕词后》又云：“歌之曲终，觉天风海雨逼人。”从其他记载也可看到苏轼的代表作如《水调歌头》（明月几时有）、《念奴娇》（大江东去）也都被“善讴者”歌唱或赞赏过，说明还是合乐可歌的，只是有些地方突破声律的束缚。大凡过于不守音律也许失却词的韵味，遵律过严也会成为枷锁，重要的是运用音律为情意服务。如《声声慢》调在李清照以前作者多押平韵，而李清照却选押仄韵，又用了许多齿音字、舌音字，创造了情景交融的特殊艺术效果。可见她要求作词的严辨音律，却正是自由地运用之以突破陈规进行创造，而不是作茧自缚。宋代许多绝妙好词，虽然长短错落，自由卷舒，有的类同口语、散文，而吟诵起来韵味盎然，富有节奏感。个中奥妙是很值得我们体味的。有些例子，则未必可取。如张炎《词源》记其父张枢“作《惜花春早起》云：‘琐窗深’。‘深’字音不协，改为‘幽’字；又不协，再改为‘明’字，歌之始协。此三字皆平声，胡为如是？盖五音有唇、齿、喉、舌、鼻，所以有轻清重浊之分，故平声字可为上、入者此也。”按“深”“幽”与“明”情景大不相同，竟如此改来改去，即使改得完全适应歌喉，遵律虽严，却并不是值得效法的文学创作态度。

三、词境的有限与无限

词体也有其局限性。一般说来，词的篇幅不长。《钦定词谱》所载，最短的单调《竹枝》为14字，最长的《莺啼序》为240字，不比诗歌行数可以无限增多。王国维所谓词“不能尽言诗之所能言”，并云：“诗之境阔，词之言长。”言下之意，词的境界比诗要狭窄。词的篇幅短小，是对词境及其表现能力的一种严酷限制。

然而，有限制必有反限制。明王夫之《薑斋诗话》云：“论画者曰：‘咫尺有万里之势。’‘势’字宜若眼。若不能势，则缩万里于咫尺，直是《广舆记》前一天下图耳。五言绝句以此为落想时第一义。”艺术作品欲于有限篇幅内涵蕴阔远意境，关键在于写出所描绘形象的磅礴气势。诗中最短小的是五绝，尤宜注意于此。词的篇幅亦不盈尺，但宋代许多杰出词人挥洒其传神妙笔，成功地在这画框里渲染出浩瀚无际、绵邈不尽的景象和情意，激发读者丰富的联想、杳渺的遐思。这些词的意境，既“长”而“阔”。

孕蓄无限于有限，以有限体现无限。这是宋代词人创造的艺术辩证法。例如秦观《鹊桥仙》的“金风玉露一相逢，便胜却人间无数”及“两情若是久长时，又岂在朝朝暮暮”诸句，概括天上人间的悲喜剧，歌颂地久天长的爱情，由一变到无数，在刹那中见永恒，欢乐中有悲哀，悲哀中有欢乐。苏轼《送参寥师》云：“酸咸杂众好，中有至味永。”王夫之《薑斋诗话》云：“以乐境写哀，以哀景写乐，一倍增其哀乐。”《鹊桥仙》个中滋味，是哀？是乐？难以分辨，读来但觉意味深长，咀嚼不尽，在时间、空间、情意方面都是无限的。

晚清谭献《复堂词话》云：“侧出其言，旁通其情，触类以感，充类以尽，甚且作者之用心未必然，而读者之用心何必不然；言思拟议之穷，而喜怒哀乐之相发，向之未有得于诗者，今遂有得于词。”此论旨趣颇有与近代西方接受美学思想相通之处。宋代许多作者努力加深和扩大词境的创作，为这种理论批评的产生提供了基础。

四、词为“小道”与“别是一家”

诗余之名，一说是由于唐人乐府七言绝句之衍变为长短句；一说是指诗降为词，词是诗之余绪，这里反映对词的轻视。当初民间新曲主要是通过歌女们的曼吟低唱传到文人手中的。这些文人大都生活比较浪漫，在对酒当歌之际，为了佐欢遣兴，消愁解闷，漫笔偶成，付诸歌喉。在这种条件下产生的歌词，自然多属描写男女情爱、留连光景之作，而词也就被视为“小道”“艳科”，不登大雅之堂。作者们对于这具有许多优越性的新兴诗体，既非常喜爱，又当作一种游戏笔墨。正如南宋初年胡寅《酒边词序》所说：“词曲者，古乐府之末造也。……然豪放之士，鲜不寄意于此者，随亦自扫其迹，曰：谑浪游戏而已。”这使当时有些流传之词常常作者难明，更有大量佚失。南宋大诗人陆游也因存在轻视词体观念而抑制自己这方面的创作。其《长短句自序》云：“乃有倚声制辞，起于唐之季世。则其变愈薄，可胜叹哉！予少时汩于世俗，颇有所为，晚而悔之。”并表示“今绝笔已数年”，不再犯此“过失”了。可见这观念给词坛造成多大损失。

词之被轻视虽是其不幸，在另一种意义上却是其大幸。因为作者们于此卸下在作传统诗歌时的庄重礼服，换上轻便装，得以没有顾忌地尽量抒发自己心底蕴蓄的哀感顽艳之情，形式上也解除峨冠博带的束缚，只求赏心悦耳，随意采用新鲜活泼的语言、“里巷”“胡夷”的曲调，使作品具有活跃的生命力。

在中国古代，诗受到特殊重视。《诗·大序》云：“正得失，动天地，感鬼神，莫近乎诗。”诗的社会作用与价值被如此尊崇，诗坛上出现了大量反映现实的不朽之作。到了宋代，在诗中说理、博学的成分越积越重，文学之士不能自已的一往深情、万种闲愁便习惯倾吐于“诗余”“小道”。宋诗自有巨大成就，但或谓整个南北宋可称道的言情之诗，只数陆游《沈园》两首七绝，这也可说是其时诗坛的遗憾了。

北宋欧阳修是一位兼擅古文诗词的大文学家。他论诗主张“触事感物，文之以言，善者美之，恶者刺之”。他在词中则大谈其儿女私情，不讲什么“美刺”。其《玉楼春》云：“人生自是有情痴，此恨不关风与月。”大胆揭示“情”是人自身所固有的，表示了对爱情的热烈、执着追求。这里反映出某种新意识的萌芽，具有反封建礼教性质。宋代词人多倡言“多情”。豪放如苏轼，王保珍《东坡词研究》中列举其“重复使用‘多情’一辞”达十八处之多。“痴亦绝人”“疏于顾忌”的晏几道《点绛唇》公然宣称“天与多情”，谓其有情出于天所赋予，殆为人性之觉醒。此类观念实为明汤显祖“世总为情，情生诗歌”等论点的先导。

正式宣布词的独立地位的是李清照的《词论》。她挂出词“别是一家”的招牌，总结词的特殊创作规律，把那些“学际天人”的大学问家、诗人、文章家视为门外汉，而睥睨一切，大有唯我独尊的气概。李清照倾注其主要精力于词。南宋王灼《碧鸡漫志》说她“作长短句，能曲折尽人意，轻巧尖新，姿态百出，闾巷荒淫之语，肆意落笔，自古搢绅之家能文妇女，未见如此无顾忌也。”从其论的侧面可以看到李清照词的高度艺术成就及其词中的反传统精神。

以清新之笔抒写多情善感是初期歌词的特色，也是当时词人的开辟与新探，对传统诗歌来说是一种解放；但仅以如此写法为词的“本色”，也会成为限制词体发展的框套，故北宋中期苏轼等“以诗为词”，赋予词体以诗歌的多种职能，大幅度地丰富了“小词”的表现能力与范围，实为词之再解放。

五、婉约与豪放——宋词中两种主要艺术风格

明张綖：“少游多婉约，子瞻多豪放，当以婉约为主。”清王士祯加以补充道：“仆谓婉约以易安为宗，豪放惟幼安称首。”(见《花草蒙拾》)这些从宏观角度概括

宋词中两种主要艺术风格，而以秦观、李清照和苏轼、辛弃疾分别为其代表作者。这几乎已成为宋词研究中的通论。前代论词者多崇尚婉约而以豪放为别调，近世论者则有独推豪放为积极而以婉约为低靡。那些硬把宋代词人划分为截然对立的两派并在其间强分优劣的，均不免有其片面性或属机械论，有些学者完全否认两种风格流派的存在，也似矫枉过正。按词中之豪放与婉约乃属艺术风格范畴，犹南宋严羽论诗之"大概"有"优游不迫"与"沉着痛快"，清姚鼐论散文风格之分"阳刚"与"阴柔"，近世王国维论美学之有"宏壮"与"优美"。两种概念本身有着相当的模糊性，两者相互关系也是辩证的，并非壁垒分明。宋代词人之分派乃后人参照其代表作品的主要特色而作大概的归纳，不是说其作品都清一色，不妨碍他们创作或欣赏多种艺术风格，尤其大作家往往是多面手，更不是说婉约、豪放之外，词坛别无其他艺术风格存在。

"婉约"一词，最早见于先秦古籍《国语·吴语》的"故婉约其辞"，晋陆机《文赋》用以论文学修辞："或清虚以婉约，每除烦而去滥。"按诸诂训，"婉""约"两字都有"美""曲"之意。分别言之："婉"为柔美、婉曲；"约"的本义为缠束，引申为精炼、隐约、微妙。故"婉约"与"烦滥"相对立。南北宋之际《许彦周诗话》载女仙诗："湖水团团夜如镜，碧树红花相掩映。北斗阑干移晓柄，有似佳期常不定。"并评云："亦婉约可爱。"此诗情调一如小词。"婉约"之名颇能概括一大类词的特色。从晚唐五代到宋，温庭筠、冯延巳、晏殊、欧阳修、秦观、李清照等一系列词坛名家的词风虽不无差别、各擅胜场，大体上都可归诸婉约范畴。其内容主要写男女情爱，离情别绪，伤春悲秋，光景留连；其形式大都婉丽柔美，含蓄蕴藉，情景交融，声调和谐。因之，形成一种观念，词就应该是这个样子的。北宋中期时人曾说：苏轼的“以诗为词”为“要非本色”（见陈师道《后山诗话》）；秦观“诗似小词”，苏轼“小词似诗”（见《王直方诗话》）。“本色”“小词”之论当属婉约派的主张。李清照“别是一家”说中认为只有晏几道、贺铸、秦观、黄庭坚“始能知之”（《词论》），反映她所崇尚也是婉约一宗，虽然贺铸以至李清照都有并不婉约之作。宋末沈义父《乐府指迷》标举的作词四个标准：“音律欲其协，不协则成长短之诗；下字欲其雅，不雅则近乎缠令之体；用字不可太露，露则直突而无深长之味；发意不可太高，高则狂怪而失柔婉之意。”可说是对婉约艺术手法的一个总结。

宋人也有以婉约手法抒写爱国壮志、时代感慨的，如辛弃疾《摸鱼儿》（更能消几番风雨）及宋末周密、张炎等一些词章。但其表现多用“比兴”象征手段，旨意朦胧，需读者去体味。有些论者对原来也许并无专门寄托的委婉隐约之词，也深求其微言大义，如清代词论家张惠言《词选》评欧阳修《蝶恋花》（庭院深深深几许）、苏轼《卜算子》（缺月挂疏桐），句句为之落实时事，以为讽喻政治，那就不免穿凿附会，反而缩小这些词作的感慨万端而难以名状的典型意义。

婉约词自有其思想艺术价值，已见上文。然而有些词人把它作为凝固程式，不许逾越，以至所作千篇一律，或者过于追求曲折隐微以至令人费解，这就走到创作的穷途了。

“豪放”一词，其义自明。南唐后主李煜“金剑已沉埋，壮气蒿莱”(《浪淘沙》)，已见豪气。范仲淹《渔家傲》(塞下秋来风景异)也是“沉雄似张巡五言”。正式高举豪放旗帜的是苏轼，其《答陈季常书》云：

> 又惠新词，句句警拔，诗人之雄，非小词也。但豪放太过，恐造物者不容人如此快活。

又其《与鲜于子骏书》云：

> 近却颇作小词，虽无柳七郎(永)风味，亦自是一家。呵呵！数日前猎于郊外，所获颇多，作得一阕，令东州壮士抵掌顿足而歌之，吹笛击鼓以为节，颇壮观也。

这也说明他有意识在当时盛行柔婉之风的词坛别开生面。这里谈到的近作当即其《江城子·密州出猎》(老夫聊发少年狂)。词中抒写自己“亲射虎，看孙郎”的豪情和“会挽雕弓如满月，西北望，射天狼”的壮志，与辛弃疾“马作的卢飞快，弓如霹雳弦惊”(《破阵子》)及“看试手，补天裂”(《贺新郎》)等“壮词”先后映辉。

豪放之作在词坛振起雄风，注入词中强烈的爱国精神，唱出当时时代的最强音。然而可以看到，苏轼的审美观念认为“短长肥瘠各有态”，“淡妆浓抹总相宜”，“端庄杂流丽，刚健含婀娜”。他是崇尚自由而不拘一格的。他提倡豪放是崇尚自由的一种表现，然而也不拘泥于豪放一格。如所作《蝶恋花》(花褪残红青杏小),即为王士祯《花草蒙拾》称为“恐屯田(柳永)缘情绮靡未必能过。孰谓坡但解作‘大江东去’耶?”有些豪放词的作者气度才力不足而虚张声势,徒事叫嚣,或堆砌过多典故,也流于偏失了。

总之宋词中婉约、豪放两种风格流派的灿烂存在,两者中词人又各有不同的个性特色,加上兼综两格而自成一家如姜夔的“清空骚雅”等等,使词坛呈现双峰竞秀、万木争荣的气象。还应看到,两种风格既有区别的一面,也有互补的一面。上乘词作的风格即有偏胜,往往豪放而含蕴深婉,并非一味叫嚣,力竭声嘶;婉约而清新流畅,隐有豪气潜转,不是半吞半吐,萎弱不振。辛弃疾《沁园春》云:“青山意气峥嵘,似为我归来妩媚生。”董士锡说秦观词“正以平易近人,故用力者终不能到。”(《介存斋论词杂著》引)冯煦《六十一家词选·例言》说:秦观、晏几道“淡语皆有味,浅语皆有致”。刘过词为辛弃疾词“附庸”,“然得其豪放,未得其婉转”。可见峥嵘生妩媚、平易清浅而深致永味,乃辛弃疾、秦观等豪放、婉约词的极诣。

六、列岳峥嵘、百花竞艳的宋代词坛

公元960年赵宋政权建立后,先后兼并了各地割据势力。耐人寻味的是,西蜀、南唐政权虽为北宋所灭,可是后蜀赵崇祚所编《花间集》及南唐中主李璟、后主李煜及大臣冯延巳的词风却深深影响着北宋词坛。特别是李煜入宋以后所作,正如王国维所说:“词至李后主而眼界始大，感慨遂深，遂变伶工之词而为士大夫之词。”王鹏运说李煜是“词中之帝，当之无愧色矣”。所以李煜在政治上是亡国之君，在词坛则无愧为开创一代风气的魁首。

北宋前期重要词家如张先、晏殊、宋祁、欧阳修以至晏几道等，都是承袭南唐、《花间》遗韵的，晏欧之词，甚至有与《花间》《阳春》（冯延巳词集名）“相杂”者。然而试读他们的代表作，其气象高华而感情深沉，也各具个性，“士大夫之词”的格调成熟了。尤其晏殊之子晏几道，贵介公子而沉沦下位，落拓不羁，其词“清壮顿挫”，更胜乃父，故论者以晏氏父子比拟南唐李璟、李煜。柳永则是其时进一步发展词体的重要作者。他长期落魄江湖，因此其词中更能体现一部分城市市民的生活和思想感情，而且能采用民间俗曲和俗语入词，善用铺叙手法，创作大量慢词。柳词具有广泛的社会基础，形成宋词的新潮。

北宋中期苏轼的登场，词坛上耸峙起气象万千的巨岳。他不仅倡导豪放词风，“指出向上一路”（王灼《碧鸡漫志》），且“无意不可入，无事不可言”（刘熙载《艺概》），词的境界更大为拓展。苏门弟子及追随者秦观、黄庭坚、贺铸等都能各自开辟蹊径，卓然成家，在词坛呈现万紫千红的繁荣景象。尤其秦观的词深婉而疏荡，与周邦彦的富艳精工、李清照的清新跌宕如天际三峰，各超婉约词之顶巅。前代论者或谓周邦彦是词艺的“集大成”者。周邦彦与柳永并称“周柳”，主要指他们在词调方面的创造；与秦观并称“周秦”，主要指他们词中的情意缠绵；与南宋姜夔并称“周姜”，则主要指他们对音律的精审,故也有称周姜为格律派的。然而在“淡语有味”“浅语有致”“轻巧尖新”“姿态百出”方面,周邦彦是不及秦观、李清照以及柳永的。故明、清人推秦、李为婉约宗主,是很有见地的。李清照生当南北宋过渡时期,南渡以后词风由明丽而变为凄清,沈谦谓“男中李后主,女中李易安”(见《填词杂说》),以与李煜相提并论,确也当之无愧。

南宋以后,由于民族矛盾的尖锐,从宋金抗争到元蒙灭宋,爱国歌声始终回荡词坛,悲壮慷慨之调,应运发展,把豪放词风提高到一个新层次。张元幹、向子諲、岳飞、张孝祥、陆游、辛弃疾、陈亮、刘过、刘克庄、吴潜、刘辰翁、文天祥等,如连峰叠嶂,峥嵘绵亘。其中以辛弃疾的成就为最高,他一生有词六百多首,其中有抒写抗金和恢复中原的宏愿,壮志被抑的悲愤,对苟安投降派的批判,也有对自然风景、田园风光的赞美,深挚情意的低诉;风格以雄深雅健、激昂慷慨为主,也有潇洒超逸、清丽妩媚的。辛弃疾在宋代词人中创作最为丰富,历来与北宋苏轼并称“苏辛”,也各有特色。前人或在苏、辛之间比较高低,正如唐人之作李(白)、杜(甫)优劣论,是很困难的。陈毅《吾读》曾说:“东坡胸次广,稼轩力万钧。”不加轩轾,允称卓识。南宋时期还有许多杰出词人对婉约词风进一步开拓,宛如丛丛奇葩竞艳争胜,也不可能用婉约一格来概括。姜夔的“清空骚雅”,史达祖的“奇秀清逸”,吴文英的“如七宝楼台”,蒋捷的“洗练缜密”,周密的“有韶倩之色”“绵渺之思”,王沂孙的“运意高远”“吐韵妍和”,张炎的“清远蕴藉”“凄怆缠绵”,等等。他们都是在词的音律与修辞艺术上精益求精，有时也在所作中寓托家国之感。值得注意的还有与南宋大约同时的北方金朝地区之词，大致都是受宋词的影响，而与南方桴鼓相应，故当为当时词坛的组成部分。金末元好问词为北国之冠，足与两宋词家媲美。在艺术上他学习苏（轼）辛（弃疾）而广泛吸取各家之长，兼有豪放、婉约多种风格。元郝经《祭遗山先生文》说他“乐章之雅丽，情致之幽婉，足以追稼轩（辛弃疾）。”张炎《词源》谓其词“深于用事，精于炼句，风流蕴藉处不减周（邦彦）、秦（观）”。故可作为宋、金时代词艺发展的终结者。

宋词佳作，美不胜收。近人唐圭璋辑《全宋词》，约得二万首。孔凡礼《全宋词补辑》又收四百三十余首。本书选两宋词，主要依据《全宋词》，也参考了其他的经过整理注释的重要专集与选集，同时还选了由五代入宋的李煜词为冠首及与南宋时代相当的金词为后殿，共得一千四百余首。庶几比较全面反映一代词坛风貌。我们选录时注意兼顾思想性与艺术性、各种风格流派、大家与小家，并试加简明注释，间附古今有影响的评语，以期为弘扬中华优秀传统文化，吸取其精华为精神文明建设服务。由于我们水平的限制，工作中肯定存在许多不足或谬误之处，诚恳地祈求广大读者与专家们的批评指正。

一九九四年暮春之初于上海复旦大学

经典宋词　修订序

徐培均

这本书原名《宋词精华》,1995 年 6 月由巴蜀书社出版,迄今已 20 周年,所印 9500 册,早已销售一空。在此期间,曾听到一些好评,这里毋须多说;但也有人提过一些批评。对待批评,有三种态度:一是置之不理;二是加以反驳,甚至倒打一耙;三是虚心接受,尽力改正。作为一个负责任的学者,对待批评,应取第三种态度,且应以此为鉴,举一反三,对全书作过细的检视,并参阅有关典籍及今人著作,进行认真的修改和补充。这样庶几不致误导读者,贻笑大方。基于此,本书作了很大修改,由全国百佳出版单位黄山书社付梓,易为丛书《经典宋词》,冀能以焕然一新的面貌现身于当代词坛。下面谨作以下四点说明,以便读者了解"凤凰涅槃"的过程。

一、欢迎批评

原《宋词精华》在巴蜀书社初版后,曾收到韶关学院胡昭著、徐国华两先生一篇论文《白璧无瑕——评

〈宋词精华〉》。论文长达5000余字,2003年11月发表于《文艺理论与批评》。论文中既承谬奖,又赐中肯意见。前者不必引述,兹就后者择要如下:

第一条意见是针对北宋女词人卢氏《凤栖梧·题泥溪驿》的注释。我们原注引《清朝文献通考》,谓“泥溪,在屏山县西三里……”屏山,今属四川省。胡、徐两先生在文中指出:“从词的内容看,女词人是随父离汉州县(今四川广汉市)任所,先到成都入锦江,由锦江入岷江南下,到宜宾入长江再顺长江东下赴京,因而这泥溪必须在岷江两岸或入长江后东下的长江某处的南北两岸。”(着重号乃原文所加,下同)两位先生为此查阅了《中国地图集》,发现“女词人之父返京述职,是不会花两天时间从宜宾市往西去屏山西的‘泥溪’的”。然后两位又查了《中国古典诗词地名词典》《中国古今地名大辞典》《中华人民共和国地名辞典·四川分册》,以及《中国历史地图集》等五种书籍,终于找到:“泥溪河源出四川井研县,西南流至四川乐山市再向东南流入岷江。”并谓“如果这条河入岷江口叫泥溪,就正符合女词人出川路线”。结论是:“位于宜宾市西北45公里处的岷江东岸有一泥溪乡(镇),是唐代泥溪河入岷江口,现泥溪河已改为文星河。……这才是女词人出川必经路线上的泥溪驿。”

第二条意见是针对南宋词人张炎《梅子黄时雨·病后别罗江诸友》一条注释的。我们原注只提供一在四川省彭县与什邡县界,一在广东翁源东,而未知究在何处。胡、徐两先生既查阅了冯沅君《张玉田年谱》、邱鸣皋《张炎评传》,所列罗江,皆在浙江瑞安市,名罗阳。

他们未予采信,最后在《中国古今地名大辞典》上查到“一个名叫罗江的地名,在浙江慈溪县西南15里的后江南岸”,“此地有水有村子,倒正是词中所说‘流水孤村’”,后经电话咨询,此地已划归余姚。在《中华人民共和国地名词典·浙江省·余姚县》中,他们发现:“罗江是五代后梁时一名罗甫的隐者率家人避难于此,勤耕授礼,江名罗江,村以江名,村成块状。这正是一个隐者居住地。”两先生认为“此地离张炎住地绍兴只100公里,有水道可通,张炎是很容易到此访友的”。谨案:张炎尝游浙东,远达舟山,慈溪(今余姚)在舟山与绍兴之间,故两先生之说,甚合情理。

第三条意见是针对南宋词人阎苍舒《水龙吟》一词的注释。我们原注谓“此词出使金朝抵达汴京时作”,并引宋刘昌诗《芦浦笔记》卷十云:“蜀人阎侍郎苍舒使北,过汴京,赋《水龙吟》。”词之换头处云:“谁料此生亲到,十五年、都城如旧。”所据的版本是《全宋词》第三册1724页;而《全宋词》篇末注:“《芦浦笔记》。”《全宋词》乃权威性著作,应该没有问题。然而经胡、徐两先生考证,问题就出在这“十五年”上。他们指出其错有三:①《芦浦笔记》明明说“过汴京”,不是“抵达”,该抵达的地方应是金之都城上京会宁府,即今黑龙江省阿城市南的白城。②原注谓“本篇应作于高宗绍兴十一年(1141)”,也是错误的。阎苍舒乃于是年中进士,刚中进士怎能以侍郎身份出使金国?其间必须经过16年的升迁,才能达到侍郎这一职务。而“按规定,宋金双方贺正旦节的正使必须是尚书级(今正部级)的人才能担任,阎苍舒当时是以‘试(任用之意)吏部尚书’任正使的”,所说甚是。③两先生从以上两点推断,“十五年”是错误的,应是“五十年”。并从《宋史·孝宗纪》查出,阎苍舒是淳熙三年(1176)使金,淳熙四年(1177)返回。这离靖康之难(1126—1127),不正好“五十年”吗?这一推断证明阎苍舒《水龙吟》系作于由金返回过汴京时所作。所论十分正确,不仅对我们有帮助,对纠正《全宋词》偶尔发生的错误也是一个贡献。

第四条意见是针对姜夔《一萼红》“朱户粘鸡”一句的注释。我们原注为:“古代于人日剪纸为鸡,贴于门上以辟邪,见《岁时广记》。”这一注释也符合《荆楚岁时记》所载:“人日贴画鸡于户,悬苇索其上,插符于旁,百鬼畏之。”一般是看不出问题的。然而胡、徐两先生不但查了30种宋词选本,还查了《汉语大词典》,发现在所引《岁时广记·人日·最重人》后释云:“粘鸡:旧时礼俗。正月初一为鸡日,画鸡贴在门上,以示谨始。”鸡司晨,初一为一年之始,故贴鸡以示谨。据此,他们认为,“姜夔写自己人日外游,在长沙看到粘鸡,正与《岁时广记》说法相合。只不过这时的鸡并不是人日贴的,而是初一贴上,到人日仍然可见。”如此分析,细致入微,令人信服。

胡、徐两先生的赐教,对我们是很大的策励,特别是对我个人,作为《宋词精华》的统稿者,昔日在统改全书初稿时,竟没有发现和纠正这些问题,以致在一定程度上影响了第一版的质量。因此我更应对他们致以谢忱。现在此书与巴蜀书社已过合约期多年,将由全国百佳出版单位黄山书社重新出版。2010年9月中旬,侨居美国多年、年届八十六岁高龄的顾易生教授回复旦小住,听说此书将要重印的消息，不胜欣喜，当面嘱咐对本书精加校阅，改正错误，尽量吸收新的研究成果，加以充实与提高。他与其他几位主编也都写了委托书，授权给我处理《宋词精华》出版事宜。因此，我当不负重托，将此书的修订作为一项科研任务来认真完成。

二、关于错字及词人小传

经过将近五年的校阅，我发现原《宋词精华》中的讹错之处比胡、徐两先生所指出的要多出几十倍。从词人的生平、词的选目、词的作年、词中涉及的人名、本事到字句，都存在或多或少的问题。此处特择其要者加以说明。

首先在字句的讹脱方面，就有近千条。例如辛弃疾《贺新郎·别茂嘉十二弟》中"绿树听鹈鴂"句中的"鴂"字，都误作"鴃"字。在这首词的正文及注释中，此字共错了五个。他词凡有"鴂"字，几乎一律皆错。其余错字，指不胜屈。

在词人小传方面，原版既有对的，也有错的。对的多，错的也不少。例如北宋词人马瑊，《全宋词》作马成。我们据史容《山谷外集》卷十七《寄忠玉提刑》诗之题下注释，将他改正为马瑊，字忠玉。其实此人与苏轼及其门人多有交往，在秦观《淮海集》卷八中就有《次韵马忠玉喜王定国还自宾州》一诗。经我考证，马瑊，茌平人，(元祐六年)官两浙提刑，其前尝与苏轼以《木兰花令》相唱和。参见《宋诗纪事补遗》卷二十八。此处《宋词精华》原注已改正《全宋词》之误。但原注中错的地方也不少。例如南宋词人李泳，本为扬州人，李正民之子，其兄洪、漳，弟泩、洲，并有文名，有《李氏花萼集》五卷载其一门之作。但原版却误作庐陵（今江西吉安）人。又如王炎，同名者有两人。前者字公明，生于高宗绍兴七年（1137），卒于宁宗嘉定十一年（1218），曾为四川宣抚使，陆游在其麾下任夔州通判。后者字晦叔，生于绍兴八年（1138），卒于宁宗嘉定十一年（1218），张栻帅江陵，檄入幕府。如果对这两人的生卒年月及仕履搞不清，就会给他们的词作带来许多误解，并影响他与大诗人陆游的关系。又如苏庠，原注澶州人或澧州人，澶与澧乃形近而误，故删去前者。

其他改正或补充生卒年月的还有30余人。如林逋生于宋太祖乾德六年（968），原注却提前了一年；夏竦卒于1051年，原注也提前一年；柳永的生卒年应为987？—1055后，而原注却作987—1053，乃过于肯定。杜安世原来只写其生活年代，现补上"生当宋仁宗康定（1041）前后"。孙洙生时原误作1032年，今改作1031年。晏几道，原注"生卒年不详"，今补作约1030—1106年。女词人魏夫人，乃北宋宰相曾布之妻，生平简略；兹据曾燠《江西诗征》补上她的小传。王诜原注生卒年不详，今补上神宗熙宁二年（1069）选尚英宗女蜀国大长公主，则有利于对其生平的了解。孔平仲，与秦观善，守衡阳时，尝和秦之《千秋岁》一词，在词史上很重要，原注不知其生卒年月，兹补为1042—1105。赵令畤出生时原注误为1051年，今改正为1061年。谢逸，原注不知出生时间，今补为1068年。毛滂，原注无卒年，今补为1124年后。谢逸从弟谢薖，补上生卒年为1074—

1116年。陈克，死于高宗绍兴七年（1137）庐州郦琼之变，此次补上卒年。韩驹，补上生卒年（1080—1135）。吕胜己，补上“约1173年前后在世”。汪莘，补上卒年1277年。郑域，补生卒年（1152—1173）。高观国，生卒年原不详，从他的《东风第一枝·访梅溪》及又一首贺陆放翁七十八岁生日的词中，知其宁宗嘉泰二年（1202）尚活跃于词坛。曹豳，补上生卒年（1170—1249）。韩㬅，生卒年原不详，特补上宁宗嘉定（1208—1213）前后在世。吴泳，特补上生卒年（1181—?）。王埜，原不详生卒年，今补上（？—1260）。黄孝迈，里籍不详，兹补为“三山（今福州）人，黄师参（子鲁）之子，生当宋宁宗朝（1196—1223）”。著名词选家黄昇，生平原不详，兹补为“淳祐（1188—1248）间在世”。徐霖，原卒年误为1262，兹改为1261。著名词乐家杨缵，原误作严陵人，今改为“开封人，度宗洪后外甥杨石的养子，原籍开封，先人徙钱塘，见周密《齐东野语》。尝官司农卿，帅浙东，赠少师”。杨缵以善音律著称，然其生卒年原不详，兹补作（1210—1269），对其身世及其倚声业绩，更作了较详细的介绍。杨韶父，补“淳熙元年（1241）进士”。宋末著名词人周密，原卒年误作1308，兹改正为1298。民族英雄文天祥卒年误作1283，兹订正为1282。刘壎，由宋入元，生年被误作1204，兹改作1240。汪元量，生卒年原不详，兹补作（1241—1317?）。王沂孙，生卒年不详，兹定为周密晚辈，张炎平辈。张炎，生卒年原作（1248—1320），卒年尚有疑，故加一“?”号。凡此种种，尚有多人，不遑枚举。

词人小传中的身世与仕履，原版尚较翔实，但也有少数需作补充或订正的。如晏几道，补上“曾任太常寺太祝，熙宁七年(1074)，以郑侠上书反对王安石变法，受株连入狱。元丰五年(1082)，监颍昌府许田镇，‘年未至乞身，退居京师赐第’”(见《碧鸡漫志》卷二)。孔夷，补“孔旼之子，孔子47世孙”。司马槱，补“司马光从孙”。葛立方，补“隆兴二年(1164)，命知宣州”。杨炎正，补“初为宁远主簿，又任吏部阁架。嘉定三年(1210)，改大理司直，七年，知藤州，被论罢”。王澜，补“因功授从事郎”。方岳，补“绍定五年(1232)进士……尝忤史嵩之、贾似道而罢官，为江湖诗派诗人，与刘克庄齐名”。陈允平，号西麓，原生卒年不详，今补为(1205？—1285?)。又补“淳祐三年(1243)为余姚令。咸淳九年(1273)，佐四明郡守刘黻创慈湖书院。元至元十五年(1278)，因事被捕，获释后，隐居万叠楼”。文及翁，补“景定三年(1262)以太学录召试馆职，除秘书省正字”。周密，补“景定二年(1261)，为临安府幕僚，监和剂局。咸淳间，历两浙运司掾……景炎初(1276)，任义乌令。宋亡不仕，迁居杭州，学词于杨缵”。文天祥，补“至元十九年(1282)在大都(今北京)柴市口慷慨就义”。邓剡，补“祥兴元年(1278)六月，从驾至厓山”。汪元量，补“钱塘(今杭州)人，咸淳间入太学，度宗时以善琴奉侍南宋宫廷谢后……至元二十五年(1288)，赐为道士南归”。蔡松年，补“宋宣和末守燕山，战败，随父降金；天会间(1128后)，尝随兀朮攻宋”。为这些词人补上身世与履历，当有助于对其生平与词作的研究。

此书今改为丛书，名曰《经典宋词》，所谓经典者，言其特色之鲜明，艺术质量之精粹，影响之深远，皆经过历代词学家之点赞与评定，披沙见金，著于典籍，成为典范者也。2014 年，沪宁两地有关教育单位以“减轻孩子压力”为借口，删除语文教材中多首诗词，最终引起了习近平同志的批评：“我很不赞成把古代经典诗词和散文从课本中去掉，‘去中国化’是很悲哀的。应该把这些经典嵌在学生脑子里，成为中华民族文化的基因。”**（引自上海建交委党校教授刘惠恕《新文化运动的功过浅议》，见上海炎黄文化研究会编《炎黄子孙》2015 年第 2 期第 10 页）**故书中所选，以大家、名家为主，对小家、无名氏的词作，凡有杰出成就者，也酌予采摭，以免遗珠之憾。作品本身出色是基本的，历代词学名家的品评鉴定也很重要。因此在选词时，即特别注重这一点；而此次修订，更补足了数百项评语。有的是补在作者小传（介绍）中，藉以证明作者的词学风格及其在词学发展史上地位；多数是补在作品“注释”的第①条中。这些评语，或显现词之本事、创作背景，或点明词之内涵和特色，以及作词之手法与对后世的影响。所引评语大多从前人词话、笔记和正史中择来，其中得惠于唐圭璋先生《词话丛编》最多。词话所未及者，间亦采用今人评语及本人的浅见，以供参考。

原版《宋词精华》在词人小传中间亦引用前人评语，但疏漏者仍有不少，此次也作了大量补辑，约占全部辑评的百分之八十左右。现举一些名家为例。如欧阳修小传中，补上刘熙载《艺概 · 词概》：“冯延巳词，晏同叔得其俊，欧阳永叔得其深。”以说明南唐词与宋初词的传承关系。黄庭坚小传中，补上陈师道《后山诗话》：“今代词手，惟秦七、黄九尔，唐诸人不逮也。”向子諲小传中补上胡寅《向芗林〈酒边集后序〉》："观其退江北所作于后，而进江南所作于前……以枯木之心，幻出葩华。"并引其语谓向词"上承苏轼"。吴叔姬小传中，补《花庵词选》云："叔姬女流中黠慧者，有词五卷名《阳春白雪》，佳处不减易安也。"在康与之小传中，补陈廷焯《云韶集》评："其人不足取，其词则哀感顽艳，尽有佳者。"在张孝祥小传中，补汤衡《张紫薇雅词序》："见公平昔为词，未尝著稿，笔酣兴健，顷刻即成，初若不经意，反复究观，未有一字无来处。"在孙惟信小传中，补沈义父《乐府指迷》："孙花翁有好词，亦善运意，但雅正中忽有一两句市井句，可惜。"在词选名家黄昇小传中，补上冯煦《蒿庵论词》，谓其自作"专尚细腻"。如此等等，以期有助于对词人整体风格及其在词史上地位的研究。

尤须指出的是对作品的品评，如姜夔《齐天乐》咏促织词，清许昂霄《词综偶评》曰："将蟋蟀与听蟋蟀者层层夹写，如环无端，真化工之笔也。"又如清陈廷焯《词则·大雅集》评王沂孙《水龙吟·落叶》词云："笔意幽冷，寒芒刺骨，其有慨于厓山乎。"王沂孙咏物词皆有寄托，但大都不明其本意，经陈氏一点拨，则此词与宋帝昺崖山投海有关。近人唐圭璋评词，亦多真知灼见，如其评史达祖《三姝媚》云："此首忆旧游，辞情俱胜，最得清真之神理。"此则指周邦彦对后世词风之影响，为一般读者所不易窥见。所引评语，类多点睛之笔，若与所评之词结合起来，可以加深对原作之理解，举此数例，以窥一斑。

三、关于词的选目

在中国古典文学的研究中，自《昭明文选》以来，就有一种“选学”。因为列朝列代的作品，浩如烟海；有些作家的“别集”，也动辄数万言。其中精粗杂糅，瑕瑜互见。就读者方面而言，多无暇通读全集，更何况长达五大册的《全宋词》。因此必须加以选编。所选作品，或为其代表作，或为读者所广泛喜爱。由于选者的学术水平、鉴赏能力不一，故其选集，亦有高下之分，优劣之别。

此丛书既名《经典宋词》，因此在选目上必须重在“经典”二字。《宋词精华》第一主编、复旦大学资深教授顾易生先生以高屋建瓴之笔撰写了《前言》，且又自选自注了李煜、苏轼、洪皓与岳飞的词，为全书之选注作出了典范。其余篇目，悉数交由我来选。唐圭璋《全宋词》二万余首，孔凡礼《全宋词补辑》又得四百三十余首，数量极大。加之本书以公元纪年，从宋朝立国的建隆元年(960)起，至宋亡祥兴二年(1279)止；而金朝与南宋时间相当，也在本书应选范围之内，故词之总数超过二万首。在这庞大的原著中，要选一千四百余首，殊非易事。当年我战战兢兢接过这个任务，不敢稍懈，调动了从事词学多年的积累，进行这项工作。就小令而言，是在拙著《唐宋词小令精华》的基础上加以扩展、精择；其中长调则参考了多种唐宋以迄明清的词选。其中特别重要的是业师龙榆生先生的《唐宋名家词选》和太老师朱祖谋先生的《宋词三百首》。至于明陈耀文的《花草粹编》、沈际飞诸家的《草堂诗馀》等等，则是必读和必用的参考书。选好以后，便分发各位先生执笔撰著。现在看来，所选篇目基本可靠。但今天重读，仍发现一些不够“经典”或争议较大的词作，兹列于下：

①欧阳修的《蝶恋花》二首，一首起句为“谁道闲情抛掷久”，一首起句为“几日行云何处去”，皆见于王鹏运四印斋所刻词本《阳春集》，可见为南唐冯延巳作，故删去此二首。

②杜安世的《菩萨蛮》（游丝欲堕还重上）和《凤栖梧》（任在芦花最深处）。案：宋人陈振孙《直斋书录解题》对其人评价不高。《四库全书总目提要》则称其词“往往失之浅俗，字句犹多凑泊”。二词确有此弊，故删之。

③晏几道为北宋大词人，本书原收其词45首，似嫌太多，而《生查子》（关山魂梦长），宋黄昇《唐宋绝妙词选》卷五作王通叟（王观）词，甚是。《归田乐》亦无甚特色，故皆删之。

④汪辅之《行香子》（晚绿寒红），此人仅此一首，而又欠佳，故删。

⑤周邦彦《菩萨蛮·梅雪》，虽较好，却与他作不称，故删。

⑥刘仙抡《霜天晓角·题蛾眉亭》，此首不但将“蛾眉”释为女子之眉，其他注释全错。本篇实乃韩元吉词，前已录。故删刘作。

此次重审选目，觉得该删则删，该补的还应补。李冠为宋初词人，所作不多，原选《六州歌头》（秦亡草昧）一首，而其《蝶恋花·春暮》则备受前人推崇，如陈师道《后山诗话》载：“介甫（王安石）谓张先‘云破月来花弄影'，不如李冠'朦胧淡月云来去'也。"张先以"张三影"著称，但其中最有名的一句，却不如李冠的这一句。《宋词精华》未收李冠此词，确有"沧海遗珠"之憾，所以本丛书应当补上。

四、关于词的注释

李清照说，词"别是一家"，因为"词之为体，要眇宜修，能言诗之所不能言，而不能尽言诗之所能言"（王国维《人间词话》）。诗言志，既"缘情而发"，亦能反映广阔的社会生活，所以更以叙事见长。而词则着重抒情，故曰："凡词无非言情。"（清徐釚《词苑丛谈》卷四《品藻》）叙事诗多用典，抒情词用典虽少，却如羚羊挂角，无迹可求。因此前人以为注诗难，注词尤难。尽管难，作为全宋词的选本，必须让人读懂，并能从中得到艺术享受，且对宋词的各种风格及其演变概貌，有一个深刻的了解，所以再怎么难，也得克服。我们克服困难的办法是在注释中力求贯彻以下几点：一、注明创作年代和背景，也就是有关词的本事；二、引证前人评语指出本词的主要特色，或径自行评点；三、解释词语和用典；四、宋词常化用唐诗，凡词中化用唐诗，应尽力指出；五、南宋自稼轩始，词中常化用经、史、子、集语言，也应注明；六、词提倡以俗为雅，常用方言俗语，有的已过时，必须释之。

《宋词精华》原来的注释，就是按照以上六点要求来做的，但因执笔者的情况有异，故整体水平参差不齐，而我在统稿时也有所疏忽。有些问题已经胡昭著、徐国

华两先生指出(见前),还有300多处错误与不足,也应逐一订正和增补。此处难以列举,择其要者,概述如下:

第一,洪皓《江梅引》作年,原未明确指出,兹引洪迈《容斋五笔》卷三《先公诗词》,谓其父壬戌(绍兴十二年)在燕京作此词,“所引用句语,一一有来处。北方不识梅花,士人罕有知梅事者”;“每首有一‘笑’字,北人谓之‘四笑梅花引’,争传写焉”。增补此条,庶几对词之创作背景与影响,也可增加一些理解。

第二,朱熹《念奴娇·用傅安道和朱希真梅词韵》,原注“朱希真,字秋娘,建康府朱将仕女。”此亦有据,《词苑丛谈》卷八《纪事》云:“《名媛集》载朱希真,名秋娘,适徐必用。”然《丛谈》亦有夹注云:“花庵词客云:希真名敦儒,此则别是一人也。”故此朱希真应是词人朱敦儒,其生活年代(1081—1159)早于朱熹(1130—1200),词名甚著。一查他的《樵歌》,果有《念奴娇》七首,第一首起云:“见梅惊笑,问经年何处,收香藏白。”朱熹和词,全用此韵,遂加以订正。

第三,戴复古妻《祝英台近》的本事,原未注。今承湘潭大学刘庆云教授赐教,元陶宗仪《辍耕录》及万历《黄岩县志》载其本事,谓戴复古流寓武宁(今属江西),有一富翁爱其才,以女妻之,留二三年,忽言故乡(台州黄岩)已有妻,欲归。翁大怒,女婉为之说,并赠以路资及此词。夫既别,此女遂投水死。可见这是一个悲剧。了解此一本事,读词时则更加催人泪下,而词的艺术价值也更加突显出来。

第四,林外《洞仙歌》原注引叶绍翁《四朝闻见录》丙集以明其本事,固佳;然周密《齐东野语》卷十三更云:“林外,字岂尘,泉南人。词翰潇爽,诙谲不羁……尝为垂虹亭词,所谓‘飞梁遏水’者,倒题桥下,人传为吕翁作;惟高庙识之曰:‘是必闽人也,不然,何得以锁字协扫字韵。’已而知其果外也。”宋词中,尝有黄庭坚辨闽音之事;今则又增一例,对研究词之音韵,当有裨益。

第五,周密《浩然斋词话》云:“周美成长短句,纯用唐人诗句。”又云:“贺方回尝言,吾笔端驱使李商隐、温庭筠常奔走不暇。”如此,渐成风气。如周邦彦《满庭芳·夏日溧水无想山作》中,就化用了杜甫《陪广文游何将军山林》《绝句漫兴九首》、杜牧《赴京初入汴口晓景即事先寄兵部李郎中》、白居易《琵琶行》中的诗句,原《宋词精华》多不曾注明。化用或引用隋唐诗入词者不自周、贺始,较前的晏几道在《临江仙》一词中用五代翁宏《春残》诗“落花人独立,微雨燕双飞”,恍如己出。秦观《满庭芳》(山抹微云)词中“斜阳外,寒鸦数点,流水绕孤村”,化用隋炀帝诗句,晁补之认为“虽不识字人,亦知为天生好言语”。这里体现了文学上继承与发展以及诗词之间相互影响的关系,是一个重要命题。因此我在修订本书时,特别加以关注。例如陈亮《鹧鸪天·怀王道甫》,乃写其不合时宜的满腹牢骚,起二句“落魄行歌记昔游,头颅如许尚何求”,《宋词精华》原注云:“落魄:穷困失意。”以下则是一些不重要的解释,完全可省去。其实“头颅”一句有典。据北宋赵令畤《侯鲭录》卷六,宋真宗时,隐士杨朴应召赴官,其妻作诗送之曰:“更须落魄贪杯酒,亦莫猖狂爱咏诗。今日捉将官里去,这回断送老头皮。”陈亮乃化用此诗,谓头颅已老，夫复何求！陈亮曾上《中兴五论》，又三次下狱，故而有此牢骚。

有些词化用唐诗，必须狠下功夫才能找出。如崔与之《水调歌头·题剑阁》云："乱山极目无际，直北是长安。"长安在四川剑阁之北，自然是写实；但我凭印象，觉得是化用杜诗，然又不知在何处。由此下决心查《钱注杜诗》，整整花了一天工夫，才发现杜甫在《小寒食舟中坐》诗中写道："云白山青万余里，愁看直北是长安。"可见注释之难。

第六，有些词看似无典，实际有典，需敏锐地加以观察。姜夔自度曲《疏影》云："苔枝缀玉，有翠禽小小，枝上同宿。"翻遍了许多有关选注本，皆未解释"翠禽"为何鸟，又有何典故。实即苏轼《西江月·梅》词所说的"海仙时遣探芳丛，倒挂绿毛幺凤"也。对此，苏轼在《十一月二十六日松风亭下梅花盛开》一诗的《再用前韵》中有自注，云："岭南珍禽有倒挂子，绿毛红啄，如鹦鹉而小，自东海来，非尘埃中物。"庄绰《鸡肋编》卷下也在解释苏轼此词时说："广南有绿羽丹嘴禽，其大如雀，状类鹦鹉，栖集皆倒悬于枝上，土人呼为倒挂子。"

那么，姜夔何以叫它为"翠禽"，亦有来历。洪皓在《江梅引·访寒梅》词"引领罗浮，翠羽幻青衣"句下自注云："赵师雄罗浮见美人在梅花下有翠羽啾嘈相顾，诗云：'学妆欲待问花神。'"又相传隋开皇中，赵师雄"过罗浮山，天寒日暮，见林间有酒肆，旁茅舍。一美人淡妆靓色，素服出迎，相与叩酒家门，共饮。雄不觉醉卧。既觉，乃在大梅树下，有翠羽嘈唧其上，月落参横，惆怅不已"（见《尚友录》，又见《龙城录》）。由此可知，

"翠羽"即苏词中的"倒挂子",姜词中的"翠禽",而姜因平仄所限,改"羽"为"禽"。它们都与梅花有关,惜前人皆未注,而《宋词精华》原注又忽略。

最后还得说明一下,《宋词精华》原注犹有二十多篇出现了错误,甚至常识性的错误,比如:刘仙抡《霜天晓角·题蛾眉亭》,前韩元吉已有此词,是我所误选,而注释者更错,他不知此亭在当涂采石矶上,而说这是女人的蛾眉,因此今天我把它全删了。又如刘壎的《菩萨蛮·和詹天祐》、蒋捷的《一剪梅·宿龙游朱氏楼》、陈以庄的《水龙吟·记钱塘之恨》、李好古的《谒金门》、刘辰翁的《柳梢青》(铁马蒙毡),或因不悉时代背景和词之本意,或望文生义,仅从字面上作与词无关的解释,而这些字面又大多是常用语,不免乱说一通。因此不得不推倒重来,另行注释。这一点,当怪我在初版前统稿因为赶时间造成的疏忽。此次修订,我不惜时间与精力,务期一一改正与补充。但效果如何,尚希有关专家与广大读者不吝赐教。

改革开放以来,在词学研究中,已涌现了许多令人可喜的成就,本书在修订过程中备受沾溉。尤为可喜的是,不少名家别集的笺注相继问世,如前辈学者龙榆生师的《东坡乐府笺》、夏承焘的《姜白石词编年校注》、邓广铭的《稼轩词编年笺注》、杨铁夫的《吴梦窗词笺释》、吴则虞的《清真集校点》《花外集笺注》、钱仲联的《后村词笺注》、罗忼烈的《清真集笺注》。同行专家则有马兴荣、祝振玉的《山谷词校注》、钟振振的《东山词校注》、邓子勉的《樵歌校注》、史克振的《草窗词校注》、曹济平的《芦川词校注》、吴企明的《须溪词校注》等等,各有所长，本书多有借鉴。特别是周笃文、马兴荣两先生主编的《全宋词评注》也于近年问世，实为词坛一大贡献。在我校对小样时蒙笃文先生赠我一套《全宋词评注》，这对解决一些疏漏的问题，起了很大作用。在此，谨致以衷心的感谢。拙著《淮海居士长短句笺注》和《李清照集笺注》，自然是必须利用的了，此处不应多讲。

本人承其他主编委托，历经五载，修订两遍，然年已八十有八，幸不至过于衰耗，虽尽心竭力，而讹脱之处，在所难免。敬请同行专家与广大读者不吝赐教！

现在这本凝聚了多位前辈和当代学人心血的著作即将问世了，不幸的是，我们的第一主编、复旦大学著名教授顾易生教授已于2013年8月18日下午2时57分（北京时间19日凌晨2时57分）在美国华盛顿溘然仙逝，不禁引起我们内心的震撼。伤痛之余，谨赋小词《思佳客》，以示哀悼：

一去西洋竟不归，浦江东望雨凄凄。玖园篱槿沿阶泣，复旦师生掩泪啼。　思往事，忆同师，西窗剪烛论诗词。新书将印君先逝，忍看寝门映夕霏。

先生已矣，虽万人何赎！呜乎痛哉！

2015年8月于上海社会科学院文学研究所

目录

姜夔

卢祖皋

真德秀

徐　照

刘学箕

洪咨夔

曹　豳

王武子

韩　瞟

孙惟信

许　棐

陆　睿

李昴英

吴文英

陈逢辰

周　密

王沂孙

黄公绍

褚　生

徐君宝妻

蒋　捷

陈德武

张　炎

姜　夔

姜夔（约1155—约1221），字尧章，鄱阳（今江西波阳）人。父噩，曾官居汉阳；父卒，夔曾旅食江淮。三十岁后，诗人萧德藻赏其才，以侄女妻之，卜居湖州弁山白石洞下，因号白石道人。不久，结识诗人杨万里，贵胄张鉴，又与范成大交游。并与辛弃疾唱和。宁宗庆元三年（1197）上《大乐议》，两年后又上《圣宋铙歌》，诏许免解应礼部进士试，不中，遂以布衣终。著有《白石道人诗集》及《白石道人歌曲》。其词现存八十余首，其中多写羁旅生涯及恋情，亦有少数感慨时事、关心现实之作，咏物词约占三分之一。词风清空骚雅，能以江西诗风入词，对南宋后期及清初词影响极大。本书据夏承焘《姜白石词编年笺校》。

扬州慢[①] 中吕宫

淳熙丙申至日[②]，予过维扬，夜雪初霁，荠麦弥望[③]。入其城，则四顾萧条，寒水自碧。暮色渐起，戍角悲吟[④]。予怀怆然，感慨今昔，因自度此曲。千岩老人以为有黍离之悲也[⑤]。

淮左名都[⑥]，竹西佳处[⑦]，解鞍少驻初程。过春风十里[⑧]，尽荠麦青青。自胡马窥江去后[⑨]，废池乔木，犹厌言兵。渐黄昏，清角吹寒，都在空城。　　杜郎俊赏[⑩]，算而今、重到须惊。纵豆蔻词工[⑪]，青楼梦好[⑫]，难赋深情。二十四桥仍在[⑬]，波心荡，冷月无声。念桥边，红药年年，知为谁生？

【注释】

①此词为作者二十二岁前后自度曲，反映了扬州自高宗建炎三年（1129）以来屡遭金人破坏惨象，表达了故国之思。张炎

《词源》评曰:"姜白石词如野云孤飞,去留无迹……《扬州慢》等曲,不惟清空,又且骚雅,读之使人神观飞越。"

②淳熙丙申:即宋孝宗淳熙三年(1176)。至日:冬至日。

③荠麦:野生的麦子。

④戍角:守边军中的号角。下文"清角"同。

⑤千岩老人:即萧德藻,福建闽清人,晚年居湖州,爱弁山千岩竞秀,因以自号。黍离之悲:即兵灾后宫室荒凉引起的悲愁。见《诗经·王风·黍离》。

⑥淮左名都:宋时扬州为淮南东路治所(首府),故称。

⑦竹西:竹西亭,在扬州北门外。唐杜牧《题扬州禅智寺》诗:"谁知竹西路,歌吹是扬州。"

⑧春风十里:指扬州原来繁华的大街,语本杜牧《赠别》诗"春风十里扬州路"。

⑨胡马窥江:高宗建炎三年,金兵初犯扬州。绍兴三十一年(1161),金主完颜亮复进驻扬州。孝宗隆兴二年(1164),再次南侵,时距作词时间仅十二年。

⑩"杜郎"句,唐诗人杜牧,曾在扬州冶游,因称"俊赏"。

⑪豆蔻词工:豆蔻,植物名,杜牧《赠别》诗以喻少女:"娉娉袅袅十三余,豆蔻梢头二月初。"

⑫"青楼"句:杜牧《遣怀》诗:"十年一觉扬州梦,赢得青楼薄倖名。"青楼:指妓馆。

⑬二十四桥:唐时扬州原有南桥、小市桥等二十四座名桥,但亦有一桥而名为"二十四桥"者。杜牧《寄扬州韩绰判官》诗:"二十四桥明月夜,玉人何处教吹箫。"

一萼红[①]

丙午人日[②],予客长沙别驾之观政堂[③]。堂下曲沼,沼西负古垣,有卢橘幽篁,一径深曲。穿径而南,官梅数十株,如椒如菽,或红破白露,枝影扶疏。著屐苍苔细石间,野兴横生,亟命驾登定王台[④],乱湘流[⑤],入麓山[6]。湘云低昂，湘波容与[7]，兴尽悲来，醉吟成调。

古城阴，有官梅几许，红萼未宜簪。池面冰胶[8]，墙腰雪老，云意还又沉沉。翠藤共、闲穿径竹[9]。渐笑语、惊起卧沙禽。野老林泉，故王台榭，呼唤登临。　南去北来何事？荡湘云楚水，目极伤心。朱户粘鸡[10]，金盘簇燕[11]，空叹时序侵寻[12]。记曾共西楼雅集，想垂杨，还袅万丝金。待得归鞍到时，只怕春深。

【注释】

①此词为姜夔三十二岁客居长沙时所作，写登临之兴与漂泊之感，清婉蕴藉，耐人寻绎。

②丙午：宋孝宗淳熙十三年(1186)。人日，阴历正月初七。

③长沙别驾：指萧德藻，时为长沙通判。宋时称通判为别驾。观政堂：州廨中办公之处。

④定王台：在长沙市东，汉代长沙定王刘发所筑。

⑤乱：横渡。

⑥麓山：即岳麓山，在今长沙市西南。

⑦容与：缓缓流动。

⑧冰胶：冰结。

⑨翠藤：指藤制竹杖。

⑩朱户粘鸡：徐案，初版原注："古代于人日剪纸为鸡，贴于门上以辟邪，见《岁时广记》。"然承韶关学院胡昭著、徐国华两先生来文引《岁时广记·人日·最重人》，释云："粘鸡，旧时礼俗。正月初一为鸡日，画鸡贴门上，以示谨始。"又云："鸡司晨，初一为一年之始，故贴鸡以示警。"据此，二位认为"姜夔写自己人日外游，在长沙看到粘鸡，正与《岁时广记》说法相合。只不过这时的鸡并不是人日贴的，而是初一贴上，到人日仍然可见。"所说甚是。

⑪金盘簇燕：周密《武陵旧事》载，立春日供春盘，中有"金

鸡玉燕，备极精巧”。

⑫侵寻：渐渐消逝。

霓裳中序第一

丙午岁[1]，留长沙，登祝融[2]，因得其祠神之曲，曰《黄帝盐》《苏合香》[3]。又于乐工故书中得《商调·霓裳曲》十八阕[4]，皆虚谱无辞。按沈氏乐律《霓裳·道调》[5]，此乃商调[6]。乐天诗云“散序六阕”[7]，此特两阕。未知孰是？然音节闲雅，不类今曲。予不暇尽作，作中序一阕传于世。予方羁游，感此古音，不自知其辞之怨抑也。

亭皋正望极[8]，乱落江莲归未得。多病却无气力，况纨扇渐疏，罗衣初索[9]。流光过隙。叹杏梁双燕如客。人何在？一帘淡月，仿佛照颜色。　　幽寂。乱蛩吟壁，动庾信清愁似织[10]。沉思年少浪迹。笛里关山[11]，柳下坊陌。坠红无信息。漫暗水涓涓溜碧。漂零久，而今何意，醉卧酒垆侧[12]！

【注释】

①丙午岁：宋孝宗淳熙十三年（1186）。清陈廷焯《词则·大雅集》评此词曰：“骨韵俱古。”

②祝融：衡山七十二峰之最高峰。

③《黄帝盐》《苏合香》：为南岳衡山三献曲中之二曲。盐，一作“炎”。见洪迈《容斋续笔》卷七。

④《霓裳曲》：即《霓裳羽衣曲》，唐玄宗时所制。十八阕，即十八首。乐终为阕。

⑤沈氏乐律：指北宋沈括《梦溪笔谈》卷五关于乐律的部分，它认为《霓裳》是“道调法曲”。

⑥商调：即黄钟商，甚悲。白居易《嵩阳观夜奏霓裳》诗："开元遗曲自凄凉，况近秋天调是商。"

⑦"乐天"句：白居易《和元微之霓裳羽衣歌》："散序六奏未动衣，阳台宿云慵不飞。"王灼《碧鸡漫志》卷三："霓裳第一至第六叠无拍者，皆散序故也。"

⑧亭皋：水边高地。汉司马相如《上林赋》："亭皋千里，靡不被筑。"

⑨罗衣初索：谓秋凉时罗衣开始闲置。索，离索，离开。

⑩庾信：字子山，南北朝时诗人，先仕梁，使魏被留，后仕周，官至开府仪同三司，有《庾子山集》，诗赋多写羁旅愁思。

⑪笛里关山：在悲凉的笛声中跋涉吴山。语本杜甫《洗兵马》诗"三年笛里关山月"，写其漂泊生活。

⑫醉卧酒垆侧：《世说新语·任诞》载，阮籍邻家妇有美色，当垆沽酒。阮与王戎常从妇饮酒。"阮醉，便眠其妇侧。"

湘　月[①]

长溪杨声伯典长沙楫棹[②]，居濒湘江，窗间所见，如燕公、郭熙画图[③]，卧起幽适。丙午七月既望[④]，声伯约予与赵景鲁、景望、萧和父、裕父、时父、恭父[⑤]，大舟浮湘，放乎中流，山水空寒，烟月交映，凄然其为秋也。坐客皆小冠练服[⑥]，或弹琴，或浩歌，或自酌，或援笔搜句。予度此曲，即《念奴娇》之鬲指声也，于双调中吹之。鬲指亦谓之"过腔"，见晁无咎集[⑦]，凡能吹竹者，便能过腔也。

五湖旧约[⑧]，问经年底事，长负清景？暝入西山，渐唤我，一叶夷犹乘兴[⑨]。倦网都收，归禽时度，月上汀洲冷。中流容与，画桡不点清镜[⑩]。　谁解唤起湘灵，烟鬟雾鬟，理哀弦鸿阵[⑪]。玉麈谈玄[⑫]，叹坐客、多少风流名胜。暗柳萧萧，飞星冉冉，夜久知秋信。鲈鱼应好，旧家乐事谁省⑬？

【注释】

①此词写与杨声伯等友人夜游湘江情景，时当宋孝宗淳熙十三年(1186)，姜夔大概是依长沙通判萧德藻而居。清陈廷焯《白雨斋词话》卷二评此词曰："白石《湘月》云：'暗柳萧萧，飞星冉冉，夜久知秋冷。'写夜景高绝。点缀之工，意味之永，他手亦不能到。"

②杨声伯：福建长溪县(今霞浦县南)人，时掌长沙舟楫，曾受业于朱熹。

③燕公：盖指燕文贵，宋太宗端拱年间画家，吴兴人，精于山水，自成一家，人称"燕家景致"。又有燕肃，益都(今山东青州)人，工山水寒林。《宋史》有传。郭熙，北宋画家，河阳温县人，善画山水寒林，为御画院画师。见《宣和画谱》。

④丙午：宋孝宗淳熙十三年(1186)。七月既望：阴历七月十六日。

⑤萧和父、裕父、时父、恭父：皆萧德藻子侄，姜夔妻之兄弟。

⑥练(shù)服：粗布衣服。

⑦鬲指：古代音乐术语。鬲通隔，谓箫管或笛子声间隔一孔，名隔子声。晁无咎：名补之，苏门四学士之一，有《鸡肋集》。其《琴趣外编·消息》自注云："自过腔，即越调《永遇乐》。"《舒艺室余笔》初稿云："晁氏不云过入何调，依此鬲指推之，则过入高大石也。"清方成培《香研居词麈》释云，《念奴娇》本为大石调，亦即太簇商，双调为中吕商，同是商音，可以过腔。

⑧五湖旧约：指漫游之预约。春秋时范蠡曾与西施泛五湖(太湖地区湖泊)而去，后人因以指漫游。

⑨夷犹：从容不迫。

⑩"画桡"句：谓不举棹，信流而行。清镜，喻波平如镜。

⑪"谁解"三句：湘灵，即湘妃，相传舜南巡苍梧，二妃追至湘水，溺水身亡，为湘水之神，善鼓瑟，故称"理哀弦鸿阵"。琴

瑟上的弦柱，斜列如雁行，因称“鸿阵”。

⑫玉麈：白玉麈尾。晋人清谈时常手挥麈尾，见《晋书·王衍传》。谈玄，即谈论玄理(哲学)。

⑬“鲈鱼”二句：借喻思念家园，晋人张翰在京供职，见秋风起，遂动鲈鱼莼菜之思，命驾归松江。见《世说新语·识鉴》。

八 归 湘中送胡德华①

芳莲坠粉，疏桐吹绿，庭院暗雨乍歇。无端抱影销魂处②，还见筱墙萤暗③，藓阶蛬切④。送客重寻西去路，问水面琵琶谁拨⑤？最可惜一片江山，总付与啼鴂⑥。

长恨相从未款⑦，而今何事，又对西风离别？渚寒烟淡，棹移人远，缥缈行舟如叶。想文君望久，倚竹愁生步罗袜⑧。归来后，翠尊双饮，下了珠帘，玲珑闲看月⑨。

【注释】

①此词历叙离别之情，全首一气到底，刀挥不断。清陈廷焯《白雨斋词话》评曰：“声情激越，笔力精健，而意味仍是和婉。哀而不伤，真词圣也！”湘中：指湖南，时词人客居长沙。胡德华，不详。

②抱影：独抱形影，即孤栖之意。

③筱(xiǎo)墙：竹篱笆。

④蛬(qióng)切：蟋蟀鸣声凄切。蛬，通“蛩”。

⑤“水面”句：白居易《琵琶行》：“忽闻水上琵琶声，主人忘归客不发。”

⑥啼鴂(jué)：即杜鹃。此处意犹陈亮《水龙吟》：“恨芳菲世界，游人未赏，都付与，莺和燕。”

⑦未款：没有融洽。

⑧“想文君”二句：卓文君，汉临邛富人卓王孙之女，新寡居家，夜奔司马相如，卖酒于成都。此处借喻妻子。倚竹：形容盼

望，语本杜甫《佳人》诗："天寒翠袖薄，日暮倚修竹。"

⑨"下了"二句：李白《玉阶怨》："却下水精帘，玲珑望秋月。"

小重山令 赋潭州红梅[1]

人绕湘皋月坠时[2]，斜横花树小[3]，浸愁漪。一春幽事有谁知？东风冷，香远茜裙归[4]。　　鸥去昔游非，遥怜花可可[5]，梦依依。九疑云杳断魂啼，相思血，都沁绿筠枝[6]。

【注释】

①清张德瀛《词徵》卷五云："梅之以色胜者，有潭州红焉……词则无逾姜白石《小重山》一阕，白石词仙，固当有此温韦之笔。"近人俞陛云《两宋词选释》云："梅苑人归，蘅皋月冷，感怀吊古，愁并毫端。其凄丽之致，颇似东山（贺铸）、淮海（秦观）。"潭州：今湖南长沙，其地多红梅，素有"潭州红"之称。

②湘皋：湘江旁高地。

③"斜横"句：宋林逋《山园小梅》诗："疏影横斜水清浅，暗香浮动月黄昏。"

④茜（qiàn）裙：红裙。

⑤可可：《诗词曲语辞汇释》卷一："姜夔《小重山令》词：'鸥去昔游非，遥怜花可可，梦依依。'此为隐约义，犹云隐隐也。"

⑥"九疑"三句：九疑，山名，在湖南宁远县南，相传舜帝南巡，死于苍梧，葬于九疑山。二妃追之不及，泪下沾竹成斑。绿筠，绿竹，此处借喻梅枝。

探春慢[1]

予自孩幼从先人宦于古沔[2]，女须因嫁焉[3]。中去复来，几二十年[④]，岂惟姊弟之爱，沔之父老儿女子亦莫不予爱也。丙午冬[⑤]，千岩老人约予过苕霅[⑥]，岁晚乘涛载雪而下，顾念依依，殆不能去。作此曲别郑次皋、辛克清、姚刚中诸君[⑦]。

衰草愁烟，乱鸦送日，风沙回旋平野。拂雪金鞭，欺寒茸帽，还记章台走马[⑧]。谁念漂零久，漫赢得幽怀难写。故人清沔相逢，小窗闲共情话。　长恨离多会少，重访问竹西[⑨]，珠泪盈把。雁碛波平，渔汀人散，老去不堪游冶[⑩]。无奈苕溪月，又照我扁舟东下。甚日归来，梅花零乱春夜。

【注释】

①清陈廷焯《词则·大雅集》评此词曰："一幅岁暮旅行图画。词意超妙，正如野鹤闲云，去来无迹。"俞陛云《唐五代两宋词选释》云："白石久寓于沔上（汉口，今武汉市），行将东下，赋此志别……通首序事录别，笔气高爽，自是白石本色。"

②古沔（miǎn）：今湖北汉阳。

③女须：指姐姐，语本屈原《离骚》。

④中去复来几二十年：作者于孝宗隆兴初（1163）随父居汉阳，时年九岁。至本年重游其地，约二十年。

⑤丙午：孝宗淳熙十三年（1186）。

⑥千岩老人：见《扬州慢》注⑤。苕（tiáo）霅（zhá）：二溪名，在今浙江湖州境内。

⑦郑次皋，名仁举；辛克清，名泌；姚刚中，名不详。皆作者友人。

⑧章台走马：《汉书·张敞传》："张敞无威仪，时罢朝会，过走马章台街。"章台街，在长安，旧时指妓女所居之地。

⑨竹西：见前《扬州慢》注⑦。

⑩游冶：欧阳修《蝶恋花》："玉勒雕鞍游冶处，楼高不见章

台路。”

翠楼吟 双调[①]

淳熙丙午冬[②]，武昌安远楼成[③]，与刘去非诸友落之[④]，度曲见志。予去武昌十年，故人有泊舟鹦鹉洲者[⑤]，闻小姬歌此词，问之，颇能道其事，还吴为予言之[⑥]。兴怀昔游，且伤今之离索也。

月冷龙沙[⑦]，尘清虎落[⑧]，今年汉酺初赐[⑨]。新翻胡部曲[⑩]，听毡幕、元戎歌吹[⑪]。层楼高峙，看槛曲萦红，檐牙飞翠。人姝丽。粉香吹下，夜寒风细。　此地，宜有词仙，拥素云黄鹤[⑫]，与君游戏。玉梯凝望久，叹芳草萋萋千里。天涯情味，仗酒祓清愁[⑬]，花销英气。西山外，晚来还卷，一帘秋霁。

【注释】

①此词乃离汉阳赴湖州，途经武昌时作。清陈廷焯《白雨斋词话》卷二评后半阕云：“一纵一操，笔如游龙，意味深厚，是白石最高之作。”

②淳熙丙午冬：孝宗淳熙十三年(1186)冬季。

③武昌安远楼：故址在今武汉市黄鹤山上，一名白云楼。参见前刘过《糖多令》注。

④刘去非：即刘立义，曾官京西漕运。落之：楼宇落成时给以祝贺。

⑤鹦鹉洲：在今武汉市汉阳江中。唐崔颢《黄鹤楼》诗：“晴川历历汉阳树，芳草萋萋鹦鹉洲。”

⑥还吴：回到湖州。

⑦龙沙：即白龙沙，在今新疆。此指南宋北疆。

⑧虎落：城堡或营寨的护篱。《汉书·晁错传》注：“虎落

者，以竹篾相连遮落之也。”

⑨汉酺（pú）：指皇帝特许的大宴，汉文帝时曾“酺五日”，因称汉酺。本词作时宋高宗八十寿辰，朝廷赏赐内外诸军，故云“汉酺初赐”。

⑩胡部曲：北方少数民族的音乐。

⑪毡幕元戎：指北方民族的主将。毡幕，用毡子制成的帐篷。

⑫素云黄鹤：武昌有黄鹄山，相传仙人王子乔在此乘鹤飞升。山上有黄鹤楼，崔颢题诗曰：“黄鹤一去不复返，白云千载空悠悠。”此用其意。

⑬酒祓（fú）清愁：用酒来消除忧愁。祓，古代祈求消灾曰祓。今人施蛰存评此二句为“一联多句”，云：“作者漂泊在武昌，很不得意，做了这首词，叙述他流落天涯的情味，只有依仗看花饮酒，才能解愁消气……‘祓’字和‘销’字体现了作者的炼字工夫。”（见徐培均、范民声主编《诗词曲名句辞典》第379页。）

踏莎行

自沔东来[①]，丁未元日[②]，至金陵，江上感梦而作。

燕燕轻盈，莺莺娇软[③]，分明又向华胥见[④]。夜长争得薄情知，春初早被相思染。　　别后书辞，别时针线，离魂暗逐郎行远[⑤]。淮南皓月冷千山，冥冥归去无人管[⑥]。

【注释】

①沔：汉阳，今属武汉市。夏承焘、吴无闻《姜白石词校注》云：“此词从‘夜长争得薄情知’到‘离魂暗逐郎行远’五句，妙在从对方落笔，便显得情致缠绵。”

②丁未：宋孝宗淳熙十四年（1187）。

③“燕燕”二句：喻恋人体态如燕子轻盈，声音如黄莺娇软。

旧时有以莺莺燕燕比女子或歌妓。苏轼《张子野年八十五尚闻买妾,述古令作诗》云:"诗人老去莺莺在,公子归来燕燕忙。"莺莺,唐元稹《会真记》中女子;燕燕,唐诗人张祜之妾。

④华胥:指梦境,语本《列子·黄帝》篇。

⑤"离魂"句:唐陈玄祐《离魂记》载女子倩娘,与王宙善,然其父将其另许他人。宙恚恨,托言赴京,乘船遽行。夜半,闻岸上有人追至,乃倩娘也。

⑥"淮南"二句:王国维《人间词话》:"白石之词,余所最爱者,亦仅二语,曰:'淮南皓月冷千山,冥冥归去无人管。'"淮南,指合肥,宋时属淮南西路。姜夔曾在合肥结识一女子,以上四句指此。

杏花天影①

丙午之冬②,发沔口③,丁未正月二日④,道金陵,北望淮楚⑤,风日清淑,小舟挂席,容与波上⑥。

绿丝低拂鸳鸯浦⑦,想桃叶当时唤渡⑧。又将愁眼与春风⑨,待去,倚兰桡更少驻⑩。　金陵路,莺吟燕舞。算潮水知人最苦。满汀芳草不成归,日暮,更移舟向甚处?

【注释】

①近人陈匪石《宋词举》评此词曰:"布局与慢词略同,而节促音繁,意赅言简。南宋小令,大率如是。"

②丙午:宋孝宗淳熙十三年(1186)。

③沔口:汉口。

④丁未:淳熙十四年。

⑤淮楚:今江苏、安徽北部,淮河流域,战国时属楚地。

⑥"小舟"二句:谓小舟挂帆,在波上缓缓而行。

⑦鸳鸯浦:有鸳鸯戏水的河流。此指秦淮河,在今南京市。

⑧桃叶:晋代王献之爱妾,献之于金陵清溪赋有《桃叶歌》,云:"桃叶复桃叶,渡江不用楫。"

⑨愁眼:兼指柳眼,早春时初生的柳叶,如人睡眼初展。

⑩兰桡:船桨的美称。

惜红衣[①]

吴兴号水晶宫[②],荷花盛丽。陈简斋云:"今年何以报君恩,一路荷花相送到青墩。"[③]亦可见矣。丁未之夏[④],予游千岩[⑤],数往来红香中,自度此曲,以无射宫歌之[⑥]。

簟枕邀凉[⑦],琴书换日,睡余无力。细洒冰泉,并刀破甘碧[⑧]。墙头唤酒,谁问讯、城南诗客。岑寂。高柳晚蝉,说西风消息[⑨]。　　虹梁水陌[⑩],鱼浪吹香[⑪],红衣半狼藉[⑫]。维舟试望,故国眇天北[⑬]。可惜渚边沙外,不共美人游历。问甚时同赋,三十六陂秋色[⑭]?

【注释】

①俞陛云《唐五代两宋词选释》云:"此调倚《惜红衣》,应赋本体(指荷花),而词则前半阕但言避暑追凉,寂寥谁语。下阕始有'红衣狼藉'一句点题,余皆言望远怀人……其俊爽绵远处,正如词中之并刀破碧(橙子),方斯意境。"

②吴兴:今浙江湖州,因四面环水,故号水晶宫。语本杨濮诗:"溪上玉楼楼上月,清光合在水晶宫。"见《能改斋漫录》卷八。

③陈简斋:即陈与义,此二句见其《虞美人》词,词写罢官归湖州时途中所见荷花景色。

④丁未:宋孝宗淳熙十四年(1187)。

⑤千岩，指湖州弁山。

⑥无射(yè)宫：古代十二音律之一。

⑦簟(diàn)：竹席。

⑧并刀：古代并州(今太原)所制的快刀。甘碧：指新鲜瓜果。此处语本周邦彦《少年游》："并刀如水，吴盐胜雪，纤手破新橙。"

⑨"高柳"二句：王国维《人间词话》云："'高柳晚蝉，说西风消息'，虽格韵高绝，然如雾里看花，终隔一层。"

⑩虹梁：像彩虹似的桥梁。指吴江垂虹桥。水陌，水中堤堰。

⑪"鱼浪"句：谓游鱼掀起的波浪吹送荷香。

⑫红衣：指荷花。此句语本唐赵嘏《长安秋夕》诗："紫艳半开篱菊静，红衣落尽渚莲愁。"

⑬故国：指前为北宋所统治的中原地区。

⑭三十六陂：形容众多的池塘。宋王安石《题西太一宫壁》诗："荷花落日红酣，三十六陂烟水。"

点绛唇 丁未冬过吴松作[①]

燕雁无心，太湖西畔随云去。数峰清苦，商略黄昏雨[②]。　第四桥边[③]，拟共天随住[④]。今何许？凭栏怀古，残柳参差舞。

【注释】

①丁未：孝宗淳熙十四年(1187)。该年春，姜夔因杨万里介绍到苏州谒见范成大；冬间再往，中途经吴松江作此词。吴松，一名松陵，即今苏州吴江。清陈廷焯《白雨斋词话》卷二评此词曰："白石长调之妙，冠绝南宋。短章亦有不可及者，如《点绛唇》一阕，通首只写眼前景物……无穷哀感，都在虚处。令读者吊古伤今，不能自止，洵推绝调。"

②商略：商量、酝酿。明卓人月《古今词统》云："'商略'二字诞妙。"

③第四桥：吴江城外甘泉桥。

④天随：晚唐诗人陆龟蒙自号天随子，晚年隐居松江甫里（今苏州市吴中区角直镇）。杨万里称姜夔"于文无所不工，甚似陆天随"，见《齐东野语》卷十二载《白石自叙》。

琵琶仙[①] 黄钟商

《吴都赋》云："户藏烟浦，家具画船[②]。"唯吴兴为然，春游之盛，西湖未能过也。己酉岁[③]，予与萧时父载酒南郭[④]，感遇成歌。

双桨来时，有人似，旧曲桃根桃叶[⑤]。歌扇轻约飞花，蛾眉正奇绝。春渐远，汀洲自绿，更添了、几声啼鴂[⑥]。十里扬州[⑦]，三生杜牧[⑧]，前事休说。　又还是宫烛分烟[⑨]，奈愁里、匆匆换时节。都把一襟芳思，与空阶榆荚[⑩]。千万缕、藏鸦细柳，为玉尊、起舞回雪[⑪]。想见西出阳关，故人初别[⑫]。

【注释】

①此乃白石自度曲。夏承焘《姜白石词编年笺校》云："合肥人善琵琶，《解连环》有'大乔能拨春风'句，《浣溪沙》有'恨入四弦'句，可知此调名《琵琶仙》之故。"张炎《词源》评此词云："矧情至于离，则哀怨必至，苟能调感怆于融会中，斯为得矣。白石《琵琶仙》云……离情当如此作，全在情景交炼，得言外意。"此词写游览时骤遇一对佳人，遂引起对旧日恋人的回忆。

②《吴都赋》：唐李庾作，此二句原作"户闭烟浦，家藏画舟。"

③己酉岁：孝宗淳熙十六年(1189)。

④萧时父：见前《湘月》注⑤。

⑤桃根桃叶：桃叶为东晋王献之妾，桃根为桃叶之妹。参见前《杏花天影》注⑧。

⑥啼鴂：即杜鹃，参见前《八归》注⑥。

⑦十里扬州：唐杜牧《赠别》："春风十里扬州路，卷上珠帘总不如。"

⑧三生杜牧：语本黄庭坚《广陵早春》诗："春风十里珠帘卷，仿佛三生杜牧之。"

⑨宫烛分烟：古有寒食节后分赐火烛给大臣的风俗。唐韩翃《寒食》诗："日暮汉宫传蜡烛，轻烟散入五侯家。"

⑩"都把"二句：意谓将满怀芳思付与无情之物。韩愈《晚春》诗："杨花榆荚无情思，唯解漫天作雪飞。"

⑪起舞回雪：黄庭坚《千秋岁》："齐歌云绕扇，赵舞风回带。"此处形容柳絮似雪飞飏。

⑫"想见"二句：唐王维《送元二使安西》诗："渭城朝雨浥轻尘，客舍青青柳色新。劝君更尽一杯酒，西出阳关无故人。"

鹧鸪天 己酉之秋[1]，苕溪记所见[2]

京洛风流绝代人[3]，因何风絮落溪津。笼鞋浅出鸦头袜，知是凌波缥缈身[4]。　　红乍笑[5]，绿长嚬[6]，与谁同度可怜春？鸳鸯独宿何曾惯，化作西楼一缕云[7]。

【注释】

①己酉：宋孝宗淳熙十六年（1189）。

②苕溪：水名，此指湖州。

③京洛：原指洛阳。此处谓京城一绝色女子飘零到湖州。

④鸦头袜：指足拇指与其他四指分开之袜。李白《越女词》之一："屐上足如霜，不著鸦头袜。"此二句化用曹植《洛神赋》："凌波微步，罗袜生尘。"

⑤红：形容女子之唇。

⑥绿长嚬：谓翠眉常常皱拢。嚬，同"颦"。

⑦"鸳鸯"二句：清李调元《雨村词话》评云："不但韵高，亦由笔妙。何必石湖（范成大）所赞自制曲（《暗香》《疏影》）之敲金戛玉声，裁云缝月手也。"

念奴娇[①]

予客武陵[②]，湖北宪治在焉[③]。古城野水，乔木参天。予与二三友日荡舟其间，薄荷花而饮[④]，意象幽闲，不类人境。秋水且涸，荷叶出地寻丈[⑤]，因列坐其下，上不见日，清风徐来，绿云自动，间于疏处窥见游人画船，亦一乐也。朅来吴兴[⑥]，数得相羊荷花中[⑦]。又夜泛西湖[⑧]，光景奇绝，故以此句写之。

闹红一舸，记来时，尝与鸳鸯为侣。三十六陂人未到[⑨]，水佩风裳无数[⑩]。翠叶吹凉，玉容销酒[⑪]，更洒菰蒲雨。嫣然摇动，冷香飞上诗句[⑫]。　日暮，青盖亭亭[⑬]，情人不见，争忍凌波去？只恐舞衣寒易落[⑭]，愁入西风南浦。高柳垂阴，老鱼吹浪，留我花间住。田田多少[⑮]，几回沙际归路。

【注释】

①此词为淳熙十六年（1189）游浙江杭州西湖时所作。唐圭璋《唐宋词简释》评曰："此首写泛舟荷花中境界，俊语纷披，意趣深远……上片写景，下片笔笔转换，一往情深。"

②武陵：宋为朗州武陵郡，今湖南常德。小序前半回忆在武陵赏荷。

③湖北宪治：指宋时荆湖北路提点刑狱官署。

④薄荷花：靠近荷花。薄，迫近。

⑤寻：八尺。此句谓荷叶高出地面约一丈。

⑥朅(qiè)来：来到。

⑦相羊：徜徉。

⑧西湖：杭州西湖。

⑨三十六陂：见前《惜红衣》注⑫。此指许多荷花池。

⑩水佩风裳：李贺《苏小小墓》诗："风为佩，水为裳。"

⑪玉容销酒：谓荷花粉白，如同美人面容褪去酒后红晕。

⑫"冷香"句：明卓人月《古今词统》卷十三评曰："'冷香'六字，鬼工也。('高柳'三句)写出鱼柳深情，使人不能自绝。"

⑬青盖：谓荷叶似绿伞。

⑭舞衣：借喻荷叶。

⑮田田：犹团团，荷叶浮水貌。南朝乐府："江南可采莲，莲叶何田田。"

满江红[①]

《满江红》旧调用仄韵，多不协律。如末句云"无心扑"三字[②]，歌者将"心"字融入去声[③]，方谐音律。予欲以平韵为之，久不能成。因泛巢湖[④]，闻远岸箫鼓声，问之舟师，云："居人为此湖神姥寿也[⑤]。"予因祝曰："得一席风径至居巢[⑥]，当以平韵《满江红》为迎送神曲。"言讫，风与笔俱驶，顷刻而成。末句云"闻佩环"，则协律矣。书以绿笺，沉于白浪，辛亥正月晦也[⑦]。是岁六月，复过祠下，因刻之柱间。有客来自居巢云："土人祠姥，辄能歌此词。"按曹操至濡须口[⑧]，孙权遗操书曰："春水方生，公宜速去。"操曰："孙权不欺孤。"乃撤军还。濡须口与东关相近[⑨]，江湖水之所出入，予意春水方生，必有司之者，故归其功于姥云。

仙姥来时，正一望千顷翠澜。旌旗共乱云俱下，依约前山。命驾群龙金作轭⑩，相从诸娣玉为冠⑪。向夜深、风定悄无人，闻佩环。　　神奇处，君试看：奠淮右，阻江南。遣六丁雷电⑫，别守东关。却笑英雄无好手，一篙春水走曹瞒⑬。又怎知、人在小红楼，帘影间。

【注释】

①此调本押仄声韵，如柳永、岳飞之作是也。今白石改押平声，确是创举。俞陛云《唐五代两宋词选释》称其“格调高亮，后来词家每效之……杨诚斋（万里）评白石诗有‘敲金戛玉之奇声’。此词音节，颇类其评语。”

②无心扑：周邦彦《满江红》（昼日移阴）：“最苦是、蝴蝶满园飞，无心扑。”

③融入去声：心字为平声，歌唱时读作去声。此即融字法。

④巢湖：在今安徽合肥东南。

⑤湖神姥（mǔ）：巢湖女神。

⑥居巢：古县名，在今安徽巢县东北。

⑦辛亥正月晦：宋光宗绍熙二年（1191）正月三十日。

⑧濡须河：源出巢湖，东经含山县至芜湖市裕溪口入长江。今称运漕河、裕溪河。建安十八年（213），曹操攻濡须口，孙权致书，曹军不习水战，乃退。引文见《三国志·吴主传》注引《吴历》。

⑨东关：在巢县东南。

⑩轭：驾车时驾在马颈上的曲木。

⑪“相从”句：作者自注：“庙中列坐如夫人者十三人。”

⑫六丁：道教中火神。唐韩愈《调张籍》诗：“仙官敕六丁，雷电下取将。”

⑬曹瞒：曹操小字阿瞒。顾易生《姜夔诗词十二首》注云：“按历史上的孙权还是颇有其雄才大略的。据《吴历》所说，曹操这次进军时，看到东吴的舟船武器和兵士队伍很整肃，叹息道：‘生子当如孙仲谋（孙权字仲谋）。’接着孙权给他去了警告

信，才撤兵退去。所以南宋爱国词人辛弃疾《南乡子》词中评孙权道：‘年少万兜鍪，坐断东南战未休。天下英雄谁敌手？曹、刘。’高度赞扬他镇守东南地区而与曹操、刘备都是英雄对手。辛词中有讽喻南宋统治集团不及孙权那样能保卫疆土的意思。”姜夔这两句则是强调只依仗自然天险来阻止敌人进攻的算不得英雄人物，是从另一角度讽喻南宋统治集团的不能奋发图强而但凭江淮地形作界限。辛弃疾《南乡子》与本词各寓深意，可以参看。

淡黄柳① 正平调近

客居合肥南城赤栏桥之西②，巷陌凄凉，与江左异，唯柳色夹道，依依可怜。因度此阕，以纾客怀。

空城晓角，吹入垂杨陌。马上单衣寒恻恻③。看尽鹅黄嫩绿，都是江南旧相识④。　正岑寂，明朝又寒食。强携酒，小桥宅⑤，怕梨花落尽成秋色⑥。燕燕飞来，问春何在，唯有池塘自碧。

【注释】

①此为与合肥恋人惜别之作。陈匪石《宋词举》评此词曰：“淡淡说景，而寥落无人之感见于言外。就合肥之地当时视为边城者观之，且寓意极深，神味隽永，意境超妙，耐人三日思。”

②宋光宗绍熙初年白石客居合肥，宅近赤阑桥有《送范中讷往合肥》诗云：“我家曾住赤阑桥，邻里相过不寂寥。君若到时秋已半，西风门巷柳萧萧。”

③恻恻：轻寒貌。秦观《梦扬州》：“燕子未归，恻恻轻寒如秋。”

④鹅黄嫩绿：王安石《南浦》诗云：“含风鸭绿粼粼起，弄日鹅黄袅袅垂。”

⑤小桥宅:作者客居赤栏桥附近的住宅。小桥原为三国吴著名美人,嫁周瑜,也作"小乔"。夏承焘《姜白石词编年笺校》卷三笺云:"此小桥盖谓合肥情侣也。"

⑥"怕梨花"句:唐李贺《河南府试十二月乐词》:"梨花落尽成秋苑。"此写伤春情怀。郑文焯《郑晓白石道人歌曲》云:"长吉有'梨花落尽成秋苑'之句,白石正用以入词,而改一'色'字协韵。当时清真(周邦彦)、方回(贺铸),多取(李)贺诗隽句为词。"

长亭怨慢[①] 中吕宫

予颇喜自制曲,初率意为长短句,然后协以律,故前后阕多不同。桓大司马云[②]:"昔年种柳,依依汉南;今看摇落,凄怆江潭。树犹如此,人何以堪![③]"此语余深爱之。

渐吹尽,枝头香絮。是处人家[④],绿深门户。远浦萦回,暮帆零乱向何许?阅人多矣,谁得似长亭树?树若有情时,不会得青青如此。 日暮,望高城不见[⑤],只见乱山无数。韦郎去也,怎忘得玉环分付:"第一是早早归来,怕红萼无人为主[⑥]。"算空有并刀[⑦],难剪离愁千缕[⑧]。

【注释】

①此词为辛亥(宋光宗绍熙二年,1191)春自合肥东归忆别之作。夏承焘、吴无闻《姜白石词校注》云:"以硬笔高调写柔情,是白石词的一个鲜明的特色……又如此首词中的'阅人多矣,谁得似长亭树。树若有情时,不会得青青如此',则转折拗怒,尤为奇作。"麦孺博评曰:"浑灏流转,脱胎稼轩。"见《艺蘅馆词选》。

②桓大司马：东晋桓温为大司马，出征前秦，至金城，见前次所种柳皆已十围，因流涕曰："木犹如此，人何以堪！"（见《世说新语·言语》）

③"昔年"六句：乃庾信《枯树赋》中引桓温语，庾信或有所增饰。

④是处：处处，到处。

⑤"望高城"句：语本唐欧阳詹《初发太原途中寄太原所思》诗："高城已不见，况复城中人。"寓怀念合肥情侣之意。

⑥"韦郎"四句：相传韦皋游江夏，与婢女玉箫恋，别时约七年后重逢，留一玉环为信物，逾期不至，玉箫绝食而死。后得一歌姬，极类玉箫，中指肌肉隆起如玉环。见《云溪友议》。此处以玉环代玉箫。

⑦并刀：古代并州（今山西太原）所产的快刀。

⑧"难剪"句：南唐李煜《相见欢》："剪不断，理还乱，是离愁，别是一般滋味在心头。"

凄凉犯[①] 仙吕调犯商调

合肥巷陌皆种柳，秋风夕起骚骚然。予客居阖户，时闻马嘶。出城四顾，则荒烟野草，不胜凄黯，乃著此解，琴有《凄凉调》，假以为名。凡曲言犯者[②]，谓以宫犯商、商犯宫之类，如道调宫"上"字住[③]，双调亦"上"字住[④]，所住字同，故道调曲中犯双调，或于双调曲中犯道调，其他准此。唐人乐书云："犯有正、旁、偏、侧，宫犯宫为正，宫犯商为旁，宫犯角为偏，宫犯羽为侧。"此说非也。十二宫所住字各不同，不容相犯。十二宫特可犯商、角、羽耳。予归行都[⑤]，以此曲示国工田正德[⑥]，使以哑觱栗角吹之[⑦]，其韵极美。亦曰《瑞鹤仙影》。

绿杨巷陌，秋风起，边城一片离索[8]。马嘶渐远，人归甚处，戍楼吹角[9]。情怀正恶，更衰草寒烟淡薄。似当时，将军部曲[10]，迤逦度沙漠。　　追念西湖上[11]，小舫携歌，晚花行乐。旧游在否？想如今、翠凋红落。漫写羊裙[12]，等新雁来时系著[13]。怕匆匆、不肯寄与，误后约。

【注释】

①邓廷桢《双砚斋词话》评云："词家之有白石，犹书家之有逸少（王羲之），诗家之有浣花（韦庄）。盖缘识趣既高，兴象自别……如《凄凉犯》之'马嘶渐远……'则周京离黍之感也。"俞陛云《唐五代两宋词选释》则云："词在合肥秋夕作。上阕汴路回看，慨收京之无望；下阕临安南望，叹俊赏之难追……下阕忆当时小舫轻歌之乐，换客中西风画角之悲，情怀更劣矣！"

②犯：音乐术语。古代用不同的宫调相犯，以增加乐曲的变化，类似西乐的转调。

③道调宫：十二宫调之一。"上"字住，即每首词最后一个工尺谱落在上声字上，这"上"字通常称为"结声"或"煞声"。

④双调：十二宫调之一。

⑤行都：指浙江杭州，南宋时都城所在。

⑥田正德：教坊大使，著名乐工。见《武林旧事》卷四云："马后乐，拍板吴兴祖，觱篥田正德。"又："拍板，田正德。"

⑦觱（bì）栗：管乐器，又名笳管，出自西域龟兹。

⑧边城：此指合肥，时宋金以淮河为界。合肥地处前沿，故称。

⑨戍楼：边防军的岗楼。

⑩部曲：古代军队编制单位。汉时大将军营五部，每部校尉一人。部下有曲，曲有军候一人。见《续汉书·百官志》。

⑪西湖：指杭州西湖。

⑫羊裙：《南史·羊欣传》："时王献之为吴兴太守，甚知爱

之。欣尝夏月著新绢裙昼寝，献之入县见之，书裙数幅而去。欣书本工，因此弥善。”此指将所书之诗词赠与友人。

⑬新雁：借指信使。用鸿雁传书典，见《汉书·苏武传》。

暗香 仙吕宫①

辛亥之冬②，予载雪诣石湖③。止既月，授简索句，且征新声，作此两曲，石湖把玩不已，使工妓隶习之，音节谐婉，乃名之曰《暗香》《疏影》④。

旧时月色，算几番照我，梅边吹笛。唤起玉人，不管清寒与攀摘⑤。何逊而今渐老，都忘却春风词笔⑥。但怪得竹外疏花，香冷入瑶席⑦。　江国，正寂寂。叹寄与路遥，夜雪初积。翠尊易泣，红萼无言耿相忆⑧。长记曾携手处，千树压西湖寒碧⑨。又片片吹尽也，几时见得？

【注释】

①张炎《词源》卷下云“白石词如《疏影》《暗香》……等曲，不惟清空，又且骚雅，读之使人神观飞越。”又云：“词之赋梅，惟姜白石《暗香》《疏影》二曲，前无古人，后无来者。自立新意，真为绝唱！”

②辛亥：宋光宗绍熙二年(1191)。

③石湖：范成大晚年居石湖，湖在今苏州西南，南通太湖，北通横塘，宋孝宗书“石湖”二字赐之，因自号石湖居士。

④暗香疏影：语本林逋《山园小梅》诗：“疏影横斜水清浅，暗香浮动月黄昏。”

⑤“唤起”二句：语本贺铸《浣溪沙》：“楼角初销一缕霞，玉人和月摘梅花。”

⑥“何逊”二句：何逊，字仲言，南朝梁东海郯人，官至尚书

水部郎。其《咏早梅》诗极有名。此谓作者已老，渐已丧失昔日才情。

⑦竹外疏花：徐案：此与苏轼《和秦太虚梅花》诗云："江头千树春欲暗，竹外一枝斜更好。"二者各级其妙。

⑧耿相忆：忠诚相忆。

⑨"长记"二句：清邓廷桢《双砚斋随笔》云："朱希真之'梅枝消瘦一如无，但空里疏花数点。'"

疏　影①

苔枝缀玉②，有翠禽小小，枝上同宿③。客里相逢，篱角黄昏，无言自倚修竹④。昭君不惯胡沙远⑤，但暗忆江南江北。想佩环月夜归来⑥，化作此花幽独。　犹记深宫旧事，那人正睡里，飞近蛾绿⑦。莫似春风，不管盈盈，早与安排金屋⑧。还教一片随波去，又却怨玉龙哀曲⑨。等恁时，重觅幽香，已入小窗横幅。

【注释】

①唐圭璋《唐宋词简释》评此词云："此首咏梅，寄托亦深。起写梅花之貌，次写梅花之神。梅之美，梅之孤高，并于六句中写足……篇中虽隶事，然运气空灵，笔墨飞舞。"

②苔枝：长满藓苔的梅枝。缀玉：缀以如玉的白梅花。范成大《范村梅谱》谓湖州古梅："苔须垂于枝间，或长数寸，风至，绿丝飘飘可玩。"

③"有翠禽"二句：徐案，此用《隋遗录》赵师雄醉卧梅花下梦见枝上有翠鸟对鸣事。翠禽，即翠鸟，因平仄所限，而以"禽"字易"鸟"字。此鸟岭南人名之为倒挂子，绿毛红喙，如鹦鹉而小。参见苏轼《再用前韵》"绿衣倒挂扶桑暾"诗自注。陈匪石《宋词举》亦云："'翠禽'使罗浮事，以美人素妆迎赵师雄，故以'客里相逢'三句继之。"前人多不晓，误用杜甫《佳人》诗"天寒

翠袖"，特此正之。

④"篱角"二句：语本唐杜甫《佳人》诗："天寒翠袖薄，日暮倚修竹。"

⑤"昭君"句：谓汉王昭君出塞和亲。近人刘永济以《南烬纪闻》载宋徽宗被掳入金时有《眼儿媚》词云："春梦绕胡沙，向晚不堪回首，坡头吹彻梅花。"乃此词所本。

⑥"想佩环"句：杜甫《咏怀古迹》其三咏昭君云："画图省识春风面，环佩空归月夜魂。"此喻梅花乃昭君魂所化。

⑦"犹记"三句：用南朝宋寿阳公主事，相传公主人日卧于含章殿下，梅花落到额上，成五出之花，拂之不去，宫人效为梅花妆。见《岁华纪丽》。此喻落梅。

⑧金屋：参见辛弃疾《贺新郎》(细把君诗说)注④。

⑨玉龙哀曲：玉龙，指笛。此指笛曲《梅花落》。李白《与史郎中钦听黄鹤楼上吹笛》诗："黄鹤楼中吹玉笛，江城五月落梅花。"

齐天乐 黄钟宫[①]

丙辰岁[②]，与张功父会饮张达可之堂[③]，闻屋壁间蟋蟀有声。功父约予同赋，以授歌者。功父先成[④]，辞甚美。予徘徊茉莉花间，仰见秋月，顿起幽思，寻亦得此。蟋蟀，中都呼为促织[⑤]，善斗，好事者或以三二十万钱致一枚，镂象齿为楼观以贮之[⑥]。

庾郎先自吟愁赋[⑦]，凄凄更闻私语。露湿铜铺[⑧]，苔侵石井，都是曾听伊处。哀音似诉。正思妇无眠，起寻机杼。曲曲屏山，夜凉独自甚情绪。　　西窗又吹暗雨。为谁频断续，相和砧杵[⑨]。候馆迎秋[⑩]，离宫吊月[⑪]，别有伤心无数。豳诗漫与[⑫]。笑篱落呼灯，世间儿女。写入琴丝[⑬]，一声声更苦。

【注释】

①清许昂霄《词综偶评》云此词"将蟋蟀与听蟋蟀者层层夹写,如环无端,真化工之笔也!"清陈廷焯《白雨斋词话》卷二云:"白石《齐天乐》一阕,全篇皆写怨情。独后半……以无知儿女之乐,反衬出有心人之苦,最为入妙,用笔亦别有神味,难以言传。"

②丙辰:宋宁宗庆元二年(1196)。

③张功父:张镃,字功父。"父",通作"甫"。本书前有小传。张达可,张镃从弟。

④功父先成:张镃所作为《满庭芳》(月洗高梧)。见《众里寻他千百度:南北宋之交词》载。

⑤中都:指北宋汴京。

⑥"镂象齿"句:《西湖老人繁胜录》载:"促织盛出,都民好养,或以银丝为笼,或作楼台为笼。"殆为中都之遗风。

⑦庾郎:指北周庾信,有《庾子山集》。其《愁赋》本集失收,叶廷珪《海录碎事》卷九载有残篇。

⑧铜铺:门上铸有兽面的铜环底座。此指门前。

⑨砧杵:捣衣声。

⑩候馆:迎候旅客的馆驿。《大学衍义补》:"候馆楼,即所谓驿舍之邮亭也。"

⑪离宫:行宫。顾易生《姜夔诗词十二首》注云:"在宋金战争中,宋王朝的徽、钦二帝以及贵族官僚、平民百姓大量被俘虏、囚禁,流离分散,造成无数悲剧。本词这些描写是有用意的。""郑文焯《白石道人歌曲》中说:'下阕托寄遥深',当即指这些方面。"

⑫豳(bīn)诗:《诗经·豳风·七月》:"十月蟋蟀入我床下。"漫与,随意挥写。杜甫《江上值水如海势聊短述》诗:"老去诗篇浑漫与,春来花鸟莫深愁。"

⑬写入琴丝:作者自注:"宣政间有士大夫制《蟋蟀吟》。"宣政间,即宋徽宗宣和、政和年间。

庆宫春[1]

绍熙辛亥除夕[2]，予别石湖归吴兴[3]，雪后夜过垂虹[4]，尝赋诗云："笠泽茫茫雁影微[5]，玉峰重叠护云衣[6]。长桥寂寞春寒夜，只有诗人一舸归。"后五年冬[7]，复与俞商卿、张平甫、铦朴翁[8]自封禺同载诣梁溪[9]，道经吴松[10]，山寒天迥，云浪四合，中夕相呼步垂虹，星斗下垂，错杂渔火，朔吹凛凛[11]，卮酒不能支。朴翁以衾自缠，犹相与行吟。因赋此阕，盖过旬涂稿乃定。朴翁咎予无益，然意所耽不能自已也。平甫、商卿、朴翁，皆工于诗，所出奇诡，予亦强追逐之。此行既归，各得五十余解。

双桨莼波[12]，一蓑松雨，暮愁渐满空阔。呼我盟鸥，翩翩欲下，背人还过木末[13]。那回归去，荡云雪，孤舟夜发。伤心重见，依约眉山，黛痕低压。　　采香径里春寒[14]，老子婆娑[15]，自歌谁答。垂虹西望，飘然引去，此兴平生难遏。酒醒波远，正凝想明珰素袜[16]。如今安在，唯有栏干，伴人一霎。

【注释】

①陆友仁《砚北杂志》云："往余见姜尧章《庆春宫》词，爱其词翰丰茸，故备载之。"俞陛云《唐五代两宋词选释》评此词云："起笔即秀逸而工，承以'鸥盟'三句，着笔轻灵。此下回首前游，凄然前望，山压眉低……白石赋此词，几经涂稿而成，知吟安一字之难。以横溢之天才，而审慎如此，学词者未可轻心掉之。"

②绍熙辛亥：宋光宗绍熙二年（1191）。

③石湖：指范成大，见前《暗香》注②。吴兴：今浙江湖州。

④垂虹：亭名，旧址在苏州南吴江利往桥上。桥长千余尺，亦名长桥、垂虹桥。

⑤笠泽：陆广微《吴地记》："松江一名松陵，又名笠泽……其江之源，连接太湖。"

⑥玉峰：指今江苏昆山。

⑦后五年冬：宋宁宗庆元二年(1196)冬。

⑧俞商卿：名灏，绍熙四年进士。张平甫：名鉴，张镃异母弟。铦朴翁：即葛天民，字无怀，出家为僧时，法号义铦，字朴翁。

⑨封禺：二山名，在今浙江德清县西南。梁溪：指江苏无锡，因境内有梁溪而得名。

⑩吴松：此指吴江县(今苏州市吴江区)。

⑪朔吹：朔风。

⑫莼波：飘动着莼菜丝的波浪。

⑬木末：树梢。屈原《九歌》："采薜荔兮水中，搴芙蓉兮木末。"

⑭采香径：苏州香山旁之小溪。范成大《吴郡志》云："采香径在香山之旁，小溪也。吴王种香于香山，使美人泛舟于溪以采香。今自灵岩望之，一水直如矢，故俗又名箭泾。""径"字当作"泾"。

⑮老子：作者自称。婆娑，起舞貌。

⑯明珰：以明珠为耳饰。素袜：白色罗袜。此处代指所恋之美人。

江梅引[1]

丙辰之冬[2]，予留梁溪[3]，将诣淮南不得[4]，因梦思以述志。

人间离别易多时，见梅枝，忽相思。几度小窗，幽梦手同携。今夜梦中无觅处，漫徘徊。寒侵被，尚未知。

湿红恨墨浅封题[5]，宝筝空，无雁飞[6]。俊游巷陌[7]，算空有、古木斜晖。旧约扁舟，心事已成非[8]。歌罢淮南春草赋，又萋萋。漂零客，泪满衣[9]。

【注释】

①夏承焘、吴无闻《姜白石词校注》云："此是怀念合肥恋人之作。白石于绍熙二年辛亥离开合肥，至此已逾五年。《白石道人诗集·送范仲讷往合肥三首》的第一首说：'壮志只便鞍马上，客梦长在江淮间。'……则表明他对失约的歉疚，以及还要到淮南与恋人相会的决心。"此乃作此词的背景。

②丙辰：宋宁宗庆元二年（1196）。

③梁溪：在江苏无锡。此指无锡。张鉴有庄园在无锡，作者此时依张鉴在此居留。

④淮南：指安徽合肥，时属淮南西路。作者前有恋人在合肥赤栏桥，故见梅而忆之。

⑤湿红：犹红泪，指女子泪水。

⑥"宝筝"二句：因筝上雁柱，说到鸿雁传书，以无信使而生怨恨。

⑦俊游：即胜游。秦观《望海潮》："金谷俊游，铜驼巷陌，新晴细履平沙。"

⑧"旧约"二句：化用范蠡故事。春秋时，范蠡献西施于吴王，约灭吴后泛舟五湖而去。

⑨淮南春草赋：《楚辞》淮南小山《招隐士》："春草生兮萋萋，王孙游兮不归。"作者借此抒发怀念合肥恋人之深情。

鬲溪梅令 仙吕调[1]

丙辰冬[2]，自无锡归，作此寓意。

好花不与殢香人[3]。浪粼粼。又恐春风归去绿成阴，玉钿何处寻[4]？　　木兰双桨梦中云。小横陈。漫向孤山山下觅盈盈[5]，翠禽啼一春[6]。

【注释】

①清陈廷焯《词则·别调集》卷二评此词曰："节短音长，酝酿可喜。"

②丙辰：宋宁宗庆元二年(1196)。

③殢香人：为花香所陶醉的人。此句化用秦观《梦扬州》："殢酒困花，十载因谁淹留。"

④"又恐"二句：化用唐杜牧《惜花》诗："自恨寻芳到已迟，往年曾见未开时。如今风摆花狼藉，绿叶成阴子满枝。"借喻与恋人错过婚期。玉钿：以珠玉缀成花形首饰，此处指梅花。

⑤盈盈：指美女。《古诗十九首》："娥娥红粉妆，盈盈楼上女。"

⑥"翠禽"句：用《龙城录》故事，相传隋代赵师雄在罗浮山曾遇一美女同饮，后醉卧梅花树下，上有翠鸟对鸣。前句"盈盈"指赵所遇美人(梅花之神)，翠鸟，岭南人呼为倒挂子，乃喻花神之童子二人。参见前《疏影》注释。

浣溪沙　丙辰岁不尽五日[1]，吴松作[2]

雁怯重云不肯啼，画船愁过石塘西[3]。打头风浪恶禁持[4]。　　春浦渐生迎棹绿，小梅应长亚门枝[5]。一年灯火要人归。

【注释】

①夏承焘、吴无闻《姜白石词校注》云："此词是归舟过吴松作。陈思《白石道人年谱》谓白石此年(丙辰)'移家行都(临安)依张鉴，居近东青门'。白石是年浪游武康、无锡各地，至年终始归……上片三句写归舟……使人感到心情的沉重。下片稍

露归家的喜悦：见船头春波涨绿，想到小梅应长出亚（压）门新枝，以迎远客。此小梅亦可比喻家中幼小儿女。结句写出家人盼望归人之殷勤。”“丙辰”句：指宋宁宗庆元二年（1196）除夕前四日。

②吴松：今苏州吴江。

③石塘：《方舆胜览》：“小长桥在石塘，叠石为之。”塘在今苏州吴江。

④禁持：摆布。《诗词曲语辞汇释》卷二：“姜夔《浣溪沙》词‘打头风流恶禁持。’言风浪是恶摆布也。”

⑤亚门枝：斜压门前的梅枝。亚，通“压”。

鹧鸪天 正月十一日观灯[①]

巷陌风光纵赏时，笼纱未出马先嘶[②]。白头居士无呵殿[③]，只有乘肩小女随[④]。　　花满市[⑤]，月侵衣。少年情事老来悲。沙河塘上春寒浅[⑥]，看了游人缓缓归。

【注释】

①正月十一日观灯：指庆元三年（1197）正月在杭州进行元宵灯节预赏。

②笼纱：指灯笼。黄庭坚《陈留市隐》诗：“乘肩娇小女，邂逅此生同。”吴自牧《梦粱录》“元宵”：“公子王孙，五陵年少，更以笼纱喝道，将带佳人美女，遍地游赏。”况周颐《蕙风词话》卷二评曰：“姜白石《鹧鸪天》云‘笼纱未出马先嘶’，七字写出华贵气象，却淡隽不涉俗。”

③白头居士：作者自指。呵殿：指随从，在前曰呵，在后曰殿。

④乘肩小女：《武林旧事》卷二“元夕”：“都城自旧岁孟冬驾回，则已有乘肩小女鼓吹舞绾者数十队，以供贵邸豪家幕次之玩。”

⑤花满市：花灯满市。

⑥沙河塘：街市名，宋时极繁华，在杭州余杭门内。

鹧鸪天　元夕不出①

忆昨天街预赏时②，柳悭梅小未教知。而今正是欢游夕，却怕春寒自掩扉。　　帘寂寂，月低低。旧情唯有绛都词③。芙蓉影暗三更后④，卧听邻娃笑语归。

【注释】

①此指庆元三年（1197）元宵日。清贺裳《皱水轩词筌》："《鹧鸪天》最多佳词，《草堂》所载，无一不善者……姜白石'元夕不出'。'芙蓉影暗三更后，卧听邻娃笑语归'，骎骎有诗人之致。"

②预赏：陈元靓《岁时广记》卷十一："自十二月十五日便放灯，直至上元，谓之预赏。"

③绛都词：丁仙现有《绛都春》（融和又报）一首咏汴京元夕，此指作者旧作元宵词。

④芙蓉：莲花，借指花灯。

鹧鸪天　元夕有所梦①

肥水东流无尽期②，当初不合种相思。梦中未比丹青见③，暗里忽惊山鸟啼。　　春未绿，鬓先丝，人间别久不成悲。谁教岁岁红莲夜④，两处沉吟各自知。

【注释】

①本篇系庆元三年（1197）元宵感梦而作。梦中所见乃二十年前在合肥初遇的恋人，词中"人间别久不成悲"，即指此事

而言。

②肥水：源出合肥西南紫蓬山，其一东流经合肥入巢湖，其一西北流经寿州入淮河。见《一统志》。

③丹青：图画。

④红莲：指花灯。欧阳修《蓦山溪·元夕》："纤手染香罗，剪红莲、满城开遍。"

永遇乐 次稼轩北固楼词韵[1]

云鬲迷楼[2]，苔封很石，人向何处[3]？数骑秋烟，一篙寒汐[4]，千古空来去。使君心在[5]，苍厓绿嶂，苦被北门留住[6]。有尊中酒、差可饮[7]，大旗尽绣熊虎。 前身诸葛，来游此地，数语便酬三顾[8]。楼外冥冥，江皋隐隐[9]，认得征西路[10]。中原生聚[11]，神京耆老[12]，南望长淮金鼓。问当时、依依种柳[13]，至今在否？

【注释】

①本篇作于宋宁宗嘉泰四年（1204），用辛弃疾《永遇乐·北固亭怀古》词原韵。北固楼在今江苏镇江北固山上，山有甘露寺。

②鬲：通隔。迷楼：在扬州市北观音山上，为隋炀帝所建，此楼与北固楼隔江相对，为云所隔，故不可登。

③很石：在镇江北固山甘露寺，状如伏羊。相传三国时孙权尝坐石上与刘备共议抗曹。见《蔡宽夫诗话》。此谓隋炀帝、刘备、孙权等人已不可再见。

④寒汐（xī）：指晚潮。

⑤使君：指辛弃疾，时知镇江府。

⑥北门：北边门户，指镇江。以上二句谓稼轩本流连于江西上饶与铅山一带的青山绿水，为守卫北门，方复起知镇江。

⑦"有尊中酒"句：东晋桓温守镇江，郗超谓曰："京口酒可

饮，兵可用。”见《晋书》本传。此以桓温喻稼轩。

⑧“前身”三句：三国时刘备曾三顾茅庐访问诸葛亮，诸葛亮酬对的话史称《隆中对》，此以诸葛亮比辛弃疾。

⑨江皋：江边平地。

⑩征西路：东晋桓温拜征西大将军，西征苻秦。凯旋后，封征西大将军。

⑪生聚：繁殖人口，积聚资财。

⑫耆老：父老。此指北宋遗民。

⑬依依种柳：桓温征苻秦，至金城，见昔年所种柳皆已十围，叹曰：“木犹如此，人何以堪！”庚信《枯树赋》：“桓大司马闻而叹曰：昔年种柳，依依汉南。今看摇落，凄怆江潭。树犹如此，人何以堪！”

汪莘

汪莘(1155—1227)，字叔耕，休宁(今属安徽)人。隐居黄山，研究《易经》，傍及佛经、《老子》诸书。嘉定中，曾向朝廷几次上书，均不获报。徐谊欲以遗逸荐，也未成功。筑室柳溪，自号方壶居士。有《方壶存稿》，存词2首。近人况周颐《蕙风词话》云："方壶居士词，其独到处能淡而瘦。"

谒金门 使君再招饮[①]，牡丹如山，坐上赋此

檐溜滴[②]，都是春归消息。带雨牡丹无气力，黄鹂愁雨湿。　　争看洛阳春色[③]，忘却连天草碧。南浦绿波双桨急[④]，沙头人伫立。

【注释】

①使君：汉时称刺史为使君，后多以称地方长官。作者《浣溪沙》(白日青天蘸水开)小序云："邦君孟侯坐上论牡丹，以为此花发于春深，禀气厚，故结花大，且属余赋词。"既称邦君，似为安徽休宁地方官。

②檐溜：屋檐边滴水。

③洛阳：今属河南。洛阳牡丹古来著名，故云。

④"忘却"二句：梁江淹《别赋》："春草碧色，春水绿波。送君南浦，伤如之何！"此为送孟使君赴浙东仓储之辞。

崔与之

崔与之(1158—1239),字正子,号菊坡,增城(今属广州)人。绍熙四年(1193)进士,累官秘书监,权工部侍郎,出知成都府,进本路安抚使。又为广东路经略安抚使、兼知广州,拜参知政事,右丞相,皆力辞,以观文殿大学士致仕,封南海郡公。谥清献。有诗文集,存词2首。

水调歌头 题剑阁[①]

万里云间戍,立马剑门关。乱山极目无际,直北是长安[②]。人苦百年涂炭[③],鬼哭三边锋镝[④],天道久应还。手写留屯奏[⑤],炯炯寸心丹[⑥]。　　对青灯,搔白发,漏声残[⑦]。老来勋业未就,妨却一身闲。梅岭绿阴青子[⑧],蒲涧清泉白石,怪我旧盟寒[⑨]。烽火平安夜,归梦到家山[⑩]。

【注释】

①潘飞声《粤词雅》评曰:"此词起四句,雄壮极矣。虽苏辛,无以过之。"剑阁:即剑门关,在今四川剑阁县东北大剑山、小剑山之间,是川、陕间的主要通道,军事戍守要地。因知此词作于出知成都府时。

②"直北"句:杜甫《小寒食舟中坐》诗云:"云白山青万余里,愁看直北是长安。"长安:今陕西西安,汉唐故都所在,时为金所占。此为怀念中原希图恢复之意。

③涂炭:泥淖和炭火,比喻灾难困苦。

④三边:汉代幽、并、凉三州,其地都邻边防。后泛指边疆。锋镝:兵刃和箭镞。指代战争。

⑤留屯奏:指建议留驻军民屯垦田地的奏章。

⑥炯炯:形容心意甚明。

⑦漏:古代计时器。《说文》:"漏,以铜受水,刻节,昼夜百

刻。”亦称漏壶。

⑧梅岭：即粤赣交界处的大庾陵，以多梅，故称此指作者故乡增城。

⑨旧盟寒：谓未能及早践行退隐林泉之约。

⑩烽火：古代边防报警信号。有敌入侵即在高台上燃烧柴草等，远处可以望见。两句谓在边防无警报的夜晚，睡梦中回到了家乡。

吴琚，生卒年不详。字居父，号云壑，汴（今河南开封）人。宋高宗吴皇后之侄。师陈傅良，陆游、范成大引为师友。乾道九年（1173），特授添差临安府通判，历尚书郎，除知明州、兼沿海制置使，不久知邓州，再知庆元。庆元二年（1196），以镇安节度使留守建康。嘉泰二年（1202）迁少保。卒谥忠惠。有《云壑集》。

念奴娇　题浮玉石簰山[1]

我来浮玉，似凭陵沧海[2]，蹑金鳌背[3]。又若骑鲸游汗漫[4]，飞入八荒之外[5]。钟鼓传声，楼台倒影，不类人间世。徘徊吟眺，恨无陶谢酬对[6]。　今古潮落潮生，问英雄多少，与江俱逝[7]。直欲乘风归阆苑[8]，疑是三生习气[9]。未办鱼蓑，先盟鸥鹭[10]，奈卜邻无地[11]。从今清夜，梦魂应绕空翠[12]。

【注释】

①此词盖庆元六年（1200）以镇安军节度使判建康（今南京）经镇江而作。浮玉：山名。一名金山，在镇江西北。原在江中，后已淤为陆地，与南岸相连。

②凭陵：凌驾。

③蹑：踩。金鳌：传说海中有金色大鳌。鳌，大海龟。古代神话，海中巨鳌背负神山。

④汗漫：水势浩瀚貌。

⑤八荒：八方荒远之地。

⑥陶谢：晋代大诗人陶渊明和刘宋时谢灵运，皆以写自然风景诗著名。酬对：指作诗相酬和应对。

⑦江：长江。两句化用苏轼《念奴娇》“大江东去，浪淘尽、千古风流人物”句意。

⑧阆苑：传说中神仙所居之处。

⑨三生：佛教语。指前生、今生、来生。

⑩盟鸥鹭：辛弃疾《水调歌头·盟鸥》："凡我同盟鸥鹭，今日既盟之后，来往莫相猜。"此指退隐。

⑪卜邻：择邻。

⑫空翠：指清澈蔚蓝的山光水色。

酹江月①

玉虹遥挂②，望青山隐隐，一眉如抹。忽觉天风吹海立③，好似春霆初发④。白马凌空，琼鳌驾水，日夜朝天阙。飞龙舞凤，郁葱环拱吴越⑤。　此景天下应无，东南形胜⑥，伟观真奇绝。好是吴儿飞彩帜，蹴起一江秋雪⑦。黄屋天临⑧，水犀云拥⑨，看击中流楫⑩。晚来波静，海门飞上明月⑪。

【注释】

①据周密《武林旧事》卷七载：淳熙十年(1183)八月十八日，宋孝宗与太上皇(高宗)往浙江亭观潮。高宗谓："钱塘形胜，东南所无。"孝宗起奏："钱塘江潮亦天下所无有也。"高宗宣谕侍宴官，令各赋《酹江月》至晚进呈，高宗以吴琚这首词为第一。《酹江月》即《念奴娇》。

②玉虹：天上白气如虹，潮来前景象。

③"忽觉"句：苏轼《有美堂暴雨》诗："天外黑风吹海立，浙东飞雨过江来。"此用其意。

④春霆初发：周密《武林旧事》卷二"观潮"谓潮水"际天而来，大声如雷霆"。

⑤吴越：春秋时的吴国和越国，今江苏、浙江一带。

⑥东南形胜：此两句化用注①所引宋高宗、孝宗语。柳永《望海潮》："东南形胜，三吴都会，钱塘自古繁华。"

⑦“好是”二句:《武林旧事》云:“吴儿善泅者数百,皆披发文身,手持十幅大彩旗,争先鼓勇,溯迎而上,出没于鲸波万仞中。”

⑧黄屋:皇帝仪仗,即黄缴(伞)。《武陵旧事》:“都民遥瞻黄缴雉扇于九霄之上,真若箫台蓬岛也。”

⑨水犀:犀牛的一种,多生活于水中。此指水军。《国语·越语上》:吴王夫差有身穿水犀甲的水军。

⑩击中流楫:击楫,敲打船桨。参见刘过《贺新郎·弹铗西来路》注⑥。时黄河南北为金人割据。本词用此典故,反映一种盼恢复中原、收复失地的愿望。

⑪海门:指钱塘江入海口。

刘仙伦

刘仙伦，生卒年不详，名儗，字叔拟，号招山，庐陵（今江西吉安）人。与刘过齐名，号"庐陵二布衣"。工诗，词亦脍炙人口。岳珂《桯史》卷六称其"才豪甚，其诗往往不肯入格律"。有《招山小集》一卷。

念奴娇 感怀呈洪守[①]

吴山青处[②]，恨长安路断[③]，黄尘如雾。荆楚西来行堑远[④]，北过淮壖严扈[⑤]。九塞貔貅[⑥]，三关虎豹[⑦]，空作陪京固[⑧]。天高难叫，若为得诉忠语[⑨]。　　追念江左英雄，中兴事业，枉被奸臣误[⑩]。不见翠华移跸处[⑪]，枉负吾皇神武。击楫凭谁，问筹无计[⑫]，何日宽忧顾？倚筇长叹[⑬]，满怀清泪如雨。

【注释】

①近人薛砺若《宋词通论》评云："《念奴娇》二词，尤见忠爱至诚。"

②吴山：在今浙江杭州西湖东南，春秋时为吴国南界，故名。这里当泛指吴地之山。

③长安：今陕西西安，汉唐时国都所在。此借指北宋国都汴京（今河南开封）。时均在金人占领区，故云"路断"。

④荆楚：先秦时楚也称荆，因初建国于荆山（在今湖北），亦连称"荆楚"。此泛指湖北一带地区。堑（qiàn）：护城河。此或指长江，长江曾被称为"天堑"。

⑤淮壖（ruán）：淮河边隙地。扈：侍从、护卫。

⑥九塞：古代的九个要塞，见《吕氏春秋·有始》。此泛指边防要塞之地。貔貅（pí xiū）：古籍中猛兽名，这里比喻勇猛的战士。

⑦三关：古代三个重要关口，历代所指不同。此为泛指。

⑧陪京：即陪都，在首都以外另立的都城。此指南宋临时都城临安（今浙江杭州）。

⑨"天高"二句：语本张元幹《贺新郎》（送胡邦衡谪新州）："天意从来高难问，况人情易老悲如许。"意为满腔忠愤，无法向皇帝申诉。

⑩"追念"三句：江左，即江南，指长江下游以东地区。英雄：指岳飞等南宋初期抗金名将。奸臣：指秦桧等推行投降政策、杀害岳飞等忠臣良将，致使宋朝不能中兴的权臣。

⑪翠华：皇帝仪仗中一种用翠鸟羽毛装饰的旗帜，此指皇帝。跸：帝王出行时开路清道，因以指帝王车驾。这句是说，看不到宋皇帝进驻中原的地方。

⑫"击楫"两句：击楫，敲打船桨。此用《晋书·祖逖传》典，参见刘过《贺新郎·弹铗西来路》注⑥。筹，计数和计算的工具，引伸指谋划、计谋。《史记·留侯世家》：刘邦曾问计于张良，张良曰："臣请藉前箸为大王筹之。"又刘邦说："运筹策帷帐中，决胜千里外，子房功也。"两句意谓：既找不到祖逖这样的志士，又无张良这样的谋士。

⑬筇（qióng）：竹杖。

一剪梅

唱到阳关第四声[①]，香带轻分，罗带轻分。杏花时节雨纷纷。山绕孤村，水绕孤村。　　更没心情共酒尊。春衫香满，空有啼痕。一般离思两销魂，马上黄昏，楼上黄昏[②]。

【注释】

①阳关第四声：《阳关曲》，又名《渭城曲》。以唐王维《渭城曲》（一作《送元二使安西》）诗为歌词。入乐府以为送别曲，反复诵唱，谓之"阳关三叠"。白居易《对酒》有"听唱《阳关》第四

声”句，并注明“第四声”即“劝君更尽一杯酒”句。宋苏轼据以考证当时《阳关三叠》的唱法是首句不叠，其余三句都要再唱。见《东坡志林》。

②元陆辅之《词旨》云：“‘一般’以下三句为警句。”

易祓妻

易祓妻，词人为易祓的妻子，生卒年及其生平不详。易祓字彦祥，一作彦章，号山斋，长沙人，一云宁乡(今属湖南长沙)人。庆元六年(1200)八月除著作郎。九月，知江州。开禧元年(1205)任左司谏，迁礼部尚书兼直学士院。开禧三年(1207)追夺三官融州安置。《全宋词》收易祓词3首，易祓妻词1首。

一剪梅①

染泪修书寄彦章，贪做前廊，忘却回廊②。功名成就不还乡，铁做心肠，石做心肠。　　红日三竿懒画妆。虚度韶光③，瘦损容光。不知何日得成双。羞对鸳鸯，懒对鸳鸯。

【注释】

①《古杭杂记》云，易祓以优校为前廊久不归，其妻作此词寄之。清谢章铤《赌棋山庄词话》卷十一称此词“深得《国风·卷耳》之遗”。

②前廊：《宋史·选举志》载，宋度宗咸淳二年(1266)幸太学，谒先圣。礼成，推恩三学前廊，与免省试。三学，即国子学、太学、四门学。省试，指礼部考试。可见其夫时在三学读书。回廊，指宅院内的走廊。此处是“前郎”“回郎”谐音双关。“回”亦有回归之意。

③韶光：美好时光。

程 珌

程珌(1164—1242),字怀古,休宁(今属安徽)人。绍熙四年(1193)进士,知富阳县,历官翰林学士、知制诰,进宝文阁学士,出知福州,兼福建路安抚使,封新安郡侯,以端明殿学士致仕。赠特进少师。先世居河北洺水,因自号洺水遗民。《四库总目提要》云:“珌文宗欧苏,其所作词,亦出入于苏辛之间。”有《洺水集》二十六卷,《洺水词》一卷。

水调歌头 登甘露寺多景楼望淮有感①

天地本无际,南北竟谁分②。楼前多景,中原一恨杳难论③。却似长江万里,忽有孤山两点④,点破水晶盆。为借鞭霆力,驱去附昆仑。　　望淮阴,兵冶处⑤,俨然存。看来天意,止欠士雅与刘琨⑥。三拊当时顽石⑦,唤醒隆中一老⑧,细与酌芳尊。孟夏正须雨⑨,一洗北尘昏⑩。

【注释】

①甘露寺:古迹名,在今江苏镇江北固山上。多景楼在甘露寺内,北临长江。淮:淮河。当时南宋与金人以淮河为界。

②“天地”二句:谓广阔的大地,是谁将它分裂为宋金两处。

③“楼前”二句:指在多景楼远望,眼前景象纷呈。中原一恨:指靖康之变后中原陷落金人之手。

④孤山两点:指在长江中的金山、焦山。故下文云,欲借雷震之力,把这两座小山鞭到昆仑山去。

⑤淮阴:今属江苏。兵冶处:兵器铸造的地方。东晋名将祖逖曾率部渡江北伐,“屯于淮阴,起冶铸造兵器”。见《晋书·祖逖传》。

⑥士雅:祖逖的字。刘琨(271—318):少与祖逖为友,以为国效力为职志,尝云:“吾枕戈待旦,志枭逆虏,常恐祖生著吾先

鞭。”。晋室南渡,他长期坚守并州,与石勒、刘曜对抗。

⑦拊:拍。顽石:甘露寺内有一石如羊,称作“很石”,相传刘备曾坐其上与孙权共商破曹大计。

⑧隆中一老:指三国蜀相诸葛孔明。他原在隆中隐居高卧,刘备三顾茅庐,请其出山相助。尊:同“樽”。

⑨孟夏:初夏。

⑩北尘:北方金人兵马扬起的尘土。此指金兵。

郑 域

郑域，生卒年不详，字中卿，号松窗，三山（今福建福州）人。淳熙十一年（1184）进士，曾为池阳丞。庆元二年（1196），随张贵谟使金。嘉定十三年（1220），在临安为诸司粮料院干办。有《燕谷剽闻》二卷，今不传。赵万里辑有《松窗词》一卷。

昭君怨[1]

道是花来春未，道是雪来香异。竹外一枝斜[2]，野人家。　　冷落竹篱茅舍，富贵玉堂琼榭。两地不同栽，一般开[3]。

【注释】

①明杨慎《词品》评此词云："兴比甚佳。"近人薛砺若《宋词通论》云："《昭君怨》一阕为咏梅中新颖别致之作。"

②"竹外"句：语本苏轼《和秦太虚梅花》诗："竹外一枝斜更好。"

③下阕以贫富悬殊的处境对比，突出梅花不肯嫌贫爱富的品质。榭，建在台上的敞屋。玉堂琼榭，华美的建筑，此指富贵人家。

戴复古

戴复古(1167—?),字式之,号石屏。台州黄岩屏山(今属浙江温岭市新河塘下)人。后长期浪游江湖,理宗绍定间为福建邵武教授。卒年八十余。曾向陆游学诗,为江湖诗派中较有成就作家,也能词。部分作品表达爱国抱负,风格雄放。有《石屏集》,存词一卷。

满江红　赤壁怀古①

赤壁矶头,一番过、一番怀古。想当时,周郎年少②,气吞区宇③。万骑临江貔虎噪④,千艘列炬鱼龙怒⑤。卷长波,一鼓困曹瞒⑥,今如许。　江上渡,江边路。形胜地,兴亡处。览遗踪、胜读史书言语。几度东风吹世换,千年往事随潮去。问道旁,杨柳为谁春,摇金缕。

【注释】

①赤壁:公元208年,东吴都督周瑜联合刘备、诸葛亮,以少数兵力,用火攻大败曹操大军于赤壁,遂成三国鼎立之势。清纪昀认为本词"豪情壮采,实不减于(苏)轼"(《四库全书总目提要》)。明杨慎《词品》评曰:"'赤壁怀古'《满江红》一首,句有'万骑临江貔虎啸,千艘列炬鱼龙怒'……而全篇不称。"

②周郎:周瑜为吴将时年二十四岁,军中皆呼为周郎。见《三国志·吴书·周瑜传》。赤壁之战时周瑜为三十四岁。

③区宇:疆域。

④貔:猛兽名。貔虎:比喻勇猛的战士。

⑤炬:火炬。此指周瑜用黄盖计,火烧曹操战船。

⑥曹瞒:曹操小名阿瞒。

水调歌头 题李季允侍郎鄂州吞云楼[1]

轮奂半天上[2]，胜概压南楼[3]。筹边独坐[4]，岂欲登览快双眸。浪说胸吞云梦[5]，直把气吞残虏[6]，西北望神州[7]。百载一机会，人事恨悠悠。　骑黄鹤，赋鹦鹉[8]，谩风流。岳王祠畔[9]，杨柳烟锁古今愁。整顿乾坤手段，指授英雄方略，雅志若为酬。杯酒不在手，双鬓恐惊秋。

【注释】

①宋宁宗嘉定十四年（1221），金兵侵扰黄州、蕲州一带，屡为宋军所败，一度造成恢复有利形势。此时李埴（字季允）出任沿江制置副使兼知鄂州（今湖北武汉市武昌），修建吞云楼。

②轮奂：形容楼房高大华美。《礼记·檀弓》赞美宫室落成："美哉轮焉，美哉奂焉。"

③南楼：武昌黄鹄山上名胜。《晋书·庾亮传》："亮在武昌，诸佐吏殷浩之徒，乘秋夜往，共登南楼。"此指吞云楼。

④筹边：谋划边防之事。

⑤云梦：古大泽名，先秦时属楚境，地域大致包括今湖南益阳、湘阴以北，湖北江陵县、安陆县以南，武汉市以西地区。汉司马相如《子虚赋》载乌有先生夸说其地广大："吞若云梦者八九，于其胸中曾不蒂芥。"此句翻用其意。

⑥虏：对金人的蔑称。

⑦神州：此指中原地区。

⑧骑黄鹤：武昌黄鹄（鹤）矶上有黄鹤楼，传说有仙人于此乘黄鹤飞去。唐崔颢《黄鹤楼》诗曰："昔人已乘黄鹤去，此地空余黄鹤楼。"赋鹦鹉：后汉末，江夏太守黄祖长子黄射大会宾客，有人献鹦鹉，祢衡为作《鹦鹉赋》，后人因名其地为鹦鹉洲，在武汉之长江中。

⑨岳王祠：南宋抗金名将岳飞曾驻军鄂州，后为秦桧所害，宋宁宗时追封为鄂王，有祠在旌忠坊。

柳梢青 岳阳楼[1]

袖剑飞吟[2]。洞庭青草[3]，秋水深深。万顷波光，岳阳楼上，一快披襟[4]。　不须携酒登临，问有酒，何人共斟。变尽人间，君山一点[5]，自古如今。

【注释】

①岳阳楼：著名风景地。在湖南岳阳，面对洞庭湖。

②袖剑飞吟：《唐才子传》载：神仙吕洞宾在岳阳楼醉后留诗曰："朝游南浦暮苍梧，袖里青蛇(指剑)胆气粗。三入岳阳人不识，朗吟飞过洞庭湖。"此用其故事。

③洞庭：即洞庭湖。在湖南省北部，长江南岸。青草：湖名，与洞庭相通，为洞庭湖的一部分。

④一快披襟：战国宋玉《风赋》载：楚襄王游于兰台之宫，有风飒然而至，王乃披襟而当之，曰："快哉此风！"

⑤君山：又名湘山，在洞庭湖中。

望江南

壶山宋谦父寄新刊雅词[1]，内有《壶山好》三十阕[2]，自说平生。仆谓犹有说未尽处，为续四曲。

壶山好，博古又通今。结屋三间藏万卷[3]，挥毫一字值千金[4]，四海有知音。　门外路，咫尺是湖阴。万柳堤边行处乐，百花洲上醉时吟。不负一生心。

【注释】

①壶山宋谦父:宋自逊,字谦父,号壶山,金华(今属浙江)人,居南昌(今属江西),词集名《渔樵笛谱》。

②阕:乐终曰阕,因称词曲一首为一阕。

③结屋:编结草屋。

④挥毫:写字。欧阳修《朝中措·送刘仲原甫出守维扬》:"文章太守,挥毫万字,一饮千钟。"

望江南

仆既为宋壶山说其自说未尽处,壶山必有答语,仆自嘲三解[①]。

石屏老[②],家住海东云。本是寻常田舍子[③],如何呼唤作诗人。无益费精神。　千首富,不救一生贫。贾岛形模元自瘦[④],杜陵言语不妨村[⑤]。谁解学西昆[⑥]?

【注释】

①解:乐曲的章节。此指一首词。本词是三首之一。

②石屏:戴复古家住屏山,因以为号。

③田舍子:农家子弟。

④贾岛:唐诗人。与孟郊齐名。苏轼评其诗为"郊寒岛瘦"。元:同"原"。

⑤杜陵:杜甫。杜甫曾居杜陵(今陕西西安市东南),自称杜陵布衣、少陵野老。宋初杨亿曾称杜甫为"村夫子"(见刘攽《贡父诗话》),盖不取杜诗的质朴。

⑥西昆:即西昆体。北宋初期杨亿、刘筠、钱惟演等人以所作唱和之诗,编为《西昆酬唱集》。其诗文字华丽,好用典故,一时风行,号西昆体。

戴复古妻

戴复古妻，武宁（今属江西）人。《三台词录》谓其名金伯华。

祝英台近[①]

惜多才，怜薄命，无计可留汝。揉碎花笺[②]，忍写断肠句。道旁杨柳依依，千丝万缕。抵不住、一分愁绪。

如何诉！便教缘尽今生，此身已轻许[③]。捉月盟言[④]，不是梦中语。后回君若重来，不相忘处。把杯酒，浇奴坟土[⑤]。

【注释】

①此为诀别词。明卓人月《古今词统》评云："真率，可迸人翻泪。"徐案：据刘庆云教授赐函云：元陶宗仪《辍耕录》卷四："（复古）未遇时，流寓江右武宁，有富家翁爱其才，以女妻之，居二三年，忽欲作归计。妻问其故，告以曾娶。妻白之父，父怒。妻宛曲解释，尽以奁具赠夫，仍饯以词云。夫既别，遂赴水死，可谓贤烈也矣！"明万历《黄岩县志》所载与《辍耕录》略同，称其名为金伯华，并云："比复古归，而前妻已亡。"十年之后，戴复古重来旧地，不忘旧情，作《木兰花慢》忆昔，有"一点闲愁，十年不断，恼乱春风。重来故人不见，但依然、杨柳小楼东。记得同题粉壁，而今破壁无踪"等语。

②花笺：印有花彩的笺纸。此指诗笺。

③"如何诉"三句：《全宋词》注：此十四字，各本皆脱，惟《古今词选》卷四有，未必可信。

④捉月：相传唐诗人李白在当涂采石矶酒醉泛舟，俯身取江中月影，遂溺死。

⑤奴：古女子自称。

史达祖

史达祖(1163—1220?),字邦卿,汴(今河南开封)人。南宋宁宗时,韩侂胄为相,达祖为其堂吏,尽握三省权,拟帖撰旨,俱出其手。一时士大夫皆趋其门,呼为梅溪先生。开禧北伐败绩,达祖受株连,被黜死。(见《四朝闻见录》)其词工于咏物,奇秀清逸,亦间有爱国之思。清邓廷桢《双砚斋词话》云:"嘉泰间,侂胄亟持恢复之议,邦卿习闻其说,往往托之于词……大抵写怨铜驼,寄怀毳幕,非止流连光景,浪作艳歌也。"雷履平、罗焕章有《梅溪词校注》。

绮罗香 咏春雨[①]

做冷欺花,将烟困柳[②],千里偷催春暮[③]。尽日冥迷,愁里欲飞还住。惊粉重,蝶宿西园[④];喜泥润,燕归南浦[⑤]。最妨他,佳约风流,钿车不到杜陵路[⑥]。 沉沉江上望极,还被春潮晚急,难寻官渡[⑦]。隐约遥峰,和泪谢娘眉妩[⑧]。临断岸,新绿生时[⑨],是落红带愁流处。记当日,门掩梨花[⑩],剪灯深夜语[⑪]。

【注释】

①此为自度曲。清黄苏《蓼园词选》云:"《玉林词话》谓梅溪之间,盖能融情景于一家,会句意于两得,其谓是欤?"清先著《词絜》评曰:"无一字不与题相依,而结尾始出雨字……如意宝珠,玩弄难于释手。"

②烟:指降雨时雾气。

③"千里"句:唐孟郊《喜雨》诗:"朝见一片云,暮成千里雨。"

④粉重:言粉蝶被雨淋湿。蝶宿:语本李白《长干行》:"八月蝴蝶黄,双飞西园草。"

⑤喜泥润:秦观《沁园春》词:"正兰皋泥润,谁家燕喜。"南浦,指水边。

⑥杜陵：在今陕西西安东南。《汉书·地理志》"杜陵"注："古杜柏国，汉宣帝葬此，因曰杜陵。在长安南五十里。"以上二句谓约会的士女因雨而车辆受阻。

⑦"春潮"二句：化用唐韦应物《滁州西涧》诗："春潮带雨晚来急，野渡无人舟自横。"

⑧"隐约"二句：谓雨中远山如带泪的眉峰。谢娘，即谢秋娘，唐李德裕歌妓。眉妩，《汉书·张敞传》："（敞）又为妇画眉，长安中传张京兆眉妩。"

⑨新绿：指春水。唐韦庄《谒金门》："春雨足，染就一池新绿。"

⑩门掩梨花：宋李重元《忆王孙·春景》词："欲黄昏，雨打梨花深闭门。"

⑪"剪灯"句：唐李商隐《夜雨寄北》诗："何当共剪西窗烛，却话巴山夜雨时。"

双双燕 咏燕①

过春社了②，度帘幕中间③，去年尘冷。差池欲住④，试入旧巢相并。还相雕梁藻井⑤，又软语，商量不定⑥。飘然快拂花梢，翠尾分开红影⑦。　　芳径，芹泥雨润⑧。爱贴地争飞，竞夸轻俊。红楼归晚⑨，看足柳昏花暝⑩。应自栖香正稳，便忘了、天涯芳信⑪。愁损翠黛双蛾⑫，日日画栏独凭。

【注释】

①此为自度曲。明卓人月《古今词统》云："不写形而写神，不取事而取意，白描高手！"

②春社：立春后第五个戊日。相传燕子春社从海上飞来，秋社后飞回。宋晏殊《破阵子》词："燕子来时新社。"

③"度帘幕"句：宋晏殊断句："楼台侧畔杨花过，帘幕中间

燕子飞。”(《青箱杂记》卷五引)

④差池:《诗经·邶风·燕燕》:“燕燕于飞,差池其羽。”郑笺:“谓张舒其尾翼。”

⑤“还相”句:相,端相,细看。藻井,汉张衡《西京赋》:“蒂倒茄于藻井。”薛综注:“藻井,当栋中,交木方为之,如井干也。”今称天花板。

⑥软语:形容呢喃燕语。清吴衡照《莲子居词话》评此两句云:“刻画精巧,运用生动,所谓空前绝后者矣。”

⑦红影:花影。

⑧芹泥:唐杜甫《徐步》诗:“芹泥随燕嘴。”

⑨红楼:唐郑谷《燕》诗:“乱入红楼拣杏梁。”

⑩柳昏花暝:清冯金伯《词苑萃编》引邹祇谟云:“咏物词最难道丽,昔人谓史梅溪‘柳昏花暝’,栩栩然燕也。”

⑪天涯芳信:相传燕子能传递书信。王仁裕《开元天宝遗事》卷下记长安女子郭绍兰,托燕寄书与其夫,并吟诗云:“我婿去重湖,临窗泣血书,殷勤凭燕翼,寄与薄情夫。”果收到。

⑫“愁损”句:一本作“愁损玉人”。翠黛双蛾:指画过之眉。近人陈匪石《宋词举》评曰:“曰‘愁损’,曰‘独凭’,微而显,志而晦,婉而成章,居然《春秋》之笔。白石赏之,殆以与己之《暗香》《疏影》诸词,异曲同工乎。”

东风第一枝　咏春雪[①]

巧沁兰心[②],偷粘草甲[③],东风欲障新暖。谩凝碧瓦难留,信知暮寒轻浅[④]。行天入镜[⑤],做弄出、轻松纤软。料故园,不卷重帘,误了乍来双燕[⑥]。　青未了[⑦],柳回白眼[⑧]。红欲断,杏开素面[⑨]。旧游忆著山阴[⑩],厚盟遂妨上苑[⑪]。寒炉重暖,便放慢,春衫针线[⑫]。恐凤靴,挑菜归来[⑬],万一灞桥相见[⑭]。

【注释】

①宋张炎《词源》卷下评此词曰:“诗难于咏物,词为尤难。体认稍真,则拘而不畅;模写差远,则晦而不明。要须收纵联密,用事合题,一段意思,全在结句,斯为绝妙。如史邦卿《东风第一枝·咏春雪》……皆全章精粹,所咏了然在目,且不留滞于物。”

②兰心:北周庾信《咏春近余雪应诏》诗:“丝条变柳色,香气动兰心。”

③草甲:草萌牙时之莩甲。《后汉书·章帝纪》:“方春生养,万物莩甲。”注:“莩,叶里白皮也。”

④“谩凝”二句:谩,徒然,空自。碧瓦,杜甫《冬日洛城北谒玄元皇帝庙》诗:“碧瓦初寒外,金茎一气旁。”

⑤行天入镜:唐韩愈《春雪》诗:“入镜鸾窥沼,行天马度桥。”镜,《全宋词》误作“境”。

⑥乍来:初来,刚来。

⑦青未了:唐杜甫《望岳》:“齐鲁青未了。”未了,未尽。

⑧柳回白眼:柳叶初生,似睡眼初开。唐元稹《春生》诗:“何处生春早,春生柳眼中。”雪沾柳叶,故名白眼。

⑨素面:唐韦庄《闺怨》诗:“啼妆晓不干,素面凝香雪。”此句谓红杏沾雪,如人之素面。

⑩“旧游”句:相传东晋王子猷居山阴,夜大雪,忽忆戴安道(戴逵),便夜乘小船访之,造门不入,曰:“吾本乘兴而行,兴尽而返,何必见戴!”见《世说新语·任诞》。

⑪上苑:指梁苑,即汉时梁王兔园。相传梁王置酒兔园,召邹衍、枚乘、司马相如,“俄而微霰零,密雪下”。见南朝宋谢惠连《雪赋》。

⑫“寒炉”三句:唐白居易《问刘十九》诗:“绿蚁新醅酒,红泥小火炉,夜来天欲雪,能饮一杯无?”又张籍《吴楚歌辞》:“今朝社日停针线。”

⑬挑菜:唐宋以二月二日为挑菜节,士女出郊游览。郑谷《蜀中春雨》诗:“和暖又逢挑菜日,寂寥未是探花人。”

⑭灞桥:在长安(今西安)东门。相传唐代相国郑綮善诗,

尝云"诗思在灞桥风雪中驴子背上"。见《古今诗话》。秦观《忆秦娥》："灞桥雪，茫茫万径人踪灭。"

喜迁莺[①]

月波疑滴[②]，望玉壶天近[③]，了无尘隔。翠眼圈花[④]，冰丝织练[⑤]，黄道宝光相直[⑥]。自怜诗酒瘦，难应接、许多春色[⑦]。最无赖，是随香趁烛，曾伴狂客。　　踪迹，谩记忆。老了杜郎，忍听东风笛[⑧]。柳院灯疏，梅厅雪在，谁与细倾春碧[⑨]？旧情拘未定，犹自学、当年游历。怕万一，误玉人夜寒，窗际帘隙[⑩]。

【注释】

①此词咏元夕，张炎《词源》云："此等妙词极多，不独措词精粹，又且见时节风物之盛，人家宴乐之同。"

②月波：月亮的光波。唐李群玉《湘西寺霁夜》诗："月波荡如水。"

③玉壶：形容天空莹洁。唐王绩《赠学仙者》诗："玉壶横日月，金阙断烟霞。"

④翠眼：即柳眼。宋赵长卿《雨中花慢·春雨》："柳媚梢头翠眼，桃蒸原上红霞。"本句谓月光映照柳叶，形成花圈似的光环。

⑤冰丝：伊士珍《嫏嬛记》："沈休文斋中独坐，有一女携络丝具入门，风飘细雨如丝，女随风引络……起赠沈曰：'此谓冰丝。'"此喻月光。又沈约《咏月篇》："望秋月，秋月光如练。"练：白布。

⑥黄道：古人谓太阳绕地而行的轨道。《汉书·天文志》："日有中道，月有九行。中道者，黄道，一曰光道。"此谓月光与日光相对。清王闿运《湘绮楼词选》评以上三句云："富贵语，无脂粉气。"

⑦"自怜"二句:况周颐《蕙风词话续篇》卷一:"'诗酒尚堪驱使在,未须料理白头人',少陵句也。梅溪词《喜迁莺》云:'自怜诗酒瘦,难应接、许多春色',盖反用其意。"

⑧杜郎:指唐人杜牧。牧有《题元处士高亭》诗云:"何人叫我吹长笛,与倚春风弄月明。"

⑨春碧:酒名。宋范成大《七夕至叙州登锁江亭》诗:"我来但醉春碧酒。"自注:"郡醖,旧名重碧……余更其名春碧,语意更胜。"

⑩"误玉人"二句:《全宋词》误作"误玉人、夜寒帘隙",据张炎《词源》卷下改。清王闿运《湘绮楼词评》云:"结有调侃,非方回(贺铸)见妓辄跪也。"

阮郎归 月下感事[①]

旧时明月旧时身,旧时梅萼新。旧时月底似梅人,梅春人不春。　　香入梦,粉成尘,情多多断魂。芙蓉孔雀夜温温[②],秋痕即泪痕。

【注释】

①此为悼亡之作,以梅喻人。

②芙蓉:即芙蓉帐。孔雀:即孔雀屏风。温温:《诗经·小雅·宾之初筵》:"温温其恭。"郑笺:"温温,柔和也。"

三姝媚[①]

烟光摇缥瓦[②],望晴檐多风,柳花如洒。锦瑟横床,想泪痕尘影,凤弦常下[③]。倦出犀帷[④],频梦见、王孙骄马[⑤]。讳道相思,偷理绡裙,自惊腰衩[⑥]。　　惆怅南楼遥夜[⑦]。记翠箔张灯[⑧],枕肩歌罢。又入铜驼[⑨],遍旧家门巷,首询声价[⑩]。可惜东风,将恨与、闲花俱谢。记取崔徽模样，归来暗写[11]。

【注释】

①近人唐圭璋评此词曰："此首忆旧游，辞情俱胜，最得清真（周邦彦）之神理。一起写景物，摇荡人心。'锦瑟'以下，皆推想对方之悲哀……换头回忆昔游之欢情。"

②缥瓦：淡青色的瓦。

③凤弦常下：谓无心弹瑟。凤弦，锦瑟上之弦柱以凤凰为饰，故称。

④犀帷：以犀牛角镇住帐帷。苏轼《四时词》之四："夜风摇动镇犀帷。"

⑤王孙骄马：柳永《少年游》："王孙走马长楸陌，贪迷恋，少年游。"

⑥腰衩：犹腰围。衩（chà），衣衩。以上三句谓顿觉消瘦。

⑦惆怅南楼：唐罗邺《惜春》诗："独在南楼最惆怅。"

⑧翠箔：即翠帘。

⑨铜驼：晋洛阳有铜驼街，见《太平御览》卷一五八引陆机《洛阳记》。此指街道。

⑩"遍旧家"二句：旧家，犹云从前。周邦彦《瑞龙吟》："前度刘郎重到，访邻寻里，同时歌舞，惟有旧家秋娘，声价如故。"

⑪崔徽：唐代河中府娼妓，与蒲州使裴敬中相从累月，敬中去，崔徽以不得相从为恨，托丘夏写真（画像）寄去。见元稹《崔徽歌序》。此喻所爱之歌妓。

寿楼春　寻春服感念[1]

裁春衫寻芳，记金刀素手，同在晴窗。几度因风残絮，照花斜阳。谁念我，今无肠？自少年、消磨疏狂[2]。但听雨挑灯[3]，攲床病酒，多梦睡时妆。　　飞花去，良宵长。有丝阑旧曲[4]，金谱新腔[5]。最恨湘云人散[6]，楚兰魂伤[7]。身是客,愁为乡。算玉箫、犹逢韦郎[8]。近寒食人家。相思未忘蘋藻香[9]。

【注释】

①此为史达祖自度曲,写对亡妻的悼念。起五字皆平声,词中少见。俞陛云《宋词选释》云:"此词因寻春服悼逝而作,……情与文一气旋转,忘其为声调所拘,转觉助其凄韵,自是名手。"

②疏狂:狂放不羁,唐白居易《代书诗一百韵寄微之》:"疏狂属少年,闲散为官卑。"

③听雨挑灯:宋贺铸《半死桐》:"空床卧听风吹雨,谁复挑灯夜补衣?"

④丝阑:即乌丝阑。古代在缣帛上下用乌丝织栏,其间用朱墨界行,以供书写诗词,犹今之方格稿纸。宋陆游《雪中感成都》诗:"乌丝阑展新诗就,油壁车迎小猎归。"此指写在纸笺上的旧曲。

⑤金谱:金为八音之一,《晋书·律历志》:"土音宫,火音徵,金音商……"商:哀音也。

⑥湘云:指湘妃。梅溪词多处提及"湘云",如《眼儿媚》"近时无觅湘云处";《忆瑶姬》"香分两朵湘云",疑指湘籍妻子。

⑦楚兰:战国时宋玉尝从楚襄王游于兰台之宫,故秦观《南歌子》云"空使兰台公子赋高唐"。此处以宋玉自比。

⑧玉箫:范摅《云溪友议》卷三云,西川节度韦皋,少游江夏,馆于姜氏之家,与小青衣玉箫有情。韦归,誓以七年取玉箫。至八年春,玉箫失望,绝食而死。及韦皋镇蜀,东川卢八座赠一歌姬,亦名玉箫。观之,乃真玉箫也。

⑨蘋藻香:《诗经·召南·采蘋》:"于以采蘋,南涧之滨;于以采藻,于彼行潦。"据郑玄笺,古者妇人先嫁三月,教于公宫,"教成之祭,牲用鱼,芼用蘋藻,所以成妇顺也"。此指昔年婚礼。

夜合花

柳锁莺魂,花翻蝶梦[1],自知愁染潘郎[2]。轻衫未揽，犹将泪点偷藏。念前事，怯流光[3]。早春窥、酥雨池塘[4]。向销凝里[5]，梅开半面，情满徐妆[6]。　风丝一寸柔肠[7]。曾在歌边惹恨，烛底萦香。芳机瑞锦，如何未织鸳鸯[8]？人扶醉，月依墙。是当初，谁敢疏狂[9]？把闲言语，花房夜久，各自思量。

【注释】

①蝶梦：参见黄庭坚《定风波》(上客休辞酒浅深)注⑤。

②潘郎：晋代潘岳《秋兴赋》："余春秋三十有二，始见二毛……善乎宋玉之言曰：'悲哉秋之为气也！'"此谓因愁而致头发花白。

③流光：指易逝的光阴。李白《古风》之十二："逝川与流光，飘忽不相待。"

④酥雨：唐韩愈《早春呈水部张十八员外二首》之一："天街小雨润如酥，草色遥看近却无。"

⑤销凝里：《诗词曲语辞汇释》卷五："销凝，为销魂、凝魂之约词，表示感怀伤神之情感。销凝里，犹云销魂处或销魂际。"

⑥"梅开"二句：《南史·后妃传》谓梁元帝眇一目，其妃徐昭佩每知帝将至，必为半面妆以俟。妃与暨季江淫通。季江叹曰："徐娘虽老，犹尚多情。"

⑦"风丝"句：语本唐高蟾《吴门春雨》诗："王孙不耐如丝雨，胃断春风一寸心。"

⑧芳机：织布机的美称。化用《晋书》窦滔妻苏氏典。唐杜牧《鸳鸯》诗："锦机争织样，歌曲爱呼名。"样：即鸳鸯的模样。

⑨疏狂：放荡不羁。

临江仙

倦客如今老矣[1]，旧时不奈春何！几曾湖上不经过。看花南陌醉，驻马翠楼歌[2]。　远眼愁随芳草，湘裙忆着春罗[3]。枉教装得旧时多。向来箫鼓地[4],犹见柳婆娑[5]。

【注释】

①倦客:指仕宦不如意而思归者。宋苏轼《书普慈长老壁》诗:"倦客再游行老矣。"此化用其句。

②"几曾"三句:况周颐《蕙风词话》评曰:"下二语人人能道,上七字妙绝,似乎不甚经意,所谓得来容易却艰辛也。"

③"远眼"二句:语本唐牛希济《生查子》:"记得绿罗裙,处处怜芳草。"春罗,即罗裙。

④向来:《诗词曲语辞汇释》卷三:"此皆犹云从前,常语也。"

⑤柳婆娑:柳条飘扬似婆娑起舞。宋杜安世《临江仙》:"万条风柳间婆娑。"《白雨斋词话》评结三句云:"慷慨生哀,极悲极郁……尤为沉至。此种境界,却是梅溪独绝处。"

临江仙 闺思

愁与西风应有约,年年同赴清秋。旧游帘幕记扬州。一灯人著梦[1],双燕月当楼[2]。　　罗带鸳鸯尘暗淡[3],更须整顿风流。天涯万一见温柔。瘦应因此瘦,羞亦为郎羞[4]。

【注释】

①著梦:《诗词曲语辞汇释》卷三:"著,犹作也;成也……著梦,犹云作梦或成梦也。"

②双燕:一本作"双雁",义较胜。

③"罗带"句:谓罗带上绣有鸳鸯。南朝陈江总《杂曲》:"合欢锦带鸳鸯鸟,同心绮袖连理枝。"

④"瘦应"二句:唐元稹《会真记》莺莺诗:"不为旁人羞不起,为郎憔悴却羞郎。"

八　归[1]

秋江带雨，寒沙萦水，人瞰画阁愁独。烟蓑散响惊诗思，还被乱鸥飞去，秀句难续。冷眼尽归图画上，认隔岸、微茫云屋[2]。想半属、渔市樵村，欲暮竞燃竹[3]。

须信风流未老[4]，凭持尊酒，慰此凄凉心目。一鞭南陌，几篙官渡，赖有歌眉舒绿[5]。只匆匆眺远，早觉闲愁挂乔木[6]。应难奈、故人天际，望彻淮山[7]，相思无雁足[8]。

【注释】

①此词清陈廷焯《白雨斋词话》评云："笔力直是白石（姜夔），骨律神理，亦无不似。"近人俞陛云《两宋词选释》评此词曰："旅泊怀人之际，烟蓑响雨，惊起闲鸥。撩人诗思，写景幽情……下阕虽换一境，亦即前意。"

②云屋：高屋。汉徐干《情诗》："踟蹰云屋下，笑歌倚华楹。"

③"想半属"句：想象隔岸云屋，大半属于渔市樵村，此二句化用柳宗元《渔翁》诗："渔翁夜傍西岩宿，晓汲清湘燃楚竹。"

④须信：《诗词曲语辞汇释》卷六："须信即须知也。"

⑤歌眉舒绿：歌女舒心而展眉。女子之眉，古称绿蛾，以黛描画，眉呈微绿，故称。

⑥闲愁挂乔木：化用徐俯《卜算子》："天生百种愁，挂在斜阳树。"

⑦淮山：淮河沿岸的山，多指泗州附近的都梁山、浮山、巉石山。

⑧雁足：《汉书·苏武传》："天子射上林中，得雁，足有系帛书。"后世因以指书信。

玉蝴蝶[①]

晚雨未摧宫树，可怜闲叶，犹抱凉蝉[②]。短景归秋[③]，吟思又接愁边。漏初长[④]、梦魂难禁；人渐老、风月俱寒。想幽欢，土花庭甃[⑤]，虫网栏干。　无端。啼蛄搅夜[⑥]，恨随团扇[⑦]，苦近秋莲[⑧]。一笛当楼，谢娘悬泪立风前[⑨]。故园晚，强留诗酒；新雁远，不致寒暄[⑩]。隔苍烟，楚香罗袖，谁伴婵娟[⑪]。

【注释】

①此首别又作吴文英词，清冯煦《蒿庵论词》云："详其语意，似与邦卿为近。"况周颐《秋海棠馆词话》认为此阕与前一首《八归》，"皆较疏俊者"。故知当为史达祖作。

②"可怜"二句：化用杜甫《秦州杂诗》："抱叶寒蝉尽。"

③短景：短影，秋天昼短，故云。

④漏初长：秋夜渐长。漏，更漏，古代计时器。

⑤土花庭甃：庭院井壁上长着苔藓。土花，苔藓。甃，井壁。

⑥啼蛄：指蝼蛄。《古诗十九首》之十六："凛凛岁云暮，蝼蛄夕鸣悲。"

⑦恨随团扇：汉班婕妤《怨诗》咏团扇云："裁为合欢扇，团团似明月。出入君怀里，动摇微风发。常恐秋节至，凉飙夺炎热。弃捐箧笥中，恩情中道绝。"此喻人如团扇遇秋，将被所欢者遗弃。

⑧苦近秋莲：宋晏几道《生查子》："遗恨几时休，心抵秋莲苦。"

⑨"一笛"二句：谢娘，谢秋娘，唐代李德裕家姬，后世多借指歌妓。《白雨斋词话》评此二句云："幽怨似少游（秦观），清切如美成（周邦彦），合而化矣。"

⑩"故国晚"四句：清邓廷桢《双砚斋词话》评曰："大抵写怨

铜驼，寄怀毳幕，非止流连光景，浪作艳歌也。”

⑪婵娟：指美女。唐孟郊《婵娟篇》：“妓婵娟，不长妍。”

齐天乐 中秋宿真定驿[1]

西风来劝凉云去，天东放开金镜[2]。照野霜凝。入河桂湿[3]，一一冰壶相映[4]。殊方路永[5]，更分破秋光，尽成悲境[6]。有客踌躇，古庭空自吊孤影。　江南朋旧在许[7]，也能怜天际[8]，诗思谁领。梦断刀头[9]，书开蚤尾[10]，别有相思随定[11]。忧心耿耿[12]。对风鹊残枝，露蛩荒井[13]。斟酌姮娥，九秋宫殿冷[14]。

【注释】

①此词作于宋宁宗开禧元年（1205）闰八月中秋。时李壁奉使至金贺金章宗天寿节，史达祖随行。真定，今河北正定县，金正隆间置真定府。近人俞陛云《两宋词选释》云：“南宋词人，在渡江初者，每有汴洛之思。在末造者，每有周原之感……此殆客途经真定而作。既怀江左朋友，更凭吊秋风遗殿，残枝荒井，一片凄音，为集中所仅有。”

②金镜：指月。唐李贺《七夕》诗：“天上分金镜，人间望玉钩。”

③入河桂湿：指倒映在河中的月光。相传月中有丹桂，故云。

④冰壶：唐姚崇《冰壶诫》：“冰壶者，清洁之至也。君子对之，不能忘乎清。”此句形容月亮。

⑤殊方：异域，指金国。路永：路远。

⑥分破秋光：唐罗隐《中秋不见月》诗：“一半秋光此夕分。”此处喻宋金分治。

⑦在许：《诗词曲语辞汇释》卷三：“史达祖《齐天乐》词：‘江南朋旧在许，也能怜天际，诗思谁领。’在许，犹云在处也。”

⑧也能怜：《诗词曲语辞汇释》卷三：“也能怜，犹云也得怜

也，意即云也应怜。”

⑨梦断刀头：谓回家无望。吴竞《乐府古题要解》：“大刀头者，刀上有环也。‘何当大刀头’者，何日当还也。”

⑩书开虿尾：喻书法劲锐。南齐王僧虔《论书》：“索靖字幼安，敦煌人，散骑常侍张芝姊之孙也，传芝草而形异，甚矜其书，名其字势曰‘银钩虿尾’。”虿(chài)，蝎子类毒虫，尾部末端有毒。

⑪随定：《诗词曲语辞汇释》卷三：“李之仪《鹧鸪天》词：‘随定我，小兰堂。’此犹云随着。史达祖《齐天乐》词……义同上。”

⑫耿耿：烦躁不安。《诗经·邶风·柏舟》：“耿耿不寐，如有隐忧。”

⑬露蛩(qióng)：指蟋蟀。唐白居易《禁中闻蛩》诗：“西窗独暗坐，满耳新蛩声。”

⑭斟酌：考虑。《三国志·诸葛亮传·出师表》：“至于斟酌损益，进尽忠言。”二句谓考虑到月宫中嫦娥应感到秋天寒凉。

秋 霁[1]

江水苍苍，望倦柳愁荷，共感秋色。虚阁先凉[2]，古帘空暮[3]，雁程最嫌风力。故园信息[4]，爱渠入眼南山碧。念上国[5]，谁是脍鲈江汉未归客[6]？　还又岁晚，瘦骨临风，夜闻秋声，吹动岑寂。露蛩悲[7]，清灯冷屋，翻书愁上鬓毛白。年少俊游浑断得[8]。但可怜处，无奈冉冉魂惊，采香南浦[9]，剪梅烟驿[10]。

【注释】

①此词当作于开禧元年(1205)出使金国之际。近人俞陛云《两宋词选释》评此词云：“(北行途中)因秋至而动归思……废阁古帘，写景极苍凉之思。下阕冷屋摊书，故交零落，虽剪梅采绿，风物依然，而俊游云散，惟孤秀自馨耳。”

②虚阁：空阁。

③“古帘”句：语本姜夔《秋宵吟》：“古帘空，坠月皎，坐久西窗人悄。”

④故园：指词人故里汴京。

⑤上国：《左传·昭公二十七年》：“（吴子）使延州来季子聘于上国。”疏引服虔注：“上国，中国也。盖以吴辟在东南，地势卑下，中国在其上流，故谓中国为上国也。”古人说中国，指中原地区。

⑥“谁是”句：西晋时张翰，因见秋风起，乃思吴中菰菜、莼羹、鲈鱼脍，遂命驾而归。见《晋书》本传。唐杜甫《江汉》诗：“江汉思归客，乾坤一腐儒。”

⑦露蛩：见前《齐天乐》注⑬。

⑧浑断得：犹还订得。《诗词曲语辞汇释》卷五：“断当，商订之辞……史达祖《秋霁》词：‘年少俊游浑断得……’达祖又有《东风第一枝》词云：‘预约俊游伴侣’，可证‘断俊游’即‘约俊游’或‘订俊游’也。浑犹还也。”

⑨采香：采花。周邦彦《红罗袄》词：“采花南浦，蜂蝶须知。”

⑩剪梅：吴陆凯《赠范晔》诗：“折梅逢驿使，寄与陇头人。”此喻寄信。

换巢鸾凤　梅意[1]

人若梅娇[2]，正愁横断坞[3]，梦绕溪桥[4]。倚风融汉粉，坐月怨秦箫[5]。相思因甚到纤腰[6]？定知我今，无魂可销。佳期晚，谩几度、泪痕相照。　人悄，天渺渺。花外语香，时透郎怀抱。暗握荑苗[7]，乍尝樱颗[8]，犹恨侵阶芳草。天念王昌忒多情[9]，换巢鸾凤教偕老。温柔乡，醉芙蓉，一帐春晓。

【注释】

①此为史达祖自度曲。或云上阕平韵，上结至换头以下改

仄韵,故名。

②人若梅娇:唐秦韬玉《春雪》诗:"萦丛自觉小梅娇。"

③断坞:四面高中间低的谷地,犹山坳。宋黄庭坚《出礼部试院王才元惠梅花三种皆妙绝戏答》之二:"舍人梅坞无关锁。"

④溪桥:唐张谓《早梅》诗:"一树寒梅白玉条,迥临村路傍溪桥。"

⑤"坐月"句:语本李白《忆秦娥》:"箫声咽,秦娥梦断秦楼月。"

⑥"相思"句:宋程垓《摊破江城子》:"一夜无眠连晓角,人瘦也,比梅花,瘦几分。"义相近。

⑦荑苗:茅苗嫩芽,喻女子纤手。《诗经·卫风·硕人》:"手如柔荑。"

⑧樱颗:喻女子唇吻。唐孟棨《本事诗·事感》:"白居易姬人樊素,善歌;妓人小蛮,善舞。尝为诗曰:'樱桃樊素口,杨柳小蛮腰。'"

⑨王昌:相传南北朝时莫愁爱王昌,而终未嫁,故梁武帝《河中之水歌》云:"人生富贵何所望,恨不早嫁东家王。"据《襄阳耆旧传》,王昌字公伯,为东平相,散骑常侍,早卒。

高观国

高观国，生卒年不详。字宾王，山阴（今浙江绍兴）人。与史达祖同时，常相唱和。有《东风第一枝》（访梅溪）、又一首贺陆放翁七十八岁生辰，皆作于嘉泰二年，可证其当时甚为活跃。张炎《词源序》说秦观、高观国、姜夔、史达祖、吴文英"此数家格调不侔，句法挺异，俱能特立清新之意，删削靡曼之词，自成一家，各名于世。"有《竹屋痴语》一卷。宋杨湜《古今词话》称其词"工而入逸，婉而多风"。

齐天乐

碧云阙处无多雨①，愁与去帆俱远。倒苇沙闲，枯兰溆冷②，寥落寒江秋晚③。楼阴纵览，正魂怯清吟，病多依黯④。怕挹西风⑤，袖罗香自去年减。　风流江左久客⑥，旧游得意处，朱帘曾卷。载酒春情，吹箫夜约，犹忆玉娇香软。尘栖故苑。叹璧月空檐，梦云飞观⑦。送绝征鸿，楚峰烟数点⑧。

【注释】

①阙：同缺。

②溆：水边。

③寥落：寂寞，冷落。

④依黯：表示伤别离、怀远人的情思。《诗词曲语辞汇释》卷五："依黯，意义略如销黯，多以写伤离念远之情绪。韩偓《离家第二日却寄诸兄弟诗》：'却望山南空黯黯，回看童仆亦依依。'依黯殆即依依黯黯之约辞也。周密《三姝媚》词：'汉俊游零落，满襟依黯'……皆其例也。"

⑤挹：援引。晋郭璞《游仙诗》之三："左挹浮丘袖，右拍洪崖肩。"

⑥江左：江南，长江下游以东地区。

⑦飞观：高耸的宫阙。

⑧楚峰：楚地的山峰。先秦楚国约在今湖北、湖南、安徽等地。

贺新郎 赋梅[1]

月冷霜袍拥[2]。见一枝，年华又晚，粉愁香冻。云隔溪桥人不度，的皪春心未纵[3]。清影怕寒波摇动。更没纤毫尘俗态，倚高情，预得春风宠。沉冻蝶，挂幺凤[4]。　　一杯正要吴姬捧[5]。想见那[6]、柔酥弄白，暗香偷送。回首罗浮今在否[7]，寂寞烟迷翠拢。又争奈[8]、桓伊三弄[9]。开遍西湖春意烂，算群花、正作江山梦。吟思怯，暮云重。

【注释】

①近人俞陛云《两宋词选释》云："此词如太华霜钟，发尘外清响……'群花'句致慨尤深。当严风盛雪，玉骨孤撑，俯视春山万卉，皆在酣梦之中，作者其借梅自喻耶。"

②霜袍拥：犹被严霜所裹。

③的皪（lì）：光亮、鲜明貌。

④幺凤：鸟名，羽毛五色，形似凤。相传它栖树时倒挂在枝。故岭南人呼为"倒挂子"。参见姜夔《疏影》"翠禽"注。

⑤吴姬：吴地的女子。

⑥见那：二字原脱，据毛扆校《竹屋痴语》补。

⑦罗浮：山名。在广东省增城、博罗、河源等县间，峰峦四百余，风景秀丽。据《龙城录》载，赵师雄迁罗浮，日暮于松林酒肆旁见一美人，淡妆素服，芳香袭人，因与共饮，师雄醉寝，起视，大梅花上，有翠鸟啾嘈不已。月落参横，惆怅而已。

⑧争奈：同怎奈。

⑨桓伊：晋时人，曾与谢玄大破苻坚之军。他善吹笛，时称

“江左第一”。相传著名琴曲《梅花三弄》即据其笛曲《三调》改编。这里“三弄”即指此。弄，奏乐曲。

卜算子 泛西湖，坐间寅斋同赋[1]

屈指数春来，弹指惊春去[2]。檐外蛛丝网落花，也要留春住。　　几日喜春晴，几夜愁春雨。十二雕窗六曲屏，题遍伤春句。

【注释】

①寅斋：作者友人，生平不详。徐案：此词意在挽春，挽春不住，则转为伤春。上结体物细微，下结抒情深挚，皆未经人道者。

②弹指：一弹指，喻极短时间。

卢祖皋

卢祖皋(1170？—1225?),字申之,又字次夔,号蒲江,永嘉(今浙江温州)人。楼钥之甥。庆元五年(1199)进士。嘉定年间历官秘书省正字、校书郎、著作郎、将作少监、权直学士院等。有《蒲江词稿》。宋黄昇称“其词甚工,字字可入律吕,浙东西皆歌。”

宴清都 初春[①]

春讯飞琼管[②],风日薄,度墙啼鸟声乱[③]。江城次第[④],笙歌翠合,绮罗香暖。溶溶涧渌冰泮[⑤]。醉梦里,年华暗换。料黛眉重锁隋堤[⑥],芳心还动梁苑[⑦]。

新来雁阔云音[⑧],鸾分鉴影[⑨],无计重见。啼春细雨,笼愁淡月,恁时庭院[⑩]。离肠未语先断。算犹有,凭高望眼。更那堪,芳草连天,飞梅弄晚[⑪]。

【注释】

①词写初春,触景伤情。清陈廷焯《词则·大雅集》评曰:“此词绝幽怨,神似梅溪(史达祖)高境。”

②琼管:玉笛。春讯,指笛曲《梅花三弄》。

③度:过、越。

④次第:依次。

⑤溶溶:水盛貌。冰泮:解冻。

⑥黛眉:女子眉毛。黛为青黑色颜料,用以画眉。隋堤:隋炀帝开通济渠,经泗水达淮河;又开邗沟,自山阳(淮安)至扬子入长江。渠广四十步,旁筑御道,并植杨柳,后人称隋堤。此处以隋堤柳叶喻黛眉。

⑦梁苑:园囿名。在今河南开封市东南。汉梁孝王(刘武)筑,为游赏与延宾之所。

⑧雁阔云音:云间没有鸿雁传书的音讯。古有雁足传书的

故事。见《汉书·苏武传》。

⑨鸾分鉴影：南朝宋范泰《鸾鸟诗序》谓鸾见镜中影而鸣。“鸾分鉴影”，指两相分离。

⑩恁时：这时。

⑪飞梅：飘落的梅花。

江城子[1]

画楼帘幕卷新晴，掩银屏。晓寒轻，坠粉飘香，日日唤愁生。暗数十年湖上路，能几度，著娉婷[2]。　年华空自感飘零，拥春酲，对谁醒[3]？天阔云闲，无处觅箫声。载酒买花年少事，浑不似[4]，旧心情。

【注释】

①况周颐《蕙风词话》卷二云：“卢申之《江城子》后段云：‘年华空自感飘零……浑不似，旧心情’，与刘龙洲词‘欲买桂花同载酒，终不似少年游’，异曲同工。然终不如少陵之‘诗酒尚堪驱使在，未须料理白头人’，为倔强可喜。”

②娉婷：姿态美好。一般指美人，此或谓作者自指。

③酲：病酒。

④浑：全。

谒金门[1]

风不定，移去移来帘影。一雨林塘新绿净[2]，杏梁归燕并。　翠袖玉屏金镜，日薄绮疏人静[3]。心事一春疑酒病，鸟啼花满径。

【注释】

①梁启超《饮冰室评词》云：“麦丈（麦孺博）云：‘静景

妙观。'"

②新绿：五代韦庄《谒金门》："春雨足，染就一池新绿。"此用其意。

③日薄：犹太阳靠近。薄，迫近、靠近。绮疏：雕饰花纹的窗户。《文选》王延寿《鲁殿灵光赋》："天窗绮疏。"注："疏，刻镂也。"

菩萨蛮

翠楼十二阑干曲[①]，雨痕新染蒲桃绿[②]。时节又黄昏，东风深闭门。　　玉箫吹未彻[③]，窗影梅花月。无语只低眉，闲拈双荔枝。

【注释】

①"翠楼"句：李白《经乱离后天思流放夜郎忆旧游书怀赠江夏韦太守良宰》诗："天上白玉京，十二楼五城。"

②蒲桃：同葡萄。李白《襄阳歌》："遥看汉水鸭头绿，恰似葡萄初酦醅。"

③彻：完毕、结束。曲终曰彻。

贺新郎

彭传师于吴江三高堂之前作钓雪亭[①]，盖擅渔人之窟宅，以供诗境也。赵之野约余赋之。

挽住风前柳。问鸱夷[②]、当日扁舟，近曾来否？月落潮生无限事，零乱茶烟未久。漫留得、莼鲈依旧[③]。可是从来功名误，抚荒祠[④]、谁继风流后[⑤]？今古恨，一搔首[⑥]。　　江涵雁影梅花瘦[⑦]。四无尘、雪飞风起，夜窗如昼。万里乾坤清绝处，付与渔翁钓叟。又恰是、题诗时候。猛拍阑干呼鸥鹭，道他年、我亦垂纶手[8]。飞过我，共尊酒。

【注释】

①魏庆江《诗人玉屑》引《中兴诗话》云："彭传师于吴江三高堂之前，作钓雪亭，蒲江为之赋词云'挽住风前柳'，无一字不佳。每一咏之，所谓如行山阴道中，山水映发，使人应接不暇也。"吴江：今江苏苏州南，西滨太湖。三高堂：即三高祠，祀奉春秋时范蠡、西晋张翰、唐陆龟蒙三位高士。钓雪亭：《绝妙好辞笺》引《嘉靖吴江县志》：宋嘉泰二年(1203)尉县彭法(字传师)建。周密《齐东野语》卷十六有《三高亭记改本》，语甚详。

②鸱夷：指范蠡。他于辅佐越王勾践灭吴后，即弃官泛扁舟于五湖(太湖地区湖泊)离开越国，后游齐，称鸱夷子皮。

③莼鲈："莼羹鲈脍"的简称，《晋书·张翰传》："齐王冏辟(翰)为大司马东曹掾……后因见秋风起，乃思吴中菰菜、莼羹、鲈鱼脍，曰：'人生贵得适志，何能羁宦数千里以要名爵乎！'遂命驾而归。"

④荒祠：指三高祠。

⑤风流：指范蠡、张翰、陆龟蒙等高风遗韵。

⑥搔首：有所思貌。《诗经·邶风·静女》："爱而不见，搔首踟蹰。"

⑦江涵雁影：语本唐杜牧《九日齐山登高》诗："江涵秋影雁初飞。"

⑧垂纶：垂丝钓鱼。垂纶手，谓退隐之人。

真德秀

真德秀(1178—1235),字希元,一字景元,后更字景希,浦城(今属福建)人。庆元五年(1199)进士,后中开禧元年(1205)词科。理宗时,历知泉州、福州,召为翰林学士。绍定中,拜参知政事,进资政殿大学士,提举万寿观。其学以朱熹为宗,卒谥文忠,学者称西山先生,有《西山文集》,存词1首。

蝶恋花

两岸月桥花半吐,红透肌香,暗把游人误。尽道武陵溪上路①,不知迷入江南去。　　先自冰霜真态度。何事枝头,点点胭脂污。莫是东君嫌淡素②,问花花又娇无语。

【注释】

①武陵溪上路:东晋陶渊明《桃花源记》载,武陵郡渔人沿着夹岸桃花林的溪水进入桃花源,发现有居民在此安居乐业,与世隔绝。渔人离开后,再去寻找,遂迷不复得路。

②东君:司春之神。

徐照

徐照（？—1211），字道晖，又字灵晖，自号山民，永嘉（今浙江温州）人。工诗，与徐玑、翁卷、赵师秀，号永嘉四灵。有《芳兰轩集》。

阮郎归

绿杨庭户静沉沉[①]，杨花吹满襟。晚来闲向水边寻，惊飞双浴禽。　　分别后，忍登临[②]。暮寒天气阴。妾心移得在君心，方知人恨深[③]。

【注释】

①沉沉：深沉貌。

②忍：犹言不忍、怎忍。登临：指游览。

③“妾心”二句：清王士禛《花草蒙拾》云：“《花间集》顾太尉‘换我心，为你心，始知相忆深’，自是透骨情语。徐山民‘妾心移得在君心，方知人恨深’，全袭此，然已为柳七一派滥觞。”

刘学箕

刘学箕，生卒年不详，其《松江哨遍》序自谓“己未冬，自云阳归闽”。案，己未为宋宁宗庆元五年(1199)。字习之，自号种春子，又号方是闲居士，崇安(今属福建)人。理学名家刘子翚曾孙，隐居不仕。家有池馆，筑方是闲堂。有《方是闲居士小稿》。《宋诗纪事》引刘淮云其“诗摩香山之室，词拍稼轩之肩”。

贺新郎

近闻北虏衰乱[①]，诸公未有劝上修饬内治以待外攘者[②]。书生感愤不能已，用辛稼轩《金缕词》韵述怀[③]。此词盖鹭鸶林寄陈同甫者，韵险甚。稼轩自和凡三篇，语意俱到。捧心效颦[④]，辄不自揆[⑤]，同志毋以其迂而废其言。

往事何堪说。念人生、消磨寒暑，漫营裘葛[⑥]。少日功名频看镜，绿鬓鬅鬙未雪[⑦]。渐老矣、愁生华发。国耻家仇何年报[⑧]，痛伤神、遥望关河月。悲愤积，付湘瑟[⑨]。　人生未可随时别。守忠诚、不替天意[⑩]，自能符合。误国诸人今何在[⑪]，回首怨深次骨[⑫]。叹南北、久成离绝。中夜闻鸡狂起舞[⑬]，袖青蛇[⑭]，戛击光磨铁[⑮]。三太息，眥空裂[⑯]。

【注释】

①北虏：指金人。

②上：指皇帝，此当指北宋宁宗。外攘，即攘外，排除外患。

③辛稼轩《金缕词》：指辛弃疾《贺新郎》(把酒长亭说)，下文“鹭鸶林寄陈同甫”“自和凡三篇”等，均参见辛词注。

④捧心效颦：《庄子·天运》载，美人西施因心疾常颦，同里

丑女也效之捧心颦眉。后因有“东施效颦”之说，以形容拙劣之模仿。此为和辛词的自谦之词。

⑤揆：度量。自揆，犹自度、自量。

⑥裘葛：指冬夏服装，皮衣和葛衣。

⑦鬅鬙（péng sēng）：毛发蓬乱貌。

⑧家仇：北宋末年，作者曾祖刘子羽出使金营，不屈自缢而死。

⑨湘瑟：屈原《远游》：“使湘灵鼓瑟兮。”谓舜妃投湘水而死，成为湘水之神，鼓瑟抒悲愤之情。

⑩替：改，废弃。

⑪误国诸人：指南宋初秦桧等投降派。

⑫次骨：入骨。

⑬中夜：半夜。闻鸡：即闻鸡起舞。《晋书·祖逖传》：“与司空刘琨俱为司州主簿，情好绸缪，与被共寝。中夜闻荒鸡鸣，蹴琨觉曰：‘此非恶声也。’因起舞。”指以报效国家互勉。

⑭青蛇：指剑。《唐才子传》载吕洞宾诗“袖里青蛇胆气粗”。

⑮戛击：敲打。

⑯眥：眼眶。眥裂，眼眶欲裂，形容愤怒到极点。

洪咨夔

洪咨夔(1176—1236),字舜俞,号平斋,於潜(今浙江临安)人。嘉泰二年(1202)进士,累官刑部尚书,翰林学士,知制诰,加端明殿学士,提举万寿观。卒谥忠文,有《平斋文集》《平斋词》。

眼儿媚

平沙芳草渡头村,绿遍去年痕。游丝下上①,流莺来往,无限销魂。　　绮窗深静人归晚,金鸭水沉温②。海棠影下,子规声里③,立尽黄昏。

【注释】

①游丝:春季昆虫所吐的丝,飘荡于空中,故称。

②金鸭:金属的鸭形香炉。水沉:香料名,即沉香,也称“沉水香”,置水中则沉。

③子规:即杜鹃鸟。

曹豳

曹豳(1170—1250),字西士,号东亩,一作东畎,瑞安(今属浙江)人。嘉泰二年(1202)进士,授安吉州教授,调重庆府司法参军,改知建昌。绍定六年(1233),擢秘书丞,兼仓部郎官。端平元年(1234),出为浙西提举常平,移浙东提点刑狱,召为左司谏。与王万、郭磊卿、徐清叟俱有正直的名声,时号“嘉熙四谏”。后以宝章阁待制致仕。卒谥文恭。

西河　和王潜斋韵①

今日事,何人弄得如此?漫漫白骨蔽川原,恨何日已?关河万里寂无烟,月明空照芦苇。　谩哀痛②,无及矣。无情莫问江水,西风落日惨新亭③,几人堕泪?战和何者是良筹,扶危但看天意。　只今寂寞薮泽里④。岂无人,高卧闾里⑤?试问安危谁寄?定相将⑥、有诏催公起⑦,须信前书言犹未。

【注释】

①此词分三段。王潜斋:即王埜(野),有《西河》(天下事,问天怎忍如此)词。清陈廷焯《白雨斋词话》卷二谓此词:“慷慨发越,终病浅显。”又举此词曰:“二帝蒙尘,偷安南渡,苟有人心者,未有不拔剑斫地也。”

②谩:通“漫”。徒然。

③新亭:故址在今江苏南京市南,东晋时,丞相王导与客饮新亭,周顗中坐而叹曰:“风景不殊,举目有江河之异。”皆相视流涕。惟王导愀然变色曰:“当共戮力王室,克复神州,何至作楚囚对泣耶!”(见《晋书·王导传》)

④薮泽:水浅草茂的藻泽地,此指在野。

⑤闾里:乡里,民间。此时王埜正遭闲置。

⑥相将:《诗词曲语辞汇释》卷三:“相将,犹云行将也;侵寻

也。苏轼《滕州江上夜起对月》诗：'相将乘一叶，夜下苍梧滩。'"犹今语将要、马上也。

⑦诏：朝廷下行文书，俗称圣旨。公：指王埜。

王武子

王武子，生卒年不详，字文翁，丰城（今属江西）人。开禧元年（1205）进士，曾为江夏尉。《词综》云：一名子武。

玉楼春 闻笛

红楼十二春寒侧[①]，楼角何人吹玉笛？天津桥上旧曾听[②]，三十六宫秋草碧[③]。 昭华人去无消息[④]，江上青山空晚色。一声落尽短亭花[⑤]，无数行人归未得。

【注释】

①红楼十二：十二楼本为传说中神仙所居，见《汉书·郊祀志》，此指美人住所，意为其人如仙。春寒恻：恻，也作侧。明杨慎《词品》："侧，不正也，犹云峭寒耳。唐诗：'春寒侧侧掩重门。'韩偓诗：'侧侧春寒剪剪风。'"

②天津桥：故址在今河南洛阳旧城西南，隋炀帝时始建。

③三十六宫：泛指宫苑之多。汉班固《西都赋》："离宫别馆，三十六所。"唐李贺《金铜仙人辞汉歌》"三十六宫土花碧"，为本句所本。

④昭华：乐器名，即玉管，此即指笛，句意谓吹玉笛之人已去。

⑤短亭：古代于官道旁五里处设亭曰短亭，十里处设亭曰长亭，供行人休息。

韩　曮

韩曮，生卒年不详，字子耕，号萧闲。工词。况周颐《蕙风词话》卷二云："韩子耕词妙处，在一松字，非功力甚深不办。"有《萧闲词》一卷，不传。赵万里有辑本。

高阳台　除夜

频听银签①，重燃绛蜡②，年华衮衮惊心③。饯旧迎新④，能消几刻光阴。老来可惯通宵饮⑤，待不眠、还怕寒侵。掩清尊，多谢梅花，伴我微吟。　邻娃已试春妆了，更蜂腰簇翠，燕股横金⑥。勾引东风，也知芳思难禁。朱颜那有年年好，逞艳游、赢取如今。恣登临、残雪楼台，迟日园林。

【注释】

①银签：也称银箭，铜壶滴漏中刻漏之箭，古计时器。这里指银签移动声，表示时光流逝。

②绛蜡：红烛。

③衮衮：相继不绝。犹滚滚。

④饯：以酒食送行。

⑤可惯：不惯。

⑥"蜂腰"二句：连上句指邻娃于除夕所试春妆。孟元老《东京梦华录》卷六："市人卖玉梅、夜蛾、蜂儿、雪柳、菩提叶。"又吴自牧《梦粱录》卷一"元宵细旦戴花朵□肩、珠翠冠儿，腰肢纤袅，宛若妇人。"盖除夜也有此妆。燕股横金，谓金钗作燕子形。

孙惟信

孙惟信(1179—1243),字季蕃,号花翁,开封(今属河南)人。南渡后居婺州(今浙江金华),光宗时弃官隐居西湖。工词,有《花翁集》一卷,今有赵万里辑本。

风流子

三叠古阳关①。轻寒噤②、清月满征鞍。记玉笋揽衣③,翠囊亲赠,绣巾揾脸④,金柳初攀⑤。自回首、燕台云掩冉⑥,凤阁雨阑珊⑦。天有尽头,水无西注,鬓难留黑,带易成宽。　　啼妆⑧,东风悄,菱花在⑨,拟倩锦字封还⑩。应想恨蛾凝黛⑪,慵髻堆鬟⑫。奈情逐事迁,心随春老,梦和香冷,欢与花残。闲煞唾茸窗阁⑬,十二屏山⑭。

【注释】

①阳关:古曲调名。以唐王维《送元二使安西》诗为歌词,歌以送别。重叠奏唱,故称《阳关三叠》。

②噤:犹噤战,咬紧牙关打战。

③玉笋:比喻女子的手指。

④揾:揩。

⑤攀:指折柳送别。

⑥燕台:即黄金台,故址在今河北易县东南。战国时燕昭王筑台以接待贤士,故称贤士台,又叫招贤台。掩冉:遮蔽。

⑦凤阁:唐光宅元年(684)称中书省为凤阁,旋复旧称。此泛指宫中楼阁或朝廷。阑珊:将尽。

⑧啼妆:东汉时,妇女以粉拭目下,有似啼痕,称为啼妆。

⑨菱花:菱花镜子。

⑩倩:借助。锦字:指信。前秦秦州刺史窦滔被徙流沙,其妻苏氏思之,织锦为回文旋图诗以赠滔,可循环往返诵读,词甚

凄苦。后称妻寄夫的信为锦字。

⑪蛾:指蛾眉,蚕蛾之须细而长,因以喻美女之眉。黛:原为青黑色颜料,可以画眉,此即指眉。“凝黛”谓双眉颦蹙。

⑫慵髻:偏堕的发髻。堆鬟:高堆的环形发髻。

⑬唾茸:南唐后主李煜《一斛珠》词:“烂嚼红茸,笑向檀郎唾。”茸,绒,刺绣的丝缕。

⑭十二屏山:画山的屏风。十二为虚数。

南乡子

璧月小红楼,听得吹箫忆旧游。霜冷阑干天似水,扬州。薄倖声名总是愁[1]。　　尘暗鹔鹴裘[2],针线曾劳玉指柔[3]。一梦觉来三十载,休休[4]。空为梅花白了头。

【注释】

①薄倖:薄情。唐杜牧《遣环》:“十年一觉扬州梦,赢得青楼薄倖名。”

②鹔鹴:水鸟,雁的一种,羽毛可制为裘衣。

③玉指:指美女的手指。

④休休:犹算了吧。

方千里

方千里，约生活于1122年前后。三衢（今浙江衢州）人，官舒州签判。有《和清真词》。

六　丑[①]

看流莺度柳，似急响，金梭飞掷[②]。护巢占泥，翩翩飞燕翼。昨梦前迹。暗数欢娱处，艳花幽草，纵冶游南国[③]。芳心荡漾如波泽。系马青门，停车紫陌[④]。年华转头堪惜。奈离襟别袂[⑤]，容易疏隔。　　人间春寂。谩云容暮碧[⑥]。远水沉双鲤，无信息[⑦]。天涯渐老羁客[⑧]。叹良宵漏断[⑨]，独眠愁极。吴霜皎[⑩]，半侵华帻[⑪]。谁复省十载[⑫]，匀香晕粉，髻倾鬟侧。相思意，不离潮汐[⑬]。想旧家，接酒巡歌计，今难再得。

【注释】

①本词系和周邦彦《六丑·蔷薇谢后作》（正单衣试酒）。然有上下床之别，姑备一格。

②梭：织具，用以牵引纬线，不断抛来抛去，称为“飞梭”“掷梭”。此处形容黄莺飞得很快。

③冶游：野游，春天或节日里男女出外游散，古乐府《子夜四时歌》：“冶游步春露，艳觅同心郎。”

④青门：汉长安城东门。泛指京城门。紫陌：指帝都郊外的道路。

⑤袂（mèi）：衣袖。

⑥谩：通“漫”，徒然。

⑦双鲤：指书信。参见张先《虞美人·述古移南郡》注③。

⑧羁客：在外寄居作客。

⑨漏断：漏壶（古计时器）声已绝，指夜已深。

⑩吴霜皎：指白发。唐李贺《还自会稽歌》：“吴霜点归鬓，

身与塘蒲晚。”

⑪华帻：华丽的头巾。

⑫省（xǐng）：记忆。

⑬潮汐：指早晚。潮水涨落，早曰潮，晚曰汐。

吴　泳

吴泳(1181—?)，字叔泳，一作叔乐，号鹤林，潼川(今四川三台)人。嘉定元年(1208)进士。历秘书丞、秘书少监，仕至起居舍人，兼直学士院，权刑部尚书，终宝章阁学士，知泉州。有《鹤林集》。其词多有寄寓，风格淡泊，立意高远，语言朴素。

上西平　送陈舍人

跨征鞍，横战槊①，上襄州②。便匹马、蹴踏高秋。芙蓉未折，笛声吹起塞云愁。男儿若欲树功名，须向前头。　　凤雏寒，龙骨朽，蛟渚暗，鹿门幽。阅人物，渺渺如沤③。棋头已动，也须高著局心筹④。莫将一片广长舌，博取封侯⑤。

【注释】

①槊：长柄矛。

②襄州：也称襄阳府(今湖北襄樊一带)。南宋时为前防要地。

③"凤雏"六句：凤雏，幼凤，喻英杰少年，《晋书·陆云传》："此儿若非龙驹，当是凤雏。"《三国志·蜀书·庞统传》裴松之注引《襄阳记》载，庞统曾被称为"凤雏"。龙骨，即"龙驹"之骨。龙驹为千里马，亦喻才俊之士。《战国策·燕策》载，有人为其君以五百金买千里马之骨。《三国志·蜀书·诸葛亮传》载，诸葛亮曾被称为"卧龙"。鹿门，山名，在湖北襄阳县境，古为高人隐居之处。庞统、诸葛亮等古代英雄人物曾在襄阳一带隐居，今都已逝去，故称"寒""朽"，"如沤(水泡)"，而这地区也因之"暗""幽"失却光采。

④"棋头"两句：谓时局已发生变动，须高手用心下著。

⑤"莫将"二句：谓勿以游说取得封侯，盖用战国时苏秦游说六国事。广长舌：出佛典《法华经·如来神力品》，谓舌叶广长，后喻能言善辩。此指说空话、大话。

陈以庄

陈以庄，生卒年不详，字敬叟，号月溪，建安（今福建建瓯）人。黄铢之甥。诗句清新，尤以擅词名。刘克庄《陈敬叟集序》记其事，词存3首。

水龙吟 记钱塘之恨[①]

晚来江阔潮平，越船吴榜催人去[②]。稽山滴翠，胥涛溅恨[③]，一襟离绪。访柳章台，问桃仙浦，物华如故[④]。向秋娘渡口，泰娘桥畔[⑤]，依稀是、相逢处。　窈窕青门紫曲[⑥]，茜罗新、衣翻金缕。旧音恍记，轻拢慢捻[⑦]，哀弦危柱[⑧]。金屋难成，阿娇已远，不堪春暮[⑨]。听一声杜宇[⑩]。红殷绿老[⑪]，雨花风絮。

【注释】

①此词作于元兵攻陷杭州之后，明蒋一葵《尧山堂外纪》云："至元丙子（1276）正月十八，元师至杭，谢、全两后北行，陈敬叟制《水龙吟》，记钱塘之恨。"钱塘：即浙江杭州，南宋时为国都，称"临安"。

②"晚来"二句：谓南宋后妃被蒙元以船舶从钱塘江上掳去。越、吴：春秋时越、吴两国。榜：船桨。此代指船。

③"稽山"二句：会稽山，在浙江绍兴县东南。滴翠：犹滴泪。胥涛：传说春秋时伍子胥，忠而为吴王夫差所杀，尸投钱塘江，成为涛神。元至元十三年丙子（1276）二月朔，"元军军钱塘江沙上，潮三日不至"。（见《宋史·瀛国公纪》）故曰"胥涛溅恨"。

④"访柳"三句：以汉之章台街、晋之桃花源喻杭州，意为风景不殊，正自有河山之异。以下三句，同词义。章台：战国时所建，在陕西长安故城西南隅。台下有街，称章台街，古时多歌楼妓馆。唐韩翃寄柳氏诗："章台柳，章台柳，昔日青青今在否？纵使长条似旧垂，也应攀折他人手。"此当泛指临安中娱乐

场所。

⑤秋娘渡、泰娘桥：秋娘、泰娘均是唐代著名歌妓，蒋捷《一剪梅·舟过吴江》云："江上舟摇，楼上帘招，秋娘渡与泰娘桥，风又飘飘，雨又萧萧。"徐案：明杨慎《词品》卷五云谢太后被掳，"又以秋娘、泰娘比之，盖惜其不能死也"。

⑥青门：见本书周邦彦《西平乐》词注⑩。此当借指临安某城门，或有旧贵族沦落居此。

⑦轻拢慢捻：弹琵琶的手法，拢是抚弦，捻是揉弦。唐白居易《琵琶行》"轻拢慢捻抹复挑，初为霓裳后六幺。"

⑧危柱：高柱，柱是弦枕木。危柱，言绷紧琴弦，发出高音。

⑨"金屋"两句：阿娇是汉武帝姑母长公主女，姓陈。武帝幼时曾说："若得阿娇作妇，当作金屋贮之。"及即帝位，立为皇后，后被废居长门宫。《词品》曰："是时谢太后年七十余，故有'金屋藏娇，不看春暮'之句。"又云："妇人不足贵，误国至此者秦桧、贾似道，可胜诛者！"

⑩杜宇：即杜鹃鸟，相传是古蜀帝杜宇失位后之魂所化，鸣声悲凄，如说"不如归去"。

⑪红殷绿老：指花萎叶衰。殷，深红色。

黄　机

黄机，生卒年不详，字几仲，一说字几叔，号竹斋，东阳（今属浙江）人。曾为州郡小官，游踪则多在吴楚间。他和岳珂同时，并写过词寄辛弃疾。有《竹斋诗余》。《四库全书简明目录》称其“才气磊落，多与岳珂以长调唱酬，极激楚苍凉之致”。

满江红

万灶貔貅①，便直欲、扫清关洛②。长淮路③，夜亭警燧④，晓营吹角⑤。绿鬓将军思饮马⑥，黄头奴子惊闻鹤⑦。想中原、父老已心知，今非昨。　狂鲵剪⑧，於菟缚⑨。单于命⑩，春冰薄。政人人自勇⑪。翘关还槊⑫。旗帜倚风飞电影，戈鋋射月明霜锷⑬。且莫令、榆柳塞门秋⑭，悲摇落。

【注释】

①“万灶”句：形容宋军之强大。古代军队出征时就地挖穴为灶，一灶供应一定数量人员饭食。“万灶”，表示军队众多。貔貅猛兽名，此指勇猛战士。

②关洛：关中和洛阳，指今陕西、河南地区，当时为金所占。

③长淮路：淮水一带，当时宋金交界处。

④亭：边防哨所。燧：报警的烽火。

⑤角：军中号角。

⑥绿鬓将军：鬓发乌黑光亮的壮年将军，指宋将。饮马：表示进军边地。古乐府有《饮马长城窟行》。

⑦黄头奴子：老弱的奴仆，指金人。黄头，即黄发，老人发白，白久则黄，故以黄发称老人。惊闻鹤：《晋书·谢玄传》：淝水之战，南侵的苻坚军为晋所败，溃逃时“闻风声鹤唳”，即以为是晋军，十分惊恐。

⑧鲵：雌鲸。《左传·宣公十二年》杜预注：“鲸鲵，大鱼名，

以喻不义之人吞食小国。”此指金人，喻其侵吞。剪：剪除，消灭。

⑨於（wū）菟：虎的别称，此指金人，喻其凶残。

⑩单（chán）于：汉时匈奴称其君长曰单于，此指金主。

⑪政：恰好。

⑫关：门闩。翘关：举起门闩，此指攻克关口。槊：长柄矛。还槊，指凯旋。

⑬戈：古代武器的一种。铤（tǐng）：箭头装入箭干的部分，此即指箭。锷：剑刃。

⑭榆柳塞门：古代北方边塞多种榆柳，因称榆塞。

霜天晓角　仪真江上夜泊①

寒江夜宿，长啸江之曲②。水底鱼龙惊动，风卷地，浪翻屋。　　诗情吟未足，酒兴断还续。草草兴亡休问，功名泪，欲盈掬③。

【注释】

①仪真：今属江苏，在长江北岸，是南宋前哨。

②长啸：撮口发出长而清越的声音，古人常借以抒发浩气、壮怀。

③掬：双手捧取。形容泪水之多。

严 羽

严羽,生卒年不详,字丹邱,一字仪卿,号沧浪逋客,邵武(今属福建)人。主要活动于宋理宗时,终生未仕,与戴复古游,属江湖诗人。长于诗论,间亦填词。著有《沧浪集》《沧浪诗话》,存词2首。

满江红 送廖叔仁赴阙[①]

日近觚稜[②],秋渐满、蓬莱双阙[③]。正钱塘江上,潮头如雪。把酒送君天上去,琼裾玉佩鹓鸿列[④]。丈夫儿,富贵等浮云[⑤],看名节。　天下事,吾能说。今老矣,空凝绝[⑥]。对西风慷慨,唾壶歌缺[⑦]。不洒世间儿女泪,难堪亲友中年别[⑧]。问相思、他日镜中看,萧萧发。

【注释】

①阙:宫阙,此指南宋朝廷。

②觚稜:殿堂屋角的瓦脊成方角棱瓣之形,故名。此指代朝廷。秦观《晚出左掖》诗:"金爵觚稜转夕晖。"

③蓬莱:秘书省的雅称。汉时以藏书的东观为道家蓬莱山,后遂指秘书省。据此可知,廖叔仁盖为秘书省官员。双阙:宫殿前两座高耸的建筑物,两者间有空缺,故称。

④琼裾玉佩:指服饰华贵的官员。裾,衣服前襟。鹓:鹓雏,传说凤类鸟。鸿:大雁。二鸟群飞有序,因喻朝官的班行整齐。

⑤"富贵"句:《论语·述而》:"不义而富且贵,于我如浮云。"

⑥凝绝:凝思或凝望之极。

⑦唾壶歌缺:《北堂书钞》卷一二五载晋裴启《语林》:"王大将军(敦)每酒后,辄咏魏武帝乐府歌曰:'老骥伏枥,志在千里。烈士暮年,壮心不已。'以铁如意击唾壶为节,壶尽缺。"

⑧"不洒"两句:唐王勃《送杜少府之任蜀州》:"无为在歧

路，儿女共沾巾。”又《世说新语·言语》载：“谢太傅（安）语王右军（羲之）曰：‘中年伤于哀乐，与亲友别，辄作数日恶。’”此化用其典。

严 仁

严仁，生卒年不详，字次山，号樵溪，邵武(今属福建)人。与严羽、严参称邵武三严。好古博雅，工词，时有佳作。有《清江欸乃集》，不传。宋黄昇《中兴以来绝妙词选》录其词30首，并云："次山词能极道闺闱之趣。"

玉楼春 春思

春风只在园西畔，荠菜花繁胡蝶乱。冰池晴绿照还空，香径落红吹已断。　意长翻恨游丝短[1]，尽日相思罗带缓[2]。宝奁明月不欺人[3]，明日归来君试看。

【注释】

①游丝：蛛蜘等虫类之丝，飘扬于空中。

②罗带缓：《古诗十九首》之一："相去日已远，衣带日已缓。"秦观《千秋岁》："飘零疏酒盏，离别宽衣带。"腰带宽缓。表示人消瘦。

③奁：盛放香器和梳妆品的镜匣。明月：指圆镜。

醉桃源 春景

拍堤春水蘸垂杨，水流花片香。弄花噆柳小鸳鸯[1]，一双随一双[2]。　帘半卷，露新妆，春衫是柳黄。倚栏看处背斜阳，风流暗断肠。

【注释】

①噆(zǎn)：咬。

②近人况周颐《蕙风词话》卷二引《织余琐述》评以上四句云："描写芳春景物，极娟妍鲜翠之致，微特如画而已，政恐刺绣

妙手，未必能到。”

诉衷情 章贡别怀[①]

一声水调解兰舟[②]，人间无此愁。无情江水东流去，与我泪争流[③]。　　人已远，更回头，苦凝眸。断魂何处？梅花岸曲，小小红楼。

【注释】

①章贡：台名，在今江西赣州西北，章、贡二水合流处，与郁孤台对峙。宋郡守赵抃建。

②水调：曲调名。唐杜牧《扬州》诗：“谁家唱水调，明月满扬州。”自注：“炀帝开汴渠成，自作《水调》。”兰舟：木兰造的船，为船的美称。

③徐案，江水与眼泪争流，语新而情深。

张　辑

张辑，生卒年不详，字宗瑞，号东泽，又号庐山道人、东泽诗仙。张履信之子，鄱阳（今江西波阳）人。受诗法于姜夔，冯去非目为“东仙”。有《欸乃集》《东泽绮语债》。词存44首。

疏帘淡月（寓《桂枝香》）　秋思[1]

梧桐雨细，渐滴作秋声，被风惊碎。润逼衣篝[2]，线袅蕙炉沉水[3]。悠悠岁月天涯醉。一分秋，一分憔悴[4]。紫箫吟断，素笺恨切，夜寒鸿起。　又何苦、凄凉客里，负草堂春绿，竹溪空翠[5]！落叶西风，吹老几番尘世。从前谙尽江湖味，听商歌[6]，归兴千里。露侵宿酒，疏帘淡月，照人无寐[7]。

【注释】

①作者为词多以己作篇末语另立新调名，本词调即《桂枝香》，而以篇末“疏帘淡月”句为调名。《蓼园词选》引朱谌卢云：“东泽得诗法于姜尧章，世谓谪仙复作，不知其又能词也。”清王闿运《湘绮楼词选》评云：“梧桐雨细，疏帘淡月，轻垂得宜，再莽不得。”

②“衣篝”句：语本周邦彦《满庭芳·溧水无想山作》：“地卑山近，衣润费炉烟。”衣篝，薰衣用的竹笼。

③线袅：形容炉烟袅袅上升。蕙炉：蕙草生的炉子。沉水：沉香的别名。

④“悠悠”三句：元陆辅之《词旨》：“警句。”清李佳《左庵词话》卷下云：“词家有作，往往不能竟体无疵。每首中，要亦不乏警句，摘而出之，遂觉片羽可珍。”并以此三句为例证。

⑤“负草堂”二句：负，辜负。唐杜甫在四川成都浣花溪畔曾筑草堂，李白也曾与孔巢父等在山东泰安徂徕山的竹溪隐居，号“竹溪六逸”。两句意谓隐居之愿未能实现。

⑥商歌：属宫、商、角、徵、羽五音中商声的歌。商声凄凉悲切，故商歌指悲凉的歌。《庄子·让王》载：曾子"歌《商颂》，声满天地，若出金石。天子不得臣，诸侯不得友"。《商颂》即"商歌"，《诗经》篇名。

⑦"露宿"三句：元陆辅之《词旨》："警句。"

葛长庚(1194—?),南宋道士,字如晦,又字白叟,祖籍福建闽清,幼至海南琼山,自号海琼子,晚号白玉蟾。师事陈楠九年,得其内丹之学。陈死后,葛往返于罗浮、九日诸山。宋宁宗嘉定中,征赴阙,馆太一宫,封紫清明道真人。有《海蟾诗余》,一名《海琼集》。

卜算子

古寺枕空山①,楼上昏钟静②。饥鼠偷灯尾蘸油③,悄悄无人影。　　长剑匣中鸣④,今古深思省。此夕行藏独倚楼⑤,风雨凄凄冷。

【注释】

①枕:临、靠。

②昏钟:黄昏时的钟声。

③“饥鼠”句:徐案,语本秦观《如梦令》(遥夜沉沉如水):“梦破鼠窥灯。”而增“尾蘸油”三字,愈觉生动形象。

④“长剑”句:旧题晋王嘉《拾遗记》:“帝颛顼有曳影之剑……未用之时,常于匣里如龙虎之吟。”此喻虽被埋没,而跃跃欲试的心声犹闻于外。

⑤行藏句:语本杜甫《江上》诗:“勋业频看镜,行藏独倚楼。”《论语·述而》:“用之则行,舍之则藏。”后用“行藏”指个人的行止、出入。

刘克庄

刘克庄(1187—1269)，字潜夫，号后村居士，莆田(今属福建)人。以父荫补官。任建阳县尉时，因所写《落梅》诗被指控为讪谤朝廷，罢归多年。后理宗以其“文章久著，史学尤精”，特赐同进士出身，历事四朝，官至工部尚书兼侍读，以龙图阁学士致仕。诗为江湖派中大家，词学稼轩，反映了爱国思想，风格激壮豪迈，语言直致近俗，然却不够蕴藉。清人冯煦评曰：“后村词与放翁、稼轩犹鼎三足，其生丁南渡，拳拳君国似放翁，志在有为、不欲以词人自域似稼轩。”(《宋六十一家词选例言》)有《后村大全集》，词作有《后村别调》。钱仲联有《后村词笺注》。

沁园春　梦孚若[1]

何处相逢？登宝钗楼[2]，访铜雀台[3]。唤厨人斫就，东溟鲸脍；圉人呈罢，西极龙媒[4]。天下英雄，使君与操，余子谁堪共酒杯[5]？车千两，载燕南赵北，剑客奇才[6]。　饮酣画鼓如雷，谁信被晨鸡轻唤回。叹年光过尽，功名未立；书生老去，机会方来。使李将军，遇高皇帝，万户侯何足道哉[7]！披衣起，但凄凉感旧，慷慨生哀。

【注释】

①孚若：方信孺，字孚若，福建莆田人，历官淮东转运判官兼提点刑狱，后知真州。著有《南冠萃稿》。清张德瀛《词徵》评云：“刘潜夫《沁园春》词，用史(记)、汉(书)，亭然以奇，别出机杼。”

②宝钗楼：汉武帝时建，故址在今陕西咸阳市。

③铜雀台：汉建安十五年曹操建于邺城，故址在今河北临漳县西南。

④圉(yǔ)人：饲马人。龙媒：天马。《汉书·礼乐志·郊祀歌》："天马徕，从西极。""天马徕，龙之媒。"

⑤"天下"三句：《三国志·蜀书·先主传》：曹操煮酒，谓刘备曰："今天下英雄，唯使君与操耳，本初(袁绍之字)之徒，不足数也。"使君，指刘备。

⑥燕南赵北：今河北一带，此处语本韩愈《送董邵南序》："燕赵古称多感慨悲歌之士。"

⑦"使李将军"三句：《史记·李将军列传》：汉文帝谓李广曰："惜乎，子不遇时，如令子当高帝时，万户侯岂足道哉！"

沁园春　答九华叶贤良[①]

一卷阴符[②]，二石硬弓[③]，百斤宝刀。更玉花骢喷[④]，鸣鞭电抹[⑤]；乌丝阑展[⑥]，醉墨龙跳[⑦]。牛角书生[⑧]，虬髯豪客[⑨]，谈笑皆堪折简招[⑩]。依稀记、曾请缨系粤[⑪]，草檄征辽[⑫]。　当年目视云霄。谁信道、凄凉今折腰[⑬]。怅燕然未勒[⑭]，南归草草。长安不见[⑮]，北望迢迢。老去胸中，有些垒块，歌罢犹须著酒浇[⑯]。休休也，但帽边鬓改，镜里颜凋。

【注释】

①叶贤良：福建莆田县九华山人。山在城北五里。贤良，宋代科举有贤良方正能直言极谏科，叶氏因中此科，故称。

②阴符：兵家著作，称《阴符经》，传为黄帝所作。

③二石硬弓：三十斤为钧，四钧为石。此云弓力为二百四十斤。

④玉花骢：相传唐玄宗曾骑玉花骢，见《明皇杂录》。

⑤电抹：像闪电般迅速。苏轼《木兰花令》："四十三年如电抹。"

⑥乌丝阑：纸笺上所划格子为黑色，称乌丝阑，犹今之直行

信笺。见方以智《通雅》。

⑦醉墨龙跳：梁武帝称王羲之书法，“如龙跳天门，虎卧凤阙”。见《宣和书谱》。

⑧牛角书生：隋末李密少时曾将《汉书》一卷挂于牛角，且行且读，见《旧唐书》本传。

⑨虬髯豪客：隋末张仲坚有雄才大略，自号虬髯客。参见唐人传奇《虬髯客传》。

⑩折简招：谓致书相招。汉制，简长二尺，折简，折半之简，意犹短信。

⑪请缨：用终军事，见《贺新郎》（国脉微如缕）注②。

⑫草檄征辽：《隋遗录》载虞世南曾草拟《征辽指挥德音敕》。

⑬折腰：晋代陶渊明为彭泽令，不愿见督邮，云：“吾不能为五斗米折腰，拳拳事乡里小人。”见《晋书》本传。此指为州县小官。

⑭燕然：山名，即今内蒙古杭爱山。汉窦宪北击匈奴，登此山勒石纪功而还。见《后汉书》本传。

⑮长安：宋人多借指汴京。辛弃疾《菩萨蛮》：“西北望长安，可怜无数山。”

⑯“老去”三句：《世说新语·任诞》：“阮籍胸中垒块，故须酒浇之。”

沁园春　梦中作梅词[①]

天造梅花，有许孤高，有许芬芳。似湘娥凝望，敛君山黛[②]；明妃远嫁，作汉宫妆[③]。冷艳谁知，素标难亵，又似夷齐饿首阳[④]。幽雅意，纵写之缣楮[⑤]，未得毫芒。

曾经诸老平章，只一个孤山说影香[⑥]。便诏书存问，漫招处士[⑦]；节旄落尽，早屈中郎[⑧]。日暮天寒，山空月堕，茅舍清于白玉堂[⑨]。宁淡杀、不敢凭羌笛，告诉凄凉[⑩]。

【注释】

①此词通过咏梅，另有寄托。张荃《考证》："'明妃远嫁'及'不敢凭羌笛'句，似皆指塞外事。"

②"湘娥"二句：张华《博物志》："洞庭君山，帝（尧）之二女居之，曰湘夫人。又《荆州图经》曰：'湘君所游，故曰君山。'"敛黛：即皱眉。

③"明妃"二句：明妃，即王昭君，以犯晋文帝司马昭讳，改称。唐宋人常以明妃喻梅花，如王建《塞上梅》："天山路边一枝梅，年年花发黄云下。昭君已没汉使回，前后征人惟系马。"

④夷齐：伯夷、叔齐，殷孤竹君之二子，周灭殷，耻食周粟，饿死于首阳山下。见《史记·伯夷传》。陆游《梅》诗："人中商略谁堪比？千载夷齐伯仲间。"

⑤缣楮：指纸笺。

⑥"只一个"句：欧阳修《归田录》卷二："处士林逋，居于杭州西湖之孤山……梅花诗云：'疏影横斜水清浅，暗香浮动月黄昏。'评诗者谓前世咏梅者多矣，未有此句也。"

⑦"诏书"二句：《西湖游览志余》："林逋隐居西湖，朝廷命守臣王济访之……诏下，赐粟帛而已。"

⑧"节旄"二句：《汉书·苏武传》："杖汉节牧羊，卧起操持，节旄尽落。"中郎：苏武以中郎将出使匈奴。

⑨"茅舍"句：郑域《昭君怨·梅花》："冷落竹篱茅舍，富贵玉堂琼榭。"

⑩羌笛：笛子出于羌中，故名。笛曲有《梅花落》，声甚悲。

长相思 钱别

刘克庄

风萧萧，雨萧萧，相送津亭折柳条[1]，春愁不自聊。
烟迢迢，水迢迢，准拟江边驻画桡[2]。舟人频报潮[3]。

【注释】

①津亭：渡口供旅客休息的凉亭。古人有折柳赠别的习俗，见《三辅黄图》卷六。

②准拟：定会。秦观《赴杭倅至汴上作》："平生孤负僧床睡，准拟如今处处还。"

③"舟人"句：谓催促开船。明沈际飞《草堂诗余别集》卷一评此词云："真至，深哀，末句频报潮，正谓此也。"

满江红　夜雨凉甚，忽动从戎之兴

金甲琱戈[①]。记当日、辕门初立[②]。磨盾鼻，一挥千纸，龙蛇犹湿[③]。铁马晓嘶营壁冷，楼船夜渡风涛急[④]。有谁怜、猿臂故将军，无功级[⑤]？　平戎策，从军什[⑥]，零落尽，慵收拾。把茶经香传[⑦]，时时温习。生怕客谈榆塞事[⑧]，且教儿诵花间集[⑨]。叹臣之、壮也不如人，今何及[⑩]！

【注释】

①金甲琱戈：装饰华美的铠甲与戈矛。

②辕门：军营外门。此指嘉定年间在李珏幕府事。

③磨盾鼻：在盾鼻上磨墨草檄。梁武帝少时有才，荀济常谓人曰："会于盾鼻上磨墨檄之。"见《资治通鉴》卷一六〇。龙蛇，形容书法的夭矫多变。《法书苑》："仲尼书季札墓志，变化开合，若龙蛇盘据。"

④楼船：高大的战船。

⑤猿臂故将军：《史记·李广传》："广为人长，猿臂，其善射亦天性也。"退职后，时人称为故将军。诸将多以功封侯，而李广未封，故曰"无功级"。

⑥从军什：指所写的从军篇什。

⑦茶经：唐陆羽著，一卷。香传：一作《香谱》，宋洪刍撰。

⑧榆塞事:指边塞事。《汉书·韩安国传》:"垒石为城,树榆为塞。"

⑨花间集:五代赵崇祚所编的词总集,收唐五代温庭筠而下十八位词人词五百首。

⑩"臣之"句:《左传·僖公三十年》烛之武答郑文公曰:"臣之壮也犹不如人,今老矣,无能为也已。"

满江红 和王实之韵送郑伯昌[1]

怪雨盲风[2],留不住、江边行色。烦问讯,冥鸿高士,钓鳌词客[3]。千百年传吾辈话,二三子系斯文脉。听王郎,一曲玉箫声,凄金石。　晞发处,怡山碧[4];垂钓处,沧溟白。笑而今拙宦,他年遗直[5]。只愿常留相见面,未宜轻屈平生膝。有狂谈,欲吐且休休,惊邻壁。

【注释】

①王实之:见《贺新郎》(国脉微如缕)注①。郑伯昌:曾官吏部,罢归,有大节,作者有《郑伯昌吏部祭文》记其事。

②怪雨盲风:变幻无常之风雨。唐韩愈《南海神庙碑》:"盲风怪雨,发作无节。"

③冥鸿高士:指高蹈的隐士。钓鳌词客:赵令畤《侯鲭录》卷六谓李白开元中谒宰相,封一版,上题曰:"海上钓鳌客李白。"又唐诗人秦系亦自称"东海钓鳌客"。见《全唐诗》小传。

④晞(xī)发:晒干头发,喻旷达。屈原《九歌·少司命》:"与女(汝)沐兮咸池,晞女(汝)发兮阳之阿。"

⑤遗直:谓直道而行,有古人遗风。《左传·昭公十四年》:"叔向,古之遗直也。"

贺新郎

吾少多奇节,颇揶揄、玉关定远[1],壶头新息[2]。一剑防身行万里，选甚南溟北极[3]。看塞鸿、衔来秋色。不但槊棋夸妙手[4]，管城君，亦自无勍敌[5]。终贾辈，恐难匹[6]。　　酒肠诗胆新来窄。向西风、登高望远，乱山斜日。安得良弓并快马，聊与诸公角力。漫醉把，阑干频拍[7]。莫恨寒蟾离海晚[8]，待与君、秉烛游今夕[9]。欢易买，健难得。

【注释】

①玉关：玉门关，在今甘肃境内。定远：汉代班超，出使西域，以功封定远侯。《后汉书》有传。

②壶头新息：东汉马援封新息侯，攻武陵五溪蛮夷，进驻壶头（今湖南沅陵县东），因暑热而病卒，时梁松又加诬陷，帝大怒，遂收新息侯印。见《后汉书》本传。

③南溟：南海。

④槊棋：古代一种博戏，双陆之类。

⑤管城君：指毛笔，见韩愈《毛颖传》。

⑥终贾：西汉终军与贾捐之。终军曾说南越王举国内附，贾捐之曾建议元帝抚珠厓，皆有事功。《汉书》皆有传。

⑦阑干频拍：形容壮志难酬时的愤慨。辛弃疾《水龙吟·登建康赏心亭》："把吴钩看了，阑干拍遍，无人会，登临意。"

⑧寒蟾：相传月中有蟾蜍，此处指月。

⑨秉烛游：《古诗十九首》："昼短苦夜长，何不秉烛游？"

贺新郎　送陈真州子华[1]

北望神州路[2]，试平章这场公事，怎生分付[3]？记得太行山百万，曾入宗爷驾驭[4]。今把作、握蛇骑虎[5]。君去京东豪杰喜[6]，想投戈下拜真吾父[7]。谈笑里，定齐鲁。　　两河萧瑟惟狐兔[8]。问当年、祖生去后[9]，有人来否？多少新亭挥泪客，谁梦中原块土[10]？算事业、须由人做。应笑书生心胆怯，向车中闭置如新妇。空目送，塞鸿去。

【注释】

①陈真州：陈韡，字子华，福建侯官（今福州）人。宝庆三年（1227）移知真州（今江苏仪征市）。《宋史》有传。

②神州：原指中国，此指被金人占领的中原。张元幹《贺新郎·送胡邦衡待制赴新州》："梦绕神州路。"

③平章：评议。这场公事，指抗金。

④"记得"二句：指南宋初太行山一带抗金义士曾为宗泽所指挥。见陆游《老学庵笔记》卷一。

⑤"今把作"句：把作，当作。《诗词曲语辞汇释》卷二："把做，犹云当做也。张辑《南歌子》词：'琵琶可是不堪听，无奈愁人把做断肠声。'言当做断肠声也。"又举刘克庄《木兰花慢》词云："把作一场春梦，觉来莫要寻思。"可见"把做"即"把作"。握蛇骑虎，谓南宋统治者对各路义军不予信任，如握蛇在手，骑虎难下。典出《魏书·彭城王勰传》。

⑥京东：京东路，宋代大行政区，约今河南东部、山东、苏北等地区。时李全等义军在此活动，朝廷命为京东副总管。

⑦真吾父：唐代郭子仪以数十骑入回纥营中，皆下马拜曰："果吾父也！"见《新唐书》本传。

⑧两河：指河北路，北宋时曾分为东西两路。

⑨祖生：晋代祖逖，元帝时他领兵北伐，大破石勒，"由是黄河以南，尽为晋土"。见《晋书》本传。此处借指宋将宗泽、岳飞。

⑩"新亭"句：《世说新语·言语》："过江诸人，每至美日，辄相邀新亭，藉卉饮宴。周侯（𫖮）中坐而叹曰：'风景不殊，正自有山河之异！'皆相视流泪。唯王丞相（导）曰：'当共戮力王室，克复神州，何至作楚囚相对？'"新亭，在今南京市南。

贺新郎 端午

深院榴花吐。画帘开、练衣纨扇[①]，午风清暑。儿女纷纷夸结束[②]，新样钗符艾虎[③]。早已有游人观渡[④]。老大逢场慵作戏[⑤]，任陌头、年少争旗鼓[⑥]。溪雨急，浪花舞。　灵均标致高如许[⑦]！忆生平、既纫兰佩[⑧]，更怀椒糈[⑨]。谁信骚魂千载后，波底垂涎角黍？又说是蛟馋龙怒[⑩]。把似而今醒到了，料当年、醉死差无苦[⑪]，聊一笑，吊千古。

【注释】

①练衣：粗丝织成的衣，此指夏布衣裳。

②结束：装束，打扮。

③“新样”句：《抱朴子》：“五月五日，剪彩作小符，缀髻鬓，为钗头符。”宋周密《武林旧事》卷三“端午”：“插食盘架，设天师艾虎。”

④观渡：梁宗懔《荆楚岁时记》注：“按五月五竞渡，俗为屈原投汨罗日，伤其死，故并命舟楫以拯之……州将及士人，悉临水而观之。”

⑤逢场慵作戏：《景德传灯录》道一禅师问隐峰禅师，对曰：“竿木随身，逢场作戏。”苏轼《六观堂老人草书》诗：“逢场作戏三昧俱，化身为医忘其躯。”此谓懒得随事应景。

⑥年少争旗鼓：谓端午竞渡时陌头张旗击鼓。《武陵旧事》卷三“观潮”：“吴儿善泅者数百，皆披发文身，手持十幅大彩旗，争先鼓勇，溯迎而上，出没于鲸波万仞中，腾身百变，而旗尾略不沾湿。”

⑦灵均：屈原之字。

⑧兰佩：屈原《离骚》：“纫秋兰以为佩。”

⑨椒糈：《离骚》：“巫咸将夕降兮，怀椒糈而要之。”糈（xǔ），

精米。

⑩“谁信”三句：《记纂渊海》引《岁时记》：“端午……以菰叶裹黏米，谓之角黍。”“或云亦为屈原，恐蛟龙夺之，以五彩线缠饭投水中，遂袭云。”角黍，今称粽子。

⑪“把似”二句：张相《诗词曲语辞汇释》卷二：“把似，犹云假如或譬做也。”《楚辞·渔父》：“屈原曰：‘举世皆浊我独清，众人皆醉我独醒，是以见放。’”此云屈原当年独醒倒不如醉死为好。

贺新郎 九日[①]

湛湛长空黑[②]，更那堪、斜风细雨，乱愁如织。老眼平生空四海，赖有高楼百尺[③]。看浩荡、千崖秋色。白发书生神州泪，尽凄凉、不向牛山滴[④]。追往事，去无迹。　　少年自负凌云笔[⑤]。到而今，春华落尽，满怀萧瑟。常恨世人新意少，爱说南朝狂客，把破帽年年拈出[⑥]。若对黄花孤负酒，怕黄花、也笑人岑寂。鸿北去，日西匿[⑦]。

【注释】

①九日：九月初九重阳节。近人胡云翼《宋词选》评此词云：“写重阳风雨，千岩秋色作衬托，以抒发诗人怀念中原故国和自伤老大的凄凉情绪。”

②湛湛：颜色浓深貌。

③高楼百尺：见张元幹《水调歌头·追和》注⑥。此以刘备自喻，谓有救世之志。

④神州泪：谓忧国之泪。神州，中国。牛山：《晏子春秋·内篇谏上》：“（齐）景公游于牛山，北临其国城而流涕曰：‘若何滂滂去此而死乎？’”

⑤凌云笔：杜甫《戏为六绝句》：“凌云健笔意纵横。”

⑥破帽：相传晋代桓温于九月九日宴于龙山，风吹孟嘉帽坠落，不之觉，孙盛作文相讥，嘉见即答之，其文甚美。见《晋书·孟嘉传》。此处讥诗人咏重阳，老是用孟嘉落帽于龙山之典。

⑦日西匿：日西沉。梁江淹《恨赋》："白日西匿。"

贺新郎 席上闻歌有感①

妾出于微贱，小年时、朱弦弹绝②，玉笙吹遍。粗识国风关雎乱，羞学流莺百啭③。总不涉闺情春怨。谁向西邻公子说④，要珠鞍迎入梨花院⑤。身未动，意先懒。

主家十二楼连苑⑥，那人人靓妆按曲⑦，绣帘初卷。道是华堂箫管唱，笑杀街坊拍衮⑧。回首望侯门天远。我有平生离鸾操⑨，颇哀而不愠微而婉。聊一奏，更三叹⑩。

【注释】

①清先著《词洁》评此词云："'妾出于微贱'，后村此调埋没于断楮敝墨之中，从前无有人拈出，真风骚之遗，不当仅作词观也。若情深而句婉，犹其余事。"清刘熙载《艺概》卷四评"粗识国风"三句、"我有生平"两句云："意殆自寓其词品耶？"

②朱弦弹绝：谓各种弦乐器皆已弹过，极言琴技之高。语本黄庭坚《登快阁》诗："朱弦已为佳人绝。"

③国风关雎：《诗经》第一首。乱：乐曲的末章。此句谓初步认识这类典雅乐章。

④西邻公子：指宋玉。宋玉《登徒子好色赋》有"天下之佳人……莫若臣东家之子"之语，则西邻公子乃其自指。

⑤梨花院：泛指妓院。

⑥"主家"句：唐张籍《节妇吟》："妾家高楼连苑起。"宋陈师道《妾薄命》："主家十二楼。"

⑦"人人"句：《诗词曲语辞汇释》卷六："人人，对于所暱者

之称，多指彼美而言。”按曲：依照曲调歌唱。

⑧拍衮：按，“衮”字出韵，疑为“眼”之误。拍衮：即拍眼也。此处泛指乐曲。

⑨《离鸾操》：琴曲名。《西京杂记》卷二：“庆安世年十五为成帝侍郎，善鼓琴，能为《双凤》《离鸾》之曲。”

⑩“一奏”二句：《礼记·乐记》：“清庙之瑟，朱弦而疏越，一唱而三叹，有遗音者矣。”

贺新郎 实之三和有忧边之语，走笔答之①

国脉微如缕。问长缨、何时入手，缚将戎主②？未必人间无好汉，谁与宽些尺度？试看取、当年韩五③。岂有偲城公付授④，也不干，曾遇骊山母⑤。谈笑起，两河路⑥。　　少时棋柝曾联句⑦。叹而今，登楼揽镜，事机频误⑧。闻说北风吹面急，边上冲梯屡舞⑨。君莫道投鞭虚语⑩。自古一贤能制难，有金汤便可无张许⑪？快投笔⑫，莫题柱⑬。

【注释】

①实之：作者友人，姓王名迈，兴化仙游（今属福建）人，嘉定丁丑（1217）进士，历官漳州、赣州通判，除直秘阁、广东提举。时元军破大安，围寿春，故实之和词有忧边之语。近人胡云翼《宋词选》评曰：“通篇忧国伤时，议论风发，用典似嫌太多，却起了形象化的作用。”

②“长缨”二句：《汉书·终军传》：“军自请，愿受长缨，必羁南越王而致之阙下。”

③韩五：指韩世忠，南宋初年抗金名将。朱熹《名臣言行录》：“韩世忠家贫无生产，嗜酒豪纵，不治绳检，人呼泼韩五。”

④偲城公：即黄石公。汉代张良少时，尝于圯桥为公三进履，因授以兵书，曰：“读此，则为王者师矣。”见《史记·留侯世家》。

⑤骊山母：相传唐将李筌得黄帝《阴符经》，抄读数千遍，竟不晓其义理，因入秦，至骊山下，老母为说《阴符》之义。见《太平广记》卷六十三引《集仙传》。二句谓韩世忠之将才，与仙人传授无关。

⑥两河路：即北宋河北东路、河北西路。

⑦"少时"句：谓韩世忠少时曾击柝巡夜。语本唐李正封、韩愈《晚秋郾城夜会联句》："灯明夜观棋，月暗秋城柝。"

⑧"而今"三句：语本杜甫《江上》诗："勋业频看镜，行藏独倚楼。"谓年老而无所作为。

⑨"闻说"二句：谓边事危急。冲梯，冲车与云梯。《后汉书·公孙瓒传》："袁氏之攻，状若鬼神，梯冲舞吾楼上，鼓角鸣于地中。"

⑩投鞭：前秦苻坚欲攻东晋，曰："以吾之众旅，投鞭于江，足断其流。"此谓元军极有可能渡江。

⑪金汤：金城汤池，喻地形险峻，利于防守。张许：唐代的张巡、许远，在安史之乱中，死守睢阳，见《旧唐书·忠义传》。

⑫投笔：汉代班超投笔从戎，见《后汉书》本传。

⑬题柱：汉司马相如将入长安，过成都城北升仙桥，题其门曰："不乘赤车驷马，不过汝下也！"见《华阳国志》。岑参《升仙桥》诗："长桥题柱去，犹是未达时。"

风入松　福清道中作①

归鞍尚欲小徘徊，逆境难排。人言酒是消忧物②，奈病余孤负金罍③。萧瑟捣衣时候④，凄凉鼓缶情怀⑤。

远林摇落晚风哀，野店犹开。多情惟是灯前影，伴此翁同去同来。逆旅主人相问，今回老似前回⑥。

【注释】

①此词为理宗绍定元年(1228)自建阳罢官归莆田，路过福

清时为悼念亡妻而作。

②酒是消忧物：三国曹操《短歌行》："何以解忧，唯有杜康。"《文选》李善注引《汉书》东方朔曰："臣消忧者，莫若酒也。"

③金罍(léi)：酒器。《诗经·周南·卷耳》："我姑酌彼金罍，维以不永怀。"

④"萧瑟"句：指深秋，古代女子常于此时捣衣。

⑤鼓缶：《庄子·至乐》："庄子妻死，惠子吊之，庄子则方箕踞鼓盆而歌。"成玄英注："盆，瓦缶也。"

⑥况周颐《蕙风词话》评"多情"以下四句云："语真质可喜。"此翁：作者自指。

玉楼春 戏呈林节推乡兄①

年年跃马长安市②，客舍似家家似寄。青钱换酒日无何，红烛呼卢宵不寐③。　易挑锦妇机中字④，难得玉人心下事。男儿西北有神州，莫滴水西桥畔泪⑤。

【注释】

①林节推：姓林的节度推官（宋时为州郡长官的佐理），名字不详。朱东润师《中国历代文学作品选》评云："当时朝臣，文恬武嬉，醉生梦死，对国事毫不关心。"

②长安市：借指京都杭州。

③呼卢：古代的一种赌博，又叫樗蒲，共五子。五子都黑方赢，故掷时大声呼卢。

④"易挑"句：《晋书·窦滔妻苏氏传》："滔，苻坚时为秦州刺史，被徙流沙。苏氏思之，织锦为回文旋图诗以赠滔，宛转循环以读之，词甚凄婉。"

⑤"男儿"二句：况周颐《蕙风词话》曰："杨升庵谓其'壮语可以立懦'，此类是也。"水西桥：刘辰翁《习溪桥记》谓"闽之水西"，为当时名桥之一。盖妓女聚居之处。

卜算子[1]

片片蝶衣轻[2]，点点猩红小[3]。道是天公不惜花，百种千般巧。　　朝见树头繁，暮见枝头少。道是天公果惜花，雨洗风吹了。

【注释】

①此词前一首调下题作“惜海棠”，当是同题之作。宋周密《绝妙好词》题作“海棠为风雨所损”。清潘游龙《古今诗余醉》云《卜算子》“二词极率易，正自难得，妙妙”。

②蝶衣：形容海棠花瓣如蝶翅。

③猩红：宋陆游《春雨绝句》：“千点猩红蜀海棠。”

清平乐　顷在维扬，陈师文参议家舞姬绝妙，赋此[1]

宫腰束素[2]，只怕能轻举。好筑避风台护取[3]，莫遣惊鸿飞去[4]。　　一团香玉温柔，笑颦俱有风流。贪与萧郎眉语[5]，不知舞错伊州[6]。

【注释】

①陈师文：名不详。参议：制置使、安抚使的幕僚。《全宋词》题序作“赠陈参议师文侍儿”。近人俞陛云《两宋词选释》云：“上阕惜其轻盈……下阕窥其衷曲……后村词大率与辛稼轩相类……此词独标妩媚，殆如忠简（赵鼎）梨涡、欧阳（修）江柳耶？”

②宫腰：细腰。束素：古代妇女以白绢束腰。宋玉《登徒子好色赋》：“腰如束素。”

③避风台：在汉长安太液池中。相传成帝与赵飞燕戏于太液池，轻风时至，飞燕殆欲随风入水，帝乃以翠缕结飞燕之裾。

避风台：即结裾之处。事见《三辅黄图》。

④惊鸿：形容体态轻盈。曹植《洛神赋》："矫如游龙，翩若惊鸿。"

⑤萧郎：梁武帝萧衍少时，王俭谓人曰："此萧郎三十内当作侍中，出此则贵不可言。"见《梁书·武帝纪》。后指女子所昵男子。

⑥清贺裳《皱水轩词筌》云："写景之工者，如刘潜夫'贪与萧郎眉语，不知舞错伊州'，皆入神之句。"伊州：舞曲名。

清平乐①

风高浪快，万里骑蟾背②。曾识姮嫦真体态③，素面元无粉黛。　身游银阙珠宫④，俯看积气濛濛⑤。醉里偶摇桂树⑥，人间唤作凉风。

【注释】

①此词陶氏园影宋本题作"五月十五夜玩月"。俞陛云《两宋词选释》云："一扫咏月陈言，奇逸之气，见于楮墨。"朱东润师云："在咏月词中，别具一格，富有浪漫色彩。"见《中国历代文学作品选》。

②蟾：相传月中有蟾蜍。

③姮娥：即嫦娥，一作恒娥。传说月中女神。

④银阙珠宫：喻月宫。

⑤积气：《列子·天瑞》："天，积气耳。亡处亡气。"亡：即无也。

⑥桂树：相传月中有桂树，见《太平览御》卷四《天部》引虞喜《安天论》。

忆秦娥

梅谢了，塞垣冻解鸿归早①。鸿归早，凭伊问讯，大梁遗老[2]。　　浙河西面边声悄[3]，淮河北去炊烟少[4]。炊烟少。宣和宫殿，冷烟衰草[5]。

【注释】

①塞垣：边境。唐高适《蓟中作》："策马自沙漠，长驱登塞垣。"

②"大梁"句：指沦陷区人民。大梁：即汴京，今河南开封。

③浙河西面：即两浙西路，辖临安、平江、镇江、嘉兴四府，安吉、常、严三州，江阴一军。

④淮河：宋金对峙时以淮河为界，北面为金人统治区。

⑤"宣和"二句：清冯煦《蒿庵论词》云此二句"伤时念乱，可以怨矣！又其宅心忠厚，亦往往于词得之"。宣和：宋徽宗年号(1119—1125)，此指北宋故宫。

冯取洽

冯取洽(1188—?),字熙之,自号双溪拟巢翁,延平(今福建南平)人。与黄昇同时,时相唱酬。淳祐八年(1248),年已六十余岁,其诗犹有秀杰之句。有《双溪词》。

贺新郎 次玉林感时韵①

知彼须知此②,问筹边③,攻守规模,云何则是?景色愔愔犹日暮④,壮士无由吐气。又安得、将如廉李⑤,燕坐江沱甘自蹙⑥,笑腐儒、枉楦朝家紫⑦。用与舍,徒为耳⑧。　　黄芦白苇迷千里,叹长淮、篱落空疏⑨,仅余残垒。读父兵书宁足恃⑩,击楫谁盟江水⑪?有识者、知其庸矣。多少英雄沈草野,岂堂堂、吾国无君子?起诸葛⑫,总戎事⑬。

【注释】

①玉林:黄昇之号,著有《花庵词选》。

②"知彼"句:语本《孙子·谋攻》:"知彼知己,百战不殆。"

③筹边:筹画边疆防卫的策略。

④愔愔:寂静、沉闷貌。

⑤廉李:战国时赵国名将廉颇、李牧。

⑥燕坐:安坐。沱:江中支流。蹙(cù):收缩。《诗经·大雅·召旻》:"今也日蹙国百里。"

⑦"枉楦"句:意谓徒然充当朝官。楦:用楦头填塞或撑大。紫:紫衣,古代官服。

⑧用与舍:《论语·述而》:"用之则行,舍之则藏。"

⑨"叹长淮"二句:淮河为宋金界河,而防卫空疏,故云。篱落:篱笆。这里指边防。

⑩读父兵书:战国赵将赵奢子赵括,少时学兵法,言兵事胜过其父,后统军作战,在长平大败。宁:岂。

⑪击楫：敲打船桨。用《晋书·祖逖传》典，参见刘过《贺新郎·弹铗西来路》注⑤。

⑫诸葛：指三国蜀相诸葛亮。

⑬总戎事：总管军事，担任主帅。

张　榘

张榘，生卒年不详，字方叔，号芸窗，润州（今江苏镇江）人。理宗淳祐间，为句容令。宝祐中，任江东制置使参议、机宜文字。有《芸窗词稿》。

青玉案　被檄出郊，题陈氏山居[①]

西风乱叶溪桥树，秋在黄花羞涩处。满袖尘埃推不去。马蹄浓露，鸡声淡月，寂历荒村路[②]。　身名多被儒冠误[③]，十载重来漫如许[④]。且尽清樽公莫舞。六朝旧事，一江流水，万感天涯暮[⑤]。

【注释】

①檄：古时通告和征召的文书。陈氏山居，不详。

②“马蹄”三句：周邦彦《少年游》：“马滑霜浓，不如休去，直是少人行。”又唐温庭筠《商山早行》诗：“鸡声茅店月，人迹板桥霜。”此处则融化入词。寂历：空旷，寂静。

③儒冠误：唐杜甫《奉赠韦左丞丈二十二韵》：“纨绔不饿死，儒冠多误身。”谓读圣贤书，履行正道，误了身名。

④如许：如此，这样。

⑤六朝：吴、东晋、宋、齐、梁、陈，先后建都于建康（今南京）。六朝的统治者多奢侈腐败，故国运不长，相继灭亡。其故事足为南宋鉴戒。

王埜

王埜（？—1254），号潜斋，金华（今属浙江）人。《词综》云："一名王lotsa。"嘉定十三年（1220）进士，历官礼部尚书，江西转运副使，知隆兴府、移镇江府。淳祐末，迁沿江制置使、江东安抚使。宝祐二年（1254），拜端明殿学士签书枢密院事，封吴郡侯。不久，主管洞霄宫。存词3首。

西河

天下事①，问天怎忍如此！陵图谁把献君王，结愁未已②。少豪气概总成尘，空余白骨黄苇。　千古恨，吾老矣。东游曾吊淮水③。绣春台上一回登④，一回揾泪。醉归抚剑倚西风，江涛犹壮人意。　只今袖手野色里⑤。望长淮⑥，犹二千里。纵有英心谁寄！近新来，又报胡尘起⑦。绝域张骞归来未⑧？

【注释】

①天下事：指公元1234年蒙古灭金之后，连年侵扰南宋，构成对南宋王朝更严重的威胁。

②"陵图"二句：据《宋史·礼志》和《理宗本纪》载，端平元年（1234）宋蒙联合灭金之后，宋军一度收复汴京（今河南开封）及洛阳等地，时京西湖北安抚制置使史嵩之遣使谒河南巩县北宋诸帝陵墓，并绘八陵图呈献理宗。这是当时盛事，反映人们收复故土愿望的实现，可是不久这些地方又为蒙古军所占，蒙军还继续南侵，故云"结愁未已"。

③淮水：此指秦淮河，源出江苏溧水，横贯南京，流入长江。唐刘禹锡《金陵五题·石头城》诗有"淮水东边旧时月"之句，北宋周邦彦《西河》词化用刘诗而有"伤心东望淮水"句，当为王词所本。据宋周应合《景定建康志》载："制使王埜自淳祐十二年（1252）四月开阃，在任三年四个月。"建康即今南京。作者当时

经营江防，曾去过秦淮河。

④绣春台：在池州贵池（今属安徽）齐山。据《宋史·王埜传》："淳祐末，迁沿江制置使、江东安抚使，节度和州无为军安庆府……巡江引水军大阅，舳舻相衔，几三十里，凭高望远，考求山川险阨。"此时曾登临长江南岸的绣春台。

⑤袖手：本词作于宝祐二年（1254）后，时作者"与宰相不合"而被置闲职，主管洞霄宫。

⑥长淮：指淮河，原为宋、金交界线，当时又成蒙、宋冲突地区。

⑦胡尘：西北部族兵马扬起的尘土。此指蒙古军事行动。

⑧绝域：极远之地。张骞：西汉时人，官大行，封博望侯，曾奉汉武帝命出使大月氏，相约夹攻匈奴。他越过葱岭，亲历大宛、康居和大月氏、大夏等地。后又奉命出使乌孙，并派副使至大宛、康居、大夏、安息等地。他两次出使，加强了中原和西域诸少数民族联系，发展汉朝与中亚各地友好关系，促进经济、文化交流和发展。本句是期望有张骞这样人物到蒙古及西北地区去联络该处诸族，夹击蒙古。

冯去非

冯去非（1192—1272以后），字可迁，号深居，南康军（今江西星子）人。理宗淳祐元年（1241）进士。宝祐四年（1256），干办淮东转运，召为宗学谕。理宗诏刻石，禁止三学诸生上书，去非不肯署名，遂罢归。年八十余卒。

八声甘州　过松江[1]

买扁舟，载月过长桥[2]，回首梦耶非。问往日三高[3]，清风万古，继者伊谁？惟有茶烟轻飏，零露湿莼丝。西子知何处[4]，鸿怨蛩悲[5]。　遥想家山好在，正倚天青壁[6]，石瘦云肥。甚抛奇弹秀，猿鹤互猜疑[7]。归去好，散人相国，迥升沉，毕竟总尘泥[8]。须还我，松间旧隐，竹上新诗。

【注释】

①松江：吴淞江的古称。源出太湖瓜泾口，东流到上海入黄浦江。此指今苏州吴江区。

②长桥：即垂虹桥，在苏州吴江区东吴淞江上，桥上有垂虹亭，故名。桥有七十二洞，俗名长桥。北宋庆历八年（1048）建，是名流胜会之处。

③三高：三位高士，吴江有三高祠，祀奉春秋时越国范蠡、西晋张翰、唐陆龟蒙，都是在这地区生活过的先贤。

④“惟有”三句：茶烟，陆龟蒙为晚唐文学家，隐居松江甫里，经营茶园于顾渚山下，岁取租茶，自为品题。莼，为水中植物。张翰为吴（江苏吴县）人，任大司马东曹掾时，因秋风起，思念故乡莼羹等，遂归。西子，即西施，春秋时越国美女。相传范蠡在辅佐越王勾践灭吴时曾以西施献于吴王夫差，及灭吴，范蠡知勾践不可共安乐，弃官携带西施泛舟五湖（太湖地区湖泊）而去。三句谓陆、张、范已逝，现只有他们的遗迹茶烟与莼丝，而西

施也不知在哪里了。

⑤蛩：蟋蟀。

⑥倚天青壁：指青山壁立，高可及天。

⑦“甚抛奇”两句：甚，怎、何。亸（duǒ），躲避。两句意谓：为什么自己抛开家乡的奇秀风景而不归隐，令山林中猿鹤为之猜疑。

⑧“散人”三句：散人，闲散之人，即隐士，陆龟蒙曾自号江湖散人。三句意谓，散人与宰相虽地位升沉，高低迥异，但到最后都归为尘土。

吴潜

吴潜(1196—1262)，字毅夫，号履斋，德清(今属浙江)人，吴渊之弟。嘉定十年(1217)进士第一。淳祐十一年(1251)，为参加政事，拜右丞相，兼枢密使，封庆国公，判宁国府，改封许国公。后谪化州团练使，循州安置。恭帝德祐初复官。有《履斋诗余》。

满江红　豫章滕王阁[①]

万里西风，吹我上、滕王高阁。正槛外[②]，楚山云涨，楚江涛作[③]。何处征帆木末去[④]，有时野鸟沙边落。近帘钩，暮雨掩空来，今犹昨[⑤]。　秋渐紧，添离索[⑥]。天正远，伤飘泊。叹十年心事，休休莫莫[⑦]。岁月无多人易老，乾坤虽大愁难著[⑧]。向黄昏，断送客魂消，城头角[⑨]。

【注释】

①此词作于理宗端平元年(1134)九月，时任江西转运副使兼知隆兴府。清陈廷焯《词则·放歌集》评曰："警快语，然近于廓矣，不可不防其渐。"豫章：古郡名，即今江西南昌。滕王阁为唐高祖子滕王李元婴于贞观十三年(639)所建，前临赣江，为江南名胜。唐初王勃作有《滕王阁序》。

②槛：栏干。

③楚：江西在先秦时属楚地。

④木末：犹树梢。

⑤"近帘钩"三句：用王勃《滕王阁序》附诗"朱帘暮卷西山雨"句，谓今日风景与王勃当年所写者犹相仿佛。

⑥离索：离散、孤独，即离群索居。

⑦休休莫莫：语本唐司空图《题休休亭》诗："休、休、休，莫、莫、莫。"意谓算了、罢了。

⑧著：安放。

⑨角：军中号角。

酹江月　瓜州会赵南仲端明[①]

红尘飞骑，报元戎小队[②]，踏青南陌。雪浪堆边呼晓渡，吴楚半江分坼[③]。岁月惊心，风埃眯目，相对头俱白。杨花撩乱，可怜如此春色[④]。　谁道燕燕莺莺[⑤]，多情犹自，认得年时客[⑥]。重唱江南肠断句[⑦]，为我满倾云液[⑧]。画鼓舟移，金鞍人远，一饷烟波隔[⑨]。斜阳冉冉，依然无限凄恻[⑩]。

【注释】

①瓜州：江苏邗江县南的瓜州镇，大运河入长江处，属扬州。赵南仲，作者有《满江红》题云："寄赵文仲、南仲领淮东帅。"

②元戎：统兵首长。

③吴楚：此地春秋时属吴国与楚国。分坼：分开。

④可怜：可爱。

⑤燕燕莺莺：指女子。苏轼《张子野年八十五尚闻买妾述古令作诗》："诗人老去莺莺在，公子归来燕燕忙。"

⑨年时：那时、旧时。

⑦北宋贺铸《青玉案》有句云："彩笔新题断肠句。"黄庭坚为赋绝句云："解道江南断肠句，只今惟有贺方回。"本句谓歌女重唱贺铸此词。

⑧云液：谓酒。

⑨一饷：同"一晌"，一会儿。

⑩冉冉：缓缓下垂貌。

淮上女

淮上女，生卒年不详，靖康间，金人南侵，被掠去，题本词于泗州（治所在临淮，今江苏泗洪东南，盱眙对岸，原城已没入洪泽湖）。

减字木兰花①

淮山隐隐②，千里云峰千里恨。淮水悠悠，万顷烟波万顷愁。　山长水远，遮住行人东望眼③。恨旧愁新，有泪无言对晚春。

【注释】

①据《续夷坚志》卷四《泗州题壁》词："兴定末，四都尉南征，军士掠淮上良家女北归。有题《木兰花》词逆旅间云（略）。"

②淮山：淮河一带的山。隐隐：隐约，不分明。

③"遮住"句：化用韩愈《奉和虢州刘给事使君三堂新题二十一咏·西山》诗："为遮西望眼，终是懒回头。"

周 晋

周晋，生卒年不详，字明叔，号啸斋，祖籍济南（今属山东）。自祖父周秘起，寓居湖州。词人周密之父。绍定四年（1231），为富阳（属浙江）县令，有政声。嘉熙四年（1240），为闽漕干官。不久，监衢州，宝祐三年（1255），知汀州。好古博雅，藏书四万余册，置有书种、志雅二堂。其子密深受熏陶，故著作甚多。《绝妙好词》存其词 3 首。

点绛唇 访牟存叟南漪钓隐[1]

午梦初回，卷帘尽放春愁去。昼长无侣，自对黄鹂语。　絮影蘋香[2]，春在无人处。移舟去，未成新句，一砚梨花雨[3]。

【注释】

①牟存叟：据《吴兴掌故集》，牟子才，字存叟，其先四川井研人，后家居浙江湖州南门。南漪钓隐：周密《癸辛杂识》载，牟存叟有园名南漪小隐。又《齐东野语》卷十五云："南园故址，在今（湖州）南门内，牟存叟端平所居是也。其地尚为张氏（先）物，先君为经营得之，存叟大喜，亦常赋五绝句，其一云：'买家喜傍水晶宫，正是南园故址中。'"

②蘋：植物名。生浅水中，叶有长柄，柄端小叶成田字形。也称田字草。夏秋开小白花。

③"未成"二句：徐案，南园中硕果轩有梨树。此句化用辛弃疾《鹧鸪天·鹅湖归病起作》"诗未成时雨早催"，然以梨花饰之，则诗意盎然矣。

吴　渊

吴渊(1190—1257),字道夫,号退庵,德清(属浙江)人,吴潜之兄。嘉定七年(1214)进士,累官直焕章阁,兵部尚书,江东安抚使,资政殿大学士,官至参知政事。封金陵公。卒谥庄敏。有《退庵词》。

念奴娇[①]

我来牛渚[②],聊登眺、客里襟怀如豁[③]。谁著危亭当此处[④],占断古今愁绝。江势鲸奔,山形虎踞,天险非人设。向来舟舰,曾扫百万胡羯[⑤]。　追念照水然犀[⑥],男儿当似此,英雄豪杰。岁月匆匆留不住,鬓已星星堪镊[⑦]。云暗江天,烟昏淮地[⑧],是断魂时节。栏干槌碎,酒狂忠愤俱发[⑨]。

【注释】

①清况周颐《历代词人考略》评此词云:"嵚崎磊落,吐属固自不凡。"

②牛渚:山名,在今安徽当涂西北。其山脚突入长江部分为采石矶。

③豁:开阔,大度。

④危亭:高亭。此指娥眉亭。见前韩元吉《霜天晓角》注①。

⑤胡羯:泛指西北地区的少数民族。南宋绍兴三十一年(1161)金主完颜亮率四十万大军南下攻宋,在采石矶为宋虞允文督宋师所大败。史称"采石矶大捷"。此两句指其事。

⑥照水然犀:然,同"燃"。(见辛弃疾《水龙吟·过南剑双溪楼》词注⑤)后常以喻洞察奸邪。温峤初在北方为刘琨谋主,抵抗刘聪、石勒;南下后又与庾亮等筹划攻灭王敦,讨伐苏峻、祖约叛乱。故本词下两句云云。

⑦星星:发花白。镊:拔除。晋左思《白发赋》:"星星白发,

生于鬓垂。”

⑧淮地：淮河地区。

⑨“栏干”二句：徐案，化用辛弃疾《水龙吟·登建康赏心亭》“把吴钩看了，阑干拍遍，无人会，登临意”，而语尤激烈，读之令人感愤不已。

李好古

李好古,生卒年不详,自署乡贡免解进士,有《碎锦词》。《全宋词》案"宋时姓李名好古或字好古者,约有五人之多。不知此李好古为何许人。"徐案:此盖江西高安人。故王鹏运跋其词云,亦"白石老仙之亚"。本丛书前面选有另一李好古(字仲敏)之词。

八声甘州 扬州①

壮东南、飞观切云高②,峻堞缭波长③。望蔽空楼橹④,重关警柝⑤,跨水飞梁⑥,百万貔貅夜筑⑦,形胜隐金汤⑧。坐落诸蕃胆⑨,扁榜安江⑩。　游子凭阑凄断,百年故国⑪,飞鸟斜阳。恨当时肉食⑫,一掷赌封疆⑬。骨冷英雄何在⑭,望荒烟残戍触悲凉⑮。无言处,西楼画角⑯,风转牙樯。

【注释】

①扬州:今属江苏。南宋时扬州为江防前哨,屡经战争,故本词及下两词特多感慨。

②飞观:高耸的城楼与城台。切云:上与云齐,形容极高。王延寿《鲁殿灵光赋》:"阳榭外望,高楼飞观。"

③堞:城上如齿形的短墙。

④楼橹:古时军中用以瞭望、防御的高台。

⑤柝:巡夜所敲的木梆。

⑥飞梁:凌空架设的桥。

⑦貔貅:猛兽,比喻勇猛的战士。

⑧金汤:金城汤池,喻防线的巩固。《汉书·蒯通传》:"必将婴城固守,比为金城汤池,不可攻也。"注:"金以喻坚,汤喻沸热不可近也。"

⑨"坐落"句:《诗词曲语辞汇释》卷四:"坐来,犹云本来或

自然也……李贺《送韦仁实兄弟入关》诗：'……坐来壮瞻破，断目不能看。'此为自然义，言对悲凉之景色，自然胆破也。"此处义相近，言自然惊破诸蕃之胆，称美边防将士也。蕃：通"番"，古时对外族的通称，此指金人。

⑩扁榜：以大字书写的榜额、告示。

⑪百年故国：指北宋沦亡至此时已有百余年。

⑫肉食：指高位厚禄的人。《左传·庄公十年》："肉食者鄙，未能远谋。"此句谓南宋初期的统治者。

⑬封疆：疆界。本句谓把国土像赌博那样一下掷掉。

⑭骨冷英雄：指岳飞等抗敌英雄被害死已久。

⑮戍(shù)：指边防的营垒、城堡。

⑯画角：军中号角，上有彩绘故称画角。

江城子①

平沙浅草接天长，路茫茫，几兴亡。昨夜波声，洗岸骨如霜。千古英雄成底事②，徒感慨，谩悲凉③。　少年有意伏中行④，馘名王⑤，扫沙场。击楫中流⑥，曾记泪霑裳。欲上治安双阙远⑦，空怅望，过维扬⑧。

【注释】

①《善本藏书志》引丁丙曰："集中若《八声甘州》《江城子》等阕，雄声壮态，仿佛稼轩，所逊者辣耳。"

②底事：何事。

③谩：徒然。

④中行(háng)：西汉文帝时宦者中行说，后投匈奴，为汉之患。贾谊少年数上疏论政事，其《治安策》中表示如任用他掌管对付匈奴之事，实行他的计策，"请必系单于之颈而制其命，伏中行说而笞其背"。此作者自喻贾谊，而以中行说指金人及降金之人。

⑤馘(guó)：割耳。古代战争中割取敌人左耳以计功称馘。名王：匈奴诸王中之著名者。《汉书·宣帝纪》神爵二年："单于遣名王奉献。"注："名王者，谓有大名，以别诸小王也。"此指蒙古首领。张孝祥《六州歌头》："看名王宵猎，骑火一川明。"

⑥击楫中流：用《晋书·祖逖传》典，参见刘过《贺新郎》(弹铗西来路)注⑥。

⑦治安：汉贾谊上疏陈述使国家长治久安的方略，称《治安策》，见《汉书·贾谊传》。双阙：古代宫殿前有两座高建筑物，两者间有空缺，故称阙，或双阙。此指朝廷。

⑧维扬：江苏扬州的别称，语本《尚书·禹贡》："淮海惟(维)扬州。"

清平乐

清淮北去，千里扬州路[①]。过却瓜州杨柳树，烟水重重无数[②]。　　柁楼才转前湾，云山万点江南[③]。点点尽堪肠断，行人休望长安[④]。

【注释】

①扬州：今属江苏。

②瓜州：在江苏省邗江县南，大运河入长江处。

③柁楼：船尾装有船柁的小木屋。此即指船尾。

④长安：今陕西西安，为汉唐时京都。此兼指北宋都城汴京(今河南开封)。时均沦陷，故云"休望"。

王　澜

王澜，生卒年不详，蕲州（今湖北蕲春）乡贡进士。因功授从事郎。存词1首，见述古堂本《辛巳泣蕲录》。

念奴娇　避地溢江，书于新亭[①]

凭高远望，见家乡，只在白云深处。镇日思归归未得[②]，孤负殷勤杜宇[③]。故国伤心，新亭泪眼[④]，更洒潇潇雨。长江万里，难将此恨流去。　遥想江口依然[⑤]，鸟啼花谢，今日谁为主？燕子归来，雕梁何处，底事呢喃语[⑥]？最苦金沙[⑦]，十万户尽，作血流漂杵[⑧]。横空剑气，要当一洗残虏[⑨]。

【注释】

①此词作于宋宁宗嘉定十四年辛巳，本年二月，金兵围蕲州（今湖北蕲春），州守李诚之与通判赵与褰坚守，因援兵不至，城陷，赵仅只身逃出，作《辛巳泣蕲录》。时王澜避乱于建康（今江苏南京）作此词。溢江：通挹江，建康之地名。新亭：即劳劳亭，故址在今江苏南京南。

②镇日：同整日。

③杜宇：杜鹃鸟，啼声似“不如归去”，此抒不能回故乡之悲，故曰“孤负”。

④新亭泪眼：东晋初，南渡贵族在新亭聚会，周顗云：“风景不殊，正自有江山之异。”说毕相视流泪，丞相王导云：“愿共戮力王室，何必作楚囚相对？”见《世说新语·言语》。

⑤江口：指蕲水流入长江之处。

⑥“燕子”三句：化用刘禹锡《金陵五题·乌衣巷》诗：“旧时王谢堂前燕，飞入寻常百姓家。”

⑦金沙：嘉靖《蕲州志》：“金沙湖，在州东十里，又名东湖。”此指蕲州。

⑧血流漂杵：《尚书·武成》："前徒倒戈，攻于后以北，血流漂杵。"杵，木棒，当时一种武器。此时金兵破蕲州，杀伤甚众。故云。

⑨残虏：指当时与南宋敌对的金人。

黄孝迈

黄孝迈,字德文,号雪舟。三山(今福州)人,黄师参(子鲁)之子,生当宋宁宗朝(1196—1223),有《雪舟词》,今存四首。查礼《铜鼓书堂词话》云:"刘后村跋雪舟乐章,谓其清丽,叔原(晏几道)、方回(贺铸)不能加;其绵密,骎骎秦郎'和天也瘦'之作。"

湘春夜月[①]

近清明,翠禽枝上消魂。可惜一片清歌,都付与黄昏。欲共柳花低诉,怕柳花轻薄,不解伤春。念楚乡旅宿[②],柔情别绪,谁与温存? 空樽夜泣[③],青山不语,残月当门。翠玉楼前,惟有是,一波湘水,摇荡湘云。天长梦短,问甚时,重见桃根[④]。这次第[⑤],算人间没个并刀[⑥],剪断心上愁痕。

【注释】

①清万树《词律》云:"此调无他作者,想雪舟自度,风度婉秀,真佳词也!"

②楚乡:指湖南地区,先秦时属楚国。时作者当流寓此地。

③空樽夜泣:语本姜夔《暗香》:"翠樽易泣,红萼无言耿相忆。"

④桃根:晋王献之之妾桃叶之妹,此借指所爱者。

⑤这次第:这情形。李清照《声声慢》:"这次第,怎一个愁字了得。"

⑥并刀:即并州(今山西、河北一带)剪刀。古代并州所产的剪刀,以锋利著称。唐杜甫《戏题王宰画山水图歌》:"焉得并州快剪刀,翦取吴松半江水。"姜夔《长亭怨慢》:"算空有并刀,难剪离愁千缕。"此处似化用姜词。

李曾伯

李曾伯(1198—?),字长孺,号可斋,覃怀(今河南沁阳)人。寓居嘉兴,宝祐中进士。理宗淳祐九年(1249)知静江府、广西经略安抚使,进资政殿学士,历四川宣抚使、湖南安抚大使知潭州。景定五年(1264),知庆元府兼沿海制置使。官至兵部尚书。有《可斋类稿》及《续稿》《续稿后》。《四库提要》称其"诗词才气纵横,颇不入格,要亦戛戛异人,不屑拾慧牙后"。存词200余首,见于《续稿》。

沁园春 丙午登多景楼和吴履斋韵①

天下奇观,江浮两山②,地雄一州。对晴烟抹翠,怒涛翻雪;离离塞草③,拍拍风舟④。春去春来,潮生潮落,几度斜阳人倚楼。堪怜处,怅英雄白发,空敝貂裘⑤。

淮头,虏尚虔刘⑥。谁为把中原一战收?问只今人物,岂无安石⑦?且容老子⑧,还访浮丘⑨。鸥鹭眠沙,渔樵唱晚,不管人间半点愁。危栏外、渺沧波无极,去去归休⑩。

【注释】

①丙午:宋理宗淳祐六年(1246)。多景楼,在江苏镇江北固山甘露寺内。吴履斋,即吴潜,理宗嘉熙四年(1240)知镇江府,写有《沁园春·多景楼》,此时李曾伯任淮东制置使兼淮西制置使,过此登楼,依吴潜原韵而填此词。

②两山:指金山、焦山。二山时在江中,故登楼而望,有如浮在水面。

③离离:纷披繁茂貌。唐白居易《赋得古原草送别》诗:"离离原上草,一岁一枯荣。"塞草:暗寓南宋边界已近江岸,故称江岸之草为"塞草"。

④拍拍:风帆饱满貌。

⑤“堪怜”三句：战国时苏秦游说秦惠王，不为所用，黄金用尽，黑貂之裘已敝，见《战国策·秦策》。此喻作者雄图未展。

⑥淮头：淮河上游。虏：指元军。据《宋史·理宗纪》，本年元军克寿州(时属淮西)，“将士阵亡者众”。虔刘：劫夺、杀戮。

⑦安石：东晋谢安字安石，淝水之战中曾在寿州八公山一带击溃苻坚之军。

⑧老子：词人自称。

⑨浮丘：浮丘伯，汉时齐人，尝治诗授申公与楚元王。见《汉书·儒林传》。另有浮丘道人，相传在广东南海县西得道。此处疑指后者，反映词人有出世思想。

⑩“去去”句：暗用陶渊明《归去来辞》“归去来兮，田园将芜胡不归”意，喻将归隐。

水调歌头 乙巳九月寿城获捷，和傅山父凯歌韵[1]

壁垒壮西塞，形势古州来[2]。九重庙算经远[3]，边隙肯轻开[4]。整顿金城千仞[5]，遮护风寒数处，蛇豕敢当哉[6]？惆怅倚长剑，扫未尽烟埃。　骑连营，桥列栅，木成排。老酋鱼釜视我[7]，孰与障吾淮？横槊冲围四出，北府牢之何勇[8]，新进喜多才[9]。老子可归矣，击壤乐春台[10]。

【注释】

①乙巳：宋理宗淳祐五年(1245)。寿城，即寿春，今安徽寿县。据《宋史·理宗纪》，本年十二月甲戌，“诏寿春守臣刘雄飞等以大元兵围城捍御有功”。“寿城获捷”当在此役。时李曾伯为淮东制置使，守扬州，因作此词为贺。傅山父，生平不详。

②州来：地名，在今安徽寿县北。

③九重：指宫禁。庙算：由朝廷制定的克敌谋略。

④边隙：边疆的争端。

⑤金城：言城之坚固，如金铸成。见前李好古《八声甘州》注⑧。千仞：极言其高。古七尺为仞。

⑥蛇豕：指当时敌人。《左传·定公四年》："申包胥如秦乞师，吴为封豕长蛇，以荐食上国，虐始于楚。"

⑦老酋：指敌人的头领。鱼釜：如釜（锅）中之鱼。

⑧北府牢之：《晋书·刘牢之传》："谢玄北镇广陵……以牢之为参军，领精锐为前锋，百战百胜，号为'北府兵'。"著名的晋秦淝水之战，晋方即以刘牢之北府兵为主力。

⑨新进：这里指寿城大捷中有功将士。时刘雄飞、吕文福、林子塞等十一人各升三级。

⑩击壤：相传尧时，有老人击壤而歌曰："日出而作，日入而息，凿井而饮，耕田而食，帝力何有于我哉？"后成为歌颂太平盛世的典故。春台：指远眺游玩之胜处。《老子》："众人熙熙，如享太牢，如登春台。"

贺新郎　甲申代亲庭送崔菊坡出蜀[①]

万里归朝去，倚江亭，绿波碧色，一川晴絮。赢得威名留草木，玉垒雪山高处[②]。未应减，平淮裴度[③]。见说金瓯书字久[④]，待公来，便作商岩雨[⑤]。休忘却，蜀都赋[⑥]。　旌旗回首春城暮。听樯头[⑦]、飞燕似把，人情低诉。两两三三鸥鹭里，拍拍船儿一羽。算惟有，清芬载取[⑧]。百万人家儿样恋，恨柳风，不为留连住。离梦绕，沙堤路[⑨]。

【注释】

①甲申：宋宁宗嘉定十七年（1224）。崔菊坡：名与之，字正子，广东增城人。绍熙进士，历仕广西提刑、淮东安抚使。本年蜀中叛军大扰，逐郡守，崔以焕章阁待制出知成都府。李曾伯作此词送之。

②"赢得"二句:《旧唐书·张万福传》:"德宗以万福为濠州刺史,召见曰:'先帝改卿名正者,所以褒卿也。朕以为江淮草木,亦知卿威名,若从先帝所改,恐贼不知是卿也。'复赐名万福。"玉垒:山名。在四川灌县西北。

③裴度:唐闻喜(今属山西)人,字中立。官至宰相。宪宗时,淮、蔡不奉朝命,度力请讨伐,督诸军进兵,擒蔡州刺史吴元济。新旧《唐书》有传。

④"金瓯"句:相传唐玄宗将任命宰相,书其名覆于金瓯下,令太子猜之。太子曰"崔义玄"。果中。后世称为"瓯卜"。此处称誉崔与之为宰相之人选。

⑤商岩:《尚书·说命》(上):"(殷)高宗(武丁)梦得(傅)说,使百工营求诸野,得之傅岩。(傅)说筑傅岩之野,惟肖,爰立作相。"此喻贤士在野而崔与之将入相。

⑥蜀都赋:晋左思作。此喻崔与之归来后将有所述作。

⑦樯:船桅。

⑧清芬:清香,比喻德行高洁。

⑨沙堤:唐天宝时京兆尹萧炅请于要道覆沙,以利车行。后凡拜相,府县令民载沙筑路,直达子城东街,成为习俗。这里指不久将入朝拜相。

方　岳

方岳(1199—1262)，字巨山，自号秋崖，祁门(今属安徽)人。绍定五年(1232)进士，累官至礼部侍郎，历知饶、抚、袁三州，加朝散大夫。为湖州派诗人，与刘克庄齐名。尝忤宰相史嵩之、贾似道而罢官。著有《秋崖先生小稿》。词集有《秋崖词》。况周颐跋其词曰："疏浑中有名句，不坠宋人风格……置之宋六十家中，不在石林(叶梦得)、后村(刘克庄)下也。"

满江红　九日冶城楼①

且问黄花②，陶令后③、几番重九④？应解笑，秋崖人老，不堪诗酒。宇宙一舟吾倦矣，山河两戒天知否⑤？倚西风，无奈剑花寒，虬龙吼⑥。　　江欲釂⑦，谈天口⑧。秋何负，持螯手⑨。尽石麟芜没⑩，断烟衰柳。故国山围青玉案⑪，何人印佩黄金斗⑫。倘只消，江左管夷吾⑬，终须有。

【注释】

①九日：九月九日重阳节。冶城，故址在南京朝天宫附近。黄花：菊花。

②清陈廷焯《词则·放歌集》云："'且问'二字，于题前顿跌，作一缓笔，议论在后，松一步正是紧一步。"

③陶令：晋陶渊明，其《饮酒十二首》之五有"采菊东篱下，悠然见南山"句。他曾为彭泽令，故称"陶令"。

④重九：农历九月九日。亦称重阳。

⑤两戒：南北两戒。唐释一行提出的我国地理现象特点。北戒相当于今青海、陕北、山西、河北、辽宁一线；南戒相当于四川、陕南、河南、湖北、湖南、江西、福建一线。宋朝疆土一半先被金人所占，后又为蒙元所占。

⑥虬龙：龙的一种。此指剑。

⑦釂(jiào):饮酒尽。

⑧谈天口:战国齐人邹衍善于论辩宇宙之事,齐人称为"谈天衍"。又《文选·任昉〈宣德皇后令〉》李善注引《七略》:"齐田骈好谈论,故齐人为语曰:'天口骈。'天口者,言田骈子不可穷,其口若事天。"

⑨螯:蟹螯,指蟹。

⑩石麟:石雕的麒麟,旧题汉刘歆《西京杂记》:"又为前有三梧桐树,树下有玉麒麟二枚……是秦始皇遗物也。"

⑪青玉案:古时贵重的食器。案,承杯筷之盘。

⑫斗:指形如斗大之印章。黄金斗印,大官所佩。

⑬江左:长江下游以东地区。管夷吾:管仲,字夷吾,春秋齐人,后相齐桓公,富国强兵,九合诸侯,一匡天下。使齐桓公成为春秋五霸之首。《世说新语·言语》云:温峤与丞相王导对泣,叙情既毕,欢然曰:"江左自有管夷吾,此复何忧!"

水调歌头　九日多景楼用吴侍郎韵①

醉我一壶玉②,了此十分秋。江涛还此,当日击楫渡中流③。问讯重阳烟雨,俯仰人间今古④,此意渺沧洲⑤。天地几今夕,举白与君浮⑥。　旧黄花⑦,新白发,笑重游。满船明月犹在,何日大刀头⑧?谁跨扬州鹤去⑨,已怨故山猿老⑩,借箸欲前筹⑪。莫倚阑干北,天际是神州⑫。

【注释】

①清陈廷焯《词则·放歌集》评此词曰:"跌宕生姿。"九日:九月九日重阳节。多景楼:楼名,在江苏镇江甘露寺内,北临长江。吴侍郎:指吴潜,他曾权工部、兵部侍郎,又试工部、户部侍郎。有《水调歌头·戊午九月偕同官延庆阁过碧沚》(重九先三日)。戊午,理宗宝祐六年(1258)。

②一壶玉：一壶美酒。玉，玉液，指美酒。

③去楫：敲打船桨。用晋人祖逖事，参见刘过《贺新郎·弹铗西来路》注⑥。

④俯仰：犹上下考察。

⑤沧洲：滨水处。古为隐者所居。

⑥白：酒杯。满饮一杯酒叫“浮一大白”。

⑦黄花：菊花。

⑧大刀头：刀环。《汉书·李陵传》汉使李陵故人任立政等到匈奴，见到李陵，目视李陵，边说话，边用手摸佩刀之环。暗示李陵还汉。环，谐音“还”。

⑨“谁跨”句：用骑鹤上扬州典。《说郛》载《商芸小说》：“有客相从，各言所志：或愿为扬州刺史，或愿多资财，或愿骑鹤上升，其一人曰：‘腰缠十万贯，骑鹤上扬州。’欲兼三者。”

⑩“已怨”句：用孔稚珪《北山移文》“山人去兮晓猿惊”典故。又作者《山庵》诗：“山中道士归不归，一夜猿鹤老明月。”

⑪“借箸”句：箸，筷子。筹，计算。《汉书·张良传》载，刘邦进食时，张良为其筹划说：“臣请借箸以筹之。”

⑫神州：中国的别称，此指中原地区，时为蒙人所侵。

喜迁莺　和余义夫行边闻捷[1]

淮山秋晓[2]，问西风几度，雁云蛩草[3]。铁色骢骄[4]，金花袍窄，未觉塞垣寒早[5]。笳鼓声中晴色[6]，一羽不飞边报[7]。君莫道，怎乾坤许大，英雄能少[8]。　谈笑，鸣镝处[9]，生缚胡雏[10]，烽火传音耗[11]。漠漠寒沙，荒荒残照[12]，正恐不劳深讨[13]。但喜欢迎马首，犹是中原遗老[14]。关何事，待归来细话，一尊倾倒。

【注释】

①余义夫：余玠，字义夫，蕲州人，理宗嘉熙三年(1239)与

元兵战于汴城、河阴有功，授淮东提刑兼知淮安。淳祐元年(1241)提兵应援安丰，拜大理少卿，升制置副使。行边闻捷：当指汴城之战。

②淮山：泛指淮地之山。

③蛩：蟋蟀。

④骢骄：青白杂毛的高头大马。

⑤塞垣：边境城垣。

⑥笳：指军号。

⑦羽：羽书。古时征调军队文书，上插鸟羽，表示紧急，必须速递。边报：边境的军情报告。

⑧"君莫道"三句：许大，《诗词曲语辞汇释》卷三："许，犹云这样或如此也……杜荀鹤《自江西归九华》诗：'许大乾坤吟未了，挥鞭回首出陵阳。'"许大，这样大。此用其意。又云："能，摹拟辞，犹云这样也……方岳《一络索》词：'瘦得黄花能小，一帘香杳。'能小，如许小也。"此处义为英雄这样少。

⑨鸣镝：响箭。

⑩胡雏：对元军的蔑称。

⑪烽火：古代边防报警的信号。音耗：消息。

⑫漠漠：迷漫貌。荒荒：黯淡无际貌。

⑬深讨：深入征讨。

⑭遗老：指沦陷区的宋朝遗民。

萧泰来

萧泰来，约1240年前后在世。字则阳(《江西通志》云：字阳山)，号小山，临江(今江西清江)人。绍定二年(1229)进士。宝祐元年(1253)，自起居郎出守隆兴(江西南昌)府。《癸辛杂识别集》卷三云：理宗朝为御史。因附丞相谢方叔被劾罢。有《小山集》。

霜天晓角 梅①

千霜万雪，受尽寒磨折。赖是生来瘦硬，浑不怕，角吹彻②。 清绝，影也别。知心唯有月③。原没春风情性，如何共，海棠说④。

【注释】

①清查礼《铜鼓书堂词话》评此词云："命意措词，自觉不凡。而于乐章风格，亦见雅俊，较之徒事艳冶绮语者，其身分高若干等第。"

②角：古乐器，即号角，多用于军中。

③"清绝"三句：元陆辅之《词旨》列为"警句"。

④"原没"二句：梅花开于春初，海棠则在暮春开花，故不可同日而语。

许　棐

许棐(？—1249)，字忱父，海盐(今属浙江)人。自号梅屋。屋四周植梅，屋内悬白居易、苏轼画像，藏书数千卷。嘉熙中，隐居秦溪。有《献丑集》《梅屋诗稿》《梅屋诗余》。

谒金门

微雨后，染得杏腮红透。春色好时人却瘦，镜寒妆不就。　　柳外一莺啼昼，约略情怀中酒[①]。困起半弯眉印袖，髻松簪玉溜[②]。

【注释】

①中酒：醉酒。

②溜：滑落。此句犹李清照《点绛唇》："袜刬金钗溜。"

柳　枝

冷迫春宵一半床，懒熏香[①]。不如屏里画鸳鸯，永成双。　　重迭衾罗犹未暖[②]，红烛短。明朝春雨足池塘，落花忙。

【注释】

①一半床：盖词人独居无偶，故下句云"不知屏里画鸳鸯"。

②衾罗未暖：言其单栖之苦。

喜迁莺

鸠雨细[①]，燕风斜，春悄谢娘家[②]。一重帘外即天涯，何必暮云遮。　　钏金寒，钗玉冷，薄醉欲成还醒。

一春梳洗不簪花，孤负几韶华[③]。

【注释】

①鸠雨：古代常以鸠鸣与阴雨相联。陆佃《埤雅·释鸟》：（鹎鸠）"阴则屏逐其匹，晴则呼之。语曰：'天将雨，鸠逐妇者是也。"陆游《喜晴》："正厌鸠呼雨，俄闻鹊噪晴。"

②谢娘：《晋书·列女传》：晋王凝之妻谢道韫有文才，后人因称大家才女为谢娘。又指唐李德裕家姬谢秋娘。后世多指歌妓。

③孤负：即辜负。韶华：青春年华。

陆　睿

陆睿(？—1266)，号云西，会稽(今浙江绍兴)人。绍定五年(1232)进士，淳祐中任沿江制置使参议。宝祐五年(1257)，自礼部员外郎除秘书少监，又除起居舍人。景定五年(1264)，任中大夫、集英殿修撰，江南东路计度转运副使兼淮西总领。存词3首，其《甘州词》为谀贾似道而作。

瑞鹤仙　梅

湿云黏雁影。望征路愁迷，离绪难整。千金买光景。但疏钟催晓，乱鸦啼暝。花悰暗省[①]。许多情，相逢梦境。便行云，都不归来，也合寄将音信[②]。　孤迥，盟鸾心在，跨鹤程高[③]，后期无准。情丝待剪，翻惹得、旧时恨。怕天教何处，参差双燕[④]，还染残朱剩粉。对菱花[⑤]、与说相思，看谁瘦损。

【注释】

①悰：欢乐。泛指心情。省(xǐng)：明白。

②合：应当。

③"盟鸾"二句：鸾为传说凤凰类神鸟。鸾鹤均传为游仙所乘。江淹《别赋》："驾鹤上汉，骖鸾腾天，暂游万里，少别千年"。

④参差：不齐貌。

⑤菱花：指镜子。

李昴英

李昴英(1201—1257)，字俊明，番禺(今广州)人。宝庆二年(1226)进士。绍定间，任临汀推官。嘉熙间，历秘书郎、宗正丞、著作郎。三年(1239)，任直秘阁福建提举。淳祐初年，官吏部郎，累擢龙图阁待制，吏部侍郎，不见容于权奸史嵩之、贾似道，归隐文溪。卒谥忠简，有《文溪集》。明杨慎《词品》称其词"绝妙"。

摸鱼儿 送王子文知太平州①

怪朝来、片红初瘦，半分春事风雨。丹山碧水含离恨，有脚阳春难驻②。芳草渡。似叫住东君③，满树黄鹂语。无端杜宇④。报采石矶头⑤，惊涛屋大，寒色要春护。　阳关唱⑥，画鹢徘徊东渚⑦。相逢知又何处。摩挲老剑雄心在⑧，对酒细评今古。君此去，几万里东南，只手擎天柱。长生寿母⑨，更稳步安舆⑩，三槐堂上⑪，好看彩衣舞⑫。

【注释】

①王子文，名埜，字子文，号潜斋，为南宋后期主战派官员，也能词。本书前有介绍。太平洲：今安徽当涂，时为江防要地。清李调元《雨林词话》卷三云，作者"因《摸鱼儿》词送太平州太守王子文而得名。叔旸(《花庵词选》)，亦止选此一调，称为词家射雕手"。

②有脚阳春：王仁裕《开元天宝遗事》："(唐宰相)宋璟爱民恤物，朝野归美，时人咸谓璟为'有脚阳春'，言所至之处如阳春煦物也。"后因用以喻地方官施行德政之词。

③东君：春神，此兼指王埜。

④杜宇：即杜鹃鸟，相传为古蜀帝杜宇失位后之魂所化，故名。

⑤采石矶：在安徽当涂县西北，牛渚山北突入江中之石头矶。宋将虞允文曾在此大败金兵，此处加以称颂。

⑥阳关：曲名。《阳关曲》反复诵唱，谓之“阳关三叠”。

⑦画鹢：指船首画鹢鸟的船。《晋书·王濬传》：“画鹢首怪兽于船首，以惧江神。”

⑧摩挲：抚摸。

⑨寿母：《诗经·鲁颂·閟宫》：“鲁侯燕喜，令妻寿母。”

⑩安舆：即安车。老年人和妇人乘坐的车子。

⑪三槐：《周礼·秋官·朝士》：“面三槐，三公位焉。”后世即以三槐比喻三公一类的高层官员。北宋王旦父祐在庭院中亲植槐树三棵说：“吾之后世，必有为三公者。”时称“三槐王氏”。见司马光《涑水纪闻》《宋史·王旦传》。后王旦为相，筑三槐堂，苏轼为作《三槐堂铭》，此以指王埜之堂。

⑫彩衣舞：《太平御览》卷四一三引《孝子传》：“老莱子年七十，至孝。尝着彩衣，为亲取饮上堂，失足，恐父母伤心，因僵仆为婴儿啼以娱亲。”

吴文英

吴文英(1200—1260)，字君特，号梦窗，晚号觉翁。四明(今浙江宁波)人。本姓翁，与翁元龙为亲兄弟。宋理宗绍定五年(1232)，为苏州仓台幕僚。受知于丞相吴潜，并以清客身份出入于贾似道、史宅之等权贵之门，又从尹焕游，经常往来于苏杭会稽一带。妙解音律，常自度曲。今存《梦窗词》甲乙丙丁四稿，成就甚高。尹焕序其词曰："求词于吾宋者，前有清真，后有梦窗。此非焕之言，四海之公言也。"周济《宋四家词选》序云："梦窗奇思壮采，腾天潜渊，返南宋之清泚，为北宋之秾挚。"其词字面工丽，音律谐婉，然部分作品词意较晦涩，故张炎《词源》云："如七宝楼台，眩人眼目，碎拆下来，不成片段。"

渡江云三犯　中吕商，俗名小石调，西湖清明①

羞红颦浅恨，晚风未落，片绣点重茵②。旧堤分燕尾③，桂棹轻鸥④，宝勒倚残云⑤。千丝怨碧⑥，渐路入仙坞迷津。肠漫回⑦，隔花时见，背面楚腰身⑧。　逡巡。题门惆怅⑨，堕履牵萦⑩。数幽期难准，还始觉留情缘眼，宽带因春⑪。明朝事与孤烟冷，做满湖风雨愁人。山黛暝⑫，尘波淡绿无痕⑬。

【注释】

①陈洵《海绡说词》云："此词与《莺啼序》第二段参看，'渐路入仙坞迷津'，即'溯红渐招入仙溪'。'题门''堕履'与'锦儿偷寄幽素'，是一时事，盖相遇之始矣。'明朝'以下，天地变色，于词为奇幻，于事为不祥，宜其为不终也"。西湖：在浙江杭州。

②"羞红颦"三句：红颦，谓红花含恨。片绣：指花瓣。重茵：喻芳草如茵。

③"旧堤"句：西湖苏堤与白堤交叉处，形如燕尾。

④桂棹：船桨的美称。屈原《九歌·湘君》："桂棹兮兰桨。"

⑤宝勒：指宝马。勒：马之络头以铁勒口，故称。

⑥"千丝"句：指绿色柳丝。杨铁夫《改正梦窗词选》云："访艳。'千丝怨碧'四字，为下之引脉，有异样色泽。"

⑦肠漫回：同上书云："'肠漫回'，三字轻轻荡漾……兜头一转，力重千钧，此所谓空际转身法。"

⑧楚腰：指美人细腰。《后汉书·马援传》："楚王好细腰。""隔"花二句：化用苏轼《续丽人行》："隔水临花时一见，只许腰肢背后看。"

⑨题门惆怅：指仕途上不得志。《华阳国志·蜀志》："（成都）城北十里有升仙桥，有送客观。司马相如初入长安，题市门曰：'不乘赤车驷马，不过汝下也。'"

⑩堕履牵萦：谓常常怀念冶游生活。《北史·韦敻传》："孝宽以其乘马及辔勒与敻，敻以其华饰，心弗欲之，笑谓孝宽曰：'昔人不弃遗簪堕履者，恶与之同出，不与之同归。'"此处反用其义。

⑪"宽带"句：柳永《凤栖梧》："衣带渐宽终不悔，为伊消得人憔悴。"

⑫山黛：远山呈黛色。

⑬尘波：波色如麴尘。麴尘，黄绿色。

霜叶飞 黄钟商，重九[①]

断烟离绪，关心事，斜阳红隐霜树。半壶秋水荐黄花，香噀西风雨[②]。纵玉勒、轻飞迅羽[③]，凄凉谁吊荒台古？记醉蹋南屏[④]，彩扇咽寒蝉倦梦，不知蛮素[⑤]。
聊对旧节传杯，尘笺蠹管，断阕经岁慵赋[⑥]。小蟾斜影转东篱[⑦]，夜冷残蛩语[⑧]。早白发、缘愁万缕[⑨]。惊飙从卷乌纱去[⑩]。漫细将、茱萸看[⑪]，但约明年，翠微高处[⑫]。

【注释】

①此词陈廷焯《云韶集》评云："有笔力，有感慨。凄凉处，只一二语，已觉秋声四起。"重九：农历九月初九重阳节。

②噀(xùn)：喷。

③"纵玉勒"句：纵马飞奔。玉勒，指马。迅羽，指飞鸟。

④南屏：山名，在今杭州市郊。

⑤蛮素：即小蛮、樊素，白居易侍婢。《本事诗·事感》："白尚书姬人樊素善歌，妓人小蛮善舞，尝为诗曰：'樱桃樊素口，杨柳小蛮腰。'"

⑥尘笺：尘封吟笺。蠹管：虫蛀笔竿。断阕：未竟的小词。

⑦小蟾斜影：初月的斜影。相传月中有蟾蜍。

⑧蛩(qióng)：蟋蟀。

⑨"早白发"句：语本李白《秋浦歌》："白发三千丈，缘愁似个长。"

⑩惊飙：狂风。此处用晋孟嘉九日登高，落帽于龙山的故事。

⑪茱萸：《续齐谐记》载，桓景一家于九月九日佩茱萸，登高饮菊花酒以避灾。杜甫《九日蓝田崔氏庄》诗："明年此会知谁健，醉把茱萸仔细看。"

⑫翠微：青缥色，此指山。杜牧《九日齐山登高》诗："江涵秋影雁初飞，与客携壶上翠微。"

瑞鹤仙 林钟羽，俗名高平调[①]

晴丝牵绪乱[②]。对沧江斜日，花飞人远。垂杨暗吴苑[③]。正旗亭烟冷[④]，河桥风暖。兰情蕙盼[⑤]。惹相思，春根酒畔。又争知、吟骨萦销，渐把旧衫重剪。　凄断。流红千浪[⑥]，缺月孤楼，总难留燕[⑦]。歌尘凝扇，待凭信，拌分钿[⑧]。试挑灯欲写，还依不忍，笺幅偷和泪卷。寄残云剩雨蓬莱[⑨]，也应梦见。

【注释】

①朱祖谋《彊村老人词评》谓"晴丝"句及下阕"待凭信……和泪卷"一段:"力破余地。"陈洵《海绡说词》评曰:"含思凄怨,低徊无尽。"

②晴丝:晴空中昆虫吐出的丝缕,一称游丝。杜甫《春日江村》之四:"燕外晴丝卷。"

③吴苑:指苏州,春秋时吴王建有宫阙苑囿,故称。唐韦应物《奉送从兄宰晋陵》诗:"依微吴苑树,迢递晋陵城。"陈洵《海绡说词》:"吴苑是其人所在,此时觉翁不在吴也,故说'花飞人远'。"

④旗亭:指酒楼。唐李贺《开愁歌》:"旗亭下马解秋衣,请贳宜阳一壶酒。"

⑤兰情蕙盼:形容女性温馨的情感与眼波。周邦彦《拜星月慢》:"水盼兰情。"

⑥"流红"句:即落花流水。陈洵云:"'流红千浪',复上阕之'飞花'。"

⑦"缺月"二句:陈洵云:"复上阕之'人远',为'凄断'二字勾勒。"

⑧拌分钿:拌,或作判、拚。《诗词曲语辞汇释》卷五:"割舍之辞,亦甘愿之辞。"分钿,指离别。白居易《长恨歌》:"钗留一股合一扇,钗擘黄金合分钿。"钿,指金饰之盒。

⑨残云剩雨:谓男女欢会的余情,用巫山云雨典,见宋玉《高唐赋》。蓬莱:本指海上仙山,此谓女子所居之处。

水龙吟 无射商,惠山酌泉[①]

艳阳不到青山。古阴冷翠成秋苑[②]。吴娃点黛,江妃拥髻[③],空濛遮断。树密藏溪,草深迷市,峭云一片[④]。二十年旧梦,轻鸥素约,霜丝乱,朱颜变。 龙吻春霏玉溅[⑤],煮银瓶、羊肠车转[⑥]。临泉照影,清寒沁骨,客尘都浣。鸿渐重来[⑦]，夜深华表，露零鹤怨[⑧]。把闲愁换与，楼前晚色，棹沧波远[⑨]。

【注释】

①惠山：在今江苏无锡市西郊，一名九龙山。东麓有惠山泉。清陈廷焯《白雨斋词话》评此词云："超逸处则仙骨珊珊，洗脱凡艳；幽索处则孤怀耿耿，别缔古欢。"

②秋苑：萧瑟的园林。唐储光羲《贻余处士》诗："秋苑故池田，宫门新柳杞。"

③"吴娃"二句：形容惠山如美女的黛眉和髻鬟。吴娃，吴地美女。李白《忆旧游书怀赠韦太守》："吴娃与越艳，窈窕夸铅红。"江妃，水仙。杜甫《桃竹杖引赠章留后》："斩根削皮如紫玉，江妃水仙惜不得。"

④峭云：陡峭的秋云，形容山势。

⑤龙吻：指惠山泉出口处状如龙嘴的雕刻。

⑥羊肠车转：形容煎茶声。黄庭坚《咏茶》诗："曲几团蒲听煮汤，煎成车声绕羊肠。"

⑦鸿渐：陆羽(733—804)，字鸿渐。唐上元初隐于苕溪，号桑苎翁，著有《茶经》。尝题惠山泉为天下第二泉。

⑧"夜深"二句：用丁令威学道化鹤故事。(见本书欧阳修《采桑子》[平生为爱西湖好]注③)此谓陆羽若重到惠山应感到冷落。

⑨"把闲愁"三句：俞陛云《两宋词选释》云："以闲淡作结，通首无一懈句。"

宴清都 夹钟羽，俗名中吕调，连理海棠[①]

绣幄鸳鸯柱[②]。红情密，腻云低护秦树[③]。芳根兼倚，花梢钿合[④]，锦屏人妒。东风睡足交枝[⑤]，正梦枕、瑶钗燕股。障滟蜡、满照欢丛[⑥]，嫠蟾冷落羞度[⑦]。　人间万感幽单，华清惯浴[8]，春盎风露。连鬟并暖，同心共结，向承恩处[9]。凭谁为歌长恨，暗殿锁、秋灯夜语[10]。叙旧期，不负春盟，红朝翠暮[11]。

【注释】

①此词咏连理海棠。陈洵云："只运化一篇《长恨歌》，乃放出如许异彩，见事多、识理透故也。"（《海绡说词》）刘永济云："此咏物词之工整者，因咏物亦托物言情……作者心细如发，而用笔灵活，绝不沾滞。是卷中咏物最工之作。"（《微睇室说词》）

②鸳鸯柱：谓树干成双。

③秦树：秦中（今陕西）有双株海棠，高数十丈，故称。

④钿合：以宝钿为金饰之盒，上下两扇相合。比喻花梢上二瓣相合。

⑤东风睡足：《太真外传》："明皇登沉香亭，召太真（杨贵妃）。时太真卯酒未醒，命力士扶掖而至，上曰：'此海棠花睡未足耳。'"

⑥障滟蜡：指被蜡烛之光波所遮。此处化用苏轼《海棠》诗："只恐夜深花睡去，高烧银烛照红妆。"

⑦嫠：妇女寡居曰嫠。蟾：指月。此指嫦娥，因其与丈夫后羿分离而居月宫，故称嫠蟾。

⑧华清：池名，在今陕西临潼县骊山西北麓。杨贵妃尝浴于此。白居易《长恨歌》："春寒赐浴华清池，温泉水滑洗凝脂。"

⑨"连鬟"三句：喻海棠连枝并蒂。古代女子婚时将双鬟梳成一髻，并以罗带绾成同心结，以示和合。承恩：谓受君王宠幸。《长恨歌》："侍儿扶起娇无力，始是新承恩泽时。"

⑩"凭谁"二句：语本《长恨歌》："夕殿萤飞思悄然，孤灯挑尽未成眠。"

⑪"叙旧期"二句：语本《长恨歌》："七月七日长生殿，夜半无人私语时。在天愿作比翼鸟，在地愿为连理枝。"

齐天乐[1]

烟波桃叶西陵路[2]，十年断魂潮尾。古柳重攀，轻鸥聚别，陈迹危亭独倚。凉飔乍起[3]，渺烟碛飞帆，暮山横翠。但有江花，共临秋镜照憔悴[4]。　华堂烛暗送客[5]，眼波回盼处，芳艳流水。素骨凝冰，柔葱蘸雪[6]，犹忆分瓜深意[7]。清尊未洗，梦不湿行云[8]，漫沾残泪。可惜秋宵，乱蛩疏雨里。

【注释】

①此词陈廷焯《云韶集》评曰："伤今感昔，凭眺流连，此种词真入白石之室矣！一片感喟，情深语至。"

②桃叶：东晋王献之妾。献之有《桃叶歌》云："桃叶复桃叶，渡江不用楫。"西陵：在今杭州西湖孤山西端。周密《武林旧事》卷五："孤山路：西陵桥，又名西林桥，又名西泠桥。"《苏小小歌》："何处结同心，西陵松柏下。"陈洵《海绡说词》云："西陵邂逅之地。"

③凉飔（sī）：凉风。

④秋镜：秋水波平如镜，故称。

⑤"华堂"句：《史记·淳于髡传》："堂上烛灭，主人留髡而送客。"

⑥"素骨"二句：极言美人之白皙娇美。柔葱：喻手指。唐方干《赠美人四首》其三诗："剥葱十指转筹疾。"

⑦分瓜：段成式诗："犹怜最小瓜分日。""瓜"字分开，形如二八，指少女年方十六岁。

⑧梦不湿行云：语本苏轼《次韵曹辅寄壑源试焙新芽》诗："仙山灵草湿行云。"用宋玉《高唐赋》典，此处借指美人，谓梦中不能相见。

花　犯　郭希道送水仙索赋①

小娉婷②，清铅素靥，蜂黄暗偷晕，翠翘攲鬓③。昨夜冷中庭，月下相认，睡浓更苦西风紧。惊回心未稳，送晓色，一壶葱蒨④，才知花梦准。　湘娥化作此幽芳⑤，凌波路⑥，古岸云沙遗恨。临砌影，寒香乱，冻梅藏韵。熏炉畔，旋移傍枕。还又见，玉人垂绀鬒⑦。料唤赏，清华池馆⑧，台杯须满引⑨。

【注释】

①郭希道：作者友人，即郭清华，《梦窗集》中有《婆罗门引·郭清华席上》《绛都春·为郭清华内子寿》诸作，可证。陈洵《海绡说词》评此词曰："自起句至'相似'，全是梦境……复以'花梦准'三字钩转作结。后片是梦非梦，纯是写神……眉目清醒，度人金针。全从赵师雄梦梅花化出，须看其离合顺逆处。"赵师雄梦梅花，见前姜夔《疏影》"翠禽"注。

②娉婷：美好貌。汉辛延年《羽林郎》："不意金吾子，娉婷过我庐。"

③清铅：淡施铅粉。素靥：喻白色花瓣。蜂黄：喻花心。翠翘：喻水仙花。《群芳谱》："水仙冬间于叶中抽一茎，茎头开花数朵，大如簪头。"

④葱蒨：青翠茂盛。颜延之《杂体诗》："青林结冥蒙，丹巘被葱蒨。

⑤湘娥：即湘妃，相传为尧之女、舜之妃。

⑥凌波：曹植《洛神赋》："凌波微步。"

⑦绀鬒（gàn zhěn）：指青鬟、黑发。

⑧清华池馆：郭希道家池馆。梦窗《绛都春》（春来雁渚）小序："余往来清华池馆六年，赋咏屡矣。"

⑨台杯：形容花似酒杯。《山堂肆考》："世以水仙为金盏银

台，盖单叶者，其中似一酒盏，深黄而金色。”

玉楼春 京市舞女[1]

茸茸狸帽遮梅额[2]，金蝉罗剪胡衫窄[3]。乘肩争看小腰身[4]，倦态强随闲鼓笛。　问称家住城东陌[5]，欲买千金应不惜。归来困顿殢春眠[6]，犹梦婆娑斜趁拍[7]。

【注释】

①京市：指南宋都城临安，今杭州市。明杨慎《词品》卷四云："吴梦窗《玉楼春》云：'茸茸狸帽遮梅额……犹梦婆娑斜趁拍'，深得其意态也。"

②梅额：指画有梅花妆的额角，事见韩鄂《岁华纪丽》卷一。

③金蝉罗：绣有金蝉的丝罗。胡衫：指北方民族的春衫。

④"乘肩"句：周密《武林旧事》卷二"元夕"："都城自旧岁孟冬驾回，则已有乘肩小女鼓吹舞绾者数十队，以供贵邸豪家幕次之玩。"

⑤问称：问和答。苏轼《浣溪沙》（徐州石潭谢雨道上作）："问言豆叶几时黄"，句法相似。

⑥殢春眠：贪恋春眠。

⑦趁拍：踩着音乐的节拍。

点绛唇 试灯夜初晴[1]

卷尽愁云，素娥临夜新梳洗[2]。暗尘不起，酥润凌波地[3]。　辇路重来[4]，仿佛灯前事。情如水，小楼熏被，春梦笙歌里[5]。

【注释】

①试灯夜：旧俗元宵节前试放花灯。周密《武林旧事》卷二“元夕”：“禁中自去岁九月赏菊灯之后，迤逦试灯，谓之预赏。一入新正，灯火日盛。”

②素娥：嫦娥，此指月。

③“酥润”句：形容雨后街道。语本韩愈《早春呈张水部十八助教》诗：“天街小雨润如酥，草色遥看近却无。”及曹植《洛神赋》：“凌波微步。”

④辇路：京城道路。

⑤情如水：秦观《鹊桥仙》：“柔情似水。”清陈廷焯《白雨斋词话》卷二评此下三句云：“超神入妙。”

浣溪沙[①]

门隔花深梦旧游，夕阳无语燕归愁。玉纤香动小帘钩[②]。　　落絮无声春堕泪[③]，行云有影月含羞。东风临夜冷于秋[④]。

【注释】

①陈洵《海绡说词》评此词云：“是真是幻，传神阿堵，门隔花深故也……此篇全从张子澄（泌）‘别梦依依到谢家’一诗化出，须看其游思缥缈，缠绵往复处。”刘永济《微睇室说词》云：“观此词，知词家所说之梦，不必是真梦，而写来似真，亦写虚为实之法。”

②玉纤：美人纤手。韩偓《咏柳》诗：“玉纤折得遥相赠，便似观音手里时。”

③“落絮”句：以柳絮喻泪，化用苏轼《水龙吟·次韵章质夫杨花》“细看来，不是杨花，点点是离人泪”词意，参见《高阳台》（修竹凝妆）注⑩。

④清陈廷焯《白雨斋词话》云：“结句贵情余言外，含蓄不尽。”

浣溪沙

波面铜花冷不收[1]，玉人垂钓理纤钩。月明池阁夜来秋[2]。　江燕话归成晓别，水花红减似春休。西风梧井叶先愁。

【注释】

①铜花：铜制菱花镜。此喻水波平静。

②"玉人"二句：陈洵《海绡说词》："'玉人垂钓理纤钩'，是下句（明月）倒影，非谓真有一玉人垂钓也。纤钩是月，玉人言风景之佳耳。"

醉桃源　赠卢长笛[1]

沙河塘上旧游嬉[2]，卢郎年少时。一声长笛月中吹，和云和雁飞。　惊物换，叹星移。相看两鬓丝。断肠吴苑草凄凄[3]，倚楼人未归。

【注释】

①卢长笛：卢姓笛师，字里不详。

②沙河塘：在杭州城南，为繁华之区。苏轼《虞美人》："沙河塘里灯初上，水调谁家唱。"

③吴苑：见前《瑞鹤仙》注③。

祝英台近　春日客龟溪[1]，游废园

采幽香，巡古苑，竹冷翠微路[2]。斗草溪根[3]，沙印小莲步[4]。自怜两鬓清霜，一年寒食，又身在云山深处。

昼闲度，因甚天也悭春[5]，轻阴便成雨。绿暗长亭，归梦趁风絮[6]。有情花影阑干，莺声门径，解留我霎时凝伫[7]。

【注释】

①清陈廷焯《云韶集》评此词云："婉转中自有笔力。"唐圭璋《唐宋词简释》云："此首游园之感，文字极疏隽，而沉痛异常。"龟溪：《德清县志》："龟溪，古名孔愉泽，即余不溪之上流。昔孔愉见渔者得白龟于溪上，买而放之。"

②翠微：《文选·左思〈蜀都赋〉》注："翠微，山气之轻缥也。"亦指青山。北周庾信《和宇文内史春日游山》诗："金鞍上翠微。"

③斗草：旧俗五月五日有斗百草之戏。见《荆楚岁时记》。唐司空图《灯花》诗："明朝斗草多应喜，剪得灯草自扫眉。"此处回忆昔时与恋人在此游戏。宋时斗草在二、三月之间。晏殊《破阵子》："燕子来时新社，梨花落后清明……疑怪昨宵春梦好，元是今朝斗草赢。"可证。

④小莲步：指女子足迹。《南史·齐东昏侯纪》："又凿金为莲花以帖地，令潘妃行其上，曰：'此步步生莲花也。'"

⑤悭春：谓不肯放晴。悭(qiān)：吝啬。苏轼《凌虚台》诗："披豁露天悭。"

⑥风絮：风中杨花。此句语本晏几道《鹧鸪天》："梦魂惯得无拘检，又踏杨花过谢桥。"

⑦凝伫：《诗词曲语辞汇释》卷五："犹之徘徊或小立……吴文英《祝英台近》词（略），言留我霎时徘徊也。"

祝英台近　除夜立春[1]

剪红情，裁绿意，花信上钗股[2]。残日东风，不放岁华去。有人添烛西窗，不眠侵晓，笑声转、新年莺语[3]。

旧尊俎[④]，玉纤曾擘黄柑[⑤]，柔香系幽素[⑥]。归梦湖边，还迷镜中路[⑦]。可怜千点吴霜[⑧]，寒销不尽，又相对落梅如雨[⑨]。

【注释】

①除夜：即除夕。清彭孙遹《金粟词话》云："余独爱其'除夕立春'一阕，兼有天人之巧。"近人陈洵《海绡说词》云："前阕极写人家守岁之乐，全为换头三句追摄远神，与'新腔一唱双金斗'一首，同一机杼。"

②"剪红情"三句：谓用彩纸剪出红花绿叶，戴在妇女金钗上。《梦粱录》卷一称之为"春幡春胜"。别又称作"花胜"。

③新年莺语：杜甫《伤春五首》之二："莺入新年语。"

④尊俎：尊为酒具，俎为盛肉之器，常指宴席。

⑤玉纤：美人如玉的纤手。唐韩偓《咏柳》诗："玉纤折得遥相赠，便似观音手里时。"

⑥幽素：幽怀心素。

⑦镜：谓波平如镜。

⑧吴霜：唐李贺《还自会稽歌》："吴霜点归鬓，身与蒲塘晚。"

⑨"寒销"二句：《帝京景物略》："冬至日画素梅一枝，为瓣八十一，日染一瓣，至瓣尽而九九出，则春深矣。名曰《九九消寒图》。"此用其意。

西子妆慢　湖上清明薄游[①]

流水麹尘[②]，艳阳醅酒[③]，画舸游情如雾。笑拈芳草不知名，乍凌波、断桥西堍[④]。垂杨漫舞，总不解将春系住。燕归来、问彩绳纤手[⑤]，如今何许？　欢盟误，一箭流光，又趁寒食去。不堪衰鬓著飞花，傍绿阴、冷烟深树。玄都秀句，记前度刘郎曾赋[⑥]。最伤心，一片孤山细雨[7]。

【注释】

①此为自度曲。湖上:指杭州西湖。薄游:短暂之游,谢灵运《初去郡诗》:"毕娶类尚子,薄游似邴生。"

②麴尘:即曲尘,喻水之绿色。

③醅酒:未滤之酒。李白《襄阳歌》:"遥看汉水鸭头绿,却似葡萄初酦醅。"

④断桥:在西湖白堤上,原名宝祐桥,唐时改称今名。"断桥残雪"为西湖十景之一。

⑤彩绳纤手:指所爱女子。旧俗五月五日以彩绳系臂,借以辟兵与鬼,见《风俗通》。

⑥"玄都"二句:唐刘禹锡《元和十年戏赠看花诸君子》诗:"紫陌红尘拂面来,无人不道看花回。玄都观里桃千树,尽是刘郎去后栽。"

⑦孤山:在杭州西湖白堤北部,距断桥不远。

澡兰香　林钟羽,淮安重午[1]

盘丝系腕[2],巧篆垂簪[3],玉隐绀纱睡觉[4]。银瓶露井,彩箑云窗[5],往事少年依约。为当时、曾写榴裙,伤心红绡褪萼[6]。黍梦光阴渐老[7],汀洲烟蒻[8]。　莫唱江南古调,怨抑难招,楚江沉魄[9]。薰风燕乳,暗雨梅黄,午镜澡兰帘幕[10]。念秦楼[11]、也拟人归,应剪菖蒲自酌[12]。但怅望,一缕新蟾[13],随人天角。

【注释】

①清人先著云此词所咏"亦是午日应有情事,但笔端幽艳,如古锦烂然"。见《词洁》。淮安,今属江苏。重午,五月初五日端阳节。

②“盘丝”句：见前《西子妆慢》注⑤。

③“巧篆”句：谓头上插戴剪成的纸花，即吴自牧《梦梁录》卷三所云的“细巧镂金花朵”。

④“玉隐”句：玉，指玉人、美人。绀(gàn)纱，天青色帐子。

⑤彩箑(shà)：彩扇。《方言》卷五：“扇自关而东谓之箑。”

⑥曾写榴裙：据《宋书·羊欣之传》，羊欣之著白练裙昼寝，王献之来访，书其裙数幅而去。榴裙：红裙。万楚《五日观妓》诗：“红裙妒杀石榴花。”

⑦黍梦：黄粱梦，兼切角黍，乃应时之物。

⑧烟蒻：烟蓑雨蒻。蒻(ruò)，通“箬”。防雨的斗笠。

⑨楚江沉魄：指自沉于汨罗江的屈原。

⑩午镜澡兰：在水清如镜之兰汤中沐浴。《大戴礼记·夏小正》谓五月五日，蓄兰沐浴。吴自牧《梦梁录》卷三云：“五月重午节，又曰浴兰令节。”

⑪秦楼：秦穆公为女弄玉筑凤台以居，后世遂称女子居处曰秦楼，亦指妓院。

⑫“应剪”句：旧俗以菖蒲一寸九节者泡酒，以辟邪气。见《荆楚岁时记》。此疑指昌歜。《左传·僖公十三年》：“飨有昌歜。”昌歜乃蒲根切制的腌菜，宋人用以佐餐。

⑬新蟾：指新月。

风入松①

听风听雨过清明，愁草瘗花铭②。楼前绿暗分携路，一丝柳、一寸柔情。料峭春寒中酒③，交加晓梦啼莺。　　西园日日扫林亭，依旧赏新晴。黄蜂频扑秋千索，有当时、纤手香凝。惆怅双鸳不到，幽阶一夜苔生④。

【注释】

①谭献云：“此是梦窗极经意词，有五季遗响。”(《谭评词

辨》)陈洵云此词:"思去妾也。此意集中屡见。此则别后第一个清明也……当味其词意酝酿处,不徒声容之美。"(《海绡说词》)

②瘗(yì)花铭:犹葬花诗。南北朝庾信有《瘗花铭》。

③中酒:酒酣。《汉书·樊哙传》颜师古注:"饮酒之中也,不醉不醒,故谓之中。"

④"惆怅"二句:语本南朝庾肩吾《咏长信宫中草》:"全由履迹少,并欲上阶生。"双鸳:绣有一双鸳鸯的女鞋。刘复《长相思》:"彩丝织绮文双鸳。"

莺啼序 春晚感怀[①]

残寒正欺病酒[②],掩沉香绣户。燕来晚、飞入西城[③],似说春事迟暮。画船载,清明过却,晴烟冉冉吴宫树[④]。念羁情游荡,随风化为轻絮。　　十载西湖,傍柳系马,趁娇尘软雾。溯红渐招入仙溪[⑤],锦儿偷寄幽素[⑥]。倚银屏,春宽梦窄,断红湿、歌纨金缕[⑦]。暝堤空,轻把斜阳,总还鸥鹭。　　幽兰旋老,杜若还生[⑧],水乡尚寄旅。别后访、六桥无信[⑨],事往花委,瘗玉埋香[⑩],几番风雨。长波妒盼,遥山羞黛,渔灯分影春江宿,记当时,短楫桃根渡[⑪]。青楼仿佛,临分败壁题诗,泪墨惨淡尘土。　　危亭望极,草色天涯[⑫]。叹鬓侵半苎[⑬]。暗点检、离痕欢唾,尚染鲛绡[⑭],亸凤迷归[⑮],破鸾慵舞[⑯]。殷勤待写,书中长恨,蓝霞辽海沉过雁[⑰],漫相思,弹入哀筝柱。伤心千里江南,怨曲重招,断魂在否[⑱]。

【注释】

①此为自度曲,为宋词中最长之调,全词分四段。徐案,周密《武陵旧事》卷五"南山路·丰乐楼"条载:"吴梦窗尝大书所赋《莺啼序》于壁,一时为人传诵。"近人刘永济《微睇室说词》云

此词“总的说来，不出悲欢离合四字。前两段主要是写生离，后面主要是写死别，中间复以羁游之情、今昔之感，回环往复出之，极穿插错杂之能事。故骤读之，不易得其曲折”。清陈廷焯《云韶集》评此词云：“全章精粹，空绝千古。”调下原无题，此据朱彊村《宋词三百首》补。

②病酒：谓饮酒沉醉如病。

③西城：指杭州西城，濒西湖。

④吴宫树：指杭州之树木。杭州旧称“三吴都会”，见柳永《望海潮》。

⑤“溯红”句：用刘晨、阮肇误入天台桃源巧遇仙女故事。红，谓桃花。见刘义庆《幽明录》。

⑥锦儿：钱塘妓杨爱爱之侍婢，见洪迈《侍儿小名录》。幽素：犹幽怀。

⑦断红：指落泪。女子泪水，旧称红泪。歌纨：歌唱时所用之纨扇。金缕：金线绣成之舞衣，兼喻《金缕曲》。

⑧幽兰、杜若：皆香草名。

⑨六桥：苏轼元祐年间知杭州时建，名映波、锁澜、望山、压堤、东浦、跨虹。《武林旧事》卷五：“苏公堤，元祐中东坡守杭日所筑，起南迄北，横截湖面，夹道杂植花柳，中为六桥九亭。”

⑩花委：花落。瘗(yì)玉埋香：指葬花。参见《高阳台·落梅》注④。

⑪桃根：东晋王献之妾桃叶之妹。献之有《桃叶歌》云：“桃叶复桃叶，桃树连桃根。”此指作者恋人。参见《齐天乐》(烟波桃叶西陵路)注②。

⑫“危亭”二句：化用秦观《八六子》：“倚危亭，恨如芳草，萋萋刬尽还生。”

⑬鬓侵半苎：谓发已半白。苎，麻科，背面白色。

⑭鲛绡：见《南乡子·夏日作》词注③。

⑮亸凤：谓凤钗斜坠。秦观《调笑令·莺莺》：“困亸钗横金凤。”

⑯破鸾：破镜。此处兼用罽宾王悬镜照鸾及乐昌公主破镜

重圆故事,见刘敬叔《异苑》、孟棨《本事诗》。

⑰“殷勤”三句:谓有书难寄。蓝霞辽海:谓海阔天高,无雁传书。

⑱“伤心”三句:语本《楚辞·招魂》:“目极千里兮伤春心,魂兮归来哀江南。”

惜黄花慢[①]

次吴江[②],小泊,夜饮僧窗惜别。邦人赵簿携小妓侑尊[③],连歌数阕,皆清真词[④],酒尽已四鼓,赋此词饯尹梅津[⑤]。

送客吴皋[⑥],正试霜夜冷,枫落长桥[⑦]。望天不尽,背城渐杳;离亭黯黯,恨水迢迢。翠香零落红衣老[⑧],暮愁锁,残柳眉梢。念瘦腰、沈郎旧日,曾系兰桡[⑨]。
仙人凤咽琼箫[⑩]。怅断魂送远,九辩难招[⑪]。醉鬟留盼,小窗剪烛,歌云载恨,飞上银霄。素秋不解随船去,败红趁、一叶寒涛。梦翠翘。怨鸿料过南谯[⑫]。

【注释】

①俞陛云评此词云:“词秀而情长,余韵复摇漾生姿。”(《两宋词选释》)陈洵《海绡说词》云:“含思凄婉,实处皆空矣。”

②吴江:今江苏苏州市吴江区。

③邦人赵簿:赵姓吴江主簿。侑尊:以歌助兴,即劝酒。

④清真词:即周邦彦词。邦彦词集曰《清真集》。

⑤尹梅津:尹焕,字惟晓,号梅津。福州长溪人,寓居山阴。嘉定十年(1217)进士,自杭州转运判官除右司郎官。曾为清真、梦窗词作序。

⑥吴皋:吴江岸边。

⑦长桥:在今江苏苏州市吴江区东,本名利往桥,宋仁宗庆

历年间，县令李问在桥上建垂虹亭，因名垂虹桥。桥有七十二孔，俗称长桥。见《嘉庆一统志·苏州府志》。

⑧红衣：荷花。

⑨“念腰瘦”三句：《南史·沈约传》载《与徐勉书》：“百日数旬，革带常应移孔；以手握臂，率计月小半分。”陈洵《海绡说词》：“‘沈郎’谓梅津，‘系兰桡’，盖有所眷也。”

⑩“仙人”句：用秦穆公女弄玉与箫史吹箫引凤事，见《列仙传》。

⑪《九辩》：《楚辞》王逸注：“《九辩》者，楚大夫宋玉之所作也。宋玉者，屈原之弟子也，闵惜其师忠而放逐，故作《九辩》以述其志。”陈洵云：“‘断魂’二句，言如此分别，虽《九辩》难招，况清真词乎！”

⑫怨鸿：古谓鸿雁能传书。南谯：南楼。此句语本唐赵嘏《寒塘》诗：“乡心正无限，一雁过南楼。”

高阳台　落梅[①]

宫粉雕痕，仙云堕影[②]，无人野水荒湾[③]。古石埋香[④]，金沙锁骨连环[⑤]。南楼不恨吹横笛[⑥]，恨晓风、千里关山。半飘零、庭上黄昏，月冷阑干。　寿阳空理愁鸾[⑦]，问谁调玉髓，暗补香瘢[⑧]？细雨归鸿，孤山无限春寒[⑨]。离魂难倩招清些，梦缟衣、解佩溪边[⑩]。最愁人、啼鸟晴明，叶底清圆[⑪]。

【注释】

①此词查礼《铜鼓书堂词话》评曰：“与落梅之情景魂魄，雅正淡远，柔婉伸长之处，令人可思可咏。”陈廷焯《白雨斋词话》卷二评曰：“既幽怨，又清虚，几欲突过中仙（王沂孙）咏物诸篇，是集中最高之作。”

②“宫粉”二句：形容宫廷之落梅。苏轼《松风亭下梅花盛

开》诗："海南仙云娇堕砌。"为"仙云"句所本。

③"无人"句：写山野之落梅。

④埋香：唐李贺《官街鼓》诗："柏陵飞燕埋香骨。"《玉溪编事》载，王承检于上邦山下获一瓦棺，铭曰："深深葬玉，郁郁埋香。"

⑤"金沙"句：黄庭坚《戏答陈季常寄黄州山中连理松枝二首》："金沙滩头锁子骨，不妨随俗暂婵娟。"此用延州马郎妇故实，《海录碎事》卷十三载："昔有贤女马郎妇于金沙滩上施一切人淫。凡与交者，永绝其淫。死葬后，一梵僧来云：'求我侣。'掘开乃锁子骨。"以上二句谓落梅本质为锁子骨，乃佛身；而其香艳则系幻化的表象。

⑥"南楼"句：暗喻笛曲《梅花落》，化用李白《与李郎中钦听黄鹤楼上吹笛》诗："黄鹤楼中吹玉笛，江城五月落梅花。"

⑦"寿阳"句：相传南朝宋武帝女寿阳公主，人日卧于含章殿檐下，梅花落于额上，成五出之花，拂之不去，宫人效为梅花妆。见韩鄂《岁华纪丽》卷一。愁鸾：谓鸾镜现出愁容。

⑧"问谁调"二句：《拾遗记》："孙和月下舞水晶如意，误伤邓夫人颊，召太医视之，医以獭髓杂玉与琥珀，合药敷之。愈后无瘢痕。"

⑨孤山：在杭州西湖白堤北部。宋仁宗时林逋在此隐居，植梅养鹤，并有《山园小梅》诗。

⑩缟衣：指白衣女子。《列仙传》："江妃二女者，不知何许人也，出游于江汉之湄，逢郑交甫，见而悦之，不知其神人也，……遂手解佩与交甫。"

⑪"啼鸟"二句：语本苏轼《西江月·梅》词："海仙时遣探芳丛，倒挂绿毛幺凤。"幺凤：鸟名，似鹦鹉而下，常倒挂于梅枝，俗称倒挂子。

高阳台　丰乐楼分韵得如字[①]

修竹凝妆[②]，垂杨驻马，凭栏浅画成图。山色谁题，楼前有雁斜书[③]。东风紧送斜阳下，弄旧寒晚酒醒余。自销凝[④]，能几花前，顿老相如[⑤]。　　伤春不在高楼上[⑥]，在灯前攲枕，雨外熏炉[⑦]。怕舣游船[⑧]，临流可奈清臞。飞红若到西湖底，搅翠澜，总是愁鱼[⑨]。莫重来，吹尽香绵，泪满平芜[⑩]。

【注释】

①丰乐楼：周密《武林旧事》卷五《南山路》："旧为众乐亭，又改耸翠楼，政和中改今名。淳祐间，赵京尹与篡重建，宏丽为湖山冠。"

②梁启超《饮冰室评词》曰："'修竹凝妆'，麦丈（孺博）云：'秾丽极矣，仍自清空。如此等词，安能以七宝楼台诮之。'"修竹凝妆：杜甫《佳人》："天寒翠袖薄，日暮倚修竹。"

③"山色"二句：谓山前飞雁行成"一"字或"人"字形。

④销凝：销魂与凝魂之压缩语，即出神之义。见《诗词曲语辞汇释》卷五。

⑤相如：即西汉辞赋家司马相如。尝患消渴疾（糖尿病），晚年以病免职，家居茂陵，《史记》有传。

⑥"伤春"句：陈廷焯《云韶集》卷八评曰："题是楼，偏说'伤春不在高楼上'，何等笔力！"

⑦熏炉：用以熏香或取暖的炉子。梁简文帝《拟沈隐侯夜夜曲》："兰膏尽更益，薰炉灭复香。"薰，通"熏"。此处谓天气湿闷。

⑧舣（yǐ）：船靠岸。晋左思《蜀都赋》："试水客，舣轻舟。"

⑨飞红：落花。俞陛云《两宋词选释》云："'飞红'二句写愁极幽邃之思，昔人评韩昌黎'赤手拔鲸牙'句，谓诗心深入九渊，此句颇似之。"

⑩香绵：指柳絮、杨花。二句语本苏轼《蝶恋花》："枝上柳绵吹又少。"又《水龙吟·和章质夫杨花》："细看来不是杨花，点点是离人泪。"

三姝媚 过都城旧居有感[1]

湖山经醉惯。渍春衫、啼痕酒痕无限。又客长安[2]。叹断襟零袂，涴尘谁浣[3]！紫曲门荒，沿败井、风摇青蔓。对语东邻，犹是曾巢，谢堂双燕[4]。　春梦人间须断。但怪得当年，梦缘能短[5]。绣屋秦筝[6]，傍海棠偏爱，夜深开宴。舞歇歌沉，花未减、红颜先变。伫久河桥欲去，斜阳泪满。

【注释】

①都城：指临安(今杭州)。陈洵《海绡说词》云："此盖觉翁晚年之作。"杨铁夫《改正梦窗词选笺释》云："题是'重过都城旧居有感'，非感旧居，实感旧都也。此词必作于宋亡以后，盖黍离之什也。"

②长安：借指临安。

③涴(wò)尘：受尘埃污染。唐韩愈《合江亭》诗："愿书岩上石，勿使泥尘涴。"

④谢堂双燕：语本刘禹锡《乌衣巷》诗："旧时王谢堂前燕。"此为作者自喻。

⑤怪得：惊疑。《诗词曲语辞汇释》卷一："怪底，为惊怪或疑怪义。怪得与怪来亦同。"又卷三："能，摹拟辞，犹云这样也……吴文英《三姝媚》词：'春梦人间须断，但怪得当年，梦缘能短。'犹云梦缘何其短或太短也，与怪得字相应。"周尔墉《绝妙好词笺》评以上三句云："伤心哉此言，读一'须'字、'能'字，入破之音。"

⑥秦筝：古弦乐器，相传为秦时蒙恬所造。

八声甘州 灵岩陪庾幕诸公游[1]

渺空烟四远，是何年，青天坠长星[2]？幻苍崖云树，名娃金屋[3]，残霸宫城[4]。箭径酸风射眼，腻水染花腥[5]。时靸双鸳响，廊叶秋声[6]。　　宫里吴王沉醉，倩五湖倦客，独钓醒醒[7]。问苍波无语，华发奈山青。水涵空，阑干高处，送乱鸦，斜日落渔汀。连呼酒，上琴台去，秋与云平[8]。

【注释】

①此词麦孺博评曰："奇情壮采。"（《艺蘅馆词选》引）灵岩：山名。《吴郡志》："即古石鼓山，在（苏州）吴县西三十里，上有馆娃宫、琴台、响屧廊，山前十里有采香径。"庾幕：幕僚之美称。南朝庾杲之为王俭幕僚，萧缅称之为"泛渌水，依芙蓉，何其丽也"。见《南史》本传。后世因称幕府为"莲池"或"庾幕"。此指苏州仓台幕。

②"青天"句：形容山之高峻。

③名娃金屋：即馆娃宫，传为西施入吴后所居。

④残霸：指吴王夫差，春秋时战败越、齐，复与晋争霸，终为越王勾践所灭，故称"残霸"。

⑤箭径：即采香径。范成大《吴郡志》："采香径在香山之傍，小溪也。吴王种香于香山，使美人泛舟于溪以采香。今自灵岩望之，一水直如矢，故俗又名箭径。"腻水：唐杜牧《阿房宫赋》："渭流涨腻，弃脂水也。"二句谓采香径中水，已被脂粉污染。

⑥"时靸"二句：鞋无后跟曰靸（sǎ）。双鸳：指女子之鞋。《越绝书》："又有响屧廊，或曰鸣屐廊，廊以楩楠藉地，西子行则有声，故名。"

⑦五湖倦客：即范蠡。蠡佐勾践灭吴后，遂"乘扁舟，出三江，入五湖，人莫知其所适"，见《吴越春秋》。陈洵《海绡说词》评云："换头三句，不过言山容水态，如吴王、范蠡之醉醒耳。"

⑧徐案，"连呼酒"三句殊为精警。前人多有好评。如宋人张炎《词源》云："词中句法，要平妥精粹，读之使人击节可也，如'连呼酒，上琴台去，秋与云平'，平易中有句法。"元陆辅之《词

旨》称之为“警句”。清陈廷焯《白雨斋词话》谓之:“俱能超妙入神。”琴台:《越绝书》:“(灵岩)山上旧有琴台。”

夜合花　黄钟商,自鹤江入京,泊葑门外有感[①]

柳暝河桥[②],莺晴台苑[③],短策频惹春香[④]。当时夜泊,温柔便入深乡[⑤]。词韵窄,酒杯长。剪蜡花、壶箭催忙[⑥]。共追游处,凌波翠陌,连棹横塘[⑦]。　十年一梦凄凉。似西湖燕去,吴馆巢荒[⑧]。重来万感,依前唤酒银罂[⑨]。溪雨急,岸花狂。趁残鸦、飞过苍茫。故人楼上,凭谁指与,芳草斜阳[⑩]?

【注释】

①唐圭璋《唐宋词简释》云:“此首泊舟葑门,感怀旧游之作。”鹤江:即白鹤江。《苏州府志》:“白鹤江本松江别派。”在今上海市青浦县北。葑门:苏州东南门。

②河桥:庾信《哀江南赋》:“河桥马度。”

③台苑:即姑苏台之苑囿。

④短策:指马鞭。

⑤温柔:《飞燕外传》:“是夜进合德,帝大悦,以辅属体,无所不靡,谓为温柔乡。”合德,飞燕之妹。

⑥壶箭:古代以铜壶贮水。中竖一箭,上有刻划,用以计时,称银漏。此谓时间过得很快。

⑦横塘:在苏州西南十里。贺铸《青玉案》:“凌波不过横塘路。”

⑧“似西湖”二句:谓燕去西湖,苏州留下空巢。

⑨银罂(yīng):酒器。

⑩“溪雨”以下六句:俞陛云《两宋词选释》云:“‘溪雨’三句,写景真而句复警动。‘故人’三句,‘芳草斜阳’,一片苍凉之感。惜故人不见,谁与诉愁。客子之幽怀,亦词家之妙笔也。”

踏莎行[①]

润玉笼绡[②]，檀樱倚扇[③]，绣圈犹带脂香浅[④]。榴心空叠舞裙红[⑤]，艾枝应压愁鬟乱[⑥]。　　午梦千山，窗阴一箭，香瘢新褪红丝腕[⑦]。隔江人在雨声中，晚风菰叶生秋怨[⑧]。

【注释】

①此词咏端午时怀人。陈洵《海绡说词》评云："读上阕，几疑真见其人矣。换头点睛，却只一梦。唯有雨声菰叶，伴人凄凉耳。'生秋怨'，则时节风物，一切皆空。"

②润玉：温润如玉的肌肤。

③檀樱：浅绛色樱唇。

④绣圈：绣花的领圈。

⑤"榴心"句：谓石榴裙。

⑥艾枝：据《荆楚岁时记》，五月五日端午节，以艾为虎形，或剪彩为小虎，帖艾叶以戴。

⑦红丝腕：端午以五彩丝系臂，借以辟邪，一名长命缕、辟兵缕，见《风俗通》。

⑧"隔江"二句：王国维《人间词话》谓足以当"如天光云影，摇荡绿波，抚玩无极，追寻已远"之评。

夜游宫[①]

人去西楼雁杳，叙别梦、扬州一觉[②]。云淡星疏楚山晓。听啼乌，立河桥，话未了。　　雨外蛩声早[③]，细织就，霜丝多少[④]。说与萧娘未知道[⑤]。向长安[⑥]，对秋灯，几人老？

【注释】

①陈洵《海绡说词》云："此时觉翁身在临安也。词则沉朴浑厚，直是清真(周邦彦)后身。"

②"叙别梦"句：唐杜牧《遣怀》："十年一觉扬州梦。"陈洵谓："扬州则旧游之地。"

③蛩声：促织(蟋蟀)声。

④霜丝：白发。苏轼《东坡志林》卷三《论贫士》："永叔(欧阳修)常言：孟郊诗'鬓边虽有丝，不堪织寒衣'。纵使堪织，能得多少。"

⑤萧娘：《南史·临川靖惠王宏传》："北军歌曰：不畏萧娘与吕姥。"后世遂称年青女子为萧娘。唐杨巨源《崔娘》诗："风流才子多春思，肠断萧娘一纸书。"

⑥长安：借指临安。陈洵曰："此时觉翁身在临安也。"

望江南[①]

三月暮，花落更情浓。人去秋千闲挂月，马停杨柳倦嘶风。堤畔画船空。　恹恹醉[②]，长日小帘栊。宿燕夜归银烛外，流莺声在绿阴中。无处觅残红[③]。

【注释】

①明卓人月《古今词统》卷七评此词云："甘而不饴，酸而不酢，滋味超胜。"意谓此词甚饶韵味，耐人寻味。

②恹恹：萎靡不振貌。

③残红：残花。

鹧鸪天　化度寺作[①]

池上红衣伴倚阑[②]，栖鸦常带夕阳还。殷云度雨疏桐落[③]，明月生凉宝扇闲。　乡梦窄，水天宽，小窗愁黛淡秋山[4]。吴鸿好为传归信,杨柳阊门屋数间[5]。

【注释】

①化度寺:《杭州府志》:“在仁和县北江涨桥,原名水云,宋治平二年改。”

②红衣:荷花。

③殷云:浓黑色的云。

④愁黛:即愁眉。《飞燕外传》:“女弟合德入宫,为薄眉,号远山黛。”

⑤阊门:今苏州市旧城西北门。陈洵《海绡说词》云:“杨柳阊门,其去姬所居也。吴鸿归信,言己亦将去此间矣。”

唐多令 惜别[1]

何处合成愁,离人心上秋[2]。纵芭蕉不雨也飕飕。却道晚凉天气好,有明月,怕登楼。　　年事梦中休。花空烟水流。燕辞归,客尚淹留[3]。垂柳不萦裙带住,漫长是,系行舟。

【注释】

①张炎《词源》卷下评云:“此词疏快,却不质实。”

②心上秋:即愁字。许昂霄《词综偶评》云:“如诗中离合体,亦从少游‘一钩残月带三星’来。”少游词:即《南歌子》(玉漏迢迢尽)。

③“燕辞归”句:曹丕《燕歌行》:“群燕辞归鹄南翔……君何淹留寄他方?”

好事近 秋饮

雁外雨丝丝,将恨和愁都织。玉骨西风添瘦,减尊前歌力[1]。　　袖香曾枕醉红腮，依约唾痕碧。花下凌波入梦[2]，引春雏双鹉[3]。

【注释】

①“玉骨”二句：明卓人月《古今词统》卷五评曰：“‘添’‘减’甚妙，不嫌其巧。”玉骨：冰肌玉骨，指歌女。

②凌波：曹植《洛神赋》：“凌波微步，罗袜生尘。”此指美人。

③双鹉(chì)：即一双鸂鹉，水鸟名，俗称紫鸳鸯。

忆旧游　别黄淡翁[1]

送人犹未苦，苦送春、随人去天涯。片红都飞尽，正阴阴润绿，暗里啼鸦[2]。赋情顿雪双鬓，飞梦逐尘沙。叹病渴凄凉[3]，分香瘦减[4]，两地看花。　　西湖断桥路[5]，想系马垂杨，依旧欹斜。葵麦迷烟处[6]，问离巢孤燕，飞过谁家[7]？故人为写深怨，空壁扫秋蛇[8]。但醉上吴台[9]，残阳草色归思赊[10]。

【注释】

①黄淡翁：即黄中，作者友人，见朱祖谋《梦窗词集小笺》。清谭献《复堂词话》评此词云：“深湛之思，最是善学清真(周邦彦)处。”陈洵《海绡说词》评此词曰：“言是伤春，意是忆别，此恨有触即发，全不注在淡翁也。”

②“正阴阴”二句：化用李白《杨叛儿》：“何许最关人，乌啼白门柳。乌啼隐杨花，君醉留妾家。”

③病渴：即消渴病，今称糖尿病。汉司马相如因患此疾，病免居茂陵。见《史记》本传。

④分香：语本曹操《遗令》：“余香可分与诸夫人。”此写对妻妾的瞻念。

⑤“西湖”句：指白堤。周密《武林旧事》卷五“孤山路”：

“断桥，又名段家桥，万柳如云，望如裙带。白乐天诗云：‘谁开湖寺西南路，草绿裙腰一带斜。’”

⑥葵麦：即兔葵燕麦，野生植物。唐刘禹锡《重游玄都观·序》：“重游玄都观，荡然无复一树，惟兔葵燕麦，动摇于春风耳。”

⑦“问离巢”二句：化用刘禹锡《乌衣巷》诗：“旧时王谢堂前燕，飞入寻常百姓家。”

⑧秋蛇：形容笔势的飞舞。唐温庭筠《题秘书省贺知章草书》：“落笔龙蛇满坏墙。”

⑨吴台：指吴县，今苏州市吴中区。唐李嘉祐《春日长安送从弟尉吴县》诗：“人向吴台远。”

⑩草色归思：化用唐王维《送沈子福之江东》诗：“惟有相思似春色，江南江北送君归。”

金缕歌[①] 陪履斋先生沧浪看梅[②]

乔木生云气[③]。访中兴英雄陈迹[④]，暗追前事。战舰东风悭借便，梦断神州故里[⑤]。旋小筑吴宫闲地。华表月明归夜鹤[⑥]，叹当时，花竹今如此。枝上露，溅清泪。　　遨头小簇行春队[⑦]。步苍苔寻幽别坞，问梅开未？重唱梅边新度曲，催发寒梢冻蕊。此心与、东君同意。后不如今今非昔，两无言，相对沧浪水。怀此恨，寄残醉[⑧]。

【注释】

①此调又名《贺新郎》，陈洵《海绡说词》云：“言外寄慨，学者须理会此旨。”可见非一般赏梅之作。

②履斋：吴潜，字毅夫，号履斋，德清人。宋理宗淳祐中入相，历观文殿大学士，封庆国公。以沈炎弹劾，安置循州，卒。《宋史》有传。沧浪：亭名，在今苏州市内。北宋苏舜钦建亭，南渡后为韩世忠别墅。

③乔木:《孟子·梁惠王》下:“所谓故国者,非谓有乔木之谓也,有世臣之谓也。”此用其意。

④中兴英雄:指韩世忠。宋高宗建炎年间守镇江,以八千众与金兀术十万之师相持于黄天荡达四十八日。后又在大仪设伏兵,大破金兵。《宋史》有传。此即词人所访的陈迹。

⑤“战舰”二句:用三国时周瑜借东风火烧曹操舰队故事。时金兀术掘新河遁去,故不能如周瑜之顺利成功,致使收复神州的梦想归于幻灭。语极婉曲。

⑥“华表”句:用丁令威化鹤归辽故事,见作者《水龙吟·惠山酌泉》注⑧。

⑦遨头:旧俗,太守出行,前队谓之遨头。陆游《老学庵笔记》卷八:“四月十九日,成都谓之浣花,遨头宴于杜子美草堂沧浪亭,倾城皆出,锦绣夹道,自开岁宴游,至是而止。”此以遨头称美吴潜。

⑧东君:春神,此指吴潜。陈洵《海绡说词》:“‘此心与东君同意’,能将履斋忠款道出,是时边事日亟,将无韩、岳,国脉微弱,又非昔时’,履斋意主和守而屡疏不省,卒致败亡,则所谓‘后不如今今非昔……’也。”

思佳客①

迷蝶无踪晓梦沉②,寒香深闭小庭心③。欲知湖上春多少,但看楼前柳浅深。　　愁自遣,酒孤斟。一帘芳景燕同吟。杏花宜带斜阳看,几阵东风晚又阴。

【注释】

①调名即《鹧鸪天》。此为怀人之作。俞陛云《两宋词选释》评云:“首二句不过事矜炼,遂觉深婉有味……题为《思佳客》,其咏花而有人在耶。”

②“迷蝶”句:用《庄子·齐物论》庄周梦为蝴蝶典故,此处

语本李商隐《锦瑟》诗："庄生晓梦迷蝴蝶。"

③寒香：指梅花。唐杜牧《早春寄岳州李使君》诗："寒香一树梅。"

李　演

李演，生卒年不详，字广翁，号秋堂。有《盟鸥集》。

贺新凉　多景楼落成[1]

笛叫东风起。弄尊前、杨花小扇，燕毛初紫[2]。万点淮峰孤角外[3]，惊下斜阳似绮[4]。又婉娩[5]、一番春意。歌舞相缪愁自猛[6]，卷长波、一洗空人世。闲热我，醉时耳。　　绿芜冷叶瓜州市[7]。最怜予、洞箫声尽，栏干独倚。落落东南墙一角，谁护山河万里[8]。问人在、玉关归未[9]？老矣青山灯火客，抚佳期、漫洒新亭泪[10]。歌哽咽，事如水。

【注释】

①多景楼：在江苏镇江北固山甘露寺内，北临长江。镇江为当时江防重镇，据周密《浩然斋雅谈》，宋理宗淳祐年间，镇江知府重修多景楼，设宴招待名流，并偏征诸客吟咏，此词先成，众人惊赏，为之搁笔。

②"杨花"二句：谓歌妓尚幼，初次持扇起舞。燕毛初紫：谓雏燕才长成也。小扇：犹刚开始飞舞。

③淮峰：淮河一带山峰。孤角：孤单的军中号角声。

④绮：华丽的丝织物。南齐谢朓《晚登三山还望京邑》诗："余霞散成绮。"此化用其意。

⑤婉娩：天气温和。

⑥缪：缭绕，缠绵。

⑦瓜州：在江苏扬州市邗江区南，大运河入长江处。与镇江隔江斜对。

⑧"谁护"句：近人陈廷焯评云："此何时也，而修名胜，侈声妓以为乐乎？想太守对之，应有惭色。"（《词则·放歌集》卷二）

⑨玉关：即玉门关，在今甘肃敦煌西北，此借以泛指南宋

边关。

⑩新亭泪：西晋亡，元帝南渡后，丞相王导与客宴新亭，周顗中坐而叹曰："风景不殊，举目有江河之异。"皆相视而流涕。惟王导愀然变色曰："当共戮力王室，克复神州，何至作楚囚对泣耶！"新亭：故址在今江苏南京市南。

张 枢

张枢，生卒年不详。字斗南，一字云窗，号寄闲，西秦（今陕西）人，居临安（今浙江杭州）。他是中兴名将张俊五世孙，张镃之子，张炎之父，均以善词著名。周密《浩然斋雅谈》称其词"音韵谐美，真承平佳公子也"。其子张炎《词源》说他"晓畅音律，有《寄闲集》，旁缀音谱，刊行于世，每作一词，必使歌者按之，稍有不协，随而改正"。

瑞鹤仙

卷帘人睡起，放燕子归来，商量春事①。风光又能几？减芳菲，都在卖花声里②。吟边眼底③。被嫩绿④、移红换紫。甚等闲⑤，半委东风，半委小桥流水。

还是，苔痕湔雨⑥，竹影留云，待晴犹未。兰舟静舣⑦。西湖上、多少歌吹⑧。粉蝶儿、守定落花不去⑨，湿重寻香两翅。怎知人、一点新愁，寸心万里。

【注释】

①春事：此指游春赏花等事。

②芳菲：花草美盛芬芳。

③眼底：眼中、眼前。

④被：覆盖。

⑤甚：正、真。

⑥湔（jiān）：洗涤、溅洒。

⑦舣（yǐ）：船拢岸；停泊在岸边的船。

⑧歌吹：歌唱鼓吹。

⑨"粉蝶"二句："守"字作者初稿作"扑"，后改"守"。张炎《词源》说："先人……此词按之歌谱，声字皆协，惟'扑'字稍不协，遂改为'守'，字乃协。始知雅词协音，虽一字亦不放过。"

利　登

利登,生卒年不详,字履道,号碧涧,金川(今属江西)人,淳祐元年(1241)进士第,官至宁都尉。其诗集《骳藳》。刘壎《隐居通义》称其词"儿女情多,终伤正气"。赵万里辑有《碧涧词》一卷,清婉可诵。

绿头鸭[①]

晚春天。柳丝初透晴烟。黯离怀、绿房深处,艳游曾记当年。衬龙绡[②],亭亭玉树[③];步鸳褥,窄窄金莲[④]。烧蜜调蜂,剪花挑蝶,香云微湿绿弯鬟[⑤]。嬉游困,倚郎私语,还爱抚郎肩。共携手,海棠院左,翡翠帘边。
恨无情、锦笼鹦鹉,等闲轻语花前。昔相怜、关山咫尺;今相望、咫尺关山。是妾心阑[⑥],是郎意懒,是郎无分妾无缘?都休问、金枝云里[⑦],何日跨金鸾。深盟在、香囊暗解[⑧],终值双鸳[⑨]。

【注释】

①调名即《多丽》。

②龙绡:即鲛绡,相传为鲛人所织的绡。绡:生丝织成的薄纱。《世说新语·容止》:"魏明帝使后弟毛曾与夏侯玄共坐,时人谓蒹葭倚玉树。"

③玉树:喻姿貌秀美、才干优异的人。

④金莲:指女子的脚。《南史·齐东昏侯传》:凿金为莲花以帖地,令潘妃行其上,曰:"此步步生莲花也。"

⑤香云:指女子的鬟发。唐杜甫《月夜》诗:"香雾云鬟湿。"

⑥心阑:心意阑珊,情绪低落。

⑦金枝:犹金枝玉叶,喻皇族子孙或出身高贵者。

⑧"深盟"二句:秦观《满庭芳》(山抹微云):"销魂。当此际,香囊暗解,罗带轻分。"

⑨双鸳：绣有一对鸳鸯的女鞋，此处迳指女子。吴文英《风入松》："惆怅双鸳不到，玉阶一夜苔生。"此处反用其意，谓终于遇到所盼女子。

黄　昇

黄昇，生卒年不详，字叔旸，号玉林，又号花庵词客，建安（今福建建瓯）人。胡季直云："玉林早弃科举，雅意读书，吟咏自适。游受斋（九功）称其诗为晴空冰柱。楼秋房闻其与魏菊庄友善，并以'泉石清士'目之。"（见《全宋词》）著有《散花庵词》。编有《绝妙词选》二十卷，分上下两部分，上部《唐宋诸贤绝妙词选》十卷，下部《中兴以来绝妙词选》十卷，后人统称《花庵词选》。《四库提要》称其词"上逼少游，近摹白石"。

南乡子　夏夜

多病带围宽[①]。未到衰年已鲜欢。梦破小楼风马响，珊珊[②]。缺月无情转画栏。　　凉入苎衾单，起探灯花夜欲阑[③]。书册满床空伴睡，慵观[④]。拈得渔樵笛谱看[⑤]。

【注释】

①带围宽：比喻人体消瘦。

②风马：这里指风铎，悬于屋檐的响铃，因风而响。珊珊：形容风铃声。

③苎衾：苎麻制成的被子。阑：残尽。

④慵观：懒得去看。

⑤渔樵笛谱：书名。周密著有《蘋洲鱼笛谱》。此书不知作者为谁。

徐 霖

徐霖(1215—1261),字景说,号经畈,西安(今浙江衢州)人。淳祐四年(1244),试礼部第一,授沅州教授,擢秘书省正字,迁著作郎。乞补外,知抚州(今属江西)。景定二年(1261),知汀州(福建长汀)卒。

长相思

听莺声,惜莺声,客里莺声最有情,家山何处青①?
问归程,数归程,行尽长亭又短亭②,征衫脱未成③。

【注释】

①家山:家乡。

②长亭又短亭:古代官道旁十里一长亭,五里一短亭,供行人休息。传为唐李白所作《菩萨蛮》:"何处是归程,长亭更短亭。"

③征衫:远行人的衣服。

张绍文

张绍文，生卒年不详，字庶成，南徐（今江苏镇江）人，张榘之子。存词4首，见《江湖后集》。

酹江月 淮城感兴[①]

举杯呼月[②]，问神京何在[③]，淮山隐隐。抚剑频看勋业事，惟有孤忠挺挺[④]。宫阙腥膻[⑤]，衣冠沦没[⑥]，天地凭谁整？一枰棋坏，救时著数宜紧[⑦]。　虽是幕府文书[⑧]，玉关烽火[⑨]，暂送平安信。满地干戈犹未戢[⑩]，毕竟中原谁定？便欲凌空，飘然直上，拂拭山河影[⑪]。倚风长啸，夜深霜路凄冷。

【注释】

①淮城：淮河边城市，多指淮安（今属江苏）。南宋与金原以淮河为界，这时金为蒙古所灭。

②举杯呼月：语本李白《月下独酌》诗："举杯邀明月，对影成三人。"

③神京：即帝京，此指北宋京都汴京（今河南开封）。沦陷已久，望而不见，故云"何在"。

④孤忠：忠心耿耿而不得支持。挺挺：正直貌。

⑤宫阙腥膻：这里指京都被元兵占领。

⑥衣冠：犹言文明礼教。

⑦"一枰棋坏"二句：以弈棋比喻国家局势。著数：犹下棋落子。

⑧幕府文书：指军事长官所发公文书。军队出征，使用幕帐，故将军的府署称"幕府"。

⑨玉关：玉门关，在今甘肃。这里泛指边关。烽火：古时边境设烽火台，燃点烟火以传军事信息。

⑩戢：收敛、止息。

⑪"拂拭"句：山河被蒙元占据，如影笼罩，须以手拂拭，此即恢复失地之意。

杨缵

杨缵（1210—1269），字继翁，号守斋，又号紫霞翁。其先开封（今属河南）人，居钱塘（今杭州）。宋宁宗洪后外甥杨石的养子，度宗淑妃之父。好古博雅，精于音律，善琴，有《紫霞洞谱》及《作词五要》。对宋末词人影响甚深。周密《齐东野语》称其"自制曲数百解，皆平淡清越，灏然太古之遗音也"。《绝妙好词》存其词三首。能画，时作墨竹。

一枝春　除夕[①]

竹爆惊春，竞喧填[②]、夜起千门箫鼓。流苏帐暖[③]，翠鼎缓腾香雾。停杯未举，奈刚要、送年新句。应自有、歌字清圆，未夸上林莺语[④]。　　从他岁穷日暮。纵闲愁、怎减刘郎风度[⑤]。屠苏办了[⑥]，迤逦柳欺梅妒[⑦]。宫壶未晓[⑧]，早骄马、绣车盈路。还又把、月夜花朝，自今细数。

【注释】

①明杨慎《词品》卷六云："守岁之词虽多，极难其选，独杨守斋《一枝春》最为近世所称。"

②喧填：声大而杂，喧闹拥挤。填：又作阗。

③流苏：以五彩丝线或羽毛制成的穗子。常用作车马帷帐等的垂饰。

④上林：秦汉宫苑名。汉司马相如有《上林赋》，故址在今陕西西安西。此泛指帝王宫苑。

⑤刘郎：南朝刘义庆《幽明录》记东汉刘晨、阮肇在天台桃源洞遇二女，后两人重到天台，二女已不见。后人因称去而复来的人为"前度刘郎"。唐刘禹锡《再游玄都观》："种桃道士归何处，前度刘郎今又来。"此处当为作者自指。

⑥屠苏：酒名。也作"屠酥"。古代风俗于农历正月初一饮

屠苏酒。王安石《元旦》诗:“爆竹声中一岁除,春风送暖入屠苏。”

⑦迤逦:曲折连绵。

⑧宫壶:即宫漏。古代宫中计时器。

陈人杰

陈人杰(1218—1243),一名经国,字刚父,号龟峰,长乐(今属福建)人。应举不第,以才气自负,漫游。嘉熙四年(1240)回临安(今浙江杭州)。其词多忧国伤时之作,风格近辛弃疾。清陈廷焯《云韶集》称其词云:"伤古吊今,议论纵横,大声疾呼,声满天地……令读者起舞。"有《龟峰词》,其中《沁园春》多至31首。

沁园春 问杜鹃①

为问杜鹃,抵死催归②,汝胡不归③?似辽东白鹤④,尚寻华表⑤;海中玄鸟⑥,犹记乌衣⑦。吴蜀非遥⑧,羽毛自好,合趁东风飞向西。何为者、却身羁荒树⑨,血洒芳枝⑩。　兴亡常事休悲,算人世荣华都几时。看锦江好在⑪,卧龙已矣⑫;玉山无恙⑬,跃马何之⑭?不解自宽,徒然相劝,我辈行藏君岂知⑮。闽山路、待封侯事了⑯,归去非迟。

【注释】

①杜鹃:鸟名。传说是古蜀帝杜宇失位后之魂所化,啼声凄悲,似说:"不如归去。"故又名催归鸟。

②抵死:竭力、急忙。

③汝:指杜鹃。胡:何。

④辽东白鹤:旧题陶潜《搜神后记》载辽东丁令威入山学道,千年后化鹤归来,栖于城门华表柱,看到"城郭如故人民非"。

⑤华表:城门、陵墓前石柱,刻有花纹。

⑥玄鸟:即燕。

⑦乌衣:乌衣巷。故址在今南京,东晋时王、谢诸大族所居。唐刘禹锡《乌衣巷》诗:"旧时王谢堂前燕,飞入寻常百姓家。"以

上四句连下三句意谓：鹤、燕均能归故处，你杜鹃应该飞向离此不太远的西南故乡。时为元兵占领，故云。

⑧吴、蜀：三国时吴、蜀两国之地。此处指今四川、湖北地区。

⑨羁：系住。

⑩血洒：古人以为杜鹃啼鸣直到口中出血。

⑪锦江：水名，在四川成都南。

⑫卧龙：三国蜀相诸葛亮初隐居隆中，被称为“卧龙”。

⑬玉山：玉垒山，在四川灌县西。

⑭跃马：西汉末王莽篡汉时，公孙述为蜀郡太守，遂称帝，后为东汉所灭。晋左思《蜀都赋》：“公孙跃马而称帝。”以上四句意谓四川的江山依然，而在其地活动人物如诸葛亮、公孙述均已不复存在。唐杜甫《登楼》：“锦江春色来天地，玉垒浮云变古今。”《阁夜》：“卧龙跃马终黄土，人事音书漫寂寥。”为本词所本。

⑮行藏：犹言行止、出处。《论语·述而》：“用之则行，舍之则藏。”君：指杜鹃。

⑯封侯事了：指建立功业、成就功名。

沁园春

予弱冠之年①，随牒江东漕闱②，尝与友人暇日命酒层楼。不惟钟阜石城之胜③，班班在目，而平淮如席④，亦横陈樽俎间⑤。既而北历淮山⑥，自齐安溯江泛湖⑦，薄游巴陵⑧，又得登岳阳楼，以尽荆州之伟观⑨，孙、刘虎视遗迹依然⑩，山川草木，差强人意。洎回京师⑪，日诣丰乐楼以观西湖⑫。因诵友人“东南妩媚，雌了男儿⑬”之句，叹息者久之。酒酣，大书东壁，以写胸中之勃郁。时嘉熙庚子秋季下浣也⑭。

记上层楼，与岳阳楼，酾酒赋诗[15]。望长山远水，荆州形胜；夕阳枯木，六代兴衰[16]。扶起仲谋，唤回玄德，笑杀景升豚犬儿[17]。归来也，对西湖叹息，是梦耶非。

诸君傅粉涂脂，问南北、战争都不知。恨孤山霜重[18]，梅凋老叶；平堤雨急[19]，柳泣残丝。玉垒腾烟，珠淮飞浪，万里腥风吹鼓鼙[20]。原夫辈[21]、算事今如此，安用毛锥[22]。

【注释】

①弱冠：男子二十岁。《礼记·曲礼上》："二十曰弱，冠。"弱：年少。古代男二十岁行冠礼。

②"随牒"句：作者到江东漕（江南东路转运司，治所建康府，即今江苏南京）参加牒试（一种特别为官员子弟而设的考试，由转运使主办）。

③钟阜石城：南京的钟山和石头城为形胜之地，诸葛亮有"钟山龙盘，石城虎踞"之说。

④平淮：指淮河。两岸大平原。

⑤樽俎：指宴席。俎为古代设宴时载牲的礼器。

⑥淮山：淮河流域的山。

⑦齐安：今湖北黄冈西北。溯：逆水而上。江：长江。湖：指洞庭湖。

⑧巴陵：今湖南岳阳。

⑨岳阳楼：湖南名胜。北宋范仲淹有《岳阳楼记》。荆州：今湖北、湖南部分地区。

⑩孙、刘：三国时孙权和刘备，曾在此地共抗曹操，又为争夺荆州地区相互争斗。

⑪洎（jì）：及、到。京师：指南宋京都临安（今浙江杭州）。

⑫丰乐楼：周密《武林旧事》卷五《湖山胜概》云："旧为众乐亭，又改耸翠楼，政和中改今名。淳祐间赵京尹与篡重建，宏丽为湖山冠……为朝绅同年会拜乡会之地。"

⑬“东南”二句：意谓东南地区山川风物偏于柔美，使男子汉变得女性化。

⑭嘉熙庚子：宋理宗嘉熙四年（1240）。下浣：农历每月下旬。

⑮釃酒：斟酒。

⑯六代：指六朝，即东吴、东晋、宋、齐、梁、陈，均在南方相迭建立政权。

⑰“扶起”三句：仲谋，三国东吴国主孙权的字。玄德，三国蜀国开创者刘备的字。景升，三国时荆州割据者刘表的字。豚犬儿，指刘表子刘琮，他不战而投降曹操。曹操曾称：“今天下英雄，唯使君（指刘备）与操耳。”（见《三国志·蜀书·先主传》）又曹操南征时见孙权防守严整，叹道：“生子当如孙仲谋，刘景升儿子若豚犬耳。”这里有讽刺南宋统治者之意。

⑱孤山：在杭州西湖白堤北部，北宋高士林逋隐居于此，种植许多梅花。

⑲平堤：西湖上有苏、白两堤，为唐白居易、北宋苏轼所筑，堤上栽种柳树。这里四句写梅柳凋残，隐喻南宋政权衰落。

⑳“玉垒”三句：谓从四川到淮河流域都受到蒙古的军事侵扰。玉垒山：在四川灌县西。淮水产贡珠，故称珠淮。腥风：指蒙古军队入侵的声势。鼓鼙：军中用的大鼓和小鼓。

㉑原夫：王谠《唐摭言》卷十一谓“原夫”二字，乃古代考试时用在赋中起转处的语助辞，此处借指腐儒。

㉒毛锥：毛笔。《五代史·史弘肇传》：“安朝廷，定祸乱，直须长枪大剑，至如毛锥子，焉足用哉！”

沁园春　次韵林南金赋愁[1]

抚剑悲歌，纵有杜康，可能解忧[2]？为修名不立，此身易老[3]；古心自许，与世多尤[4]。平子诗中[5]，庾生赋里[6]，满目江山无限愁。关情处，是闻鸡半夜，击楫中流[7]。　　淡烟衰草连秋。听鸣鴂、声声相应酬[8]。叹霸才重耳，泥涂在楚；雄心元德，岁月依刘[9]。梦落莼边[10]，神游菊外[11]，已分他年专一丘[12]。长安道[13]，且身如王粲[14]，时复登楼。

【注释】

①赋愁：赋说、铺叙愁情。

②“纵有”二句：杜康，传是最早造酒的人。此即指酒。曹操《短歌行》：“何以解忧，唯有杜康。”此反用其意，谓即使有酒也不能解忧。“可能”为反问。

③“为修名”二句：修名，美名。屈原《离骚》：“老冉冉其将至兮，恐修名之不立。”

④尤：怨咎。

⑤平子：东汉文学家张衡，字平子，作有《四愁诗》。

⑥庾生：南北朝末年庾信曾作《愁赋》《哀江南赋》。

⑦“关情处”三句：晋刘琨、祖逖两位爱国志士，曾中夜闻鸡鸣起舞，以安定中原相互勉励。后祖逖率部渡江北伐，中流击楫（桨）而誓曰：“祖逖不能清中原而复济者，有如大江。”

⑧鴂（jué）：鶗鴂，即杜鹃鸟，一说与杜鹃鸟为两种。屈原《离骚》：“恐鶗鴂之先鸣兮，使夫百草为之不芳。”故以上两句以“衰草”与“鸣鴂”相联系。

⑨“叹霸才”四句：春秋时晋公子重耳，曾出亡在外十九年，到过楚国，后回晋国，成为霸主，即晋文公。三国蜀主刘备（字玄德）在入蜀前曾依附荆州刘表数年，某次看到自己髀（股）肉复生，感叹“日月若驰”“功业不建”，反映其勃勃雄心。

⑩梦落莼边：西晋时吴人张翰在洛阳作官，秋风起，想念家乡的莼菜羹，便起程而归。

⑪神游菊外：东晋陶渊明弃官归隐时所作《归去来辞》有“三径就荒，松菊犹存”句。其《饮酒》之五有云：“采菊东篱下，悠然见南山。”

⑫分:料定。专一丘:专住在一个山丘中。以上三句,表达归隐家山之想。

⑬长安:汉唐时京都(今陕西西安)。此借指南宋国都临安(今浙江杭州)。

⑭王粲:东汉末年文学家,时北方战乱,他去荆州依附刘表,作有《登楼赋》抒发他怀念家乡、关切中原的愁情。

陈允平

陈允平(1205？—1285?)，字君衡，一字衡仲，号西麓，自称莆鄭澹室后人，四明(今浙江宁波)人，淳祐三年(1243)，为余姚令。后往来吴越间，居杭州最久。咸淳九年(1273)，佐郡守刘黻创慈湖书院。恭帝德祐时，授沿海制置司参议官。元至元十五年(1278)，因事被捕，获释后，隐居万蝶峰。宋亡后，曾应征至大都，不受官而还。有《西麓诗稿》一卷。词学周邦彦，有《西麓继周集》一卷、《日湖渔唱》一卷。清陈廷焯《白雨斋词话》卷一云："陈西麓词，和平婉雅，词中正轨。"

八宝妆　秋宵有感[①]

望远秋平。初过雨，微茫水满烟汀。乱蒇疏柳[②]，犹带数点残萤。待月重帘谁共倚，信鸿断续两三声[③]。夜如何、顿凉骤觉，纨扇无情[④]。　　还思骖鸾素约[⑤]，念凤箫雁瑟，取次尘生。旧日潘郎，双鬓半已星星[⑥]。琴心锦意暗懒[⑦]，又争奈、西风吹恨醒。屏山冷，怕梦魂，飞度蓝桥不成[⑧]。

【注释】

①清周济《宋四家词选目录序论》云："西麓和平婉丽，最合世好，但无健举之笔，沉挚之思。学之必使生气沮丧。"清陈廷焯《白雨斋词话》卷二云："西麓《八宝妆》起句云：'望远秋平。'起四句便耐人思，却似《日湖渔唱》词境，用作西麓全集赞语，亦无不可。"

②蒇：今名蕹菜、空心菜。生长极快。

③信鸿：指鸿雁，古人以为雁能传书信，故称。

④"纨扇"句：汉班婕妤《怨歌行》："新裂齐纨素，鲜洁如霜雪，裁为合欢扇，团团似明月……常恐秋节至，凉飙夺炎热。弃捐箧笥中，恩情中道绝。"此用其意。

⑤骖鸾：江淹《别赋》："驾鹤上汉，骖鸾腾天。"这里指乘车同行。鸾为凤凰一类神鸟，仙人所乘。此当以对方为仙侣。古代车上常有鸾铃，《离骚》："鸣玉鸾之啾啾。"

⑥潘郎：晋潘岳容姿秀美，为妇女所爱慕。后作《秋兴赋》，感叹已生二毛，即有华发。此为作者自指。星星：鬓发花白貌。

⑦"琴心"句：用汉司马相如以《凤求凰》琴曲挑动卓文君故事，见《汉书》本传。锦书：用苏蕙以织锦回文诗寄其夫窦滔故事，见《晋书·窦滔传》。清陈廷焯《白雨斋词话》卷二评曰："其有感于为制置司参议官时乎？然不肯仕元之意，已决于此矣，正不必作激烈语。"

⑧蓝桥：桥名，在陕西蓝田东南蓝溪之上。传说其地有仙窟，唐裴航遇仙女云英于此。见裴铏《传奇·裴航》。此句言梦魂也难相会。

清平乐

凤城春浅①，寒压花梢颤。有约不来梁上燕，十二绣帘空卷②。　去年共倚秋千，今年独倚栏干。误了海棠时候，不成直待花残③。

【注释】

①凤城：相传春秋时秦穆公之女弄玉，吹箫引凤，凤凰降于京城，故曰丹凤城。后因称京城为凤城。此指南宋首都临安。

②"有约"二句：用陈尧佐《踏莎行·咏燕》词："偏偏又见新来燕……主人恩重珠帘卷。"此用其意。

③"误了"二句：义犹唐杜秋娘诗："花开宜折直须折，莫待无花空折枝。"伍崇耀《日湖渔唱跋》评以上四句云："情转华妙。"不成：犹云难道。（见《诗词曲语辞汇释》卷四）

糖多令 秋暮有感

休去采芙蓉[①]，秋江烟水空。带斜阳，一片征鸿[②]。欲顿闲愁无顿处，都着在、两眉峰[③]。　心事寄题红[④]，画桥流水东。断肠人、无奈秋浓。回首层楼归去懒，早新月、挂梧桐。

【注释】

①芙蓉：荷花。《古诗十九首》："涉江采芙蓉，兰泽多芳草。"

②"带斜阳"句：似周邦彦《玉楼春》："雁背斜阳红欲暮。"

③"欲顿"二句：毛滂《惜分飞》："愁到眉峰碧聚。"此处似之。顿：安顿也。

④题红：红叶题诗。唐人小说记红叶题诗故事颇多。范摅《云溪友议》载，唐宣宗时舍人卢渥赴京应举，于御沟拾得红叶，叶上题有女子诗句，后宫中放出部分宫女，许从百官司吏，卢渥得一人，即题诗红叶者。

潘希白

潘希白，生卒年不详，字怀古，号渔庄，永嘉（今浙江温州）人。理宗宝祐元年（1253）登进士第，历任临安府节制司公事。恭帝德祐（1275）中，起为史馆检校，不赴，卒。

大有　九日[①]

戏马台前[②]，采花篱下[③]，问岁华、还是重九。恰归来、南山翠色依旧。帘栊昨夜听风雨[④]，都不似、登临时候。一片宋玉情怀[⑤]，十分卫郎清瘦[⑥]。　红萸佩[⑦]，空对酒。砧杵动微寒[⑧]，暗欺罗袖。秋已无多，早是败荷衰柳。强整帽檐攲侧[⑨]，曾经向天涯搔首。几回忆、故国莼鲈[⑩]，霜前雁后。

【注释】

①九日：农历九月九日，重阳节，又称重九。清查礼《铜鼓书堂词话》评此词云："用事用意，搭凑得瑰玮有姿。其高淡处，可以与稼轩比肩。"

②戏马台：在今徐州南部。刘宋时刘裕于重阳日在此大会宾客。

③"采花"句：晋陶渊明《饮酒》五："采菊东篱下，悠然见南山。"本句及下文"南山"句暗用陶诗。

④栊：窗上横木，此指窗子。

⑤宋玉：战国楚人，辞赋家。作有《九辩》，抒发悲秋及贫士失职情怀。

⑥卫郎：指卫玠。西晋人，字叔宝。风姿秀异，有玉人之称。《世说新语·容止》云："卫玠从豫章王至都下，人久闻其名，观者如堵。玠先有羸疾，故不堪劳，遂成病。"

⑦萸：茱萸。古代风俗，重阳节佩戴茱萸，以祛邪避灾。

⑧砧杵：捣衣石和捣衣棍。

⑨“帽檐”句:《晋书·孟嘉传》载,孟嘉于九月九日登龙山,有风吹其帽堕。后成重九登高典故。本句用此典。

⑩莼鲈:莼菜和鲈鱼。西晋张翰见秋风起,想起故乡松江鲈鱼、莼菜,便辞官归里。以此避过一场战乱。

文及翁

文及翁，生卒年不详，字时学，号本心，绵州（今四川绵阳）人，移居吴兴（今属浙江）。宝祐元年（1253）进士。景定三年（1262），以太学录召试馆职，除秘书省正字。其言公田事，有名朝野。咸淳四年（1168），以国子司业、礼部郎官兼学士院权直秘书少监。同年十一月，直华文阁知袁州。德祐元年（1275），自试尚书礼部侍郎除签书枢密院事。元兵将至，弃官遁。宋亡，累征不起，闭门著书以终。《词林纪事》称其有文集二十卷。

贺新郎 西湖[①]

一勺西湖水[②]。渡江来，百年歌舞，百年酣醉[③]。回首洛阳花世界[④]，烟渺黍离之地[⑤]。更不复新亭堕泪[⑥]。簇乐红妆摇画艇，问中流击楫谁人是[⑦]？千古恨，几时洗！　余生自负澄清志[⑧]。更有谁，磻溪未遇[⑨]，傅岩未起[⑩]。国事如今谁依仗？衣带一江而已[⑪]。便都道、江神堪恃。借问孤山林处士[⑫]，但掉头，笑指梅花蕊。天下事，可知矣。

【注释】

①西湖：浙江杭州西湖。李有《古杭杂记》载："蜀人文及翁登第后，期集游西湖，一同年（同届考取进士者）戏之曰：'西蜀有此景否？'文翁即席赋《贺新郎》。"谢章铤《赌棋山庄词话》评此词云："嗟乎，是真小雅诗人之义也！比之陈参政之《木兰花慢》……更为沉痛，谁敢轻填词为小道哉？"

②"一勺"句：清王闿运《湘绮楼评词》云："'一勺西湖水'，须得此洗尽绮语柔情，复还清明世界。"

③"渡江"三句：公元1127年宋高宗南渡长江，建立政权于临安（杭州），至此一百二十余年，苟安享乐，不思恢复。

④洛阳:今属河南,以盛产牡丹著名。北宋亡时为金人所占。此洛阳兼指北宋京都汴京(开封)。

⑤黍离:《诗经·王风》有《黍离》篇,诗小序谓西周亡后,周大夫过故宗庙宫室,尽为禾黍,彷徨不忍离去,乃作此诗。后多用为寄寓故国沦亡之感。此指中原汴京、洛阳等沦陷地区。

⑥新亭堕泪:参见李演《贺新郎·多景楼落成》注⑩。本句意谓南宋当局已不再为北方沦亡而堕泪。

⑦中流击楫:参见刘过《贺新郎·弹铗西来路》注⑥。

⑧澄清志:《后汉书·范滂传》:"滂登车揽辔,慨然有澄清天下之志。"此为作者自喻。

⑨磻溪:在陕西宝鸡东南,源出南山,北流入渭河。传说为周开国大臣太公望(吕尚)未遇周文王时垂钓之处。

⑩傅岩:相传在今山西平陆,傅说版筑于此,后遇殷高宗,成为殷朝宰相。以上两句指贤能之士被埋没,不受重用。

⑪衣带一江:谓长江如一衣带水。《南史·陈后主纪》载隋文帝语:"我为百姓父母,岂可限一衣带水,不拯之乎?"两句谓南宋政权仅依仗长江而已,实不足靠。

⑫孤山:在浙江杭州西湖里外二湖之间,北宋林逋曾隐居于此,植梅养鹤,一生不做官称处士。此讽刺当时一些自命清高,寄情风景,而不顾国家安危的人。

杨韶父

杨韶父，生卒年不详，字季和，号东窗。淳祐元年（1241）进士，其诗载于刘壎《隐居通义》。《阳春白雪》收其词 6 首。

长相思

溪水清，溪水浑。溪上人家几亩园，垂杨深闭门。
青罗裙，白罗裙。采尽青蘩到白蘋[①]，江南三月春。

【注释】

①蘩：植物名，即白蒿，可食。《诗经·豳风·七月》："春日迟迟，采蘩祁祁。"白蘋：一种水中浮草，即马尿花。

江 开

江开，生平不详，字开之，号月湖。词存4首。

浣溪沙

手捻花枝忆小蘋[1]，绿窗空锁旧时春。满楼飞絮一筝尘。　素约未传双燕语[2]，离愁还入卖花声。十分春事倩行云[3]。

【注释】

①小蘋：指歌女。北宋晏几道《临江仙》："记得小蘋初见，两重心字罗衣。"

②素：平素。

③倩：请、央求。行云：见战国宋玉《高唐赋》。

菩萨蛮　商妇怨[1]

春时江上廉纤雨[2]，张帆打鼓开船去。秋晚恰归来，看看船又开。　嫁郎如未嫁，长是凄凉夜[3]。情少利心多，郎如年少何！

【注释】

①商妇：商人的妻子。

②廉纤：细雨貌。唐韩愈《晚雨》诗："廉纤晚雨不能晴，池岸草间蚯蚓鸣。"

③"嫁郎"二句：徐培均案，语浅情深，写出思妇无限孤凄之苦，前人不曾道着。

杏花天

谢娘庭院通芳径[1]。四无人，花梢转影。几番心事无凭准，等得青春过尽。　　鞦韆下，佳期又近。算毕竟，沉吟未稳。不成又是教人恨，待倩杨花去问②。

【注释】

①谢娘：唐李德裕家姬，后泛指歌妓。

②"不成"二句：不成，宋时口语。《诗词曲语辞汇释》卷四："不成，犹云难道也……陈允平《清平乐》：'误了海棠时候，不成直待花残。'"元陆辅之《词旨》列于警句中。

李好古

李好古,生卒年不详,字仲敏。按宋末名李好古者不止一人,另一人作《碎锦词》。下选一词《贵耳集》作卫元卿作,《花草粹编》谓李好义词。

谒金门

花过雨,又是一番红素[①]。燕子归来愁不语,旧巢无觅处。　　谁在玉关劳苦[②],谁在玉楼歌舞[③]?若使胡尘吹得去[④],东风侯万户。

【注释】

①红素:红、白颜色。

②玉关:即玉门关。在今甘肃敦煌县西北,古代通往西域的关隘。此句指边关将士。

③玉楼歌舞:陈霆《渚山堂词话》云:"'玉楼歌舞'数句,语意不平,岂非当时擅国者宴乐湖山,而不恤边功故耶?然则宋之沦亡,非一日之故矣。"

④胡尘:指西北地区少数民族骑兵扬起的尘埃,此喻北来入侵的蒙元军队。侯万户:封为万户侯。汉制,列侯食邑,大者万户。

刘辰翁

刘辰翁（1232—1297），字会孟，号须溪，吉州庐陵（今江西吉安）人，曾入太学。景定三年（1262）廷试对策，因忤贾似道，置丙第。以亲老，请为赣州濂溪书院山长。景定五年（1264）为福建转运使江万里幕府。荐史馆校阅，固辞。德祐元年（1275），文天祥起兵勤王，他参与幕府。宋亡，不仕，飘流于外。其词以俊逸见长，晚年多感伤之作，格调悲郁。能诗，曾评点杜甫、王维、李贺、陆游等人诗作。著有《须溪集》《须溪四景诗》，后人辑有《须溪词》，吴企平有校注本。况周颐称其词"风格遒上似稼轩（辛弃疾），情辞跌宕似遗山（元好问）。""间有轻灵婉丽之作。"见《蕙风词话》。

江城子　西湖感怀①

涌金门外上船场②，湖山堂，众贤堂③。到处凄凉，城角夜吹霜④。谁识两峰相对语⑤，天惨惨，水茫茫。

月移疏影傍人墙，怕昏黄，又昏黄，旧日朱门，四望暗飘香⑥。驿使不来春又老⑦，南共北，断人肠。

【注释】

①西湖：在南宋京城临安（今浙江杭州），宋亡，作者携子将孙重游西湖而兴感。

②涌金门：旧为丰豫门，杭州城西门之一，靠近西湖。上船场：指码头。

③湖山堂，众贤堂：周密《武陵旧事》卷五"南山路"谓湖山堂在苏公堤第二桥旁，"旁有水阁，尤宏丽"。又云三贤堂："祀白乐天、林和靖、苏东坡。后有三堂，曰水西云北、月香水影、晴光雨色。"此即众贤堂也。

④角：军中号角。

⑤两峰：指杭州的北高峰与南高峰，两山遥相对应。

⑥四望：又作“四圣”。徐案，《武林旧事》谓孤山路有四圣延祥观，内“有韦太后四圣像、小蓬莱阁、瀛屿堂、金沙井、六一泉”。可证应为“四圣”。《全宋词》据《永乐大典》改为“四圣”，似以原文为佳。

⑦驿使：古时供应递送公文的人或来往官员暂住、换马场所称驿站，驿使即指传递公文的人，也泛指信使。当时全国混乱，邮路不通，故驿使不来。

霜天晓角　和中斋九日[①]

骑台千骑[②]，有菊知何世？想见登高无处[③]，淮以北，是平地。　　老来无复味，老来无复泪。多谢白衣迢递[④]，吾病矣，不能醉。

【注释】

①中斋：邓郯的别号，时邓当在淮北。九日：九月九日重阳节，古有登高的风俗。

②骑台：地名，在武昌，其上为南楼，庾亮镇武昌时所登。重阳时，士人亦常登此楼。

③登高无处：时元兵已占武昌，故云。

④白衣：这里指官府当差的人。《汉书·龚胜传》颜师古注：“白衣，给官府趋走贱人。”迢递：遥远。此时或中斋遣人从远道送诗笺及酒来给作者。

忆秦娥

中斋上元客散感旧[①]，赋《忆秦娥》见属，一读凄然，随韵寄情，不觉悲甚。

烧灯节[②]，朝京道上风和雪。风和雪，江山如旧，朝京人绝[3]。百年短短兴亡别[4]，与君犹对当时月。当时月，照人烛泪，照人梅发[5]。

【注释】

①中斋：见前首注①。上元：元宵。

②烧灯节：即元宵节。元宵有点花灯风俗。

③朝京：指去南宋京城临安（今浙江杭州）朝见帝王。此时宋亡，故云“朝京人绝”。

④“百年”句：谓宋室靖康二年（1127）南渡至今约百余年，其中经历了国家兴亡的变化。

⑤烛泪：这里比喻人的眼泪似烛膏般掉下来。梅发：指花白的头发。似指发稀。周紫芝《竹坡诗话》：“方回（贺铸）寡发，功父指其髻谓曰：‘此真贺梅子也！’”

忆秦娥

梅花节[1]，白头卧起餐毡雪[2]。餐毡雪，上林雁断，上林书绝[3]。　伤心最是河梁别，无人共拜天边月[4]。天边月，一尊对影[5]，一编残发。

【注释】

①梅花节：梅花耐寒，秉有节操，故称。宋璟《梅花赋》：“谅不移于本性，方可俪乎君子之节。”

②餐毡雪：汉代苏武出使匈奴，被拘不屈，迁到北海（今贝尔加湖）边，持汉节牧羊十九年，餐毡饮雪度日。见《汉书》本传，下同。

③“上林”二句：上林苑，在长安（今陕西西安）西，本秦旧苑。汉武帝时大加扩建，供皇帝射猎。汉昭帝时，匈奴诡称苏武已死。但汉使获得苏武消息，因托言汉天子在上林苑中射得雁，足系有帛书，说苏武在某泽中，匈奴只好承认苏武还在而遣返。

④“伤心”二句：语本为《李陵与苏武诗》。李陵本汉将，与苏武是朋友。李陵出使匈奴，兵败被执，后降匈奴。苏武归汉时李陵置酒饯别。传为李陵诗第三首有“携手河梁上，游子暮何之”句。而苏武诗第三首则有“烛烛晨明月，馥馥秋芝芳”之句。此用其意。

⑤化用李白《月下独酌》诗：“举杯邀明月，对影成三人。”尊：酒杯。

减字木兰花 有感

东风似客，醉里落花南又北。客似东风，携手斜阳一笑中。　　佳人怨我，不寄江南春一朵[①]。我怨佳人，憔悴江南不似春。[②]

【注释】

①江南春一朵：指梅花。《荆州记》载，南朝陆凯自江南寄梅花一枝给在长安（今陕西西安）的范晔，并赠诗云：“折梅逢驿使，寄与陇头人。江南无所有，聊赠一枝春。”

②憔悴江南：此时杭州被元兵占领，战后景象萧瑟，虽为春天却又不似春天，亡国之痛，情见乎词。

山花子 春暮

东风解手即天涯[①]，曲曲青山不可遮。如此苍茫君莫怪[②]，是归家。　　闾阎相迎悲最苦[③]，英雄知道鬓先华。更欲徘徊春尚肯，已无花。

【注释】

①“东风”句：化用欧阳修《戏答元珍》诗：“东风疑不到天涯。”解手：分手。

②苍茫：这里有匆忙、仓惶的意思。

③阊阖(chāng hé)：本神话中天门，后泛指宫门。屈原《离骚》："吾令帝阍开关兮，倚阊阖而望予。"唐王维《和贾至舍人早朝大明宫之作》："九天阊阖开宫殿，万国衣冠拜冕旒。"徐案，此词乃凭吊都临安，元兵占领下的阊阖，虽有人相迎，而令作者备感悲苦，黍离之怨，力透纸背。

柳梢青 春感[①]

铁马蒙毡[②]，银花洒泪[③]，春入愁城。笛里番腔，街头戏鼓，不是歌声[④]。　　那堪独坐青灯[⑤]！想故国、高台月明[⑥]。辇下风光，山中岁月，海上心情[⑦]。

【注释】

①吴企明《须溪词校注》曰："本词约作于祥兴元年或二年，时须溪已结束漂流生活，回到庐陵。"

②铁马蒙毡：指元人所骑战马披毡毛保暖。

③银花：银色花灯。春季点花灯，当在元宵节。洒泪，谓银烛蜡油下滴，似人之落泪。

④"笛里"三句：写临安被元兵占领后度元宵节景象。徐案，吴自牧《梦粱录》卷一"元宵"云："笙簧琴瑟，清音嘹亮……更兼家家灯火，处处管弦。"此为南宋临安元宵盛况，如今元军进驻，虽有笛腔戏鼓，词人闻之，却"不是歌声"，言外有无穷伤感。番腔：北方少数民族的音乐。

⑤青灯：灯光青荧，因曰青灯。

⑥此句用李煜《虞美人》"故国不堪回首月明中"语意。高台：临安观潮台。《武林旧事》卷三云："禁中例观潮于天开图画，高台下瞰，如在指掌。"

⑦辇(niǎn)下：京都的别称。此指南宋故都临安(杭州)。辇原是帝王的车子之意。山中岁月：作者于宋亡后不再做官，过

着山中隐居生活。海上心情:宋亡,大批爱国志士从海上逃亡,在福建、广东一带参加抗元斗争。作者心向往之,故云。

兰陵王 丙子送春[①]

送春去,春去人间无路。秋千外、芳草连天,谁遣风沙暗南浦[②]?依依甚意绪?漫忆海门飞絮[③]。乱鸦过、斗转城荒[④],不见来时试灯处。　　春去,最谁苦?但箭雁沉边[⑤],梁燕无主。杜鹃声里长门暮[⑥]。想玉树凋土[⑦],泪盘如露[⑧]。咸阳送客屡回顾[⑨],斜日未能度。

春去,尚来否?正江令恨别,庾信愁赋[⑩]。苏堤尽日风和雨[⑪]。叹神游故国[⑫],花记前度[⑬]。人生流落,顾孺子,共夜语[⑭]。

【注释】

①此词分三段。清陈廷焯《白雨斋词话》评曰:“题是‘送春’,词是悲宋,曲折说来,有多少眼泪。”丙子:宋恭帝德祐二年(1276)春二月,临安被元人占领,宋恭帝及太后全氏、度宗之母黄氏及部分臣子,均被拘去北方。送春:象征宋亡。

②风沙:元人来自北方风沙之地,此喻元人势力。南浦:南面的水边。《楚辞·九歌·河伯》:“送美人兮南浦。”后常用以指送别之地。此指南宋君臣离故地北去。

③“漫忆”句:语本辛弃疾《摸鱼儿》:“算只有殷勤,画檐珠网,尽日惹飞絮。”徐案,据《宋诗纪事本末》卷一〇八,德祐元年(1275)二月,元军伯颜追二王,文天祥等从海上赴温州,重新组织兵力以抗元。海门:指爱国志士从海上逃亡,重新组织抗元力量。

④斗转:北斗星转移了位置,黎明前黑暗。

⑤箭雁沉边:以中箭的大雁坠落边地,比喻被掳的南宋君臣。

⑥“杜鹃”句：语本秦观《踏莎行》：“杜鹃声里斜阳暮。”长门：汉武帝时陈皇后贬居长门宫，后世因以长门喻冷宫。徐案，临安陷落后，太皇太后谢氏以疾留下，而度宗母黄氏被元兵掳向北方。此以长门喻临安宋宫之凄凉。

⑦玉树凋土：《晋书·庾亮传》：“亮将葬，何充、会之叹曰：‘埋玉树于土中，使人情何能已。’”

⑧泪盘如露：魏明帝将汉制金铜仙人捧露盘，移置洛阳，相传迁移时铜人流泪。

⑨咸阳送客：李贺《金铜仙人辞汉歌》：“衰兰送客咸阳道，天若有情天亦老。携盘独出月荒凉，渭城已远波声小。”此处状北去君臣之苦。

⑩“正江令”二句：原注云：“二人皆北去”。江令，江淹（444—505），有《别赋》。庾信（513—581）有《愁赋》，已佚。叶廷珪《海录碎事》卷九辑有片断。此言南宋君臣被掳北去之苦。一说江令为南朝陈后主时之尚书令江总，亦可通。

⑪苏堤：西湖上之界堤，苏轼知杭州时所筑，故名。

⑫神游故国：苏轼《念奴娇·赤壁怀古》：“故国神游，多情应笑我，早生华发。”

⑬花记前度：唐刘禹锡《再游玄都观》诗：“种桃道士归何处，前度刘郎今又来。”

⑭孺子：指其子刘将孙。本书有小传。

宝鼎现 春月[1]

红妆春骑。踏月影、竿旗穿市。望不尽、楼台歌舞，习习香尘莲步底[2]。箫声断、约彩鸾归去[3]。未怕金吾呵醉[4]。甚辇路、喧阗且止[5]。听得念奴歌起[6]。　父老犹记宣和事[7]，抱铜仙、清泪如水[8]。还转盼、沙河多丽[9]。滉漾明光连邸第[10]。帘影冻[11]、散红光成绮。月浸葡萄十里[12]。看往来、神仙才子，肯把菱花扑碎[13]？

肠断竹马儿童[14]，空见说、三千乐指[15]。等多时、春不归来，到时春欲睡。又说向、灯前拥髻[16]。暗滴鲛珠坠[17]。便当日、亲见霓裳[18]，天上人间梦里[19]。

【注释】

①吴企明《须溪词校注》云："须溪卒于是年正月，本词实为绝笔之作。"《历代诗余》引张孟浩云："刘辰翁作《宝鼎现》词，时为大德元年(1297)，自题曰'丁酉元夕'"，"写来反反复复，字字悲咽"。杨慎《词品》："词意凄婉，与《麦秀》何殊？"清陈廷焯《白雨斋词话》评云："通篇炼金错彩，绚烂极矣，而一二今昔之感处，尤觉韵味深长。"

②莲步：《南史·废帝东昏侯本纪》："凿金为莲花以帖地，行其上，曰：'此步步生莲花也。'"

③彩鸾：仙女名，这里指游女。林坤《诚斋杂记》载，有书生文萧在钟陵西山见美人吴彩鸾，后结为夫妇。又见裴铏《传奇》。

④金吾：执金吾。古时京城执行警察任务之官。元宵没有宵禁，故云"未怕"。呵醉：《史记·李将军列传》："(李广)尝夜从一骑出，从人田间饮，还至霸陵亭。霸陵尉醉，呵止广。广骑曰：'故李将军。'尉曰：'今将军尚不得夜行，何乃故也。'止广宿亭下。"

⑤甚：正。辇(niǎn)路：皇家车道。喧阗(tián)：人声嘈杂。

⑥念奴：唐元稹《连昌宫词》："力士传呼觅念奴，念奴潜伴诸郎宿。"自注："念奴，天宝中名倡，善歌。每岁楼下酺宴累日之后，万众喧隘……玄宗遣力士大呼于楼上曰：'欲遣念奴唱歌，邠二十五郎吹小管逐，看人能听否？'未尝不悄然奉诏。"以上二句用此故事。

⑦宣和：宋徽宗年号，当时北宋汴京(今河南开封)极为繁华。

⑧铜仙：参见前刘辰翁《兰陵王·丙子送春》注⑧。

⑨沙河：即沙河塘。在钱塘(杭州)南五里。田汝成《西湖

游览志余》："沙河宋时居民甚盛，碧瓦红檐，歌管不绝。"

⑩邸第：官邸、府第，贵族官僚的住宅。周密《武林旧事·元夕》："邸第好事者……闲设雅戏烟火，花边水际，灯烛灿然。"

⑪帘影冻：一作"影帘动"。

⑫葡萄：指西湖碧水。李白《襄阳歌》："遥看汉水野头绿，恰似葡萄初酦醅。"

⑬菱花：镜子。扑碎：暗用孟棨《本事诗》乐昌公主于陈亡时，与丈夫破镜各执其半以为他日重见凭信故事。

⑭竹马：以竹杖当马骑。李白《长干行》："郎骑竹马来，绕床弄青梅。"是儿童做游戏。此处指宋亡以后，未能见到故国繁华时的少年。

⑮三千乐指：苏轼《送将公著至吉州》诗："红妆执乐三千指。"义犹三百名乐工的乐队。指：以手指计人数，一人十指，用十指代一人。

⑯灯前拥髻：表示愁苦的样子。《飞燕外传·伶玄自叙》载樊通德为伶玄说赵飞燕故事，在灯前"以手拥髻，凄然泣下，不胜其悲"。

⑰鲛珠：眼泪。任昉《述异记》载，南海中有鲛人，泣则出珠。

⑱《霓裳》：《霓裳羽衣曲》，唐代繁盛时流行歌舞曲。原为西域乐舞，引进入宫廷。经唐玄宗改编，杨贵妃曾演出。唐白居易《长恨歌》一再提到，如"渔阳鼙鼓动地来，惊破霓裳羽衣曲"，"风吹仙袂飘飘举，犹似霓裳羽衣舞"。此借指宋朝繁盛时歌舞演奏。

⑲"天上人间"句：化用杜甫《赠花卿》"此曲只应天上有，人间能得几回闻"句。本句意谓宋时乐舞现只留存于天上和人间梦里了。

虞美人 春晓

轻衫倚望春晴稳，雨压青梅损。皱绡池影泛红蔫[1]，看取断云来去似炉烟。　愁春来暮仍愁暮，受却寒无数。年来无地买花栽[2]。向道明年花信，莫须来[3]。

【注释】

①皱绡：喻微波。绡：生丝织品。南唐冯延巳《谒金门》："风乍起，吹皱一池春水。"蔫（niān）：花近枯萎，颜色不鲜。此谓池水上浮着落花。

②"年来"句：指国亡。宋亡后，郑思肖画梅，根下皆无土，以示国亡。此词义同。

③花信：花信风的简称，犹言花期。

永遇乐

余自乙亥上元诵李易安《永遇乐》，为之涕下。今三年矣，每闻此词，辄不自堪。遂依其声，又托之易安自喻。虽辞情不及，而悲苦过之[1]。

璧月初晴，黛云远淡，春事谁主？禁苑娇寒[2]，湖堤倦暖，前度遽如许[3]。香尘暗陌[4]，华灯明昼，长是懒携手去。谁知道，断烟禁夜[5]，满城似愁风雨[6]。　宣和旧日[7]，临安南渡[8]，芳景犹自如故。缃帙流离[9]，风鬟三五[10]，能赋词最苦。江南无路，鄜州今夜[11]，此苦又谁知否？空相对，残釭无寐，满村社鼓[12]。

【注释】

①乙亥：宋恭宗德祐元年（1275）。上元：元宵节。李清照《永遇乐》前已录。本词作于宋端宗景炎二年（1277），南宋京城临安（杭州）已被元军占领一年。刘辰翁自乙亥岁避地虎溪山

中，后又漂浮不定，于旅途中作此词。

②禁苑：皇家花园。

③前度：用刘禹锡《重游玄都观》诗中"前度刘郎今又来"语，意谓以前到过此地的自己又重来了。遽：快捷。

④香尘暗陌：指街道上尘土飞扬。李白《古风》："大车扬飞尘，亭午暗阡陌。"

⑤断烟禁夜：谓元军占领临安，实行宵禁，不准元宵燃放花灯。

⑥"满城"句：费衮《梁溪漫志》云，谢无逸求潘邠老（大临）近作，曰："昨日清卧，闻搅林风雨声，欣然起，题其壁云'满城风雨近重阳'。忽催租人至，遂败意，止此一句奉寄"。此喻临安动乱不安。

⑦宣和：宋徽宗年号，当时北宋汴京（开封）极为繁华。

⑧临安南渡：靖康二年（1127）宋高宗南渡长江，不久在临安建立朝廷，此地又繁荣起来。

⑨缃帙：书卷。此谓战乱时书籍文物丧失殆尽。详见李清照《金石录后序》。

⑩风鬟：头发蓬松。三五：指元宵。此处语本李清照同调词："中州盛日，闺门多暇，记得偏重三五。"又："如今憔悴，风鬟雾鬓，怕见夜间出去。"

⑪鄜（fū）州：今陕西富县。唐杜甫《月夜》诗："今夜鄜州月，闺中只独看。"是遥想在鄜州家中妻子也在思念自己的诗。

⑫"残釭"二句：写作此词时环境，时在旅途中。残釭（gāng）：残灯。社鼓：社日祭神的鼓声，此指春天的社祭。

沁园春 送春[①]

春汝归欤？风雨蔽江，烟尘暗天。况雁门阨塞[②]，陇沙渺莽[③]；东连吴会[④]，西至秦川[⑤]。芳草迷津，飞花拥道，小为蓬壶借百年[⑥]。江南好，问夫君何事，不少留连。　　江南正是堪怜，但满眼杨花化白毡。看兔葵燕麦⑦，华清宫里⑧，蜂黄蝶粉⑨，凝碧池边⑩。我已无家，君归何里，中路徘徊七宝鞭⑪。风回处，寄一声珍重，两地潸然。

【注释】

①送春：实寓对宋亡的悲慨。

②雁门：古郡名，今山西北部。阨塞：险要的关塞。《史记·萧相国世家》："汉王所以具知天下阨塞。"

③陇：陇山，六盘山之一段。在今陕西陇县至甘肃平凉一带。

④吴会：东汉时分古会稽郡为吴、会稽两郡，合称"吴会"，今江苏东部、浙江西部。

⑤秦川：春秋战国时秦国属地，泛指今陕西、甘肃秦岭以北平原地带。"川"指平川。

⑥蓬壶：即蓬莱，古代传说东海中神山，山形如壶，故又称蓬壶。

⑦兔葵燕麦：唐刘禹锡《再游玄都观引》："今十有四年，重游玄都观，（桃花）荡然无复一树，唯兔葵燕麦动摇于春风耳。"此喻临安战后的荒凉。

⑧华清宫：在陕西临潼南骊山，为唐玄宗所扩建并命名，宫室园林满山，玄宗与杨贵妃每于冬季居此，后安史之乱，毁于兵火。

⑨蜂黄蝶粉：周邦彦《满江红》："蝶粉蜂黄都退了，枕痕一线红生肉。"宋王楙《野客丛书》注引《草堂诗余》云："蝶粉蜂黄，唐人宫妆也。"此喻宋宫人。

⑩凝碧池：唐宫苑中池名。《唐禁苑图》："凝碧池，在西内苑，重元门之北，飞龙苑之南。"唐天宝十五载（756），叛将安禄山占领唐京城长安（今西安），在此宴其部属。王维《菩提寺口号诵示裴迪》诗："秋槐叶落空宫里，凝碧池头奏管弦。"表示悲

慨。以上四句喻宋朝宫苑，时已被元人所占。

⑪七宝鞭：《太平广记》卷四〇三引《中说》云，晋时大将王敦追明帝，明帝奔，“仍以七宝鞭，顾逆旅妪扇马屎。王敦追之。人见马屎，以为帝已去远，仍宝鞭，不复前追。”此状宋亡时奔逃之苦。

摸鱼儿 酒边留同年徐云屋三首(其一)[①]

怎知他、春归何处，相逢且尽尊酒。少年袅袅天涯恨[②]，长结西湖烟柳[③]。休回首，但细雨断桥[④]，憔悴人归后。东风似旧，问前度桃花，刘郎能记，花复认郎否[⑤]？

君且住、草草留君剪韭[⑥]。前宵正恁时候。深杯欲共歌声滑，翻湿青衫半袖[⑦]。空眉皱。看白发尊前，已似人人有。临分把手。叹一笑论文[⑧]，清狂顾曲[⑨]，此会几时又？

【注释】

①徐云屋于景定三年（1262），与刘辰翁同时考中进士，尝任谏官，仕至侍郎。卒后，陈杰《自堂存稿》有《挽云屋徐侍郎》文以悼之。

②袅（niǎo）袅：细长柔弱貌。这里指绵绵不断。《全宋词》作“嫋嫋”。

③西湖：指浙江杭州西湖。

④断桥：桥名，在杭州孤山边白堤东端，原名宝祐桥。周密《武陵旧事》卷五云：“断桥，又名段家桥。万柳如云，望如裙带。白乐天诗云：‘谁开湖寺西南路，草绿裙腰一带斜。’”

⑤“东风”四句：刘禹锡《再游玄都观》诗：“种桃道士归何处，前度刘郎今又来。”此处“刘郎”为作者自喻。

⑥剪韭：唐杜甫某次留宿旧友卫八家，作《赠卫八处士》诗，中有句云：“夜雨剪春韭，新炊间黄粱。”谓卫八剪韭招待杜甫，

此处作者自喻接待徐云屋。

⑦“深杯”二句：唐白居易为九江司马时听商女弹琵琶后十分感动，为作《琵琶行》，诗末云：“凄凄不似向前声，满座重闻皆掩泣。座中泣下谁最多，江州司马青衫湿。”青衫是唐低级官员服色。此处作者自喻听歌下泪。

⑧论文：谈论诗文。杜甫《春日忆李白》诗：“何时一尊酒，重与细论文。”

⑨顾曲：三国吴将周瑜通音律，故有“曲有误，周郎顾”之说。（见《三国志·吴书·周瑜传》）此指欣赏乐曲。

陈逢辰

陈逢辰，字振祖，号存熙，存词2首，见《绝妙好词》。

乌夜啼

月痕未到朱扉[1]。送郎时，暗里一汪儿泪，没人知。

揾不住[2]，收不聚，被风吹。吹作一天愁雨，损花枝。

【注释】

①朱扉：朱红色的门户。

②揾：拭。

周　密

周密(1232—1298),字公谨,号草窗,又号萧斋、四水潜夫、弁阳啸翁。济南(今属山东)人,父晋,前已介绍。自祖父起,流寓吴兴(今浙江湖州),景定二年(1261),为临安府幕僚。咸淳间,历两浙运司掾。景炎初(1276),为义乌令。宋亡不仕,居杭州,从杨瓒学词。生平以吟唱漫游为乐,与王沂孙、张炎等结词社。词作与吴文英(梦窗)齐名,并称"二窗"。并能诗、书、画,著有《草窗韵语》《草窗词》(又名《蘋洲渔笛谱》),杂著有《武林旧事》《癸辛杂识》《齐东野语》《云烟过眼录》《浩然斋雅谈》等,编有《绝妙好词》。周济《宋四家词选·序论》谓:"草窗镂冰刻楮,精妙绝伦,但立意不高,取韵不远,当与玉田(张炎)抗行,未可方驾王(沂孙)吴(文英)也。"

大圣乐　东园饯春即席分题[①]

娇绿迷云,倦红颦晓[②],嫩晴芳树。渐午阴,帘影移香,燕语梦回,千点碧桃吹雨[③]。冷落锦宫人归后,记前度兰桡停翠浦[④]。凭阑久,谩凝想凤翘[⑤],慵听金缕[⑥]。

留春问谁最苦,奈花自无言莺自语。对画楼残照,东风吹远,天涯何许。怕折露条愁轻别[⑦],更烟暝长亭啼杜宇[⑧]。垂杨晚,但罗袖暗沾飞絮。

【注释】

①此词作于杭州。东园,即东御园。灌园耐得翁《都城纪胜·园苑》云:"城东新开门外,则有东御园。"自注:"今名富景园。"饯春:送春之宴。梁启超《饮冰室评词》:"麦丈(孺博)云:此刺群小竞进,慨天下之将亡也。"

②"娇绿"二句:邓廷桢《双砚斋词话》评云:"弁阳翁工于造语。"娇绿:指绿色的植物显得娇艳。倦红:将凋谢的花草。

③燕语梦回:燕语呢喃,催人梦醒。吹雨:花被风吹落,似下

雨。此句化用李贺《将进酒》诗:“桃花乱落如红雨。”

④兰桡(ráo):犹香舟。桡,桨,此借指船。

⑤凤翘:形如凤尾长羽的妇女头饰。元淮《春闺》诗:“倒把凤翘搔鬓影,一双蝴蝶过东墙。”

⑥金缕:即《金缕曲》,亦名《贺新郎》。

⑦露条:带晨露的柳条。古人以折杨柳相送,作赠别物。

⑧杜宇:即杜鹃鸟。相传古蜀帝杜宇之魂所化,其鸣声悲凄,声如云“不如归去”。

绣鸾凤花犯 赋水仙[①]

楚江湄[②],湘娥乍见[③],无言洒清泪。淡然春意。空独倚东风,芳思谁寄。凌波路冷秋无际[④],香云随步起。谩记得,汉宫仙掌[⑤],亭亭明月底。　冰弦写怨更多情。骚人恨,枉赋芳兰幽芷[⑥]。春思远,谁叹赏,国香风味[⑦]。相将共岁寒伴侣[⑧]。小窗净,沉烟熏翠袂[⑨]。幽梦觉,涓涓清露,一枝灯影里。

【注释】

①清周济《宋四家词选·眉批》云:“草窗长于赋物,然惟此及琼花二阕,一意盘旋,毫无渣滓。”“琼花”一阕,见下《瑶花慢》。

②楚江湄:楚地的江边。湄,岸边,水草相接处。

③湘娥:比喻水仙。相传上古虞舜妃娥皇、女英死后为湘水之神。曹植《九咏》:“感汉广兮羡游女,扬激楚兮咏湘娥。”

④凌波:形容女子步履轻盈。曹植《洛神赋》:“凌波微步,罗袜生尘。”

⑤汉宫仙掌:指咸阳汉宫铜仙承露的手掌。《三辅黄图》:“神明台,在建章宫中,祀仙人处,上有铜仙舒掌捧铜盘、玉杯,以承云表之露。”后为魏明帝迁至洛阳,李贺有《金铜仙人辞汉歌》。王沂孙《庆宫春·水仙花》:“携盘独出,空想咸阳,故宫

落月。”

⑥“骚人恨”二句：骚人，指战国楚大诗人屈原，他所作《离骚》中多写兰芷等香草，以寓对美好事物的向往。

⑦国香风味：黄庭坚《次韵中玉水仙花》诗：“可惜国香天不管，随缘流落小民家。”王沂孙《庆宫春·水仙花》：“国香到此谁怜，烟冷沙昏，顿成愁绝。”

⑧相将：《诗词曲语辞汇释》卷三：“相将，犹言相与或相共也……柳永《尉迟杯》词：‘且相将共乐平生，未肯轻分连理。’”

⑨翠袂（mèi）：翠袖，此喻水仙花之绿叶。

瑶花慢①

后土之花②，天下无二本。方其初开，帅臣以金瓶飞骑进之天上③，间亦分致贵邸④。余客辇下⑤，有以一枝（以下缺十八行）。

朱钿宝玦⑥。天上飞琼⑦，比人间春别。江南江北，曾未见，谩拟梨云梅雪⑧。淮山春晚，问谁识、芳心高洁。消几番、花落花开，老了玉关豪杰⑨。 金壶翦送琼枝⑩，看一骑红尘，香度瑶阙⑪。韶华正好⑫，应自喜、初识长安蜂蝶。杜郎老矣⑬，想旧事，花须能说。记少年、一梦扬州，二十四桥明月⑭。

【注释】

①清陈廷焯《词则·大雅集》评此词曰：“感慨苍茫，不落咏物小家数，切合大雅，文生于情。”

②后土：扬州后土祠，宋时以植琼花著名，见《扬州府志》。蒋子正《山房随笔》：“扬州琼花，天下只一本，士大夫爱重，作亭花侧，榜曰：‘无双。’德祐乙亥（1275），北师（元兵）至，花遂不荣。”

③天上：指朝廷。

④贵邸：贵族之宅。

⑤辇下：京城。此指南宋临安(今浙江杭州)。

⑥钿：妇女花朵形头饰。玦(jué)：开有缺口的玉环。

⑦飞琼：比喻琼花。《汉武帝内传》谓许飞琼为西王母的侍女。

⑧梨云梅雪：唐王建《梦看梨花云歌》："薄薄落落雾不分，梦中唤作梨花云。"苏轼《西江月·梅》词："高情已逐晓云空，不与梨花同梦。"本句化用以上诗词。

⑨老了玉关豪杰：沈雄《古今词话》云："熙宁中蔡挺守平凉，作《喜迁莺》《霜天晓角》，传入宫中。神宗闻之，批曰：'玉关人老，朕甚念之'。"玉关：玉门关，在今甘肃。

⑩"金壶"句：意犹小序所云："以金瓶飞骑进之天上。"金壶：即金瓶也。

⑪"看一骑"二句：唐杜牧《华清宫》诗："一骑红尘妃子笑，无人知是荔枝来。"瑶阙：指皇宫。阙，原是宫门前两座建筑物，此泛指宫殿。

⑫韶华：美好的时光，多指春光或少年时光。

⑬杜郎：唐诗人杜牧。杜牧曾于扬州纵情游冶，写了不少绮丽的诗篇，也留下了美丽的传说。徐案，江昱《蘋洲渔笛谱疏证》云："草窗词意，亦似指此。又杜游有《琼花记》，'杜郎'句，盖用樊川(杜牧)点出此人。"可证此以杜牧切杜游，兼以自喻。

⑭末三句：化用杜牧《遣怀》"十年一觉扬州梦，赢得青楼薄倖名"和《寄扬州韩绰判官》诗"二十四桥明月夜，玉人何处教吹箫"等句而成。

玉京秋[①]

长安独客[②]，又见西风，素月丹枫，凄然其为秋也，因调夹钟羽一解[③]。

烟水阔。高林弄残照，晚蜩凄切[4]。画角吹寒[5]，碧砧度韵[6]，银床飘叶[7]。衣湿桐阴露冷，采凉花、时赋秋雪[8]。叹轻别。一襟幽事，砌蛩能说[9]。　客思吟商还怯[10]。怨歌长、琼壶暗缺[11]。翠扇恩疏[12]，红衣香褪[13]，翻成消歇。玉骨西风[14]，恨最恨、闲却新凉时节。楚箫咽，谁倚西楼淡月。

【注释】

①《全宋词》案：调名三字原本缺，朱祖谋补。清陈廷焯《白雨斋词话》评曰："此词精金百炼，既雄秀，又婉雅，几欲空绝古今。"

②长安：汉唐时京城，今陕西西安。此当借指南宋京城临安（浙江杭州）。

③夹钟羽：词乐宫调的一种。解：乐曲的章节。

④蜩（tiáo）：蝉。此句犹柳永《雨霖铃》首句："寒蝉凄切。"

⑤"画角"句：原缺，据清杜文澜《憩园词话》卷一补。

⑥碧砧度韵：砧，捣衣石。度韵：谓砧声很有节奏，似有韵律。

⑦银床：指白石砌的井栏。古乐府《淮南王篇》："后园凿井银作床。"庾肩吾《侍宴九日》诗："玉醴吹岩菊，银床落井桐。"此谓梧桐叶落于井栏之上。

⑧秋雪：当指芦花，色白似雪。

⑨砌蛩：台阶下的蟋蟀。蟋蟀鸣声凄切，能触动游子思乡心绪。

⑩商：商声。晋阮籍《咏怀诗》："素质游商声，凄怆伤我心。"

⑪"怨歌"句：古乐府有《怨歌行》，其声哀怨悠长。琼壶暗缺：《世说新语·豪爽》："王处仲（王敦）酒后，辄咏：'老骥伏枥，志在千里；烈士暮年，壮心不已。'以如意打唾壶，壶口尽缺。"《白雨斋词话》云："一'暗'字，其恨在骨。"

⑫"翠扇"句：化用班婕妤《怨歌行》："新制齐纨素，皎洁如霜雪。裁作合欢扇，团圆似明月……弃捐箧笥中，恩情中道绝。"

⑬红衣：指荷花。秋时荷花，叶均凋残。唐许浑《秋晚云阳驿西亭荷花池》："烟开翠扇清风晓，水泛红衣白露秋。"参见前贺铸《芳心苦》注。

⑭玉骨西风：化用苏轼《洞仙歌》："冰肌玉骨，自清凉无汗，水殿风来暗香满。"谭献《谭评词辨》云："'玉骨'二字，髀肉之叹。"髀肉复生，三国时刘备感叹岁月蹉跎，功业未成之语。

鹧鸪天 清明

燕子时时度翠帘[①]，柳寒犹未退香绵[②]。落花门巷家家雨，新火楼台处处烟[③]。　情默默，恨恹恹，东风吹动画秋千。拆桐开尽莺声老[④]，无奈春何只醉眠。

【注释】

①度：掠过。

②香绵：指柳絮。

③新火：唐宋习俗，清明前一日禁火寒食，到清明节再起火，称为新火。杜甫《清明》诗："朝来新火起新烟。"又刘禹锡《清明》诗："昨日邻家乞新火，晓窗分与读书灯。"

④拆桐：即梧桐。柳永《木兰花慢》："拆桐花灿漫，乍疏雨，洗清明。"

解语花[①]

羽调《解语花》，音韵婉丽，有谱而亡其辞。连日春晴，风景韶媚，芳思撩人，醉捻花枝，倚声成句[②]。

晴丝罥蝶[③]，暖蜜酣蜂，重檐卷春寂寂。雨萼烟梢[④]，压阑干、花雨染衣红湿。金鞍误约[⑤]，空极目，天涯草色。阆苑玉箫人去后[⑥]，惟有莺知得。　余寒犹掩翠户，梁燕乍归，芳信未端的[7]。浅薄东风，莫因循、轻把杏钿狼藉[8]。尘侵锦瑟[9]。残日绿窗春梦窄[10]。睡起折花无意绪，斜倚秋千立。

【注释】

①清谭献《复堂词话》评此词云："层折断续，熔炼沥液。"

②羽调：词乐宫调之一。

③晴丝：指蜘蛛等昆虫所吐的丝，飘荡于空中。一般称为游丝。罥(juàn)：缠绕。范成大《初夏》诗："晴丝千尺挽韶光，百舌无声燕子忙。"

④雨萼：雨中花萼。花瓣下部的一圈绿色小片称萼。此即指花。许昂霄《词综偶评》云："起用'晴丝'，忽接'雨萼'，微碍。两'雨'字亦犯重。"

⑤金鞍误约：谓指骑金鞍马的男子失约。

⑥阆(láng)苑：传说中神仙住处。此当指所恋人的居处。玉箫：人名。唐范摅《云溪友议》三载：韦皋少游江夏，与姜氏婢玉箫有情。韦归，一别七年，玉箫以为失约绝食以死。此借指有情女子。

⑦"芳信"句：《诗词曲语辞汇释》卷四："端的，犹云真个或究竟也；的确或凭准也……晏几道《六么令》词：'还是南云雁少，锦字无端的。'此凭准义，言书信无凭准也。"此句义同。

⑧"杏钿"句：谓杏花落地，狼藉不堪。钿，花钿，女子首饰。

⑨锦瑟：弦乐器。李商隐《无题》诗："锦瑟无端五十弦，一弦一柱思华年。"

⑩春梦窄：谓梦境狭窄，盖指专注于艳情也。吴文英《莺啼序》："倚银屏、春宽梦窄。"

曲游春[1]

禁烟湖上薄游[2]，施中山赋词甚佳，余因次其韵[3]。

盖平时游舫，至午后则尽入里湖④，抵暮始出，断桥小驻而归⑤，非习于游者不知也。故中山极击节余"闲却半湖春色"之句，谓能道人之所未云。

禁苑东风外⑥，飏暖丝晴絮⑦，春思如织。燕约莺期⑧，恼芳情偏在，翠深红隙。漠漠香尘隔，沸十里，乱弦丛笛。看画船，尽入西泠，闲却半湖春色⑨。　柳陌，新烟凝碧。映帘底宫眉，堤上游勒⑩。轻暝笼寒，怕梨云梦冷，杏香愁幂⑪。歌管酬寒食。奈蝶怨，良宵岑寂。正满湖，碎月摇花，怎生去得。

【注释】

①此词极获好评。马臻《春日游西湖》诗赞曰："画船过午入西泠，人拥孤山陌上尘。应被弁阳摹写尽，晚来闲却半湖春。"俞陛云《两宋词选释》评此词曰："游湖之良辰乐事，以工丽之笔写之。"

②禁烟：寒食节，古代逢此日禁烟火。湖：指浙江杭州西湖。薄游：短期的游览。李白《秋浦歌》："欲去不得去，薄游成久游。"

③施中山，名岳，号梅川，一作仲山，吴人，能词，精于音律。卒后，葬于西湖北山路之侧，杨守斋（缵）为寺，树梅作亭，用草窗题盖。见《武陵旧事》卷五。其词调下题作"清明湖上"，起云："画舸西泠路，占柳阴花影，芳意如织。"此次其韵，对此施岳极为称赏，故云"击节"。击节，听唱时打节拍也。

④里湖：西湖以白堤为界分为里湖与外湖。

⑤断桥：在里、外湖之间的桥名，位于白堤东端。

⑥禁苑：皇家的宫苑。

⑦暖丝晴絮：语本冯延巳《鹊踏枝》"满眼游丝兼落絮"。丝，指蜘蛛等昆虫所吐之丝，在空中飘荡。絮，柳絮。

⑧燕约莺期：燕莺，喻少女。语本苏轼《张子野年八十五尚闻买妾》诗："诗人老去莺莺在，公子归来燕燕忙。"此指约会。

⑨"看画船"三句:《武林旧事》:"都城自过收灯,贵游巨室皆争先出郊,谓之探春,至禁烟为最盛……弁阳老人有词云:'看画船,尽入西泠,闲却半湖春色。'盖纪实也。"李佳《左庵词话》谓此三句与周晋之"一砚梨花雨""俱佳"。西泠:桥名,近苏小小墓与秋瑾墓。

⑩宫眉、游勒:此指骑马的男子和画宫眉的仕女。

⑪梨云梦冷:唐王建《梦看梨花云歌》:"薄薄落落雾不分,梦中换作梨花云。"苏轼《西江月·梅》词:"高情已逐晓云空,不与梨花同梦。"

拜星月慢

癸亥春[1],沿檄荆溪[2],朱墨日宾送[3],忽忽不知芳事落鹃声草色间。郡僚间载酒相慰荐[4],长歌清醑[5],正尔供愁,客梦栩栩[6],已飞度四桥烟水外矣[7]。醉余短弄[8],归日将大书之垂虹[9]。

腻叶阴清,孤花香冷,迤逦芳洲春换[10]。薄酒孤吟,怅相如游倦[11]。想人在、絮幕香帘凝望,误认几许,烟樯风幔[12]。芳草天涯,负华堂双燕。　　记箫声、淡月梨花院。砑笺红[13],谩写东风怨。一夜落月啼鹃[14],唤四桥吟缆,荡归心、已过江南岸[15]。清宵梦,远逐飞花乱。几千万缕垂杨,剪春愁不断。

【注释】

①癸亥:宋理宗景定四年(1263)。本年春,作者奉诏督荆州溪公田。《历代词话》卷八引《宋名家词评》云:"其《拜星月》乃春暮寄梦窗(吴文英)作也。"先著《词洁》评此词云:"后段步骤美成(周邦彦),并学尧章(姜夔)用字。可见当日才人降心折服大家。此道必有源流,不讳因袭。"

②檄：古代公文书的一种，用于征召、晓喻、声讨等，此作动词用，谓办理公文之事。荆溪：在江苏南部，到宜兴大浦附近入太湖。此指宜兴。

③朱墨：古代办理公文书用朱墨二色。

④荐：献进，此指进酒。

⑤釂（jiào）：喝干杯中酒。

⑥栩（xǔ）栩：欣然自得貌。《庄子·齐物论》："昔者庄周梦为胡蝶，栩栩然胡蝶也"。

⑦四桥：又名甘泉桥。《乾隆苏州府志》卷二十："甘泉桥，一名第四桥，以泉品居第四也。姜夔《点绛唇》：'第四桥边，拟共天随往。'"

⑧短弄：此指作词奏乐，指短篇小词。

⑨垂虹：垂虹桥，在吴江县东，桥上有垂虹亭。北宋庆历八年（1048）建，是名流胜会之地。苏轼、张先等都曾在此饮酒。王安石也有"他时散发处，最爱垂虹亭"（《送裴如晦宰吴江》）的诗句。

⑩"腻叶"三句：意近李清照《如梦令》"绿肥红瘦"。迤逦（yǐ lǐ）：曲折连绵。芳洲：长满花草的小洲。

⑪相如：汉文学家司马相如，字长卿。《史记·司马相如列传》："长卿故倦游，虽贫，其人材足依也。"

⑫"想人在"三句：化用柳永《八声甘州》："想佳人、妆楼颙望，误几回、天际识归舟。"烟樯：船桅。此指归舟。风幔：即风帆。

⑬研笺：据宋陶穀《清异录·文用》载，研纸笺，乃用沉香木，刻山水林木图式，压在纸上，文缕奇细，号研光小本。

⑭啼鴂：杜鹃鸟啼声凄苦，相传常啼至血出。唐白居易《琵琶行》云："杜鹃啼血猿哀鸣。"

⑮四桥：见前注⑦。

闻鹊喜 吴山观涛[①]

天水碧，染就一江秋色[②]。鳌戴雪山龙起蛰[③]，快风吹海立[4]。　　数点烟鬟青滴[5]，一杼霞绡红湿[6]。白鸟明边帆影直，隔江闻夜笛。

【注释】

①调名即《谒金门》。清陈廷焯《词则·别调集》评此词曰："前半雄肆，后半淡远，山川景物包括在寥寥数句中。"吴山：在浙江杭州府城之南，古时为吴越两国的分界山。俯临钱塘江江面，为观涛胜地。

②天水碧：《宋史·南唐李氏世家》："（李）煜之姬妾，尝染碧，经夕未收，会露下，其色愈鲜明……自是宫中竞收露水，染碧以衣之，谓之天水碧。"徐案，天水为赵宋郡望，可知词人当亦寓有缅怀故国之意。

③鳌：传说中的海中大龟，身戴神山。屈原《天问》："鳌戴山抃，何以安之。"蛰：龙蛇藏身。

④"快风"句：化用苏轼《有美堂暴雨》："天外黑风吹海立，浙东飞雨过江来。"

⑤鬟：发髻似的山头。苏轼《李思训画长江绝岛图》："峨峨两烟鬟，晓镜开新妆。"

⑥一杼霞绡：此指江上晚霞，似一匹红绡，意犹谢朓诗之"余霞散成绮"。红湿：杜甫《春夜喜雨》诗："晓看红湿处，花重锦官城。"徐案，近人宗白华《中国艺术意境之诞生》称赞周密之词"能以空虚衬托实景，墨气所射，四表无穷"。本词堪为代表。

夷则商国香慢　赋子固凌波图[1]

玉润金明[2]。记曲屏小几，剪叶移根[3]。经年箭人重见[4]，瘦影娉婷[5]。雨带风襟零乱，步云冷、鹅管吹春[6]。相逢旧京洛[7]，素靥尘缁[8]，仙掌霜凝[9]。　　国香流落恨，正冰铺翠薄，谁念遗簪[10]。水天空远，应念矾弟梅兄[11]。渺渺鱼波望极，五十弦[12]，愁满湘云[13]。凄凉耿无语，梦入东风，雪尽江清。

【注释】

①此词咏水仙花。子固：赵孟坚，字子固，宋之宗室，赵孟頫之兄，工画，入元后隐退。俞陛云《两宋词选释》谓其隐退后“以一舟载琴书，泊蓼滩苇岸，夕阳晓月，徜徉其间。其弟子昂（徐案：时已降元）访之，每拒不见，想其品节之高。则知草窗此词，皆有寓意也”。凌波图：指赵所作《水墨双钩水仙卷》。

②玉润金明：形容画笔的鲜润明丽。

③剪叶移根：指水仙被剪裁移植。

④莉（lí）人：犹丽人。据唐沈亚之《沈下贤集·湘中怨解》所载，郑生于洛桥遇艳女莉人。《全宋词》作“汜人”，当为“莉人”之误。

⑤娉（pīng）婷：姿态美好。

⑥鹅管：原指笙。唐李贺《天上谣》：“王子吹笙鹅管长。”王琦注：“谓笙上之管以玉为之，其状如鹅管。”此喻水仙花枝叶。

⑦旧京洛：北宋旧都城汴京和洛阳。

⑧靥（yè）：颊上之微涡，今称酒窝。尘缁：被尘土染黑。

⑨仙掌：指汉宫中有金铜仙人以掌承露。

⑩“国香”三句：语本黄庭坚《次韵中玉水仙花》诗：“可惜国香天不管，随缘流落小民家。”国香，谓水仙花之香属国家一级。古代常用以进贡。遗簪，状水仙叶子，似女子玉簪。《韩诗外传》：“妇人曰：‘非伤亡簪也，盖不忘故也。’”观此，则知子固忠于故国，“品节之高”。

⑪矾弟梅兄：山矾花，小寒中开花；梅花在大寒中开花。水仙花则开于山矾后、梅花前，故称矾弟梅兄。

⑫五十弦：古瑟有五十弦。唐李商隐《锦瑟》诗：“锦瑟无端五十弦，一弦一柱思华年。”

⑬湘云：相传上古帝舜之妃娥皇、女英，死为湘水（在今湖南）之神。《楚辞·九歌·湘夫人》有句云：“灵之来兮如云。”

一萼红 登蓬莱阁有感[①]

步深幽。正云黄天淡,雪意未全休。鉴曲寒沙[②],茂林烟草[③],俯仰千古悠悠[④]。岁华晚、漂零渐远。谁念我,同载五湖舟[⑤]。磴古松斜[⑥],厓阴苔老[⑦],一片清愁。

回首天涯归梦,几魂飞西浦,泪洒东州。故国山川,故园心眼,还似王粲登楼[⑧]。最怜他,秦鬟妆镜[⑨]。好江山、何事此时游。为唤狂吟老监[⑩],共赋销忧。(阁在绍兴,西浦、东州皆其地)

【注释】

①清陈廷焯《白雨斋词话》卷二评此词曰:"苍茫感慨,情见乎词,当为草窗集中压卷。虽使美成、白石为之,亦无以过,惜不多觏耳。"蓬莱阁:五代时吴越王钱镠建,旧址在今浙江绍兴市内卧龙山上。

②鉴曲:鉴湖一曲。鉴湖:又名镜湖,在今绍兴市南。唐诗人贺知章告老时得赐鉴湖一曲。

③茂林:晋王羲之《兰亭集序》云:"此地有崇山峻岭,茂林修竹。"兰亭在绍兴兰渚山下。

④俯仰:犹上下观察。《兰亭集序》有云:"仰观宇宙之大,俯察品类之盛。""向之所顾,俯仰之间,已为陈迹。"

⑤五湖舟:《国语·越语》载,越大夫范蠡辅助越王勾践灭吴以后,"遂乘轻舟,以浮于五湖,莫知其所终极。"相传与他同舟而去者有美女西施。五湖:太湖地区湖泊泛称。

⑥磴:石级。

⑦厓:山边。

⑧王粲登楼:王粲,建安七子之一,汉末避乱荆州,作《登楼赋》,有"虽信美而非吾土兮"之语,抒发对故乡、故国的忧思。此时元兵已占领绍兴一带,故作此语。

⑨秦鬟：指秦望山，在今绍兴东南。相传秦始皇曾登会稽山以望南海，故名秦望山。以其形似鬟髻，又名秦鬟山。妆镜：指镜湖。句中“最怜他”，一本作“最负他”，不可取。

⑩狂吟老监：唐贺知章曾为秘书监，又自号四明狂客。《旧唐书》有传。

献仙音　吊雪香亭梅[1]

松雪飘寒，岭云吹冻，红破数椒春浅[2]。衬舞台荒，浣妆池冷[3]，凄凉市朝轻换[4]。叹花与人凋谢，依依岁华晚。　共凄黯。问东风，几番吹梦？应惯识当年，翠屏金辇[5]。一片古今愁，但废绿平烟空远。无语消魂，对斜阳衰草泪满[6]。又西泠残笛，低送数声春怨[7]。

【注释】

①雪香亭：位于集芳园内。《绝妙好词笺》注引《武林旧事》：“集芳园在葛岭，原系张婉仪园，后归太后，殿内有古梅老松甚多。理宗赐贾平章(似道)。旧有清胜堂、望江亭、雪香亭等。”徐案：所引见《武陵旧事》卷四《故都宫殿》。一说雪香亭在聚景园。王沂孙《法曲献仙音》调下注：“聚景亭梅，次草窗韵。”董嗣杲《西湖百咏》云：“聚景园在清波门外，阜陵(高宗)致养北宫，拓圃西湖之东，斥浮屠之庐九，曾经四朝临幸……园今芜圮，惟柳浪桥、花光亭在。”园亭种红梅。高似孙有《过聚景园》诗悼之，云：“水际春风寒漠漠，官梅却作野梅开。”近人吴则虞《花外集》校注综合诸家之说，引江昱云：“今观倡和诸作，皆苑籞兴亡之感，无一语涉贾(似道)，则据王(沂孙)词称聚景者得之。”

②红破：红梅含苞初绽。椒：花椒，梅花蓓蕾似之，故云。

③衬舞台、浣妆池：园中旧有池台。

④市朝：市场与朝廷。《战国策·秦策》：“争名者于朝，争利者于市，今三川、周室，天下之市朝也。”此谓江山易主，宋亡

于元。

⑤翠屏金辇：谓雪香亭当年，四朝临幸，帝后常来，故云。

⑥“一片”以下六句：清陈廷焯《白雨斋词话》卷二评曰：“即杜诗‘回首可怜歌舞地’之意，以词发之，更觉凄婉。”

⑦西泠：桥名，杭州西湖孤山下名胜。徐案：笛曲有《梅花落》，其声哀怨，故此结句，暗合咏梅主旨。

高阳台 送陈君衡被召①

照野旌旗，朝天车马②，平沙万里天低③。宝带金章，尊前茸帽风欹④。秦关汴水经行地⑤，想登临、都付新诗。纵英游、叠鼓清笳，骏马名姬。　酒酣应对燕山雪⑥，正冰河月冻，晓陇云飞⑦。投老残年⑧，江南谁念方回⑨。东风渐绿西湖柳⑩，雁已还，人未南归。最关情，折尽梅花，难寄相思⑪。

【注释】

①陈君衡：名允平，一字衡仲，号西麓。与周密交厚，多携游倡和之作。宋亡之后，陈被元朝征召至大都（今北京），周则隐居不仕，故临别之际感慨殊深。词之上阕，皆推想允平入元授官后情景，俞陛云《两宋词选释》云：“观其词意，当是受北朝干旌之召，为当时显官。故上阕言旌旗笳鼓，骏马名姬，极写行色之壮。下阕但赋离情，于陈君衡出处，不加褒贬之词，仅言江湖投老，见两人穷达殊途，新朝有振鹭之歌，而故国无归鸿之信，言在意外也。”

②朝天：谓陈允平进京去朝见元朝皇帝。然陈却不受职而归。

③“平沙”句：言北方多沙漠，语本唐岑参《碛中作》诗：“今夜不眠何处宿，平沙万里无人烟。”天低：唐孟浩然《宿建德江》：“野旷天低树，江清月近人。”

④宝带金章:意谓允衡此去,将授官职,然亦推想之辞。杜甫《奉寄章十侍御》诗:“金章紫绶照青春。”金章:金印。茸帽:毛皮帽。攲(qī):斜。

⑤秦关:秦朝时所筑之关。汴水:自河南流经泗水,再入淮河。

⑥燕山雪:燕山,在河北平原北侧。此指元大都燕京(今北京)。唐李白《北风行》:“燕山雪花大如席。”

⑦陇:陇山,在陕西。此句语本柳永《曲玉管》:“陇首云飞,江边日晚。”

⑧投老:到老,老年。

⑨方回:北宋词人贺铸的字。本书前有小传。黄庭坚跋少游《好事近》云:“解道江南断肠句,世间唯有贺方回。”作者以贺铸自喻,言其年老力衰,只能隐居不仕也。

⑩西湖:浙江杭州西湖。

⑪“最关情”三句:南朝宋陆凯赠在长安好友范晔诗:“折花逢驿使,寄与陇头人,江南无所有,聊赠一枝春。”此翻用其意。

高阳台 寄越中诸友[①]

小雨分江,残寒迷浦[②],春容浅入蒹葭[③]。雪霁空城,燕归何处人家[④]?梦魂欲渡苍茫去,怕梦轻、还被愁遮[⑤]。感流年、夜汐东还[⑥],冷照西斜[⑦]。　萋萋望极王孙草[⑧],认云中烟树[⑨],鸥外春沙。白发青山,可怜相对苍华[⑩]。归鸿自趁潮回去,笑倦游、犹是天涯。问东风、先到垂杨,后到梅花?

【注释】

①陈廷焯《词则》评此词云:“幽怨得碧山(王沂孙)意趣,但厚意不及。”《冰簃词话》云:“《一萼红》《高阳台》皆草窗词之沉雄悲壮、声情激越者。”越中:指会稽(今绍兴)。诸友:当指张

炎、王沂孙、邓牧、谢翱诸人。

②“小雨”二句：时作者居杭州，与会稽之间，隔一钱塘江。时维早春，余寒尚在，故曰“残寒迷浦”。

③蒹葭：芦苇。

④“燕归”句：化用刘禹锡《乌衣巷》诗：“旧时王谢堂前燕，飞入寻常百姓家。”

⑤“梦魂”二句：元陆辅之《词旨》及清李佳《左庵词话》，俱称之为“警句”。

⑥“夜汐”句：夜潮已退。

⑦冷照：指月光。

⑧“萋萋”句：汉刘安《招隐士》：“王孙游兮不归，芳草生兮萋萋。”萋萋：草盛貌。

⑨“云中烟树”句：化用谢朓《之宣城郡出新林浦向板桥》诗：“天际识归舟，云中辨江树。”

⑩苍华：头发。道家以人身为小天地，人体各部分均赋予神名，头发为苍华神。吴文英《八声甘州·陪庾幕诸公秋登灵岩》：“问苍天无语，华发奈山青。”略相似。

探芳讯 西泠春感[①]

步晴昼，向水院维舟，津亭唤酒[②]，叹刘郎重到[③]，依依谩怀旧[④]。东风空结丁香怨[⑤]，花与人俱瘦。甚凄凉、暗草沿池，冷苔侵甃[⑥]。　桥外晚风骤，正香雪随波[⑦]，浅烟迷岫[⑧]。废苑尘梁[⑨]，如今燕来否？翠云零落空堤冷，往事休回首。最消魂、一片斜阳恋柳[⑩]。

【注释】

①俞陛云《两宋词选释》云：“西湖当南宋时，翠华临幸，士女嬉游，花月楼台，为西湖千百年来极盛之际。自白雁渡江以后，朝市都非，草窗以凄清之笔写之……触处生悲，不尽周原之

感；湖山举目，谁动余哀，剩有白发遗黎，扶筇凭吊，如残阳之恋柳耳。”西泠：桥名，在杭州西湖孤山下，为名胜之一。

②津亭：渡口亭。

③刘郎重到：唐刘禹锡《再游玄都观》：“种桃道士归何处，前度刘郎今又来。”此盖自绍兴归来，重临其地。

④谩：通“漫”。

⑤丁香怨：前人多用丁香花蕾来比喻愁思固结不解。唐李商隐《代赠》诗：“芭蕉不解丁香结，同向东风各自愁。”南唐李璟《浣溪纱》：“青鸟不传云外信，丁香空结雨中愁。”

⑥甃（zhòu）：井壁。

⑦香雪：指梅花。唐韩偓《和吴子华侍郎令狐昭化舍人叹白菊衰谢之绝次用本韵》诗：“正怜香雪飞千片，忽讶残霞覆一丛。”

⑧岫：峰峦。

⑨废苑：战后皇家苑囿多成废墟，如聚景园、雪香亭等，非复旧观。尘梁：语本薛道衡《昔昔盐》：“空梁落燕泥。”陈廷焯《词则》评曰：“点缀‘空梁落燕泥’句，更饶姿态。”

⑩“最销魂”句：化用辛弃疾《摸鱼儿·暮春》词：“斜阳正在，烟柳断肠处。”

少年游 宫词拟梅溪[1]

帘消宝篆卷宫罗[2]，蜂蝶扑飞梭[3]。一样东风，燕梁莺院，那处春多[4]。　晓妆日日随香辇，多在牡丹坡。花深深处，柳阴阴处，一片笙歌[5]。

【注释】

①宫词：描写宫廷生活的词作。梅溪：史达祖之号，本书有其小传，俞陛云《两宋词选释》云：“题云拟梅溪，恐梅溪有此丽笔，或逊其浑成也。”

②宝篆：炉烟。炉香之烟曲折上升，状如篆字。黄庭坚《眼儿媚》："宝篆烟消鸾凤，画屏云锁潇湘。"

③"蜂蝶"句：飞梭，指莺，因其飞极快，故云。陈允平《六丑》："自清明过了，渐柳底、莺梭慵掷。"

④"一样"三句：许昂霄《词综偶评》云："即'梨花雪，桃花雨，毕竟春谁主'之意；然俱从义山(《早起》)'莺啼花又笑，毕竟是谁春'脱出。"

⑤"花深"三句：清李佳《左庵词话》称之为"警句"。

朱嗣发

朱嗣发(1234—1304),字士荣,号雪崖,乌程(今浙江湖州)人。尝以登仕郎就朝试,未取。专志奉亲。咸淳末,补朝奉郎,杜门不仕。宋亡,举充提学学官,不受。《阳春白雪》存其词1首。

摸鱼儿

对西风,鬓摇烟碧,参差前事流水[①]。紫丝罗带鸳鸯结,的的镜盟钗誓[②]。浑不记。漫手织回文[③],几度欲心碎。安花著蒂。奈雨覆云翻,情宽分窄,石上玉簪脆[④]。　朱楼外,愁压空云欲坠。月痕犹照无寐。阴晴也只随天意[⑤],枉了玉消香碎[⑥]。君且醉。君不见,长门青草春风泪[⑦]。一时左计[⑧]。悔不早荆钗[⑨],暮天修竹,头白依寒翠[⑩]。

【注释】

①参差:徐案,乃"差池"一音之转,意犹蹉跎,错过机会。唐白居易《禽虫十二章》之一:"燕违戊己鹊避岁……一时一日不参差。"谓未错过也。又唐薛能《下第后春日长安居寓》诗:"隔年空仰望,林日有参差。"谓又错过也。秦观《水龙吟》:"玉佩丁东别后,怅佳期、参差难又。"意谓错过佳期难以重逢也。此谓前事错过,似水东流,难以再来。

②的的:明明白白,的确。镜盟:孟棨《本事诗·情感》记南朝陈乐昌公主于亡国时与丈夫分镜,各执其半,作为以后重见之凭信。钗誓:唐白居易《长恨歌》及陈鸿《长恨歌传》载,唐明皇与杨贵妃定情时以金钗钿合为信物。杨贵妃死后在仙山之魂分钗钿的一半,交来访道士带给长安唐明皇以作凭证,表示深情并传寄盟誓。

③回文:《晋书·窦滔妻传》:苏蕙,善属文,嫁窦滔。滔被

苻坚徙流沙，蕙织锦为回文旋图诗赠之，以寄离思。

④“石上”句：指玉簪跌在石上，断声清脆。唐白居易《井底引银瓶》诗：“石上磨玉簪，玉簪欲成中央折。”喻爱情的中途断裂。

⑤“阴晴”句：语本苏轼《水调歌头》：“人有悲欢离合，月有阴晴圆缺，此事古难全。”

⑥玉消香碎：即香消玉殒。《南史·王僧达传》：“大丈夫宁当玉碎，安可以没没求活。”

⑦长门：长门宫，汉武帝时陈皇后失宠之后所居宫名。相传司马相如有《长门赋》以抒其怨情。

⑧左计：失策。

⑨荆钗：贫妇的头饰。后汉梁鸿之妻孟光，与夫避世隐居，尝着荆钗布裙。唐李商隐《重祭外舅司徒公文》云：“荆钗布裙，高义每符于梁孟。”

⑩“暮天”二句：唐杜甫《佳人》诗：“天寒翠袖薄，日暮倚修竹。”表示清贫而操守高洁。

王奕

王奕，字伯敬，自号玉斗山人、玉山（今属江西）人。生卒年不详。曾为邑博。与谢枋得相善。宋亡，建玉山书院。入元后，曾补玉山教谕。有《东行斐稿》传世。《彊村丛书》辑有《玉斗山人词》一卷。

贺新郎 金陵怀古[①]

金陵流峙，依约洛阳[②]，惜中兴柄国者巽[③]，皆入床下，遂使金瓯甑堕[④]，惜哉！

决眥斜阳里[⑤]。品江山、洛阳第一，金陵第二。休论六朝兴废梦[⑥]，且说南浮之始。合就此、衣冠故址[⑦]。底事轻抛形胜地[⑧]，把笙歌，恋定西湖水[⑨]。百年内，苟而已[⑩]。　纵然成败由天理。叹石城[⑪]、潮落潮生，朝昏知几[⑫]。可笑诸公俱铸错[⑬]，回首金瓯瞥徙[⑭]。漫涴了紫云青史[⑮]。老媚幽花栖断础，睇故宫[⑯]、空拊英雄髀[⑰]。身世蝶[⑱]，侯王蚁[⑲]。

【注释】

①金陵：今江苏南京，雄峙长江之边。南宋初年为江防前线，抗战派都主张暂都于此，以图进而恢复北方中原；投降派则主张退居浙江杭州，以求苟安一隅。最后，以宋高宗为首的统治集团确定暂都杭州，名为临安。本词追叹其事。

②依约：仿佛。洛阳：今属河南，古代以为洛阳居天下之中，属形胜之地。

③中兴：王朝衰落后复兴。北宋亡后，南宋政权建立，称为“中兴”。柄国者：掌握国家权柄的人，指南宋初期当权的投降派。巽：卑顺，指对金屈服。

④金瓯：比喻国土。瓯：盛酒器。《南史·朱异传》："我国家犹若金瓯，无一伤缺。"甑：瓦制器皿。金瓯甑堕，谓国家沦陷。

⑤决眥：裂开眼框，极目注视，形容盛怒之状。三国曹植《鞞舞歌·孟冬篇》："张目决眥，怒发穿冠。"

⑥六朝：吴、东晋、宋、齐、梁、陈，均建都金陵，故此地经历许多兴废之事。

⑦"且说"二句：意谓宋高宗等南渡之初，应该建都金陵。衣冠故址，指具有文明礼教、历史悠久的地区。

⑧底事：何事。形胜地：地形险要处，这里指金陵。《太平御览》引《吴录》，诸葛亮云："钟山龙盘，石头虎踞，此帝王之宅。"谓其地雄壮险要。

⑨西湖：在浙江杭州。此指临安，南宋政权建都于此。

⑩"百年"二句：宋高宗建炎元年(1127)建立南宋政权，至宋亡(1279)共一百余年，都是苟安罢了。

⑪石城：石头城，本楚金陵城，故址在今南京清凉山。

⑫朝昏：早晨和黄昏，潮水早晚涨落能有几回。

⑬诸公：指南宋统治集团诸成员。铸错：犯了不可挽回的错误。《资治通鉴·唐昭宣帝天祐三年》："合六州四十二县铁，不能为此错也。"错，原是锉刀之意，故以铁铸错，与错误之错语意双关。

⑭瞥徙：瞬间改变。按此"瞥徙"或即"敝屣(蹝)"的假借。敝徙，破鞋，喻不足珍惜的东西。《孟子·尽心上》："舜视弃天下，犹弃敝蹝也。"此谓南宋诸公视国土为敝屣。

⑮涴(wò)：沾污。紫云：祥瑞的云气，古以为帝王之符。青史：古以竹简记事，故也称史籍为青史。

⑯睇：斜视。

⑰拊：拍。髀：股部，大腿骨。《三国志·蜀书·先主传》注引《九州春秋》载，刘备在荆州时，看到自己的髀里肉复生，深叹久不骑马，时光空过，功业不成。后常用此典形容英雄不甘闲居坐老。

⑱身世蝶：参见黄庭坚《定风波》(上客休辞酒浅深)注⑤。

⑲侯王蚁：侯王之尊，蝼蚁之微贱，最后都是一样归于无有。唐杜甫《谒文公上方》："王侯与蝼蚁，同尽随丘墟。"

文天祥

文天祥(1236—1283)，本名云孙，字天祥，后改字宋瑞，一字履善，号文山。吉安(今属江西)人。宝祐四年(1256)进士第一。度宗朝，累迁直学士院，知赣州。德祐初，元兵南下，乃起兵勤王；二年初，除右丞相，兼枢密使。奉使和谈，军前被拘。脱逃后，由真州泛海至温州。拥立端宗，拜右丞相，转战江西、福建一带，兵败被俘，囚于燕京四年，终不屈。至元十九年(1282)在燕京柴市口，慷慨就义。诗歌创作表现爱国精神，存词不多，显示威武不屈气概。词见《指南后录》。刘熙载评曰："文文山词，有'风雨如晦，鸡鸣不已'之意，不知者以为变声，其实乃正之变也。故词当合其人之境地以观之。"

酹江月 和邓光荐[①]

乾坤能大[②]，算蛟龙、元不是池中物[③]。风雨牢愁无着处，那更寒虫四壁[④]。横槊题诗[⑤]，登楼作赋[⑥]，万事空中雪。江流如此，方来还有英杰[⑦]。　堪笑一叶漂零，重来淮水[⑧]，正凉风新发。镜里朱颜都变尽，只有丹心难灭。去去龙沙[⑨]，江山回首，一线青如发。故人应念，杜鹃枝上残月[⑩]。

【注释】

①邓光荐：名剡。邓剡介绍及其原作见以下《念奴娇·驿中言别》。本词题名一作"和友《驿中言别》"。南宋祥兴元年(1278)十二月，文天祥抗元兵败，被俘，被押解赴京，路过金陵(今江苏南京)，与邓剡于驿中相遇。作词相酬答。调名即《念奴娇》，用苏轼韵。刘诜《跋文信公和东坡赤壁词后》云："坡公赤壁词'妙绝百代'，信国文公所和雄词，直气不相上下。"

②乾坤能大：《诗词曲语辞汇释》卷三："能，甚辞。凡亦可作这样或如许解而嫌其不得劲者属此……王维《达奚侍郎夫人

挽歌》:'秋日光能淡,寒川波自翻。'光能淡,犹云光何淡或光甚淡也。此为寄哀之诗,语气沉重,景中有情。"此亦如之。

③"算蛟龙"句:《三国志·周瑜传》:"刘备以枭雄之姿……恐蛟龙得云雨,终非池中物也。"

④寒虫:蟋蟀。

⑤横槊题诗:三国曹操兼通文才武略,带兵征战时常横槊赋诗。见苏轼《前赤壁赋》。

⑥登楼作赋:三国王粲有《登楼赋》,抒发怀念家乡之情。

⑦方来:将来。

⑧重来淮水:徐案,德祐二年(1276),作者出使元营被拘,逃出后,"日与北骑相出没于长淮间"(见《指南录后序》),此次被元军押去,重经淮河,故云。

⑨龙沙:古地名。后泛指我国西北部沙漠地带。

⑩杜鹃:鸟名。作者《金陵驿》诗云:"从今别却江南路,化作啼鹃带血归。"相传杜鹃为古蜀帝杜宇之魂所化,啼声如"不如归去",不胜凄悲,以致口中出血。

满江红

和王夫人《满江红》韵[①],以庶几后山《妾薄命》之意[②]。

燕子楼中[③],又捱过、几番秋色。相思处、青年如梦,乘鸾仙阙[④]。肌玉暗消衣带缓[⑤],泪珠斜透花钿侧[⑥]。最无端、蕉影上窗纱,青灯歇。　曲池合,高台灭[⑦]。人间事,何堪说。向南阳阡上[⑧],满襟清血。世态便如翻覆雨。妾身元是分明月。笑乐昌、一段好风流,菱花缺[⑨]。

【注释】

①王夫人:王清惠,宫女。南宋亡,京都临安沦陷,随谢后等

被俘至元大都(今北京)，后出家为道姑。其所填《满江红》词，和者颇多。陈霆《渚山堂词话》云：文文山“拘囚之余，漫和一阕，庶几《妾薄命》之义。”

②后山：北宋诗人陈师道，号后山，曾作《妾薄命》诗，云：“古来妾薄命，事主不尽年。”任渊注：“言乐未毕，而哀继之也。”此用其义。

③燕子楼：旧址在今徐州。唐张愔尚书镇徐州时，筑楼以居家妓关盼盼。张死，关不嫁，居此楼十余年。参看苏轼《永遇乐》(明月如霜)注①。王清惠被俘后出家，故以关盼盼为喻。

④乘鸾：梁江淹《拟班婕妤诗》：“画作秦王女，乘鸾向烟雾。”鸾，凤属。仙阙：犹仙宫。

⑤衣带缓：犹衣带宽，表示人体消瘦。《古诗十九首》：“相去日已远，衣带日已缓。”

⑥钿：花形头饰。

⑦“曲池”二句：汉桓谭《新论》载雍门周说孟尝君：“千秋万岁后，高台既已倾，曲池又已平。”此喻宋朝灭亡。徐案：据《武陵旧事》卷四“聚远楼”注：“高宗雅爱湖山之胜，恐数跸烦民，乃于宫内凿大池，引水注之，以象西湖冷泉。”曲池当指此。同上书卷三“观潮”载：“禁中例观潮于天开图画，高台下瞰，如在指掌，都民遥瞻黄繖雉扇于九霄之上，真若箫台蓬岛也。”可证文天祥乃写实。

⑧阡：墓道。汉代原涉自署墓道为“南阳阡”，陈师道《妾薄命》中有“相送南阳阡”句，此化用其语。

⑨“笑乐昌”三句：孟棨《本事诗·情感》载：南朝陈乐昌公主于国将亡时知将被掠，与丈夫徐德言破铜镜，各执其半，并约于正月十五卖镜于市，冀得相聚。后乐昌为隋官杨素所有，徐德言于市见其半镜，题诗以与乐昌联系，杨素遂使其夫妻团圆。菱花，镜子，本词说破镜重圆虽是佳话，但毕竟镜已残缺，不如王清惠之如天上明月。

沁园春 题潮州双忠庙[1]

为子死孝，为臣死忠，死又何妨。自光岳气分[2]，士无全节，君臣义缺，谁负刚肠。骂贼睢阳[3]，爱君许远，留得声名万古香。后来者，无二公之操，百炼之钢。

人生翕歘云亡[4]，好烈烈轰轰做一场。使当时卖国，甘心降虏，受人唾骂，安得留芳？古庙幽沉，仪容俨雅，枯木寒鸦几夕阳。邮亭下，有奸雄过此，仔细思量。

【注释】

①潮州：今属广东。双忠庙：纪念唐代忠臣张巡、许远的庙。宋帝昺祥兴元年（1278）；文天祥以少保右丞相兼枢密使驻兵潮阳，谒张许庙，题此词。《全宋词》题作："至元间留燕山作。"徐案：据《永乐大典》卷五三四五引元潮州路总管王用文《刻文丞相谒张许庙词跋》，此词当作于宋端宗景炎（1277）初，似应以石刻为准。

②光岳：三光（日、月、星）五岳（泰山等五座大山），犹言天地。《文献通考·自序·户口》："光岳既分，风气日漓。"

③睢阳：今河南商丘南。唐安禄山叛变时，张巡、许远两人孤军扼守睢阳城达数月之久，最后粮尽援绝，城陷被执，慷慨斥贼，以身殉国。

④翕歘（xī xū）：犹倏忽，迅速貌。晋左思《吴都赋》："神化翕忽，函幽育明。"歘：通"忽"。

邓剡

邓剡（yǎn）（1232—1303），字光荐，一字中甫，号中斋，吉州庐陵（今江西吉安）人。景定三年（1262）进士。元兵南侵，剡随宋朝廷至厓山，除礼部侍郎。祥兴元年（1278）六月投海，为元兵所捞起，与文天祥一起押赴燕京，至建康，以病留，有词与文天祥唱别，久之放归。至元十九年（1282），张弘范之子张珪以师礼事之，卒于元大德七年。近人赵万里辑其词为《中斋词》一卷。

念奴娇 驿中言别①

水天空阔，恨东风，不惜世间英物②。蜀鸟吴花残照里③，忍见荒城颓壁。铜雀春情④，金人秋泪⑤，此恨凭谁雪！堂堂剑气，斗牛空认奇杰⑥。　那信江海余生⑦，南行万里，不放扁舟发。正为鸥盟留醉眼⑧，细看涛生云灭。睨柱吞嬴⑨，回旗走懿⑩。千古冲冠发。伴人无寐，秦淮应是孤月⑪。

【注释】

①此词作于金陵（今江苏南京）。祥兴二年（1279）四月作者与文天祥先后被俘，在押赴大都（今北京）途中，文天祥囚禁于驿中，作者因病移天庆观就医。诀别时作此词以赠文天祥。全词用苏轼《念奴娇·赤壁怀古》韵。文天祥有和作，本书已录。一说本词亦文天祥作。

②英物：英雄人物，指文天祥等爱国志士。三国赤壁之战时，周瑜用火攻曹操战船及营寨，时东南风疾，火势迅猛，似得天助。此谓恨东风不对宋军抗元给以帮助。

③蜀鸟：指杜鹃鸟，相传为古蜀帝杜宇失国后所化，鸣声凄怨。吴花：三国东吴宫中所栽。唐李白《登金陵凤凰台》："吴宫花草埋幽径，晋代衣冠成古丘。"蜀鸟、吴花都是亡国遗迹。

④铜雀:铜雀台,三国时曹操所筑,故址在今河北临漳西南。唐杜牧《赤壁》:"东风不与周郎便,铜雀春深锁二乔。"此处暗指宋室宫嫔被掳北去,藏于元宫。

⑤金人:汉武帝曾铸铜仙人捧承露盘,亦称金人。后魏明帝令人拆迁,相传仙人临载乃潸然泪下。唐李贺有《金铜仙人辞汉歌》。此指宋文物宝器被元人掠去。

⑥"堂堂"二句:见黄裳《桂枝香·延平阁闲望》词注⑤。

⑦江海余生:指作者与文天祥转战江海,劫后余生。

⑧鸥盟:与海鸥订盟为友,一般诗中以此表示退隐之志。

⑨睨柱吞嬴:用《史记·蔺相如列传》载,赵国蔺相如奉和氏璧至秦,见秦王嬴政没有以城换璧的诚意,"因持璧却立倚柱,怒发上冲冠……睨柱,欲以击柱。"嬴政只得让步。蔺相如终于"完璧归赵"。睨:斜视。吞:指以壮气压倒。

⑩回旗走懿:据《三国志·诸葛亮传》注引《汉晋春秋》:诸葛亮死后(未发丧),蜀军整队后撤,魏帅司马懿率军追逐,蜀军反旗鸣鼓,作进攻反击状,司马懿疑以为真,不敢进击而退。当时百姓为之谚曰:"死诸葛走生仲达。"仲达,司马懿字。

⑪秦淮:秦淮河。流经南京市。

浪淘沙[①]

疏雨洗天晴,枕簟凉生[②]。井梧一叶做秋声。谁念客身轻似叶,千里飘零。　　断梦古台城[③],月淡潮平。便须携酒访新亭[④],不见当时王谢宅[⑤],烟草青青。

【注释】

①此词当作于金陵(今江苏南京),1279年后。《历代词话》引《雪舟脞语》评下片云:"怀君忆旧,情见乎词矣!"

②簟:竹席。

③古台城:东晋台城在今南京玄武湖边。参见李演《贺新

凉·多景楼落成》注⑩。

④新亭：在今南京南。参见李演《贺新凉·多景楼落成》注⑩。此句"便"字下原缺一字。

⑤王谢：东晋王导、谢安之族，皆居乌衣巷（在今南京秦淮河南），唐刘禹锡《乌衣巷》诗："朱雀桥边野草花，乌衣巷口夕阳斜。旧时王谢堂前燕，飞入寻常百姓家。"此用其意。下首《唐多令》中"寂寞古豪华"四句也是由此化出。

糖多令[①]

雨过水明霞，潮回岸带沙。叶声寒，飞透窗纱。堪恨西风吹世换，更吹我，落天涯[②]。　寂寞古豪华，乌衣日又斜。说兴亡，燕入谁家[③]？惟有南来无数雁，和明月，宿芦花[④]。

【注释】

①此词作于1279年秋，与文天祥诀别前后。

②"堪恨"三句：谓元兵灭宋，致作者流落天涯。

③"寂寞"四句：化用唐刘禹锡《乌衣巷》诗意，见前首《浪淘沙》注⑤。

④"惟有"三句：借喻战乱中流离失所的难民。

刘　壎

刘壎（xūn）（1240—1319），字起潜，自号水云村人。南丰（今属江西）人。三十七岁时宋亡，五十五岁时以荐署建昌路学亚。元至大二年（1309）曾为延平路儒学教授。有《隐居通议》《水云村稿》。彊村辑有《水云村诗余》。前期词多感叹不遇，后期词有黍离之思，盖以宋亡为分界也。

菩萨蛮　和詹天游[①]

故园青草依然绿，故宫废址空乔木[②]。狐兔穴岩城[③]，悠悠万感生。　胡笳吹汉月[④]，北语南人说[⑤]。红紫闹东风，湖山一梦中[⑥]。

【注释】

①詹天游：詹玉，字可大，号天游，古郢（今湖北江陵）人，官翰林学士。《全宋词》辑其词十三首，多感怀之作。尝与刘壎唱和。清况周颐《蕙风词话》卷三评此词曰："仅四十许字，而麦秀黍离之感，流溢行间。所谓满心而发，颇似包举一长调于小令中。与天游《齐天乐》赠童瓮天兵后归杭阕，各极慨慷低徊之致。"

②乔木：高大的树木。《孟子·梁惠王》下："所谓故国者，非谓有乔木之谓也，有世臣之谓也。"此处悼南宋之亡。

③"狐兔"句：化用城狐杜鼠之典，指南宋政权内部隐藏卖国奸邪。

④胡笳：古代北方民族的管乐器。此用汉末蔡琰《胡笳十八拍》故事，谓元兵已在南宋故土上寻欢作乐。

⑤北语南人说：言北人统治已久，南方人已学会北方语言。

⑥一梦中：南唐李煜亡国后赋有《子夜歌》云："往事已成空，还如一梦中。"此用其意。

汪元量

汪元量(1241—1317?)字大有，号水云、楚狂，又号江南倦客，钱塘(今杭州)人。度宗时以词章给事宫廷，又以善琴奉侍谢后、王昭仪。宋恭帝德祐二年(1276)，元军入杭，随谢后北行。留燕京十二年。常往探视囚禁中的文天祥，以诗唱和。至元十五年(1288)，赐为道士南归，浪迹江湖以终。有《水云词》。

水龙吟　淮河舟中夜闻宫人琴声①

鼓鞞惊破霓裳②，海棠亭北多风雨③。歌阑酒罢，玉啼金泣④，此行良苦。驼背模糊，马头匼匝⑤，朝朝暮暮。自都门燕别⑥，龙艘锦缆⑦，空载得春归去。　目断东南半壁，怅长淮，已非吾土⑧。受降城下，草如霜白，凄凉酸楚⑨。粉阵红围⑩，夜深人静，谁宾谁主⑪？对渔灯一点，羁愁一搦，谱琴中语。

【注释】

①宋恭宗德祐二年(1276)，宋帝显、后妃、侍臣、乐官三千余人被押解北方，作者亦在其列。此词是他北上途中夜经淮河时所作。

②“鼓鞞”句：唐白居易《长恨歌》：“渔阳鼙鼓动地来，惊破霓裳羽衣曲。”指安禄山在渔阳起兵叛唐，进军长安。鼓鞞：战鼓。霓裳羽衣曲：当时著名舞曲，唐玄宗所改编，杨贵妃曾参与演出。此句指元军进入南宋京城临安宫殿。

③海棠亭：即沉香亭，在唐宫内。宋乐史《太真外传》载：唐玄宗在亭上召见醉后杨贵妃时说：“真海棠睡未足耳。”

④金泣：相传魏明帝迁移汉武帝于长安所铸金铜仙人至洛阳时，金人泣下。见唐李贺《金铜仙人辞汉歌》。此句指宋宫后妃等被俘时的啼泣。

⑤匼(kē)匝(zā)：环绕。以上两句化用杜甫《送蔡希鲁还

陇右》："马头金匼匝，驼背锦模糊。"谓以金络马头，以锦蒙驼背。

⑥都门：指南宋京城临安（今浙江杭州）。燕：通"宴"。本句谓被掳北去的南宋帝、后、宫女离临安出发。

⑦龙艘：指帝王渡淮时所乘的船。

⑧"目断"三句：原来南宋只剩有全国的东南一半土地，宋、金以淮河为界，而现在这一半国土也已沦亡了。

⑨"受降城"三句：唐代强盛时在西北边地设有多处受降城，唐李益《夜上受降城闻笛》："回乐峰前沙似雪，受降城外月如霜。不知何处吹芦管，一夜征人尽望乡。"此受降城在今内蒙古。本词化用李益诗意，以李诗中的夜闻笛声喻自己的夜闻琴声。词中"受降城"，指元人受宋降之地。

⑩粉阵红围：指被拘押北去的宫女群。

⑪谁宾谁主：谓过去南宋君臣是国家之主，至今归降元朝则又是宾，宾主地位难以分辨。

望江南　幽州九日①

官舍悄，坐到月西斜。永夜角声悲自语②，客心愁破正思家，南北各天涯。　　肠断裂，搔首一长嗟。绮席象床寒玉枕③，美人何处醉黄花④。和泪捻琵琶⑤。

【注释】

①此词作于被俘后的重阳节（九月九日）。幽州：古九州之一，相当今北京、河北北部及辽宁一带。此指元大都，今北京。

②"永夜"句：用杜甫《宿府》诗成句，谓长夜中唯闻军中号角之声如在自作悲语。

③"绮席"句：均想象昔日南宋宫中之物。寒玉枕：指竹枕。竹子又称寒玉。

④黄花：菊花，唐孟浩然《过故人庄》："待到重阳日，还来就

菊花。”

⑤捻：揉弦，弹琵琶的一种指法。白居易《琵琶行》：“轻拢慢捻抹复挑。”

满江红　和王昭仪韵[①]

天上人家[②]，醉王母[③]，蟠桃春色[④]。被午夜，漏声催箭[⑤]，晓光侵阙[⑥]。花覆千宫鸾阁外，香浮九鼎龙楼侧[⑦]。恨黑风[⑧]，吹雨湿霓裳[⑨]，歌声歇。　人去后，书应绝。肠断处，心难说。更那堪杜宇，满山啼血[⑩]。事去空流东汴水，愁来不见西湖月[⑪]。有谁知，海上泣婵娟[⑫]，菱花缺[⑬]。

【注释】

①王昭仪：即王清惠，宋宫女，有《满江红》（太液芙蓉）词。（见下二页）本书已录。作者与之有一定交谊。刘辰翁《湖山类稿序》说：“（汪元量）侍禁时，为太皇（理宗）王昭仪鼓琴奉卮酒。”赵文《书汪水云诗后》也说他“尝以琴事谢后及王昭仪”。后一起被俘至北方，有诗词来往。汪南归时，王清惠率众嫔赋诗送别。

②天上人家：指南宋皇宫。

③王母：西王母，神话中的女神。此指谢后（理宗妻谢道清）。

④蟠桃：传说中的仙桃。《海内十洲记》：“东海有山，上有大桃树，蟠延三千里。”《汉武帝内传》云：西王母降，以仙桃四颗与帝，并曰：“此桃三千年一生实。”此喻谢后宴饮时之食品。

⑤漏声催箭：比喻时光易逝。漏，古代滴水计时之器。箭，漏下刻时之具。

⑥阙：殿前两座高耸的建筑物。两座之间有空缺，故名。此指皇宫。

⑦“花覆”二句：鸾阁、龙楼均指皇宫建筑。九鼎：相传上古

禹曾铸九鼎，象征九州。三代时为传国之宝。此泛指皇宫中所用器物。

⑧黑风：指元人的入侵。典出《法华经·普门品》："若有众生入于大海，假如黑风吹其船舫，飘坠罗刹鬼国。"

⑨霓裳：即《霓裳羽衣曲》，唐代著名舞曲，见前首《水龙吟》（鼓鼙惊破霓裳）注②。据汪元量《宫人鼓瑟奏霓裳曲》，可知宋宫中亦曾演奏此古曲。

⑩"更那堪"二句：杜宇，即杜鹃鸟，相传为蜀帝杜宇失国后之魂所化，啼声凄悲，直啼到口中出血。（实为此鸟之嘴边有红色皮肉，色鲜似血）此处用以寄寓亡国之痛。

⑪"事去"二句：汴水，在今河南。北宋京城汴京（今河南开封）在其流域。西湖：在南宋都城临安（今浙江杭州）。两句概括北宋、南宋京都沦陷的历史。

⑫海上：汉代使者苏武被匈奴扣留后曾被迁至北海（今贝加尔湖）上。作者与王清惠被俘后曾至大都（今北京）、上都（今内蒙古）、居延（在今甘肃）。汪元量《居延》诗云："忆昔苏子卿，持节入异域。"即以苏武自比。婵娟：美好貌，指王清惠。

⑬菱花：镜子。用南朝陈乐昌公主破镜重圆事，见前文天祥《满江红》（燕子楼中）注⑨。本词谓王清惠团圆之镜已破。

王清惠

王清惠，女，宋度宗（1240—1274）昭仪（宫中女官）。宋亡，与谢后、全后等被俘至元大都（今北京）。至元十九年（1282），随瀛国公赵显上都，二十年，又随赵显至居延、天山。后请求为女道士，号冲华。能诗词，与汪元量等有诗词倡和。

满江红[①]

太液芙蓉[②]，浑不似、旧时颜色。曾记得，春风雨露，玉楼金阙[③]。名播兰馨妃后里[④]，晕潮莲脸君王侧。忽一声，鼙鼓揭天来[⑤]，繁华歇。　龙虎散[⑥]，风云灭；千古恨，凭谁说？对山河百二[⑦]，泪盈襟血。客馆夜惊尘土梦，宫车晓辗关山月。问嫦娥[⑧]，于我肯从容，同圆缺[⑨]。

【注释】

①陶宗仪《辍耕录·贞烈》："宋谢、全后下，皆赴北。有王昭仪者，题《满江红》词于驿云。"周密《浩然斋雅谈》亦有类似记载，唯称王夫人题一词于汴（京）夷山驿中。文天祥评此词云："王夫人至燕，题驿中云云，中原传诵，惜末句少商量。"（见《文山先生全集》卷十四）明徐士俊曰："岳之悲壮，王之凄凉，宫怨边愁，风景一时变矣。"（见《诗余广选》卷十二）

②太液：太液池，本汉武帝建章宫中池名。唐长安大明宫内亦有太液池。这里泛指宫中池苑。唐白居易《长恨歌》："太液芙蓉未央柳。"芙蓉：荷花。

③玉楼金阙：指帝王的宫殿。

④兰馨：兰花芳香。

⑤鼙鼓：战鼓，指元军的进攻。见汪元量《水龙吟》（鼓鞞惊破霓裳）注②。

⑥龙虎散：《易经·乾》："云从龙，风从虎。"指亡宋君臣四

处分散。

⑦山河百二:《史记·高祖本纪》:“秦形胜之国,带山河之险,县(悬)隔千里,持戟百万,秦得百二焉。”《集解》引苏林曰:“秦地险固,二万人足当诸侯百万人也。”此指宋朝山河形胜。

⑧嫦娥:月中女神。

⑨圆缺:指满月与月缺。此词作后,和者不少,文天祥、汪元量均有和词,本书均已录。上引文天祥评语谓“惜末句少商量”,盖惜其有操守不一、随机应变之意。

章丽贞

章丽贞，生平不详，宋宫人。与王清惠同时被掳至大都（今北京）。《宋旧宫人诗词》载其《长相思》一首。

长相思

吴山秋，越山秋[①]。吴越两山相对愁，长江不尽流。
风飕飕，雨飕飕。万里归人空白头，南冠泣楚囚[②]。

【注释】

①吴山：指吴地（今江苏）之山。越山：越地（今浙江）之山。

②南冠泣楚囚：《左传·成公九年》："晋侯观于军府，见钟仪，问之曰：'南冠而絷者，谁也？'有司对曰：'郑人所献楚囚也。'"楚国钟仪被俘囚于晋而仍戴南方楚国的帽子，反映其不忘故国。此指南宋遗民及被元兵所俘者，仍心存故国。

王沂孙

王沂孙，生卒年不详，字圣与，号碧山，又号中仙、玉笥山人，会稽（今浙江绍兴）人。稍晚于周密，与张炎年辈相近而稍长。入元，曾为庆元路学正，约卒于元至正二十八年（1291）。有《花外集》，又名《碧山乐府》。其词清人极为推崇，与周邦彦、辛弃疾、吴文英并列为宋词四大家（见周济《宋四家词选》），陈廷焯《白雨斋词话》更云：“王碧山词，品最高，味最厚，意境最深，力量最重，感时伤世之言，而出以缠绵忠爱，诗中之曹子建、杜子美也。”本书多借鉴吴则虞《花外集笺注》。

天香　龙涎香①

孤峤蟠烟②，层涛蜕月，骊宫夜采铅水③。讯远槎风④，梦深薇露⑤，化作断魂心字⑥。红瓷候火，还乍识、冰环玉指⑦。一缕萦帘翠影，依稀海天云气⑧。　几回殢娇半醉⑨。剪春灯夜寒花碎。更好故溪飞雪，小窗深闭⑩。荀令如今顿老⑪，总忘却、尊前旧风味。谩惜余熏，空篝素被⑫。

【注释】

①龙涎香：即冰片。张世南《游宦纪闻》：“诸香中龙涎香最贵，广州市直每两不下百千，次等亦五六十千，系蕃中禁榷之物，出大食国（波斯）。”陈廷焯《白雨斋词话》引庄希祖云：“此词应为谢太后作，前半所指，多海外词。”今人则以为指帝昺厓山之事，即南宋祥兴二年（1279），元军灭宋，陆秀夫负帝昺在厓山沉海。清周济始以为《白莲》诸咏指发六陵事，夏承焘《乐府补题考》益张其说，且引本词“骊宫夜采铅水”为证。今从之。俞陛云《两宋词选释》证云：“咏物工细之作，唐五代以来绝少，南宋较多。此调前半体物浏览，后半即物寓情，咏物之名作也。”

②孤峤：孤立海中尖峭的高山。厓山在今广东新会大海中，

孤峤，似指此。

③骊宫：犹龙宫。骊(lí)，骊龙。铅水：唐李贺《金铜仙人辞汉歌》："忆君清泪如铅水。"此处盖兼指骊龙之珠。

④槎：船。句谓讯息似乘风远去的海船，渺不可闻。

⑤薇：巢菜，又名野豌豆。相传周灭殷，伯夷、叔齐耻食周粟，隐于首阳山，采薇而食。见《史记·伯夷传》。句谓梦中见薇露很深。

⑥心字：香名。范成大《骖鸾录》："所谓心字香者，以香末萦篆成心字也。"

⑦冰环玉指：形容龙涎香之形状，《香谱》谓龙涎香可"造作花子佩香及香环之类"。

⑧"一缕"二句：形容龙涎香燃烧时之香气。《岭外杂记》："和香而用真龙涎焚之，则翠烟浮空，结而不散，坐客可以用一剪以分烟缕。所以然者，蜃气楼台之余烈也。"

⑨殢娇：谓因醉酒而露娇态。殢，因酒而病。

⑩小窗深闭：《香谱》云焚龙涎香当在"密室无风处"。

⑪荀令：汉代荀彧，曾守尚书令，故称荀令，又称荀令君。晋习凿齿《襄阳记》云："荀令君至人家，坐处三日香。"唐李商隐《韩翃舍人即事》诗云："桥南荀令过，十里送衣香。"

⑫"谩惜"二句：谓龙涎香可置于衣篝熏被。衣篝：熏衣被用的竹笼。周邦彦《花犯》："更可惜，雪中高树，香篝熏素被。"徐案，熏炉内有时用沉香，故此句乃以沉香喻龙涎香。

花犯 苔梅[①]

古婵娟，苍鬟素靥，盈盈瞰流水[②]。断魂十里。叹绀缕飘零[③]，难系离思。故山岁晚谁堪寄[④]？琅玕聊自倚[⑤]。谩记我绿蓑冲雪[⑥]，孤舟寒浪里[⑦]。　三花两蕊破蒙茸，依依似有恨，明珠轻委。云卧稳，蓝衣正[⑧]、护春憔悴。罗浮梦半蟾挂晓[⑨]，幺凤冷、山中人乍起[⑩]。又唤取玉奴归去⑪,余香空翠被⑫。

【注释】

①清万树《词律》评曰:“此篇仿美成(周邦彦)丰度,至所用上、去字十余,皆妙绝,真名词也!”此词清周济《宋四家词选》评曰:“赋物能将人景情思一齐融入,最是碧山长处。由其心细笔灵,取径曲布势远故也。”苔梅:宋周密《武林旧事》:“苔梅有二种:宜兴张公洞者苔藓甚厚,花极香;一种出越上,苔如绿丝,长尺余。”词当作于越中。

②“盈盈”句:《古诗十九首》:“盈盈一水间,脉脉不得语。”

③绀缕:形容苔丝。绀(gàn):天青色。

④“故山”句:谓折梅赠君。史绳祖《学斋佔毕》云:“刘向《说苑》已载越使诸发执一枝梅遗梁王,梁之臣曰韩子者顾左右曰:‘乌有一枝梅乃遗列国之君?’则折梅遣使始此矣。”又用《荆州记》陆凯寄梅与范晔事。

⑤琅玕:竹之美称。唐李绅《南庭竹》诗:“粉开春箨耸琅玕。”此句语本杜甫《佳人》诗:“天寒翠袖薄,日暮倚修竹。”

⑥绿蓑:唐张志和《渔歌子》:“青箬笠,绿蓑衣。”

⑦“孤舟”句:唐柳宗元《江雪》诗:“孤舟蓑笠翁,独钓寒江雪。”

⑧蓝衣:《清异录》:“苔,一名绿衣。”此处为叶律,改用“蓝”字。

⑨罗浮。山名,在今广东增城、博罗诸县间,道家称为第七洞天。相传隋代赵师雄迁罗浮,梦见一淡妆美人。东方既白,觉大梅树上有翠羽啾嘈,时正月落参横,不免惆怅而已。见《龙城录》。半蟾:半圆之月,相传月中有蟾蜍。

⑩幺凤:《古今词话》:“幺凤,惠州梅花上珍禽,名倒挂子,似绿毛凤而小。”苏轼《西江月》:“海仙时遣探芳丛,倒挂绿毛幺凤。”

⑪玉奴:苏轼《次韵杨公济奉议梅花》:“月地云阶漫一尊,玉奴终不负东昏。”《南史·王茂传》谓南齐东昏侯之妃潘氏玉

儿有国色，齐亡，自缢。此喻梅花。

⑫“余香”句：见前《天香》注⑫。

露华 碧桃[1]

晚寒伫立，记铅轻黛浅[2]，初认冰魂[3]。绀罗衬玉[4]，犹凝茸吐香痕[5]。净洗妒春颜色，胜小红、临水湔裙[6]。烟渡远，应怜旧曲，换叶移根[7]。　山中去年人到，怪月悄风轻，闲掩重门。琼肌瘦损，那堪燕子黄昏[8]。几片故溪浮玉，似夜归深雪前村[9]。芳梦冷，双禽误宿粉云。

【注释】

①戴表元《碧桃赋》：“王赞公家毁于火，乱定，有碧桃生其间。”有句云：“西山之阳，孤竹之子，亭亭冰映，皦皦雪峙，欲洁身而趋避也。”此词陈廷焯《云韶集》评曰：“字字精炼，句句雅秀，无一毫纤小之态。”俞陛云《两宋词选释》云：“其下阕取径远而布势曲，无语不工，尤耐寻味。”

②铅轻黛浅：谓碧桃淡施粉黛。

③冰魂：苏轼《再用前韵》（松风亭下梅花盛开）：“玉雪为骨冰为魂。”

④绀罗：天青色薄罗。

⑤茸吐香痕：南唐李煜《一斛珠》：“烂嚼红绒，笑向檀郎吐。”绒：通“茸”。

⑥小红：指红桃。唐杜甫《江雨有怀郑典设》诗：“点注桃花舒小红。”湔（jiān）裙：洗裙。隋杜台卿《玉烛宝典》：“元日至月晦，民并为酺食渡水，士女悉湔裳，酹酒于水湄，以为度厄。”

⑦“烟渡”三句：据《古今乐录》：晋代王献之爱妾名桃叶，妹名桃根。献之曾在渡口作歌以送之，曰：“桃叶复桃叶，渡江不用楫。但渡无所苦，我自来迎接。”此即“旧曲”。此处语本周邦

彦《解连环》词："想移根换叶。"

⑧燕子黄昏：语本周邦彦《烛影摇红》："燕子来时，黄昏庭院。"

⑨"似夜归"句，唐僧齐己《早梅》诗："前村深雪里，昨夜一枝开。"

无闷 雪意[①]

阴积龙荒，寒度雁门[②]，西北高楼独倚。怅短景无多[③]，乱山如此。欲唤飞琼起舞[④]，怕搅碎纷纷银河水。冻云一片[⑤]，藏花护玉，未教轻坠。　　清致，悄无似。有照水一枝[⑥]，已挽春意。误几度凭栏，莫愁凝睇[⑦]。应是梨花梦好[⑧]，未肯放东风来人世。待翠管吹破苍茫[⑨]，看取玉壶天地[⑩]。

【注释】

①此词为当时拈题倡和之作。陈廷焯《云韶集》评云："笔致翩翩，音调和雅……是雪意，不是落雪。写'意'字，描色取神，极尽能事。"又《词则·大雅集》曰："无限怨情，出以浑厚之笔。"

②龙荒：即龙沙，白龙堆沙漠。在今新疆境内。雁门：雁门关，在今山西代县北。二句语本唐虞世南《结客少年场行》："阴积龙沙暗，木落雁门昏。"

③短景：谓昼短。景，通"影"。杜甫《阁夜》诗："岁暮阴阳催短景。"

④飞琼：仙女名。《汉武帝内传》："(王母)又命侍女……许飞琼鼓震灵之簧。"琼玉似雪，故以为喻。

⑤冻云：下雪前积聚的阴云。唐方干《冬日》诗："冻云愁暮色，寒日淡斜晖。"

⑥照水一枝：周邦彦《玉烛新》(咏梅花)："终不似、照水一枝清瘦。"

⑦莫愁：古代女子。《旧唐书·音乐志》二："石城有女子名莫愁，善歌谣……故歌云：'莫愁在何处？莫愁石城西。艇子打两桨，催送莫愁来。'"

⑧梨花梦：唐王建《梦看梨花云》诗："落落寞寞路不分，梦中唤作梨花云。"参见苏轼《西江月·梅》词。

⑨翠管：指笛。此句化用李白《与史郎中钦听黄鹤楼上吹笛》诗："黄鹤楼中吹玉笛，江城五月落梅花。"杜甫《腊日》诗："翠管银罂下九霄。"

⑩玉壶：南朝宋鲍照《代白头吟》："直如朱丝绳，清如玉壶冰。"唐张乔《古观》诗："壶天闭雪春。"玉壶天地，即冰雪天地。

眉妩 新月[①]

渐新痕悬柳，淡彩穿花，依约破初暝[②]。便有团圆意[③]，深深拜[④]、相逢谁在香径？画眉未稳，料素娥犹带离恨[⑤]。最堪爱、一曲银钩小，宝帘挂秋冷[⑥]。　千古盈亏休问[⑦]。叹漫磨玉斧，难补金镜[⑧]。太液池犹在，凄凉处，何人重赋清景[⑨]？故山夜永，试待他窥户端正[⑩]。看云外山河，还老尽桂花影[⑪]。

【注释】

①吴则虞云："此为王昭仪清惠而作，且以悲金瓯之缺也……'千古盈亏休问'三句，悲悼国破之不可重光。"可见中有爱国思想。此词陈廷焯《云韶集》评曰："句句是新月，却句句是望到十五。'渐'字及'便有'字用得婉约。"俞陛云《两宋词选释》云："上阕赋本题，人与月兼写，描摹工雅……下阕故国之念甚深。"

②初暝：指黄昏。宋贺铸《吴门柳》词："好月为人重破暝。"

③团圆意：唐牛希济《生查子》词："新月曲如眉，未有团圞意。"

④深深拜：古代拜新月风俗。唐李端《拜新月》诗："开帘见

新月，便即下阶拜。”

⑤“画眉”二句：汉代张敞曾为其妻画眉，时人号为“京兆眉妩”。见《汉书》本传。吴文英《声声慢》：“新弯画眉未稳。”素娥，即嫦娥。

⑥“最堪爱”二句：化用秦观《浣溪沙》：“宝帘闲挂小银钩。”

⑦“千古”句：《云韶集》云：“‘千古’句忽将上半阕一笔撇去，有龙跳虎卧之奇。结更高简。”

⑧“叹漫磨”二句：相传月乃七宝合成，势如丸，其影，日烁其凸处也，常有八万二千户修之。见《酉阳杂俎》。辛弃疾《满江红》：“谁做冰壶凉世界，最怜玉斧修时节。”曾觌《壶中天慢》：“何劳玉斧，金瓯千古无缺。”此谓金镜（金瓯）已缺，难以修补，中寓亡国之痛。

⑨太液：汉代池名，旧址在今西安市。唐卢多逊《咏月》诗：“太液池边看月时，晚风吹动万年枝。谁家玉匣开新镜，露出清光些子儿。”此即赋清景。

⑩“窥户”句：语本姜夔《玲珑四犯》：“端正窥户。”

⑪桂花影：相传月中有丹桂。宋何薳《春渚纪闻》卷七：“王荆公言：‘月中仿佛有物，乃山河影也。’至东坡先生亦有‘正如大圆镜，写此山河影。’”以上二句写元兵占领区月色昏暗，寄慨遥深。

水龙吟 牡丹[1]

晓寒慵揭珠帘，牡丹院落花开未？玉阑干畔，柳丝一把，和风半倚[2]。国色微酣，天香乍染[3]，扶春不起[4]。自真妃舞罢，谪仙赋后[5]，繁华梦，如流水。　　池馆家家芳事，记当时买栽无地[6]。争如一朵，幽人独对，水边竹际[7]。把酒花前，剩拚醉了，醒来还醉。怕洛中、春色匆匆[8]，又入杜鹃声里[9]。

【注释】

①此词通过咏洛阳牡丹，抒发故国之思。陈廷焯《云韶集》云："牡丹极富艳，作者易入俗态。此作精工富丽，却又清虚骚雅，绝不作一市井语。"

②"晓寒"五句：语本徐仲雅《宫词》："内人晓起怯春寒，轻揭珠帘看牡丹。一把柳丝收不得，和风搭在玉阑干。"牡丹院落：《花品序》："洛下永宁院有僧种花最盛，谓之牡丹院。"

③"国色"二句：相传唐大和中，文宗问画师程修己："今京邑传唱牡丹诗谁称首？"答曰："中书舍人李正封诗：'国色朝酣酒，天香夜染衣。'"见《摭异记》。

④扶春：犹扶花。宋吴文英《喜迁莺》词："还倩东风扶起。"又《汉宫春》："休谩道，花扶人醉，醉花却要人扶。"

⑤"自真妃"二句：相传唐玄宗时，杨贵妃（号太真）从明皇至沉香亭赏木芍药（即牡丹），李龟年率乐工将歌，帝曰："赏名花，对妃子，焉用旧乐章？"命李龟年持金笺赐李白，诏赋《清平调》三首，皆咏牡丹与美人。见《杨太真外传》。

⑥"池馆"二句：语本唐罗邺《牡丹》诗："买栽池馆恐无地。"此喻南宋领土已失。

⑦"幽人"二句：段成式《酉阳杂俎》："牡丹前史中无考，惟谢康乐（灵运）始言永康水际竹间多牡丹。"刘儗《木兰花慢》："肯来水边竹下，与幽人、相对说凄凉。"幽人：隐居之人。

⑧洛中：今河南洛阳。《群芳谱》："唐宋时洛阳之花为天下冠，故牡丹竟名'洛阳花'。"

⑨杜鹃声里：《闻见录》："嘉祐末，康节邵先生行洛阳天津桥，忽闻杜宇之声，叹曰：'异哉！'不及十年，其有江南人以文字乱天下者乎？"原指王安石将变法，此化用其意，寓元兵占领洛阳。

水龙吟 海棠①

世间无此娉婷②，玉环未破东风睡③。将开半敛，似红还白[4]，余花怎比。偏占年华，禁烟才过[5]，夹衣初试。叹黄州一梦[6]，燕宫绝笔[7]，无人解，看花意。　犹记花阴同醉，小阑干、月高人起。千枝媚色，一庭芳景[8]，清寒似水。银烛延娇，绿房留艳，夜深花底[9]。怕明朝、小雨濛濛，便化作燕支泪[10]。

【注释】

①吴则虞云赵彦卫《云麓漫钞》：“徽庙既内禅，幸淮浙，尝作小词名《月上海棠》，末句云：‘孟婆且与我做些方便。’《弇州山人四部稿》以为渡黄河词，盖道君(徽宗)北狩时作也。此云‘燕宫绝笔’，疑指此而言。全章之意，亦得于此窥之。”此词陈廷焯《云韶集》评云：“起笔绝世丰神。字字是痛惜之深，花耶人耶？吾乌乎测其命意之所至。缠绵呜咽，风雨葬西施，同此凄艳。”又《词则·大雅集》云：“碧山咏物诸篇，固是君国之感，时时寄托，却无一笔犯复，字字贴切故也。就题论题，亦觉踌躇满志，清真、白石间有疵累语，至碧山乃一归纯正。”

②娉婷：姿态美好。刘处静《烛影摇红》(咏海棠)：“世间还有此娉婷。”

③玉环：杨贵妃名玉环，号太真。《太真外传》云，杨玉环尝宿酒未醒，钗横鬓乱，被召至沉香亭。明皇笑曰：“岂海棠春睡未足耶？”

④“将开”二句：宋杨万里《海棠》诗：“绝怜欲白仍红处，正是微开半敛时。”

⑤禁烟：寒食禁火，故称。

⑥黄州一梦：苏轼贬黄州作诗云：“海棠真一梦，梅子欲尝新。”清许昂霄《词综偶评》：“王元之(禹偁)知黄州有《海棠》诗。”本句盖指此。

⑦燕宫绝笔：燕山，今北京，金人以为中都。靖康事变中，宋徽宗被俘北上，在此之前，曾作《月上海棠》词，故云。

⑧“一庭”句：徐伸《二郎神》：“门掩一庭芳景。”

⑨“银烛”三句：化用苏轼《海棠》诗：“只恐夜深花睡去，故烧高烛照红妆。”

⑩燕支：西域所产之草，可作染红颜料，和粉润面。后人多作“胭脂”。宋王炎《念奴娇》（咏海棠）：“晓来雨过，正海棠枝上，燕支如滴。”

水龙吟 落叶[①]

晓霜初著青林，望中故国凄凉早。萧萧渐积[②]，纷纷犹坠[③]，门荒径悄。渭水风生[④]，洞庭波起[⑤]，几番秋杪。想重厓半没，千峰尽出，山中路，无人到。　前度题红杳杳，溯宫沟、暗流空绕[⑥]。啼螿未歇[⑦]，飞鸿欲过，此时怀抱。乱影翻窗，碎声敲砌[⑧]，愁人多少。望吾庐甚处，只应今夜，满庭谁扫[⑨]。

【注释】

①清陈廷焯《白雨斋词话》谓词中“想重厓半没”数语，系指祥兴二年（1279）宋帝赵昺抗元失败后，蹈海自杀事。其《云韶集》复云：“凄凉奇秀，屈宋之遗……此中无限怨情，只是不露，令读者心怦怦焉。”

②“萧萧”句：唐杜甫《登高》诗：“无边落木萧萧下，不尽长江滚滚来。”

③“纷纷”句：宋范仲淹《御街行》：“纷纷坠叶飘香砌。”

④“渭水”句：唐贾岛《忆江上吴处士》诗：“秋风吹渭水，落叶满长安。”吴则虞云：“‘渭水风生’，盖指西北之败。”

⑤“洞庭”句：屈原《九歌·湘夫人》：“洞庭波兮木叶下。”吴则虞云：“‘洞庭波起’，似指德祐二年潭、袁、连、衡、永、郴、全、道之落。湖外之战，李芾、尹穀之死，为渡江来死事之烈者也。”

⑥题红：据范摅《云溪友议》载，唐宣宗时，卢渥赴京应举，

偶临御沟,见一红叶,上题:“流水何太急,深宫尽日闲。殷勤谢红叶,好去到人间。”后宫中放出宫女,卢渥得一女,即题红叶者。此事又作于祐,复作顾况,乃小说家言。

⑦啼螀(jiāng):蝉的一种。汉王充《论衡》:“寒螀啼,感阴气也。”

⑧砌:台阶。

⑨“满庭”句:唐白居易《长恨歌》:“落叶满阶红不扫”。

齐天乐 萤[①]

碧痕初化池塘草[②],荧荧野光相趁[③]。扇薄星流[④],盘明露滴[⑤],零落秋原飞磷[⑥]。练裳暗近[⑦],记穿柳生凉,度荷分暝。误我残编,翠囊空叹梦无准[⑧]。 楼阴时过数点,倚栏人未睡,曾赋幽恨。汉苑飘苔,秦陵坠叶[⑨],千古凄凉不尽。何人为省?但隔水余晖,傍林残影[⑩]。已觉萧疏,更堪秋夜永[⑪]。

【注释】

①徐案:吴则虞云:“碧山此词,且有所指,其为瀛国公之事乎?《后汉书·孝灵帝纪》:建宁六年……帝与陈留王(刘)协,夜逐萤火,走行数里,得民家露车共乘之……少帝、帝㬎,同为亡国殇主,露车共载,舆榇北行,事又相类。托为熠燿之飞,以抒覆亡之痛。”所云甚是。清陈廷焯《云韶集》评此词曰:“凄凄切切,秋声秋色,秋气满纸。”又《白雨斋词话》卷二云:“碧山《齐天乐》诸阕,哀怨无穷,都归忠厚,是词中最上乘。”

②“碧痕”句:《礼记·月令》:“季夏之月,腐草为萤。”碧痕:状萤火。

③相趁:相互追赶。

④“扇薄”句:唐杜牧《秋夕》诗:“轻罗小扇扑流萤。”

⑤“盘明”句:用汉武帝仙人掌承露盘事,以露珠喻萤火,参

见《汉武故事》。

⑥飞磷：鬼火。《论衡·论死》："人之兵死也，世言其血为燐。"唐骆宾王《萤火赋》："知战场之飞燐。"

⑦练裳：白练制成的衣裳。此句化用杜甫《见萤火》诗："巫山秋夜萤光飞，疏帘巧入坐人衣。"

⑧"误我"二句：化用囊萤读书典。南朝宋檀道鸾《续晋阳秋》："车胤字武子，学而不倦，家贫不常得油，夏日用练囊盛数十萤火，以夜继日焉。"谓夜读时以荧囊照明。

⑨"汉苑"二句：唐刘禹锡《秋萤引》："汉陵秦苑遥苍苍，陈根腐叶秋萤光。"金吴激《春从天上来》："叹汉苑秦宫，坠露飞萤。"

⑩"傍林"句：唐杜甫《萤火》诗："带雨傍林微。"《云韶集》云："末二语一往叹惜。"

⑪"已觉"二句：清谭献《谭评词辨》卷一："结笔绕梁之音。"

齐天乐　蝉[①]

绿槐千树西窗悄[②]，厌厌昼眠惊起。饮露身轻[③]，吟风翅薄[④]，半剪冰笺谁寄？凄凉倦耳。漫重拂琴丝[⑤]，怕寻冠珥[⑥]。短梦深宫，向人犹自诉憔悴。　残虹收尽过雨，晚来频断续，都是秋意。病叶难留[⑦]，纤柯易老，空忆斜阳身世。窗明月碎，甚已绝余音，尚遗枯蜕[⑧]。鬓影参差[⑨]，断魂青镜里[⑩]。

【注释】

①南宋帝后陵葬于会稽（今绍兴），被元僧杨琏真伽发掘陵墓，后一村翁在孟后陵得一发髻，长六尺余，其色绀碧。此词借咏蝉而哀孟后，词云"枯蜕""鬓影"，可想而知矣。《云韶集》评曰："有骨有韵，不独哀感。"

②"绿槐"句：语本苏轼《阮郎归》："绿槐高柳咽新蝉。"

③“饮露”句：梁褚沄《赋得咏蝉》：“饮露非表清，轻身易知足。”汉曹大家《蝉赋》：“吸清露于丹园。”

④“吟风”句：唐骆宾王《在狱咏蝉》诗序：“有翼自薄，不以俗厚而易其真，吟乔树之微风，韵姿天纵。”

⑤琴丝：琴弦。姜夔《齐天乐》(咏蟀)：“写入琴丝，一声声更苦。”

⑥冠珥：古貂蝉冠上的玉饰。徐广《车服杂注》：“侍臣加貂蝉者，取其清高饮露而不食也。”

⑦“病叶”句：宋陆游《秋后一日风雨》诗：“病叶风吹尽，鸣蝉雨打疏。”

⑧枯蜕：蝉蜕出之壳。《史记·屈原列传》：“蝉蜕于浊秽。”

⑨“鬟影”句：隐喻孟后之鬟发。骆宾王《在狱咏蝉》诗：“不堪玄鬟影，来对白头吟。”

⑩“断魂”句：崔豹《古今注》：“齐王后忿而死，尸变为蝉，登庭树，嘒唳而鸣。”此用其意。

齐天乐 前题[1]

一襟余恨宫魂断[2]，年年翠阴庭树。乍咽凉柯[3]，还移暗叶，重把离愁深诉。西窗过雨，怪瑶佩流空[4]，玉筝调柱[5]。镜暗妆残，为谁娇鬟尚如许[6]？　铜仙铅泪似洗，叹携盘去远，难贮零露[7]。病翼惊秋，枯形阅世，消得斜阳几度[8]。余音更苦。甚独抱清高[9]，顿成凄楚。漫想薰风[10]，柳丝千万缕。

【注释】

①此词亦咏蝉，兼哀孟后，《乐府补题》载碧山云：“余闲居书院拟咏蝉。”参见《齐天乐·咏蝉》注①。清周济《宋四家词选》云：“此家国之恨。”端木埰《词选批注》云：“详味词意，殆亦碧山黍离之悲也……词意明显，凄婉至不能卒读。”

②宫魂：相传齐后忿而死，尸变为蝉，故世名蝉为“齐女”。见马缟《中华古今注》。本句指此。参见前一首注⑩。

③凉柯：秋凉时的树枝。

④瑶佩：宫女所戴的环佩。

⑤调柱：调整筝上的弦柱。

⑥娇鬓：谓女子发式如蝉翼。相传魏文帝宫人莫琼制蝉鬓，缥渺如蝉。见崔豹《古今注》。

⑦“铜仙”三句：唐李贺《金铜仙人辞汉歌》序：“魏明帝青龙元年八月，诏宫官牵车西取汉孝武捧露盘仙人，欲立置前殿。宫官既折盘，仙人临载，乃潸然泪下。”诗曰：“忆君清泪如铅水。”

⑧“枯形”二句：语本孙楚《蝉赋》：“形如枯槁。”

⑨甚：犹正。见《诗词曲语辞汇释》卷四，并云：“周密《声声慢》词《送王圣与》：‘尊前漫题金缕，奈芳情已逐东流。还送远，甚长安乱叶，都是闲愁。’此甚字为正字义。”

⑩薰风：《吕氏春秋·有始》：“东南曰薰风。”注：“一曰清明风。”

齐天乐　赠秋崖道人西归[1]

冷烟残水山阴道[2]，家家拥门黄叶。故里鱼肥，初寒雁落，孤艇将归时节。江南恨切[3]，问还与何人，共歌新阕[4]？换尽秋芳，想渠西子更愁绝[5]。　　当时无限旧事，叹繁华似梦，如今休说。短褐临流[6]，幽怀倚石，山色重逢都别。江云冻结。算只有梅花，尚堪攀折。寄取相思，一枝和夜雪[7]。

【注释】

①此词作于宋亡后，写黍离麦秀之悲。秋崖：奚淢，字倬然，号秋崖，曾从杨守斋（缵）、周草窗（密）游，近人赵万里《校辑宋金元人词》收有《秋崖词》十首。碧山作此词，当在会稽，故上结

云："想渠西子更愁绝。"题作"西归"，谓秋崖由会稽回杭州也。清人陈廷焯对此词评价极高，云："一味感惜，情见乎词。淋漓曲折，白石化境。"见《云韶集》。又云此词"骨韵高绝，玉田（张炎）感伤处，亦自雅正，总不及碧山之厚"见《白雨斋词话》卷二。

②山阴：今浙江绍兴。

③江南恨：实为亡国之恨。语本庾信《哀江南赋》，其序曰："《哀江南赋》者，哀梁亡也。"

④新阕：指新词。阕：曲终。

⑤西子：西施。此指西子湖，在南宋临时首都杭州。

⑥"短褐"以下三句：清陈廷焯《白雨斋词话》卷二评曰："黍离麦秀之悲。'山色'六字，凄绝警绝，觉'国破山河在'，犹浅语也。"短褐：古代平民所穿的粗布衣。《墨子·公输》："今有人……舍其锦绣，邻有短褐，而欲窃之。"

⑦"算只有"四句：指折梅寄赠。语本吴陆凯《赠范晔》诗："折花逢驿使，寄与陇头人。"此指秋崖《长相思慢》所云"几多年、江湖浪识，知心只许梅花"。

三姝媚　次周公谨故京送别韵①

兰缸花半绽②。正西窗凄凄，断萤新雁。别久逢稀，谩相看华发，共成销黯③。总是飘零，更休赋梨花秋苑④。何况如今，离思难禁，俊才都减。　今夜山高江浅。又月落帆空，酒醒人远。彩袖乌纱⑤，解愁人、惟有断歌幽婉。一信东风⑥，再约看、红腮青眼⑦。只恐扁舟西去，蘋花弄晚⑧。

【注释】

①周公谨：名密，南宋著名词人，有《草窗词》，本书前有介绍，其原唱题云："送圣与还越。"故京，指临安（今杭州），因宋亡已数年，故称。此词清陈廷焯《云韶集》评曰："情词都胜。"又云：

"同是天涯沦落，可胜浩叹！情景兼工，秦柳不得专美于前。"

②"兰缸"句：谓灯花半开。兰缸：用兰膏之灯盏。南齐谢朓《咏幔》诗："兰缸当夜明。"

③"别久"三句：化用唐杜甫《羌村》诗："夜阑更秉烛，相对如梦寐。"销黯：《诗词曲语辞汇释》卷五："销黯，即黯然销魂语意，宋词中往往约之为销黯。"

④"梨花"句：唐李贺《河南府试十二月词》："梨花落尽成秋苑。"姜夔《淡黄柳》："梨花落尽成秋色。"

⑤彩袖：借指女郎。乌纱：乌纱帽，借指男子。

⑥一信东风：古人有二十四番花信风，皆系以花。梅花最早，故称"一信"。

⑦红腮：喻少女。段成式《柔卿解籍戏呈飞卿三首》："遮却红腮交午痕。"陆淞《瑞鹤仙》："脸霞红印枕。"袁去华《金蕉叶》："印枕娇红透肉。"皆相似。青眼：相传阮籍能作青白眼。此喻男子。杜甫《短歌行·赠王郎司直》："青眼高歌望吾子。"

⑧扁舟西去：指周密由越赴杭。蘋花：用南朝梁柳恽《江南曲》："汀洲采白蘋，日暖江南春……故人何不返，春华复应晚。"

庆清朝　榴花①

玉局歌残②，金陵句绝③，年年负却薰风④。西邻窈窕，独怜入户飞红⑤。前度绿阴载酒，枝头色比舞裙同⑥。何须拟，蜡珠作蒂，缃彩成丛⑦。　谁在旧家殿阁，自太真仙去⑧，扫地春空。朱幡护取⑨，如今应误花工。颠倒绛英满径，想无车马到山中⑩。西风后，尚余数点，还胜春浓。

【注释】

①清张惠言《词选》云："此言乱世尚有人才，惜世不用也。"清陈廷焯《云韶集》评曰："此独写得宜风宜雅，清新绮丽，兼而

有之。”

②玉局：指苏轼。轼于徽宗即位初提举玉局观，有《贺新郎·夏景》词，下片云：“石榴半吐红巾蹙。待浮花、浪蕊都尽，伴君幽独。”

③金陵：指王安石，晚年居金陵半山，有咏石榴诗云：“万绿丛中红一点，动人春色不须多。”

④薰风：东南风，一曰清明风。

⑤“西邻”二句：语本朱熹《榴花》诗：“窈窕安榴花，乃是西邻树。坠萼可怜人，风吹落幽户。”

⑥“枝头”句：石楚《五日观妓》诗：“红裙妒杀石榴花。”苏轼《南乡子》：“裙带石榴红。”

⑦“蜡珠”二句：唐温庭筠《海榴》诗：“蜡珠攒作蒂，缃彩剪成丛。”蜡珠：烛液凝成之珠。缃彩：浅黄色丝织品。

⑧“谁在”二句：旧家，《诗词曲语辞汇释》卷六：“旧家，犹云从前。”太真：杨贵妃。据洪氏《杂俎》：“温阳七圣殿，绕殿石榴，皆太真所植。”

⑨朱幡：红旗。相传天宝中封十八姨命酒污石醋醋，醋醋作色，请崔玄微在苑中树一朱幡。后东风刮地，折木飞花，而苑中花不动。原来十八姨乃风神，石醋醋乃石榴。事见《博异记》。

⑩绛英：深红色的花。二句语本韩愈《榴花》诗：“五月榴花照眼明，枝间时见子初成。可怜此地无车马，颠倒青苔落绛英。”

高阳台①

残萼梅酸②，新沟水绿，初晴节序暄妍③。独立雕阑，谁怜枉度华年？朝朝准拟清明近④，料燕翎、须寄吟笺⑤。又争知，一字相思，不到吟边？　双蛾不拂青鸾冷⑥，任花阴寂寂⑦，掩户闲眠。屡卜佳期，无凭却恨金钱⑧。何人寄与天涯信，趁东风、急整归船。纵飘零，满院杨花，犹是春前⑨。

【注释】

①清张惠言《论词》云："此伤君臣晏安，不思国耻，天下将亡也。"《艺蘅馆词选》丙卷引麦孺博评云："此言半壁江山，犹可整顿也。睠怀君国，盼望中兴，何减少陵！"

②梅酸：宋杨万里《初夏睡起》诗："梅子留酸到齿牙，芭蕉分绿与窗纱。"

③暄妍：晴暖明媚。南朝宋鲍照《咏采桑》诗："是节最暄妍，佳服又新烁。"

④准拟：定可。秦观《赴杭倅至汴上作》："平生孤负僧床睡，准拟而今处处还。"

⑤"料燕翎"二句：相传燕子能传递书信，《开元天宝遗事》卷下郭绍兰诗："我婿去重湖，临窗泣血书，殷勤凭燕翼，寄与薄情夫。"其夫果收到此书。

⑥双蛾：双眉。青鸾：指镜。唐李贺《谢秀才有妾改从于人》诗："铜镜立青鸾。"又白居易《太行路》："何况如今鸾镜中，妾颜未改君心改。"此句谓临镜画眉。

⑦花阴寂寂：唐元稹《西厢记》莺莺与张生隔墙和诗："月色溶溶夜，花阴寂寂春。"

⑧"屡卜"二句：唐于鹄《江南曲》："众中不敢分明语，暗掷金钱卜远人。"

⑨"纵飘零"三句：况周颐《香海棠馆词话》评曰："结笔低徊掩抑，荡气回肠。"

高阳台　和周草窗寄越中诸友韵[①]

残雪庭阴，轻寒帘影，霏霏玉管春葭[②]。小帖金泥，不知春在谁家[③]？相思一夜窗前梦[④]，奈个人、水隔天遮[⑤]。但凄然，满树幽香，满地横斜[⑥]。　江南自是离愁苦[⑦]，况游骢古道，归雁平沙。怎得银笺，殷勤与说年华。如今处处生芳草，纵凭高、不见天涯[⑧]。更消他几度东风，几度飞花[⑨]。

【注释】

①周草窗：即周密，本书前有作者小传。越中，指会稽（今绍兴）一带。清张惠言《词选》评曰："此伤君臣晏安，不思国耻，天下将亡也。"陈廷焯《词则·大雅集》："无限哀怨，一片热肠，反复低回，不能自已。以视白石之《暗香》《疏影》，亦有过之无不及。词至是，乃蔑以加矣。"

②玉管春葭：据《后汉书·律历志》，烧葭成灰，置于玉管内，至相应节气吹管，葭灰即飞出。从而测知节气。葭：芦苇内膜。宋吴自牧《梦粱录》卷二《立春》："太史局例于禁中殿陛下，奏律管吹灰，应阳春之象。"

③小帖金泥：即泥金色（犹镀金）春帖子。周密《武林旧事》卷二《立春》："学士院撰进春帖子，帝后贵妃夫人诸阁，各有定式，绛罗金缕，华粲可观。"

④"相思"句：唐卢仝《有所思》诗："相思一夜梅花发，忽到窗前疑是君。"史达祖《忆瑶姬》："一夜相思玉样人。但起来，梅发窗前，哽咽疑是君。"

⑤个人：那人、伊人。多指所昵者，见《诗词曲语辞汇释》。

⑥"满树"二句：语本宋林逋《山园小梅》诗："疏影横斜水清浅，暗香浮动月黄昏。"

⑦"江南"句：《颜氏家训》："别易会难，古人所重，江南饯送，下泣言离。北方风俗不屑此。"

⑧"如今"二句：化用苏轼《蝶恋花》："天涯何处无芳草。"

⑨"更消"二句：化用辛弃疾《摸鱼儿》词："更能消、几番风雨，匆匆春又归去。"

扫花游　秋声[①]

商飙乍发[②]，渐淅淅初闻，萧萧还住。顿惊倦旅，背青灯吊影③，起吟愁赋④。断续无凭⑤，试立荒庭听取。在何许？但落叶满阶⑥，惟有高树⑦。　　迢递归梦阻。正老耳难禁，病怀凄楚。故山院宇，想边鸿孤唳，砌蛩私语⑧。数点相和，更著芭蕉细雨⑨。避无处，这闲愁，夜深尤苦。

【注释】

①陈廷焯《云韶集》评此词云："前半摹仿欧阳公《秋声赋》，后半则自写身世飘零之感。写出许多愁景，搅人愁思。"

②商飙：秋风。晋陆机《园葵》诗："时逝柔风戢，岁暮商猋飞。"

③吊影：对影自怜，极言其孤单。《文选》谢朓《拜中军记室辞隋王笺》："轻舟反溯，吊影独留。"注引曹植《责躬表》："形影相吊，五情愧赧。"

④起吟愁赋：宋姜夔《齐天乐》："庾郎先自吟愁赋。"庾郎：指庾信，其《愁赋》仅存片段，见《海录碎事》卷九。

⑤断续无凭：南唐李煜《捣练子》："断续寒砧断续风。"

⑥落叶满阶：白居易《长恨歌》："落叶满阶红不扫。"

⑦惟有高树：宋欧阳修《秋声赋》："四无人声，声在树间。"

⑧砌蛩：阶下蟋蟀。

⑨芭蕉细雨：欧阳修《生查子》："深院锁黄昏，阵阵芭蕉雨。"

扫花游　绿阴①

卷帘翠湿，过几阵残寒，几番风雨。问春住否？但匆匆暗里，换将花去②。乱碧迷人，总是江南旧树。漫凝伫③。念昔日采香，今更何许？　　芳径携酒处，又荫得青青，嫩苔无数。故林晚步，想参差渐满，野塘山路。倦枕闲床，正好微曛院宇④。送凄楚、怕凉声又催秋暮。

【注释】

①周济《宋四家词选》云，此词"刺朋党日繁"。陈廷焯《云韶集》则曰："写惜春情意，亦蕴藉深婉。不作激迫之词，自是碧山本色。"又曰："呜咽。"

②"过几阵"五句：语本辛弃疾《摸鱼儿》："更能消、几番风雨，匆匆春又归去。"

③漫：徒然，空自。凝伫：《诗词曲语辞汇释》卷五："有为凝想义者，如怀旧念远，悠然神往，凡表示想念者属之……王沂孙《扫花游》词：'漫凝伫，念昔日采香，今更何许。'义同上，玩'念昔日'句之'念'字可知。"

④微曛：谓时近黄昏。曛，落日余光。

庆宫春 水仙花[①]

明玉擎金[②]，纤罗飘带[③]，为君起舞回雪[④]。柔影参差，幽芳零乱，翠围腰瘦一捻[⑤]。岁华相误，记前度湘皋怨别[⑥]。哀弦重听，都是凄凉，未须弹彻[⑦]。　　国香到此谁怜[⑧]？烟冷沙昏，顿成愁绝[⑨]。花恼难禁[⑩]，酒销欲尽，门外冰澌初结[⑪]。试招仙魄，怕今夜、瑶簪冻折[⑫]。携盘独出，空想咸阳，故宫落月[⑬]。

【注释】

①周密《绝妙好词笺》卷七评此词云："用事有以盐著水之妙，凄然厓海之音。"厓海，指祥兴二年宋帝赵昺在广东厓山投海事，参见《天香》注①。清陈廷焯《词则·大雅集》云："凄凉哀怨，其为王清惠作乎？"又《云韶集》云："若有人兮，立而望之，翩姗姗其来迟。"徐案：此殆王清惠也。

②"明玉"句：形容水仙之叶与花。赵溍《长相思》咏水仙：

“金璞明，玉璞明，小小杯柈翠袖擎。”

③“纤罗”句：晋阮籍《咏怀》诗：“被带纤罗衣。”

④起舞回雪：汉张衡《观舞赋》：“裙似飞鸾，袖如回雪。”黄庭坚《千秋岁》（和少游）：“齐歌云绕扇，赵舞风回雪。”

⑤一捻：一把。宋毛滂《粉蝶儿》：“退罗衣，楚腰一捻。”

⑥湘皋：湘水边高地。姜夔《小重山令》（赋潭州红梅）：“人绕湘皋月坠时，斜横花树小。浸愁漪。”陈抟《水仙》诗：“湘君遗恨付云来。”相传湘君为湘水之神，故喻水仙。

⑦“哀弦”三句：乐府琴曲有《水仙操》，相传春秋时俞伯牙在海岛闻水声有感而作，其声哀怨，宋刘攽《斫冰词》：“凭君与制水仙操，传入湘灵宝瑟弹。”弹彻：弹毕。乐终谓之彻。

⑧国香：黄庭坚《刘邦直送水仙》诗：“可惜国香天不管，随缘流落野人家。”

⑨愁绝：忧愁之极。黄庭坚《王充道送水仙》诗：“是谁招此断肠魂，种作寒花寄愁绝。”

⑩花恼：杜甫《江畔独步寻花七绝句》：“江上被花恼不彻。”黄庭坚《水仙》诗：“坐对真成被花恼。”朱熹《用子服韵谢水仙花》诗：“报道幽人被渠恼。”

⑪冰澌：流水。

⑫瑶簪：《群芳谱》：“水仙花大如簪头。”

⑬携盘：盘，金人捧露盘。用李贺《金铜仙人辞汉歌》事。见前《齐天乐·咏蝉》之二注⑦。

八六子①

扫芳林，几番风雨，匆匆老尽春禽。渐薄润侵衣不断②，嫩凉随扇初生。晚窗自吟。　沉沉，幽径芳寻。晻霭苔香帘净③，萧疏竹影庭深。漫淡却蛾眉，晨妆慵扫；宝钗虫散④，绣屏鸾破⑤，当时暗水和云泛酒，空山留月听琴。料如今，门前数重翠阴⑥。

【注释】

①清陈廷焯《白雨斋词话》评下片“漫淡却”八句云：“宛雅幽怨，殊耐人思。”俞陛云《两宋词选释》云：“上阕惜春光之易老，下阕蛾眉句以下感旧而兼怀人，承以宝钗二句，凄艳动人。《八六子》之腔拍生硬，作者自然雅逸，出之若不经意，而情景并到。结处余韵不尽，句亦浑成。”

②薄润侵衣：谓空气潮湿，致衣服润湿。

③晻霭：阴暗貌。屈原《离骚》：“扬云霓之晻霭兮，鸣玉鸾之啾啾。”

④宝钗虫散：张元幹《卜算子》：“翡翠钗头缀玉虫。”玉虫，一名闹蛾，妇女节日头饰。

⑤绣屏鸾破：谓屏风上绣着的鸾凤已经残破。韦庄《应天长》：“寂寞绣屏香一炷。”

⑥翠阴：唐杜牧《八六子》：“梧桐又移翠阴。”

摸鱼儿[①]

洗芳林、夜来风雨，匆匆还送春去[②]。方才送得春归了，那又送君南浦[③]。君听取，怕此际春归，也过吴中路[④]。君行到处，便快折湖边，千条翠柳，为我系春住[⑤]。

春还住。休索吟春伴侣，残花今已尘土[⑥]。姑苏台下烟波远，西子近来何许[⑦]？能唤否？又恐怕、残春到了无凭据。烦君妙语，更为我将春，连花带柳，写入翠笺句。

【注释】

①清陈廷焯《白雨斋词话》谓：“《花外集》中惟此篇最疏快，风骨稍低，情辞却妙。”。许昂霄《词综偶评》却云：“笔路与想路，俱极尖巧，尤妙在无一点俗气。”李佳《左庵词话》则以为此词：“清空一气转折……不须雕琢自佳。”

②夜来风雨:孟浩然《春晓》诗:"夜来风雨声,花落知多少。"周邦彦《六丑》:"为问家何在,夜来风雨。"此处义近辛弃疾《摸鱼儿》:"更能消、几番风雨,匆匆春又归去。"

③送君南浦:用梁江淹《别赋》成句。

④吴中:今江苏苏州。

⑤"便快折"三句:宋杨济翁《蝶恋花》词:"弱柳系船都不住,为君愁绝听鸣橹。"张先《蝶恋花》词:"此时愿作,杨柳千丝,绊惹春风。"

⑥"残花"句:李清照《武陵春》:"风住尘香花已尽。"陆游《卜算子·咏梅》:"零落成泥碾作尘。"

⑦"姑苏"二句:姑苏台,在今苏州市西南姑苏山上,传为吴王夫差所筑,以藏西施。吴亡,西施与范蠡,同泛五湖而去。唐杜牧《杜秋娘》诗:"西子下姑苏,一舸逐鸱夷。"

声声慢[①]

啼螀门静[②],落叶阶深,秋声又入吾庐。一枕新凉,西窗晚雨疏疏。旧香旧色换却[③],但满川、残柳荒蒲。茂陵远,任岁华冉冉,老尽相如[④]。　昨夜西风初起,想莼边呼棹[⑤],橘后思书[⑥]。短景凄然,残歌空叩铜壶[⑦]。当时送行共约,雁归时、人赋归欤?雁归也,问人归、如雁也无[⑧]?

【注释】

①清陈廷焯《云韶集》评此词云:"一片萧索之声,如闻如见,真神作也!"又云:"感慨凄恻之情,以飘洒之笔出之,绝有姿态。"

②啼螀:似蝉而小。

③旧香旧色:周邦彦《玲珑四犯》:"休问旧色旧香,但认取、芳心一点。"

④茂陵:汉武帝葬于茂陵。相如:司马相如,武帝时为孝文

园令，晚年因患消渴病退居茂陵。唐李商隐《寄令狐郎中》诗："休问梁园旧宾客，茂陵秋雨病相如。"

⑤莼：莼菜，产于太湖一带水中。此处暗用西晋张翰见秋风而思鲈鱼莼菜故事，喻思归。

⑥橘后思书：唐韦应物《答郑骑曹青橘绝句》："怜君卧病思新橘，试摘犹酸亦未黄。书后欲题三百颗，洞庭须待满林霜。"

⑦"残歌"句：《世说新语·豪爽》："王处仲每酒后，辄咏'老骥伏枥……'，以如意打唾壶，壶口尽缺。"周邦彦《浪淘沙慢》："怨歌永、琼壶敲尽缺。"

⑧"雁归"四句：隋薛道衡《人日思归》诗："人归落雁后，思发在花前。"五代阎选《河传》："几回邀约雁归时，违期，雁归人不归。"徐案：吴则虞云："此阕疑指西麓事……雁归时，人未归，西麓北行尚未还也。"参见《高阳台》调下原注："陈君衡远游未还，周公瑾有怀人之赋，倚歌和之。"又见周密《高阳台·送陈君衡被召》词注①。

踏莎行 题草窗词卷[①]

白石飞仙[②]，紫霞凄调[③]，断歌人听知音少[④]。几番幽梦欲回时，旧家池馆生青草[⑤]。　　风月交游，山川怀抱[⑥]，凭谁说与春知道？空留离恨满江南[⑦]，相思一夜蘋花老[⑧]。

【注释】

①周密有《草窗词》《蘋洲渔笛谱》。此篇乃评其词。陈廷焯《云韶集》评曰："草窗词清峭，得白石（姜夔）之妙，故历言其品格。南宋白石出，诗冠一时，词冠千古，诸家皆以师事之。"

②白石飞仙：相传古代有白石飞仙，至彭祖时已二千岁，常煮白石为粮，见《神仙传》。此指姜夔，夔字尧章，号白石道人。

③紫霞：即杨缵。

④“断歌”句：周密尝以所作词示紫霞翁，紫霞云：“语丽矣，如律未协何?”遂相与订正。见周密《木兰花慢》序。此谓知音难得。

⑤“池馆”句：语本南朝宋谢灵运在永嘉思弟惠连，作《登池上楼》诗云：“池塘生春草，园柳变鸣禽。”案：周密原居湖州，公元1276年元伯颜至湖州，遭“兵火破家”，遂移杭。二句实指此。

⑥“风月”二句：俞陛云《宋词简释》：“风月山川二句，凝重而倜傥，总括草窗之词境，亦隐以自道。”

⑦离恨满江南：宋郑文宝《柳枝词》：“载将离恨过江南。”

⑧“相思”句：隐括周密《水龙吟》：“怅江南望远，蘋花自采，寄将愁与。”

黄公绍

黄公绍，生卒年不详。字直翁，邵武（今属福建）人。度宗咸淳元年（1265）进士，隐居樵溪。有《在轩集》。彊村辑有《在轩词》一卷。

青玉案[1]

年年社日停针线[2]，怎忍见双飞燕！今日江城春已半[3]。一身犹在，乱山深处[4]，寂寞溪桥畔。　　春衫著破谁针线，点点行行泪痕满。落日解鞍芳草岸，花无人戴，酒无人劝，醉也无人管。

【注释】

①本词见于《阳春白雪》，谓无名氏作。《词林方选》题作黄公绍，唐圭璋《全宋词》谓系误入。

②社日：古时春、秋两季祭祀土地神之日。《统天万年历》："立春后五戊为春社，立秋后五戊为秋社。"此句指春社。停针线：当时风俗习惯。《墨庄漫录》："唐宋妇人社日不用针线，谓之忌作。"

③江城：李白《与史郎中钦听黄鹤楼上笛》："黄鹤楼中吹玉笛，江城五月落梅花。"以上三句为作者对家乡和妻子春日情景的遐想。

④一身：作者自指孤身在外。

褚生

褚生，宋恭帝德祐时太学生。

百字令 德祐乙亥[1]

半堤花雨[2]，对芳辰消遣，无奈情绪。春色尚堪描画在，万紫千红尘土。鹃促归期[3]，莺收佞舌[4]，燕作留人语。绕栏红药[5]，韶华留此孤主[6]。　真个恨杀东风，几番过了，不似今番苦。乐事赏心磨灭尽[7]，忽见飞书传羽[8]。湖水湖烟，峰南峰北[9]，总是堪伤处。新塘杨柳，小腰犹自歌舞[10]。

【注释】

①《湖海新闻夷坚续志·后集》载德祐太学生词两首，一为《念奴娇》，二为《祝英台近》。《念奴娇》即此《百字令》，因其全篇恰为一百字，故有此别名。德祐乙亥：宋恭帝德祐元年(1275)。恭帝即位时年仅五岁，奸相贾似道掌权。该年正月元军继续南侵，安庆降元。贾似道至芜湖江上督师，二月，在芜湖西南鲁港大败，逃回临安(今浙江杭州)，请和不许，出奔扬州。不久，被罢职。三月，元将伯颜入建康(今江苏南京)，镇江、江阴、常州、平江等宋守臣皆降元。宋王朝危亡在即，任陈宜中为右丞相兼枢密使，开督府；张世杰总督府诸军。临安朝官员纷纷外逃。本词是在此时代背景下写的，词中寄寓对时局的感伤。清陈廷焯《词则·大雅集》评此词曰："权臣当国，不得志者隐于下位，不敢明斥其非，托为诗词，长歌当哭，哀之深，怨之至也。"

②堤：杭州西湖上有白公堤与苏公堤，是唐白居易、北宋苏轼在杭州为地方官时所筑。

③鹃促归期：杜鹃鸟鸣声似说"不如归去"。

④佞(nìng)舌：花言巧语、谄媚取悦之辞。

⑤红药：红芍药花。

⑥韶华：美好的时光，指春光。

⑦乐事赏心：南朝宋谢灵运《拟魏太子邺中集诗序》："天下良辰、美景、赏心、乐事，四者难并。"赏心：谓心情欢畅。

⑧飞书传羽：紧急的军情报告。古代征调军队的文书上插上鸟羽表示紧急，必须速递。

⑨峰南峰北：杭州西湖边有南高峰、北高峰。

⑩小腰：指杨柳枝条，兼喻歌舞妓女。《湖海新闻夷坚续志》于本词后注云："三、四（指"春花"两句）谓众宫女行，五谓朝士去，六谓台官默，七指太学上书，八、九谓只陈宜中在，'东风'谓贾似道，'飞书传羽'，谓北军至，'新塘杨柳'谓贾妾。"徐案：本词感慨遥深，但此注谓其句句皆有实指，不免失诸穿凿。清陈廷焯《白雨斋词话》批评本词云："字字譬喻，然不得谓之比也。以词太浅露，未合风人之旨。"大概受前注的影响，故所评未为中肯。

徐君宝妻

徐君宝妻,宋末岳州(今湖南岳阳)人。元陶宗仪《南村辍耕录》载:"徐君宝妻某氏……被(元军)虏来杭,居韩蕲王府。自岳至杭,相从数千里,其主者数欲犯之,而终以巧计脱。盖某氏有令姿(美貌),主者弗忍杀之也。一日,主者怒甚,将即强焉。因告曰:'俟妾祭谢先夫,然后乃为君妇不迟也。君奚用怒哉!'主者喜诺。即严妆焚香,再拜默祝,南向饮泣,题《满庭芳》一阕于壁上。已,投大池中以死。"

满庭芳①

汉上繁华②,江南人物,尚遗宣政风流③。绿窗朱户,十里烂银钩④。一旦刀兵齐举⑤,旌旗拥、百万貔貅⑥。长驱入,歌楼舞榭⑦,风卷落花愁。　清平三百载⑧,典章人物⑨,扫地俱休。幸此身未北,犹客南州。破鉴徐郎何在⑩?空惆怅,相见无由。从今后,梦魂千里,夜夜岳阳楼⑪。

【注释】

①清陈廷焯《词则·别调集》云:"上半言往日繁华,销归一梦,深责在位诸臣不能匡复,酿成祸乱。下半言典章虽失,大义自在,今日有死而已。词严义正,凛凛有生气。"

②汉上:泛指汉水、长江流域。南宋时这一带是繁华地区。襄阳、鄂州(今武昌)都是大都市。

③宣政:北宋末年宋徽宗政和、宣和年间,是北宋最繁盛时。

④"十里"句:谓十里市区都是高楼,挂着精美帘幕。烂银钩:灿烂的银制帘钩。化用唐杜牧《赠别》诗:"春风十里扬州路,卷上珠帘总不如。"秦观《浣溪沙》(漠漠轻寒上小楼):"宝帘闲挂小银钩。"

⑤刀兵齐举:指元蒙大军进攻。

⑥貔貅(pí xiū):猛兽名,作为凶猛军队的代称。

⑦榭:建在高台上敞屋。

⑧三百载:宋朝建立于公元960年,至1274年元兵自襄阳分道而下,东破鄂州,次年(恭帝德祐元年,1275年)三月南陷岳州,为三百多年,此举成数。

⑨典章:国家制度、精神物质文明的总称。

⑩破鉴徐郎:孟棨《本事诗》载:南朝陈将亡时,驸马徐德言预料妻子乐昌公主将被人掠去,因破一铜镜,各执一半,为他日重见凭证,并约于正月十五日卖镜于市以相探讯。陈亡,乐昌公主为杨素所有。徐德言至京城,正月十五日遇一人叫卖破镜,与所藏半镜相合,遂题诗云:"镜与人俱去,镜归人不归;无复嫦娥影,空留明月辉。"公主见诗悲泣,杨素使她与德言重新团圆。鉴,镜。徐郎,借指作者丈夫徐君宝。

⑪岳阳楼:在湖南岳阳,面对洞庭湖,唐朝初年所建,宋时重修,北宋范仲淹有《岳阳楼记》,为名胜之处。

蒋　捷

蒋捷(1245—1310)字胜欲，号竹山，阳羡(今江苏宜兴)人。咸淳十年(1274)进士。宋亡，隐居太湖竹山，因以自号。元大德年间，多人荐举，仍不仕。有《竹山词》。《四库全书提要》曰："其词练字精深，调音谐畅，为倚声家之榘矱。"周济则认为："竹山有俗骨，然思力沉透处，可以起懦。"(《宋四家词选序篇》)

贺新郎　秋晓

渺渺啼鸦了。亘鱼天①、寒生峭屿②，五湖秋晓③。竹几一灯人做梦，嘶马谁行古道④？起搔首⑤、窥星多少。月有微黄篱无影，挂牵牛、数朵青花小⑥。秋太淡，添红枣。　　愁痕倚赖西风扫。被西风翻催鬓鬒⑦，与秋俱老。旧院隔霜帘不卷⑧。金粉屏边醉倒。计无此、中年怀抱⑨。万里江南吹箫恨⑩，恨参差、白雁横天杪⑪。烟未敛，楚山杳。

【注释】

①亘：从此端达彼端，绵贯。鱼天：犹水天。

②屿：小岛。

③五湖：泛指太湖一带湖泊。宋亡后作者隐居太湖竹山。

④"竹几"二句：表示在隐居中对当时抗元斗争的关心。上句说自己整晚在点着灯的竹几边未曾安眠，神游于梦寐以求的境界。此时远处古道上正有人骑马奔驰，马在鸣叫，他们是谁？当指从事抗元活动者。清陈廷焯《云韶集》评曰："人做梦已自凄绝，加以'竹几一灯'四字，便觉眼见青燐，何等感慨，笔力雄劲，不亚改之(刘过)。"

⑤搔首：《诗经·邶风·静女》："爱而不见，搔首踟蹰。"古代诗词中常以搔首来描写理想不能实现的苦闷。

⑥牵牛：花名，藤科，花形似漏斗，色鲜艳而纷繁。

⑦鬒(zhěn)：发黑而稠密。

⑧旧院：指作者在宋亡前所居之处。

⑨金粉屏：华丽的屏风。中年怀抱：《世说新语·言语》："谢太傅语王右军曰：'中年伤于哀乐，与亲友别，辄作数日恶。'"以上三句追忆过去豪纵生活。

⑩吹箫恨：春秋时楚国伍子胥因父兄被楚平王杀害，含恨出逃至吴国，"鼓腹吹箫"，乞食于吴市，寻求复仇机会。（见《史记·伍子胥列传》）此处当指各地众多抗金志士正怀着伍子胥那样复仇和雪恨之心。又据《元史·世祖本纪》至元二十年(1283)"江南'盗贼'，相继而起"；二十四年，"江南归附十年，'盗贼'迄今未靖。"可见反抗斗争的激烈。

⑪天杪：天空远处。

贺新郎 吴江[1]

浪涌孤亭起[2]。是当年、蓬莱顶上[3]，海风飘坠。帝遣江神长守护[4]，八柱蛟龙缠尾[5]。斗吐出[6]、寒烟寒雨。昨夜鲸翻坤轴动[7]，卷雕翚[8]，掷向虚空里。但留得，绛虹住[9]。　　五湖有客扁舟舣[10]。怕群仙、重游到此，翠旌难驻[11]。手拍阑干呼白鹭，为我殷勤寄语。奈鹭也、惊飞沙渚。星月一天云万壑，览茫茫，宇宙知何处。鼓双楫，浩歌去[12]。

【注释】

①吴江：指吴淞江，太湖支流之一。

②孤亭：指垂虹亭，在江苏苏州市吴江区东吴淞江的长桥上。长桥一名垂虹桥。亭与桥均为北宋时所建。很宏丽，为许多名流所旅游和吟咏。

③蓬莱：传说中海上仙山。《史记·封禅书》所载三仙山之一。

④帝：指天帝。

⑤“八柱”句：谓亭中八根柱子雕绘蛟龙缠绕。

⑥斗：争着。

⑦坤轴：地轴，地心。

⑧翚（huī）：雉鸟名，这里指飞檐。《诗经·斯干》：“如翚斯飞。”

⑨绛虹住：赤（彩）色的虹停下来，这里形容垂虹桥。

⑩五湖：太湖一带湖泊的泛称。舣：船靠岸。

⑪翠旌：皇帝的仪仗，这里借指群仙。

⑫楫：桨。

贺新郎

梦冷黄金屋[1]，叹秦筝[2]、斜鸿阵里，素弦尘扑。化作娇莺飞归去，犹认纱窗旧绿。正过雨，荆桃如菽[3]。此恨难平君知否，似琼台、涌起弹棋局[4]。消瘦影，嫌明烛。　　鸳楼碎泻东西玉[5]。问芳悰[6]、何时再展，翠钗难卜[7]。待把宫眉横云样，描上生绡画幅[8]。怕不是、新来妆束。彩扇红牙今都在，恨无人、解听开元曲[9]。空掩袖，倚寒竹[10]。

【注释】

①黄金屋：《汉武故事》载汉武帝少时曾说：“若得阿娇作妇，当作金屋贮之。”此指美人旧日所居宫室。

②筝：古弦乐器。传为秦蒙恬所造，故此云“秦筝”。下句“斜鸿阵里”，指筝上弦柱，斜列如雁行。

③荆桃：樱桃的别名。菽：豆类，这里指樱桃如豆大。

④琼台：指华美的楼台。弹棋：古代一种博戏。弹棋局中央高起，四周低平。唐李商隐《无题》诗：“莫近弹棋局，中心最不平。”又《柳枝》诗：“玉作弹棋局，中心亦不平。”此处取其“中心

不平”之意，以承上句“此恨难平”。

⑤鸳楼：鸳鸯楼。东西玉：酒杯名。

⑥悰：欢乐。

⑦钗卜：古代妇女有以钗求卜的习俗。

⑧绡：生丝织成的纱。

⑨彩扇红牙：歌舞用具。扇用于舞；牙为牙制拍板，用以击节。开元曲：唐代盛世的乐曲。开元，唐玄宗年号，当时唐朝处于极盛时期，唐玄宗又妙解音律，曾改编《霓裳羽衣曲》，故乐曲非常发达，许多传至宋代。

⑩“空掩”二句：化用杜甫《佳人》：“天寒翠袖薄，日暮倚修竹。”表示美人虽生活清寒而节操高洁。陈廷焯《白雨斋词话》评此词云：“处处飞舞，如奇峰怪石，非平常蹊径也。”

贺新郎 兵后寓吴[1]

深阁帘垂绣。记家人、软语镫边[2]，笑涡红透。万叠城头哀怨角[3]，吹落霜花满袖。影厮伴、东奔西走。望断乡关知何处[4]，羡寒鸦、到著黄昏后。一点点，归杨柳。　　相看只有山如旧。叹浮云，本是无心，也成苍狗[5]。明日枯荷包冷饭，又过前头小阜。趁未发、且尝村酒。醉探枵囊毛锥在[6]，问邻翁、要写牛经否[7]？翁不应，但摇手。

【注释】

①蒋捷是宜兴人，1275 年元兵占领宜兴，次年又占领临安（浙江杭州），故流寓吴中（今苏州）。

②镫：同“灯”。

③角：号角声。

④乡关：故乡。

⑤“叹浮云”句：唐杜甫《可叹》：“天上浮云如白衣，斯须改

变如苍狗。”比喻世事变化无常。

⑥枵(xiāo)囊：空囊。枵原指空虚的树根。毛锥：毛笔。

⑦牛经：《三国志·魏书·夏侯玄传》裴松之注引《相牛书》说汉朝有《牛经》。又《唐书·艺文志》载宁戚《相牛经》一卷。此泛指关于畜牧和农业的书。

女冠子 元夕[①]

蕙花香也[②]，雪晴池馆如画。春风飞到，宝钗楼上[③]，一片笙箫，琉璃光射[④]。而今灯漫挂，不是暗尘明月[⑤]，那时元夜。况年来，心懒意怯，羞与蛾儿争耍[⑥]。

江城人悄初更打，问繁华谁解，再向天公借[⑦]。剔残红灺[⑧]，但梦里隐隐，钿车罗帕[⑨]。吴笺银粉砑[⑩]。待把旧家风景，写成闲话[⑪]。笑绿鬟邻女，倚窗犹唱，夕阳西下[⑫]。

【注释】

①元夕：即元宵。清陈廷焯《白雨斋词话》评此词云：“极力渲染，‘而今’二字，忽然一转，有水逝云卷，风驰电掣之妙。”

②蕙花：香草，又名佩兰。

③宝钗楼：汉武帝时造，故址在今陕西咸阳。宋时为著名酒楼。邵博《邵氏闻见后录》卷十九作者自述：“予尝秋日饯客咸阳宝钗楼上。”此泛指歌楼舞榭。

④琉璃：指用琉璃制成的灯。周密《武林旧事》载南宋盛行琉璃灯，有高达五丈的琉璃灯山。以上写过去元宵盛况。

⑤暗尘明月：唐苏味道《正月十五夜》：“火树银花合，星桥铁锁开。暗尘随马去，明月逐人来。”暗尘：指车马扬起的尘土。

⑥蛾儿：一作“闹蛾”，用彩纸剪成的玩具。许昂霄《词综偶评》云：“元宵有扑灯蛾，亦曰闹蛾儿，又曰火蛾。”

⑦“向繁华”句：此句是“问谁解再向天公借繁华”的倒装。

解，明白、知道。

⑧灺(xiè)：烛灰。此指残烛。

⑨钿车：用黄金装饰的华丽车子。

⑩吴笺：即苏笺。宋代吴地出产的笺纸很著名。银粉砑(yà)：用银粉，砑在纸上，制成花纹。砑，碾压。

⑪闲话：闲谈。唐卫准《无题》诗："莫言闲话是闲话，往往事从闲话来。"

⑫夕阳西下：宋康与之咏元夕词《宝鼎现》中成句。

瑞鹤仙 乡城见月[①]

绀烟迷雁迹[②]。渐断鼓零钟，街喧初息。风檠背寒壁[③]。放冰蜍飞到[④]，丝丝帘隙。琼瑰暗泣[⑤]。念乡关霜芜似织。漫将身、化鹤归来[⑥]，忘却旧游端的。 欢极。蓬壶蕖浸[⑦]，花院梨溶，醉连春夕。柯云罢弈[⑧]，樱桃在[⑨]，梦难觅。劝清光、乍可幽窗相伴[⑩]，休照红楼夜笛[⑪]。怕人间，换谱伊凉[⑫]，素娥未识[⑬]。

【注释】

①乡城：当指作者故乡宜兴。清先著《词洁》评此词曰："句意警拔，多由于拗峭，然须炼之精纯，始不失于生硬。竹山此词云'劝清光、乍可幽窗相伴，休照红楼夜笛'……妙语独立……即此数语，可长留数公天地间。"

②绀烟：紫红色的烟岚。

③檠：灯架。

④冰蜍(chú)：指寒冷的月光。蟾蜍：俗称癞蛤蟆，传说月中有蟾蜍，故用为月的代称。

⑤琼瑰：玉类。这里借指佩玉之人。《诗经·秦风·渭阳》："何以赠之，琼瑰玉佩。"

⑥化鹤归来：《搜神后记》载丁令威离乡千年成了仙，化鹤

归故乡，但见“城郭如旧人民非”。

⑦蓬壶：即蓬莱，传说中海上仙山，形如壶，故也称蓬壶。此当指园中假山。蕖：荷花。

⑧柯云罢弈：《述异记》载晋王质入山打柴遇仙人对弈。弈罢，斧头柄（柯）已烂。此喻一切已如隔世。

⑨樱桃在：《酉阳杂俎》载有人梦邻女赠樱桃两枚以食，醒来方知是梦，枕边却留有樱桃核。此喻往事如梦，旧迹犹在。

⑩“劝清光”句：清光，指月光。乍可，只可。《诗词曲语辞汇释》卷一：“乍可，犹只可也。”并引蒋捷此词“劝清光下”六句，释云：“意言月光只可在乡间伴我，若城市之中，万事非昔，恐素娥亦有所未识也。”唐骆宾王《代女道士王灵妃赠道士李荣》诗：“乍可匆匆共百年，谁使遥遥期七夕。”

⑪红楼：指新朝权贵所在之处。

⑫伊凉：《伊州》《凉州》二曲，均西北边地乐曲。此借指元蒙乐曲。

⑬素娥：指月中女神嫦娥。

绛都春[①]

春愁怎画，正莺背带雪，酴醾花谢[②]。细雨院深，淡月廊斜重帘挂。归时记约烧灯夜[③]。早拆尽、秋千红架。纵然归近，风光又是，翠阴初夏。　　娅姹[④]。嚬青泫白[⑤]，恨玉佩罢舞[⑥]，芳尘凝榭[⑦]。几拟倩人[⑧]，付与兰香秋罗帕。知他堕策斜拢马[⑨]。在底处、垂杨楼下。无言暗拥娇鬟[⑩]，凤钗溜也。

【注释】

①清许昂霄《词综偶评》评此词曰：“‘细雨深院’二句，景中有情。‘纵然归近’二句，曲折入情。‘无言暗拥娇鬟，凤钗溜也’，‘也’字叶得妙。”

②酴醾：花名，又名木香花。

③烧灯夜：元宵夜。

④娅姹（yà chà）：娇媚貌。王安石《黄鹂》诗："娅姹不知缘底事，背人飞过北山前。"秦观《拟韦应物》诗："痴儿踏吴歌，娅姹足讹音。"这里作象声词。

⑤颦青泫白：犹皱眉掉泪。颦，同"颦"，皱眉。泫，水滴下垂。

⑥玉佩：玉制的佩饰，此指佩玉的人。

⑦榭：台上高屋。

⑧倩：央求。

⑨策：马鞭。

⑩娇鬟：指美女。

声声慢 秋声[①]

黄花深巷[②]，红叶低窗[③]，凄凉一片秋声。豆雨声来，中间夹带风声。疏疏二十五点[④]，丽谯门不锁更声[⑤]。故人远，问谁摇玉佩[⑥]，檐底铃声。　彩角声吹月堕，渐连营马动，四起笳声[⑦]。闪烁邻灯，灯前尚有砧声[⑧]。知他诉愁到晓，碎哝哝多少蛩声[⑨]。诉未了，把一半、分与雁声。

【注释】

①此词句句押"声"字韵，称"福唐体"。清谢章铤《赌棋山庄词话》评此词曰："历数诸景，挥洒而出，比之稼轩《贺新郎》（绿树听鹈鴂），尽集许多恨事，同一机杼，而用笔尤为崭新。"

②黄花：菊花。

③红叶：枫树叶。

④二十五点：古代一夜分五更，一更分五点。二十五点，说明一整夜过去。

⑤丽谯：原为华丽高楼之意。《庄子·徐无鬼》："君亦必无盛鹤列于丽谯之间。"郭象注："丽谯，高楼也。"成玄英疏："言其华丽嶕峣也。"后亦以称谯楼，即更鼓楼，此指更鼓楼。不锁更声：锁不住更鼓声。

⑥玉佩：玉制佩带的饰物。

⑦"彩角"三句：从辛弃疾《破阵子》"梦回鼓角连营"化出。彩角：称画角，军中号角，上有绘彩。笳：乐器名，汉时流行于西北一带，汉魏鼓吹乐中常用之。三句反映当时全国军事行动的频繁，包括抗元斗争与元军的镇压。

⑧砧：捣衣石。砧声：捣衣声。

⑨蛩：蟋蟀。蛩鸣时断时续，故云碎哝哝。

一剪梅 宿龙游朱氏楼[①]

小巧楼台眼界宽。朝卷帘看，暮卷帘看。故乡一望一心酸。云又迷漫，水又迷漫。　　天不教人客梦安。昨夜春寒，今夜春寒。梨花月底两眉攒[②]。敲遍栏干，拍遍栏干[③]。

【注释】

①龙游：县名，在今浙江西部。朱氏楼，不详。

②两眉攒：双眉紧皱。攒：聚也。毛滂《惜分飞》："愁到眉峰碧聚。"亦此义。

③"敲遍"二句：《渑水燕谈录》云："刘孟节与世龃龉，常凭阑独语，手拍栏干，有诗云：'读书误我四十年，几回醉把栏干拍。'"辛弃疾《水龙吟》："把吴钩看了，栏干拍遍，无人会，登临意。"清陈廷焯《词则·别调集》评此词曰："'敲'与'拍'，无甚分别。然其妙正在无甚分别，乃见愁人情况。必如此，乃可以不分别为工。否则差以毫厘，谬以千里。"

一剪梅 舟过吴江[1]

一片春愁待酒浇。江上舟摇，楼上帘招[2]，秋娘渡与泰娘桥[3]。风又飘飘，雨又萧萧。　　何日归家洗客袍。银字笙调[4]，心字香烧[5]。流光容易把人抛，红了樱桃，绿了芭蕉[6]。

【注释】

①清李佳《左庵词话》称此词“久脍炙人口”。吴江：今江苏苏州市南。

②帘招：酒幌子在招引。俗称酒招子。

③秋娘渡与泰娘桥：秋娘渡与泰娘桥两个地名的化用。蒋捷《行香子·舟宿兰湾》末三句云：“过窈娘堤，秋娘渡，泰娘桥。”均在吴江。

④银字笙：沈雄《古今词话·词品》释云：“银字，制笙以银作字，饰其音节。”调：调弄，即吹奏。

⑤心字香：褚人获《坚瓠集》释云：“按心字香，外国以花酿香，作心字焚之。”杨慎《词品》亦云：“所谓‘心字香’者，以香末萦篆成心字也。”

⑥清潘游龙《古今诗余醉》曰：“末句用两‘了’字，有许多悠悠忽忽意。”

昭君怨 卖花人

担子挑春虽小[1]，白白红红都好。卖过巷东家，巷西家。　　帘外一声声叫，帘里鸦鬟入报[2]。问道买梅花，买桃花？

【注释】

①挑春：挑花。春代指花。陆凯与范晔诗："折花逢驿使……聊寄一枝春。"可见春即花也。

②鸦鬟：即丫环，婢女。

虞美人 梳楼[1]

丝丝杨柳丝丝雨，春在溟濛处[2]。楼儿忒小不藏愁[3]，几度和云飞去觅归舟。　　天怜客子乡关远[4]，借与花消遣。海棠红近绿阑干，才卷朱帘，却又晚风寒。

【注释】

①清李佳《左庵词话》评此词曰："亦工整，亦圆脆。"梳楼：梳妆楼。

②溟濛：溟濛雨，毛毛雨。

③"楼儿"句：吴淑姬《小重山》："不如归去下帘钩，心儿小，难着许多愁。"与此相似。明卓人月《古今词统》以为吴氏这两句，"不如'楼儿'句更奇"。忒小：太小。

④乡关：犹故乡。唐崔颢《黄鹤楼》诗："日暮乡关何处是，烟波江上使人愁。"

虞美人 听雨[1]

少年听雨歌楼上，红烛昏罗帐。壮年听雨客舟中，江阔云低，断雁叫西风[2]。　　而今听雨僧庐下[3]，鬓已星星也[4]。悲欢离合总无情[5]，一任阶前、点滴到天明。

【注释】

①徐案：词以三种不同时期听雨，写出自少到老心与境的变化，一气呵成，从容整炼，自然合拍，洵为高手。

②断雁：失群的孤雁。

③僧庐：和尚庙。

④星星：形容头发花白。

⑤情：王闿运《湘绮楼词选》："此是小曲。'情'亦作'凭'，较胜。"

少年游

梨边风紧雪难晴，千点照溪明。吹絮窗低，唾茸窗小，人隔翠阴行[1]。　　而今白鸟横飞处，烟树渺乡城。两袖春寒，一襟春恨，斜日淡无情[2]。

【注释】

①"吹絮"三句：此处"絮"当指雪。《晋书·王凝之妻谢氏传》载谢道韫曾以"柳絮因风起"来比拟雪花飞舞，成为名句。后因以咏絮称扬女子工于吟咏。吐茸：南唐李煜《一斛珠》词："绣床斜凭娇无那，烂嚼红茸，笑向檀郎吐。"本词此处"茸"，疑亦指雪。但下句"人隔翠阴行"中的"人"，当指有咏絮之才与笑吐红茸之情韵的佳人。

②清潘游龙《古今诗余醉》曰："'淡无情'三字妙。"

霜天晓角[1]

人影窗纱，是谁来折花？折则从他折去，知折去，向谁家。　　檐牙[2]，枝最佳，折时高折些。说与折花人道：须插向，鬓边斜。

【注释】

①清潘游龙《古今诗余醉》评曰："此词妙在淡而浓，俚而雅，雅而老，又在柳秦张周之上。"

②檐牙：原指屋檐边翘出如牙的建筑装饰。唐杜牧《阿房宫赋》："檐牙高啄。"此当指高出檐边的花枝。

陈德武

陈德武，生平不详，三山（今福建福州）人，有词集《白雪遗音》。

水龙吟 西湖怀古①

东南第一名州②，西湖自古多佳丽。临堤台榭③，画船楼阁，游人歌吹④。十里荷花，三秋桂子，四山晴翠⑤。使百年南渡，一时豪杰，都忘却，平生志⑥。　可惜天旋时异⑦，藉何人、雪当年耻⑧。登临形胜⑨，感伤今古，发挥英气。力士推山，天吴移水，作农桑地⑩。借钱塘潮汐，为君洗尽，岳将军泪⑪。

【注释】

①此词风格豪放，抚今忆昔，慷慨悲歌，多兴亡之感。盖亦取资于北宋柳永咏钱塘之《望海潮》。西湖：在今浙江杭州，杭州在南宋时为国都，称临安。本词作于南宋亡后。

②第一名州：北宋仁宗为梅挚出守杭州送行诗有句云："地有湖山美，东南第一州。"

③榭：台上高屋。

④歌吹：歌唱、吹奏乐器。

⑤"十里"三句：柳永《望海潮》："重湖叠巘清嘉，有三秋桂子，十里荷花。"

⑥"使百年"四句：谓西湖的美丽景物和繁华景象，使得南宋忘却恢复中原的大计。统治者豪志消磨。自宋高宗建炎元年（1127），南宋政权建立至临安被占（1276）约一百五十年。其间有百年左右处于相对稳定状态。

⑦天旋时异：犹地覆天翻。此谓南宋政权，已被元人夺取。

⑧藉：凭借。当年耻：南宋名将岳飞《满江红》词："靖康耻，犹未雪；臣子恨，何时灭！"北宋靖康二年（1127）汴京陷落，徽、

钦二帝及僚属被金人掳去，是为国耻。南宋都城临安被元人所占，帝后等亦被掳北去，国家再受奇耻大辱。

⑨此句语本柳永《望海潮》："东南形胜，三吴都会，钱塘自古繁华。"

⑩"力士"三句：传说古蜀国有五个大力士，力能移山。（《华阳国志·蜀志》）天吴：《山海经·海外东经》中水神名。三句是期望改造河山，将西湖山水变为农业生产基地。

⑪借钱塘潮汐：周密《武陵旧事》卷三："浙江之潮，天下之伟观也……际天而来，大声如雷霆，震撼激射，吞天沃日。"相传春秋时伍子胥含冤而死，化为神，每年八月，掀起怒潮，以期复仇。岳将军：岳飞。三句谓愿借钱塘江的怒潮来洗尽岳将军当年未遂雪耻之志的恨泪。由此可见，作者当是寄希望于东南抗元志士能"发挥英气"，实现岳飞"还我河山"的理想。

张　炎

张炎(1248—1320),字叔夏,号玉田,又号乐笑翁。祖籍凤翔(今属陕西),寓居临安(今浙江杭州)。南宋初年名将张俊六世孙。曾祖张镃、父张枢,皆为词家。少时生活清雅悠闲,以湖山游赏,结社填词为事。年二十九,宋亡,家破人亡,过着流寓各处的遗民生活。尝被诏入元大都(今北京)抄写《大藏经》,足迹遍游北土,一生大多滞于吴越。有《山中白云词》,多抒故国覆亡之悲。词风雅洁清壮,凄怆缠绵。陈廷焯《云韶集》称其词:"取法白石,而风度高超,襟期旷远。"又有词学论著《词源》一书,精研音律,提倡雅词,崇尚"清空"。其词其论,对后世有很大影响。清初浙西词派有"家白石而户玉田"之说。

南浦　春水①

波暖绿粼粼,燕飞来,好是苏堤才晓②。鱼没浪痕圆③,流红去,翻笑东风难扫④。荒桥断浦,柳阴撑出扁舟小⑤。回首池塘青欲遍,绝似梦中芳草⑥。　和云流出空山,甚年年净洗,花香不了⑦。新渌乍生时,孤村路,犹忆那回曾到。余情渺渺。茂林觞咏如今悄⑧。前度刘郎归去后,溪上碧桃多少⑨。

【注释】

①《四库全书总目提要·山中白云词》评此词:"(张炎)平生工长短句,以《春水》词得名,人因号曰'张春水',其后编次词集者,即以此首压卷,倚声家传诵至今。"

②苏堤:在今杭州西湖中,乃北宋苏轼知杭州时,疏浚西湖,堆泥成堤。

③"鱼没"句:清陈廷焯《云韶集》评此句:"'鱼没浪痕圆'五字静细。"

④"流红"句：暗用红叶题诗故事，唐范摅《云溪友议》载："卢渥舍人应举之岁，偶临御沟，见一红叶，命仆搴来。叶上乃有一绝句……诗云：'流水何太急？深宫尽日闲。殷勤谢红叶，好去到人间。'"

⑤"荒桥"二句：周密《绝妙好词笺》评曰："赋春水入画。"

⑥"回首"二句：化用谢灵运《登池上楼》诗："池塘生春草，园柳变鸣禽。"

⑦"和云"三句：清吴衡昭《莲子居词话》评曰："数语刻画精妙，运用生动，所谓空前绝后矣。"

⑧"茂林"句：谓文人雅集也。晋穆帝永和九年(353)，王羲之、孙绰、谢安等人在兰亭集会，饮酒赋诗。王羲之《兰亭集序》云："有崇山峻岭，茂林修竹，又有清流激湍，映带左右，引以为流觞曲水，列坐其次，虽无丝竹管弦之盛，一觞一咏，亦足以畅叙幽情。"

⑦"前度"二句：唐代诗人刘禹锡坐党籍被贬后返京，作《元和十一年戏赠看花诸君子》诗，云："玄都观里桃千树，尽是刘郎去后栽。"朝中新贵以为讽己，又贬之。十四年后再归。又作《再游玄都观绝句》："种桃道士归何处？前度刘郎今又来。"清陈廷焯评此词曰："'前度'句婉约流丽。"

高阳台 西湖春感[1]

接叶巢莺[2]，平波卷絮，断桥斜日归船[3]。能几番游，看花又是明年。东风且伴蔷薇住，到蔷薇、春已堪怜[4]。更凄然，万绿西泠，一抹荒烟[5]。　当年燕子知何处[6]，但苔深韦曲，草暗斜川[7]。见说新愁，如今也到鸥边[8]。无心再续笙歌梦，掩重门、浅醉闲眠。莫开帘，怕见飞花，怕听啼鹃。

【注释】

①陈廷焯《白雨斋词话》卷二评曰："玉田《高阳台·西湖春

感》一章,凄凉幽怨,郁之至,厚之至,与碧山如出一手。乐笑翁集中亦不多觏。"又《云韶集》云:"情景兼到,一片身世之感。"

②接叶巢莺:语本杜甫《陪郑广文游何将军山林》诗:"卑枝低结子,接叶暗巢莺。"

③断桥:在杭州西湖边白堤东端。

④"东风"二句:陈廷焯《云韶集》云:"'东风'二语,虽是激迫之词,然音节却婉约。惹甚闲愁,不如掩门一醉高卧也。"蔷薇:一种药用落叶灌木,开花于春夏之交。故云"到蔷薇,春已堪怜"。

⑤"万绿"二句:西泠(líng),桥名,在西湖孤山之侧。唐圭璋《唐宋词简释》云:"'万绿'八字,写足湖上春尽,一片惨淡迷离之景。"

⑥"当年"句:今昔沧桑之慨也。刘禹锡《乌衣巷》:"旧时王谢堂前燕,飞入寻常百姓家。"

⑦"但苔深"二句:韦曲,唐代韦氏世居长安城南,人称该地为韦曲,乃当时繁华之地。斜川,本为地名,在今江西星子县境内,陶渊明有《游斜川诗并序》。以上二句借指杭州附近风景区。

⑧"见说"二句:化用辛弃疾《菩萨蛮》句意:"拍手笑沙鸥,一身都是愁。"因鸥羽全白,故以之喻愁白之发。

壶中天 夜渡古黄河,与沈尧道、曾子敬同赋[①]

扬舲万里,笑当年底事,中分南北[②]。须信平生无梦到,却向而今游历[③]。老柳官河,斜阳古道,风定波犹直。野人惊问,泛槎何处狂客[④]? 迎面落叶萧萧,水流沙共远,都无行迹。衰草凄迷秋更绿,惟有闲鸥独立[⑤]。浪挟天浮,山邀云去,银浦横空碧[⑥]。扣舷歌断[⑦],海蟾飞上孤白[⑧]。

【注释】

①元代至元二十七年(1290)，作者被征至大都(今北京)抄写《大藏经》，渡黄河时赋此。清陈廷焯评此词："高绝、超绝、真绝、老绝，风流洒脱，置之白石集中，亦是高境。结更高更旷，笔力亦劲。通篇骨韵皆高，压遍今古。"(见《云韶集》卷九)沈尧道，即沈钦，号秋江。曾子敬，华亭(今上海松江)人，名遇，一字心传，宋丞相曾公亮裔孙。当时三人一同北游。

②"扬舲"三句：舲，有窗的船。底事：什么事，为什么。《文选》郭璞《江赋》注引《吴录》："魏文帝临江叹曰：'天所以隔南北也！'"此指古黄河。

③"须信"二句：清许昂霄《词综偶评》："淡语入情，人不能道。"

④"泛槎"句：《荆楚岁时记》载："张骞寻河(黄河)源，乘槎经月。至一处，见城郭如州府，室内有一女织，又见一丈夫牵牛饮河，骞问曰：'此是何处？'答曰：'可问严君平。'织女取支机石与骞俱还。后至蜀问君平。君平曰：'某年某月，客星犯牛女。'计其年月，乃至天河之时。"

⑤"惟有"句：俞陛云《唐五代两宋词选释》："'闲鸥独立'句，谓匹夫志不可夺。"

⑥银浦：银河。唐李贺《天上谣》："银浦流云作水声。"

⑦扣舷：击打船舷以为唱歌的节拍，苏轼《前赤壁赋》："于是饮酒乐甚，扣舷而歌之。"

⑧海蟾：指月。古人以为月出于海，中有蟾蜍，故称海蟾。

甘州

辛卯岁，沈尧道同余北归，各处杭越。逾岁，尧道来问寂寞，语笑数日，又复别去。赋此曲，并寄赵学舟①。

记玉关、踏雪事清游[2]。寒气脆貂裘[3]。傍枯林古道，长河饮马，此意悠悠。短梦依然江表，老泪洒西州[4]。一字无题处，落叶都愁[5]。　　载取白云归去，问谁留楚佩，弄影中洲[6]。折芦花赠远，零落一身秋。向寻常野桥流水，待招来、不是旧沙鸥。空怀感，有斜阳处，却怕登楼[7]。

【注释】

①辛卯：即元世祖至元二十八年(1291)，此词则作于次年。沈尧道：见前《壶中天》注①。赵学舟，名与仁，燕王德昭十世孙，入元为辰州教授。二人曾与张炎赴大都写经。《全宋词》词题注云："别本尧道作秋江、赵学舟作曾心传。"清陈廷焯《云韶集》评此词曰："一片凄感，似唐人悲歌之诗。"

②玉关：即玉门关，在今甘肃敦煌市西北。这里代指北方。

③脆貂裘：化用岑参《北庭贻宗学士道别》诗句："容鬓老胡尘，衣裘脆边风。"

④"短梦"二句：江表，即江南。西州：金陵地名，乃晋宋间扬州刺史治所，以治事在台城西，故称。《晋书·谢安传》载，羊昙受谢安器重。谢安扶病还都时，曾经西州门入。谢安死后，羊昙行不由西州路。尝大醉，不觉至西州门，遂痛哭而去。俞陛云《唐五代两宋词选释》评曰："'短梦'以下四句能用重笔，力透纸背，为《白云词》中所罕有。"

⑤"一字"二句：唐范摅《云溪友议》御沟题叶事。见前《南浦·春水》注④。

⑥"问谁"二句：写别时依恋之情。《楚辞·湘君》："捐余袂兮江中，遗余佩兮澧浦。""君不行兮夷犹，蹇谁留兮中洲。"

⑦"空怀感"三句：陈匪石《宋词举》："结拍从稼轩'休去危栏倚，斜阳正在、烟柳断肠处'化出，而气味各别；言尽意不尽，则与《高阳台》同一机杼。"《高阳台》即前"西湖春感"一首。

台城路[1]

庚寅秋九月，之北，遇汪菊坡，一见若惊，相对如梦。回忆旧游，已十八年矣。因赋此词[2]。

十年前事翻疑梦[3]，重逢可怜俱老。水国春空，山城岁晚，无语相看一笑。荷衣换了[4]。任京洛尘沙，冷凝风帽[5]。见说吟情，近来不到谢池草[6]。　欢游曾步翠窈[7]。乱红迷紫曲，芳意今少。舞扇招香，歌桡唤玉，犹忆钱塘苏小[8]。无端暗恼[9]。又几度留连，燕昏莺晓。回首妆楼，甚时重去好？

【注释】

①王奕清《历代诗余》评曰："如此等词，即以为杜诗韩笔可也，岂止极填词之能事。"

②庚寅：元世祖至正十年（1350）。张炎于该年被召至大都写《大藏经》。汪菊坡：不详。已十八年，指元至正二十七年（1367）年，即作词之时。

③十年前事：指十八年前赴燕京写经之事。清陈廷焯《词则·大雅集》评曰："起语魂消。"

④荷衣：隐者之服。屈原《离骚》："制芰荷以为衣兮。"又《九歌·少司命》："荷衣兮蕙带，儵而来兮忽而逝。"

⑤京洛：原指洛阳，此指大都，今北京。此处语本谢朓《酬王晋安诗》："谁能久京洛，缁尘染素衣。"

⑥"见说"二句：指没有吟诗感叹时光流逝。谢池草：指谢灵运《登池上楼》中名句："池塘生春草，园柳变鸣禽。"叹节序推移，谓时局已变。

⑦翠窈：苍翠深窈的风景区。盖指西湖。

⑧歌桡：即歌板，用以定歌曲节奏。玉及上句之香，皆指美

人。钱塘苏小:即苏小小。《乐府广题》记载:“苏小小,钱塘名妓也。南齐时人。”郭茂倩《乐府诗集》中有《苏小小歌》古辞:“我乘油壁车,郎乘青骢马。何处结同心,西陵松柏下。”此指南宋时钱塘歌妓。

⑨无端:没来由,无缘无故。

琐窗寒[①]

王碧山又号中仙,越人也。能文工词,琢语峭拔,有白石意度,今绝响矣。余悼之玉笥山,所谓长歌之哀,过于痛哭。[②]

断碧分山,空帘剩月,故人天外[③]。香留酒殢[④]。蝴蝶一生花里[⑤]。想如今、醉魂未醒,夜台梦语秋声碎[⑥]。自中仙去后,词笺赋笔,便无清致。　　都是,凄凉意。怅玉笥埋云,锦袍归水[⑦]。形容憔悴。料应也、孤吟山鬼。那知人、弹折素弦[⑧],黄金铸出相思泪[⑨]。但柳枝、门掩枯阴,候蛩愁暗苇。

【注释】

①清陈廷焯《词则·大雅集》评此词曰:“措语琢炼,无限痛惜。字字从性情流出,不独铸语之工。”

②王碧山:即王沂孙,字圣与,号碧山,前有小传。约卒于1289年。玉笥山,一名宛委山,在今浙江绍兴市。白石:即姜夔,前有小传。长歌二句:谓以词悼念胜过痛哭。

③“断碧”三句:写王沂孙死后,一片凄凉之景。其中“断碧分山”,嵌有其号“碧山”二字,喻其逝世。许昂霄《词综偶评》云:“起句隐藏‘碧山’二字,偶尔弄巧,诗家亦有此例。”

④酒殢:即殢酒,病酒,困酒之意。

⑤“蝴蝶”句:史达祖《贺新郎》云:“蝴蝶一生花里活,难制

窃香心性。"似袭其意。

⑥夜台：指坟墓。晋陆机《挽歌》诗之一："按辔遵长薄，送子长夜台。"李白《哭宣城善酿纪叟》诗："夜台无晓日，沽酒与何人。"

⑦锦袍：古时士人进士及第后，皇帝赐以锦袍，以示荣宠。杜甫《夔府咏怀》诗："管宁纱帽净，江令锦袍鲜。"相传李白着宫锦袍，在采石矶醉后入江捞月而死。此喻王沂孙之死。

⑧"那知人"二句：用伯牙弹琴遇知音故事。见《列子·汤问》。

⑨"黄金"句：唐卢仝《与马异结友》诗："白玉璞里斫出相思心，黄金矿里铸出相思泪。"此喻友情之深，悼念之切。

渡江云

山阴久客，一再逢春，回忆西杭，渺然秋思。①

山空天入海，倚楼望极，风急暮潮初。一帘鸠外雨②，几处闲田，隔水动春锄。新烟禁柳③，想如今，绿到西湖。犹记得、当年深隐，门掩两三株④。　愁余。荒洲古溆。断梗疏萍，更漂流何处⑤。空自觉、围羞带减⑥，影怯灯孤。常疑即见桃花面，甚近来、翻笑无书⑦。书纵远，如何梦也都无！

【注释】

①此词作于元大德二年（1298），时年五十一岁，客居山阴已二年，故云"一再逢春"。据"新烟禁柳"句，可知为本年寒食后。山阴：今浙江绍兴。西杭：即杭州，因在山阴之西，故称。清许昂霄评此词云："曲折如意。"（《词综偶评》）俞陛云评云："通首警动，无懈可击。"（《两宋词选释》）。

②鸠外雨：宋陆佃《埤雅·释鸟》："鹁鸠灰色无绣项，阴则屏其匹，晴则呼之。语曰'天将雨，鸠逐妇'者也。"

③新烟禁柳：指寒食节。新烟：唐宋时于清明节前三日禁火寒食，后始见炊烟，称为新烟。

④"犹记得"二句：暗用晋陶渊明故事，《宋书·陶潜传》载，陶渊明少有高趣，著《五柳先生传》云："宅边有五柳树，因以为号焉。"以喻隐逸之乐。

⑤"断梗"二句：秦观《满庭芳》(红蓼花繁)："任人笑生涯，泛梗飘萍。"此喻行踪飘泊。

⑥围羞带减：《梁书·沈约传》记载沈约于官场失意，陈情于徐勉曰："开年以来，病增虑切……百日数旬，革带常应移孔，以手握臂，率计月小半分。因此类推，岂能久支？"后用此喻消瘦。

⑦桃花面：唐崔护游长安城南遇女子启门倚桃树而立，来岁往寻，则门庭无人。因题诗曰："去年今日此门中，人面桃花相映红。人面不知何处去，桃花依旧笑春风。"无书：无音信。

忆旧游[1]

新朋故侣，诗酒迟留，吴山苍苍，渺渺兮余怀也。寄沈尧道诸公。[2]

记开帘过酒[3]，隔水悬灯，款语梅边。未了清游兴，又飘然独去，何处山川。淡风暗收榆荚，吹下沈郎钱[4]。叹客里光阴，消磨艳冶，都在尊前[5]。　留连。殢人处，是镜曲窥莺，兰皋围泉[6]。醉拂珊瑚树[7]，写百年幽恨，分付吟笺。故乡几回飞梦，江雨夜凉船。纵忘却归期，千山未必无杜鹃[8]。

【注释】

①高亮功云："此玉田游越思杭之作。"俞陛云《两宋词选释》云此首："未言所赠何人，盖怀友兼怀乡而作。"

②吴山：在浙江杭州城东南，春秋时为吴地南界。“渺渺”句，语本苏轼《前赤壁赋》：“渺渺兮予怀，望美人兮天一方。”沈尧道：作者友人，见前《壶中天》注①。

③开帘过酒：以帘布滤酒，此指买酒。

④“淡风”二句：榆荚，俗呼为榆钱。榆荚初生，形状似钱而小，色白成串。唐李商隐《江东》诗：“今日春光太漂荡，谢家轻絮沈郎钱。”注云：“《晋书·食货志》：‘吴兴沈充铸小钱，谓之沈郎钱。’”李贺《残丝曲》：“榆荚相催不知数，沈郎青钱夹城路。”俞陛云《唐五代两宋词选释》：“‘淡风榆钱’句，写春尽，语颇清新。”

⑤“叹客里”三句：语本周邦彦《六丑·蔷薇谢后作》：“怅客里、光阴虚掷。”

⑥殢(tì)人：逗人，烦扰人。镜曲：镜(鉴)湖一曲。唐贺知章致仕时，玄宗敕赐鉴湖一曲，此为省语。兰皋：犹兰皋，屈原《离骚》：“步余马于兰皋兮，驰椒丘且焉止息。”此指山阴兰亭。

⑦珊瑚树：据《世说新语·汰侈》，石崇与王恺争豪，时晋武帝尝以一珊瑚树赐恺，恺以示崇，崇以铁如意击之，应手而碎。后崇以三、四尺之珊瑚树偿之。此喻人物风姿之美。

⑧杜鹃：鸟名，传为古蜀望帝杜宇失位后之魂所化，每于春月悲啼，音如“不如归去”。俞陛云《两宋词选释》云：“结句意谓耕山钓水，未必无箕颍其人，故取喻杜鹃，而自叹迟留也。”

解连环　孤雁[①]

楚江空晚，怅离群万里，恍然惊散[②]。自顾影、欲下寒塘[③]，正沙净草枯，水平天远。写不成书，只寄得相思一点[④]。料因循误了，残毡拥雪，故人心眼[⑤]。　谁怜旅愁荏苒[⑥]。漫长门夜悄[⑦]，锦筝弹怨[⑧]。想伴侣、犹宿芦花，也曾念春前，去程应转。暮雨相呼，怕蓦地，玉关重见[⑨]。未羞他，双燕归来，画帘半卷。

【注释】

①元孔齐《至正直记》卷四云："张炎尝赋孤雁词，有'写不成书，只寄得相思一点'，人皆称之曰张孤雁。"俞陛云云："《孤雁》与《春水》词，皆玉田少年擅名之作，晚年无此精湛矣。"(《两宋词选释》)。

②"怅离群"二句：陈匪石《宋词举》："'怅离群'九字，神来之笔，亦全篇作意。"

③欲下寒塘：用唐崔涂《孤雁》诗意："暮雨相呼失，寒塘欲下迟。"

④"写不成书"二句：群雁竞飞，排列成行，状如"一"字、"人"字。此雁离群，故称"写不成书"。俞陛云《唐五代两宋词选释》云："'写不成书'二句，写孤字入妙，即怀人之作，亦极缠绵幽渺之思，况咏孤雁？人雁双关，允推绝唱。"

⑤"料因循"三句：因循：延误，拖延。餐毡拥雪：《汉书·李广苏建传》附载，苏武出使匈奴，被囚于大窖中，天雨雪，武啮雪与毡毛并咽之，数日不死。数年后，汉使者索武于单于，遂谎称苏武已死。汉使者乃曰天子于上林苑射得一雁，得苏武书。匈奴始归还苏武。

⑥旅愁荏苒：即旅愁渐生。荏苒：渐进貌。

⑦长门夜悄：史传汉武帝陈皇后被废后，居长门宫，愁闷悲思。杜牧有《早雁》诗云："仙掌月明孤影过，长门灯暗数声来。"

⑧锦筝弹怨：钱起《归雁》诗："二十五弦弹夜月，不胜清怨却飞来。"二十五弦，指琴瑟。此化用为筝。又晏几道《菩萨蛮》："哀筝一弄江南曲，声声写尽湘波绿……当筵秋水慢，玉柱斜飞雁。"皆此意。

⑨"暮雨"二句：唐崔涂《孤雁》："暮雨相呼失，寒塘欲下迟。"玉关，即玉门关，在今甘肃境内。

满庭芳 小春①

晴皎霜花，晓熔冰羽，开帘觉道寒轻。误闻啼鸟，生意又园林[2]。闲了凄凉赋笔，便而今、不听秋声[3]。消凝处，一枝借暖，终是未多情。　　阳和，能几许[4]，寻红探粉，也恁忺人[5]。笑邻娃痴小[6]，料理护花铃[7]。却怕惊回睡蝶，恐和他、草梦都醒。还知否，能消几日，风雪灞桥深[8]。

【注释】

①小春：农历十月。一称小阳春。欧阳修《渔家傲》："十月小春梅蕊绽"。

②"误闻"二句：化用谢灵运《登池上楼》"池塘生春草，园柳变鸣禽"诗意。

③"闲了"三句：北宋欧阳修有《秋声赋》，咏暮秋山川寂寥，草木零落的萧条景象。此谓春意已显，不是秋声。

④阳和：指大好春光。《史记·秦始皇本纪》："时在中春，阳和方起"。

⑤也恁忺人：也是那样令人欢悦高兴。忺(xiān)人：使人高兴，适意。

⑥痴小：小得可爱。白居易《井底引银瓶》诗："寄言痴小人家女，慎勿将身轻许人。"

⑦护花铃：于花树上系铃以驱鸟，名曰护花铃。王仁裕《开元天宝遗事》："至春时，于后园中纫红丝为绳，密缀金铃，系于花梢之上。每有乌鹊翔集，则令园吏掣铃索以惊之，盖惜花之故也。"

⑧"风雪"句：灞桥，本为霸桥，在唐长安东。孙光宪《北梦琐言》："相国郑綮善诗……或曰：'相国近有新诗否？'对曰：'诗思在灞桥风雪中驴子上，此处何以得之？'"

月下笛[1]

孤游万竹山中[2]，闲门落叶，愁思黯然，因动黍离之感[3]。时寓甬东积翠山舍[4]。

万里孤云，清游渐远，故人何处。寒窗梦里，犹记经行旧时路。连昌约略无多柳[5]，第一是、难听夜雨。漫惊回凄悄，相看烛影，拥衾谁语。　　张绪[6]。归何暮？半零落，依依断桥鸥鹭[7]。天涯倦旅。此时心事良苦。只愁重洒西州泪[8]，问杜曲、人家在否[9]。恐翠袖，正天寒，犹倚梅花那树[10]。

【注释】

①俞陛云《唐五代两宋词选释》评此词："玉田词每隐寓君国之思，此则明言黍离之感，抚连昌杨柳，访杜曲门庭，亡国失家之痛，并集于怀矣。"

②万竹山：《赤城志》："万竹山在（天台）县西南四十五里。绝顶曰新罗，九峰回环，道极险隘。"

③黍离：《诗经·王风·黍离》，乃周大夫重到镐京，见宗庙宫室，尽为禾黍，感周室之既微，王道之不兴而作。诗云："彼黍离离，彼稷之苗。行迈靡靡，中心摇摇。"此寄故国之思。

④甬东：古地名，亦名翁州。今浙江舟山定海县。

⑤"连昌"句：连昌，即连昌宫。唐高宗所置，在今河南宜阳县西，多植柳。元稹有《连昌宫词》咏安史乱后，宫室残破荒凉，皇室不振。

⑥张绪：字思曼，南齐吴郡人，官至国子祭酒，风姿清雅。《南史·张绪传》载，武帝植益州刺史刘悛所献南蜀柳于灵和殿前，尝曰："此杨柳风流可爱，似张绪当年时。"此句以张绪自比。清陈廷焯《词则·别调集》评下阕云："骨韵俱高，词意兼胜，白石老仙之后劲也。"

⑦断桥：在今杭州西湖孤山下白堤东端。

⑧重洒西州泪：《晋书·谢安传》载，谢安生前推重羊昙，病时从西州门入京。谢安死后，羊昙行不经西州门，尝大醉至，乃

痛哭而去。

⑨杜曲：在陕西长安（今西安市）南，唐时杜氏世居于此，故名。杜甫《曲江》：“杜曲幸有桑麻田。”此处有乡国之喻。

⑩“恐翠袖”三句：化用杜甫《佳人》诗句：“天寒翠袖薄，日暮倚修竹。”

绮罗香　红叶[1]

万里飞霜，千林落木，寒艳不招春妒。枫冷吴江[2]，独客又吟愁句。正船舣，流水孤村，似花绕、斜阳归路[3]。甚荒沟，一片凄凉，载情不去载愁去[4]。　长安谁问倦旅。羞见衰颜借酒，飘零如许[5]。漫倚新妆，不入洛阳花谱[6]。为回风、起舞尊前[7]；尽化作、断霞千缕。记阴阴，绿遍江南，夜窗听暗雨[8]。

【注释】

①清陈廷焯评此词曰：“‘寒艳’六字新警。‘甚荒沟’三句，情词兼工，少游之匹也。镂金错彩之笔，抚时哀世之作。”（《云韶集》卷九）

②“枫冷”句：用唐崔信明“枫落吴江冷”残句。吴江：即吴淞江，今名苏州河。发源太湖，经上海入黄浦江，至东海。

③“正船舣”三句：舣，停船。流水孤村，化用秦少游《满庭芳》“斜阳外，寒鸦万点，流水绕孤村”语意。

④“甚荒沟”三句：化用御沟流红，红叶题诗之典。见前《甘州》注⑤。此句言红叶载愁。

⑤衰颜借酒：语本唐郑谷《乘慵》诗：“衰鬓霜供白，愁颜酒借红。”宋陈师道《除夜对酒赠少章》诗亦云：“发短愁催白，颜衰酒借红。”皆相似。

⑥“漫倚”二句：李白《清平调》咏牡丹云：“借问汉宫谁得似，可怜飞燕倚新妆。”此句云红叶终不如花，故而不能像洛阳

牡丹一样被收入花谱。

⑦回风：此指一种舞姿，旋转如回旋之风。

⑧"记阴阴"三句：清先著《词洁》："结句，反映安章顿句，极其妥贴，而思路更入微。"

梅子黄时雨 病后别罗江诸友①

流水孤村②，爱尘事顿消，来访深隐。向醉里谁扶，满身花影③。鸥鹭相看如瘦，近来不是伤春病。嗟流景④。竹外野桥，犹系烟艇。 谁引斜川归兴⑤。便啼鹃纵少，无奈时听。待棹击空明，鱼波千顷⑥。弹到琵琶留不住，最愁人是黄昏近。江风紧，一行柳阴吹暝。

【注释】

①调名即《青玉案》。罗江：原有多处，据《中国古今地名大词典》：此罗江在浙江慈溪市西南15里后江南岸。《中华人民共和国地方词典》谓属今余姚市，因五代后梁隐者罗甫率家人避难于此，耕耘授礼，江名村名均作罗江。距张炎绍兴100公里，有水道可通。此承胡昭著、徐国华两先生赐教，谨致谢意。参见本书《经典宋词修订序》。

②流水孤村：用秦观《满庭芳》咏山阴名句："斜阳外，寒鸦万点，流水绕孤村。"

③"向醉里"二句：用陆龟蒙《和袭美春夕酒醒》诗："醉后不知明月上，满身花影倩人扶。"

④嗟流景：叹光阴逝去之速。

⑤斜川归兴：归隐之兴。斜川：在江西星子县。晋陶渊明有《游斜川》诗，序云："辛酉正月五日，天气澄和，风物间美，与二三邻曲，同游斜川……率尔赋诗，悲日月之遂往，悼吾年之不留。"此用其意。

⑥"待棹"二句：苏轼《前赤壁赋》："桂棹兮兰桨，击空明兮

溯流光。”顷，百亩。千顷，形容水面之大。

声声慢 题吴梦窗遗笔[1]

烟堤小舫，雨屋深灯，春衫惯染京尘[2]。舞柳歌桃[3]，心事暗恼东邻[4]。浑疑夜窗梦蝶[5]，到如今，犹宿花阴。待唤起，甚江蓠摇落[6]，化作秋声。　回首曲终人远，黯消魂，忍看朵朵芳云。润墨空题，惆怅醉魄难醒。独怜水楼赋笔，有斜阳，还怕登临[7]。愁未了，听残莺，啼过柳阴。

【注释】

①吴梦窗：即宋末词人吴文英，本书前有小传。唐圭璋《全宋词》于本词题下校曰：“别本作‘题梦窗自度曲《霜花腴》卷后’。”

②“春衫”句：见前《台城路》注④。据黄畬考证，此词作于至元三十一年(1294)，时梦窗已过世多年。遗笺，盖指其《霜花腴》也。郑文焯手批《梦窗词》叙上眉批云：“案宋元人称梦窗词，但云《霜花腴集》，绝无甲乙丙丁稿之目。”可证此词是题在梦窗词集上。

③舞柳歌桃：指歌女。白居易《不能忘情吟》：“樱桃樊素口，杨柳小蛮腰。”亦指灯红酒绿的闲适生活。晏几道《鹧鸪天》云：“舞低杨柳楼心月，歌尽桃花扇底风。”亦此意。

④东邻：宋玉《登徒子好色赋》：“天下之佳人……莫若东家之子……然此女登墙窥臣三年，至今未许也。”秦观《南乡子》：“疑是当年窥宋玉，东邻。”此指邻家美女。

⑤浑疑：全然疑为。夜窗梦蝶：指与万物和谐相处，物化为己。《庄子·齐物论》：“昔者庄周梦为蝴蝶。栩栩然蝴蝶也，自喻适志与，不知周也。”这里亦嵌入吴文英之号“梦窗”二字。俞陛云《两宋词选释》引夏闰庵云：“玉田与诸名流酬唱，皆不苟

作，此词颇有梦窗之意。”其说甚是。徐案：玉田《琐窗寒》悼王沂孙词起句云“断碧分山”，亦切王氏之号“碧山”，可见为其常用手法也。

⑥江蓠：一种香草。蓠亦作离。屈原《离骚》：“扈江离与辟芷兮，纫秋兰以为佩。”此句以江蓠比梦窗而哀悼之。

⑦“有斜阳”二句：辛弃疾《摸鱼儿》：“闲愁最苦！休去倚危栏，斜阳正在，烟柳断肠处。”此处化用其意。徐案：水楼赋笔，指吴文英长调《莺啼序》（残寒正欺病酒）。水楼：指丰乐楼，因濒临西湖，故名。周密《武陵旧事》卷五：“赵忠定公《柳梢青》云：‘水月光中，烟霞影里，涌出楼台。’”即指此。又曰：“吴梦窗尝大书《莺啼序》于壁，一时为人传诵。”此篇结句“听残莺、啼过柳阴”，也寓《莺啼序》之义。

长亭怨 旧居有感①

望花外、小桥流水，门巷愔愔，玉箫声绝②。鹤去台空③，佩环何处弄明月④。十年前事，愁千折、心情顿别。露粉风香谁为主，都成消歇。　　凄咽。晓窗分袂处，同把带鸳亲结⑤。江空岁晚，便忘了、尊前曾说。恨西风不庇寒蝉，便扫尽、一林残叶⑥。谢杨柳多情，还有绿阴时节⑦。

【注释】

①徐案：据周密《齐东野语》卷二十，张炎之祖张镃卜筑于临安南湖，“其园池声伎服玩之丽甲天下，尝于南湖园作驾霄亭于四古松间”。周密《瑞鹤仙·序》云：“寄闲（张枢）结吟台，出花柳半空间，远迎双塔，下瞰六桥，标之‘湖山绘幅’。霞翁（杨缵）领客落成之。”此词刻于吟台。宋亡皆毁。清陈廷焯《云韶集》评此词曰：“通篇无一字不呜咽，如断雁惊风，哀猿叫月。”

②玉箫声绝：暗指所恋之人。玉箫：人名。《云溪友议》卷

三谓韦皋少游江夏，馆于姜氏，与侍婢玉箫有情。韦归，一别七年，玉箫遂绝食而死。

③鹤去台空：指旧侣逝去再难相聚。唐崔颢《黄鹤楼》诗："昔人已乘黄鹤去，此地空余黄鹤楼。"

④"佩环"句：吊昔日之女子。杜甫《咏怀古迹》咏明妃："环佩空归月夜魂。"

⑤带鸳：指同心罗带。带上绣有鸳鸯，故称。

⑥寒蝉：柳永《雨霖铃》："寒蝉凄切，对长亭晚，骤雨初歇。"

⑦结二句：清陈廷焯《云韶集》评曰："故作摆脱之笔，愈形凄恻。结笔从无可奈何处聊以自解。"

台城路　送周方山游吴[①]

朗吟未了西湖酒，惊心又歌南浦[②]。折柳官桥，呼船野渡，还听垂虹风雨[③]。漂流最苦。况如此江山，此时情绪。怕有鸥夷[④]，笑人何事载诗去。　荒台只今在否？登临休望远，都是愁处。暗草埋沙，明波洗月，谁念天涯羁旅[⑤]。荷阴未暑。快料理归程，再盟鸥鹭[⑥]。只恐空山，近来无杜宇[⑦]。

【注释】

①周方山：周暕，字伯阳，号方山，自署识字耕夫，泰州（今属江苏）人。其词入选月泉吟社，名列第十九。元至大三年（1310），尝为白珽作《湛渊诗集序》，见厉鹗《宋诗纪事》。清陈廷焯《云韶集》评此词曰："只缓缓写来，写到销魂之处，令人感慨不尽。"

②南浦：指别离之所。南朝江淹《别赋》："春草碧色，春水绿波，送君南浦，伤如之何！"

③垂虹：指垂虹桥，在江苏吴江东，本名利往桥，因上有垂虹亭，故名。

④鸱夷：革囊。《战国策·燕策二》载："昔者伍子胥说听乎阖闾，故吴王远迹至于郢。夫差弗是也，赐之鸱夷而浮之江。"吴亡后，越大夫范蠡泛五湖而去，号鸱夷子皮。此指后者。

⑤"暗草"三句：清陈廷焯《云韶集》评曰："字字秀练，却极纯雅，无斧凿痕迹。此白石（姜夔）之妙也。"

⑥再盟鸥鹭：谓归隐山泽与鸥鹭为盟。辛弃疾《水调歌头·盟鸥》："凡我同盟鸥鹭，今日既盟之后，来往莫相猜。"陆游《夙兴》诗："鹤怨凭谁解，鸥盟恐已寒。"

⑦杜宇：即杜鹃鸟。此句化用李白《蜀道难》"又闻子规啼夜月，愁空山"句意。《太平寰宇记》载："蜀王杜宇号望帝，后因禅位，自亡去，后欲复位不得，死化为鹃，每春月间，昼夜悲鸣，蜀人闻之，曰：'我望帝魂也。'"

清平乐①

候蛩凄断②，人语西风岸。月落沙平江似练③。望尽芦花无雁。　暗教愁损兰成④，可怜夜夜关情。只有一枝梧叶，不知多少秋声⑤。

【注释】

①清陈廷焯评此词云："秋江图画，笔法自高，亦是因感有得。"（《白雨斋词话》卷二）

②候蛩（qióng）：指蟋蟀，因其应节候而鸣，故称。

③"月落"句：南齐谢朓《晚登三山还望京邑》："余霞散成绮，澄江静如练。"

④兰成：即庾信，梁朝诗人，出使北国被留为官，其诗多家国之思，愁苦之情易见。并有《愁赋》，今存残句。

⑤"只有"二句：俞陛云《唐五代两宋词选释》："'梧叶'十二字如絮浮水，如露滴荷，虽沾而非著，词中胜境，妙手偶得之。欧阳公赋秋声，从广大处着笔，此从精微处著想，皆极文词之

能事。”

绿　意①

碧园自洁②。向浅洲远渚，亭亭清绝③。犹有遗簪，不展秋心④，能卷几多炎热。鸳鸯密语同倾盖，且莫与、浣纱人说⑤。恐怨歌忽断花风，碎却翠云千叠。　回首当年汉舞，怕飞去、漫皱留仙裙摺。恋恋青衫，犹染枯香，还叹鬓丝飘雪。盘心清露如铅水⑥，又一夜、西风吹折。喜静看，匹练秋光⑦，倒泻半湖明月。

【注释】

①调名即《疏影》，词乃赋荷叶。俞陛云《两宋词选释》评此词云：“赋荷叶胜于赋花。层折较多，分五六层意，次第写出，且句亦矜炼，结句尤见清超。”

②碧圆：指荷叶，唐韩愈《城南联句》：“荷折碧圆倾。”

③亭亭：直立貌。周敦颐《爱莲说》：“亭亭净植。”

④遗簪：状未展之荷叶。唐温庭筠《感旧陈情》：“遗簪莫弃捐。”周密《山房首夏》：“一亩荷簪发野香。”亦“小荷才露尖尖角”之意。

⑤“鸳鸯”二句：化用唐郑谷《莲叶》诗：“多谢浣溪人不折，雨中留得盖鸳鸯。”倾盖：比喻荷叶斜支水面，如车盖相倾。

⑥“盘心清露”句：《汉书·郊祀志上》：“（武帝）其后又作柏梁、铜柱、承露仙人掌之属。”注引《三辅故事》：“建章宫承露盘高二十丈，大七围，以铜为之，上有仙人掌承露，和玉屑饮之。”这里指荷叶撑出水面如承露之盘，其露珠如珍珠晶莹。铅水：李贺《金铜仙人辞汉歌》：“忆君清泪如铅水。”

⑦匹练：一匹白绢，这里指露珠滚出荷叶，如从匹练上飞泻。

清平乐 平原放马

辔摇衔铁[①],蹴踏平原雪。勇趁军声曾汗血[②],闲过升平时节。　　茸茸春草天涯,涓涓野水晴沙。多少骅骝老去[③],至今犹困盐车[④]。

【注释】

①辔摇衔铁:辔:马缰绳。衔铁:衔在马口中勒以控马的铁条。

②汗血:即汗血马,古代一种骏马。《汉书·武帝记》:"二师将军(李)广利斩大宛王首,获汗血马来,作西极天马之歌。"

③骅骝:古良马,周穆王八骏之一。杜甫《奉简高三十五使番》诗:"骅骝开遍路,鹰隼出风尘。"

④"至今"句:怀才不遇之慨。《战国策·齐策》:"夫骥之齿至矣,服盐车而上太行……负辕而不能上。伯乐遭之,下车攀而哭之。"辛弃疾《贺新郎·同父见和再用前韵》:"汗血盐车无人顾,千里空收骏骨。"

鹧鸪天

楼上谁将玉笛吹[①],山前水阔暝云低[②]。劳劳燕子人千里[③],落落梨花雨一枝[④]。　　修禊近,卖饧时[⑤]。故乡惟有梦相随。夜来折得江头柳,不是苏堤也皱眉[⑥]。

【注释】

①"楼上"句:化用李白《春夜洛城闻笛》:"谁家玉笛暗飞声,散入春风满洛城。"

②暝云:阴云。

③“劳劳”句：化用古乐府《东飞伯劳歌》：“东飞伯劳西飞燕，黄姑织女时相见。”喻与友人分别。劳劳，惆怅忧伤貌。见《孔雀东南飞》：“举手长劳劳，二情同依依。”

④“落落”句：唐王建《梦看梨花云歌》：“薄薄落落雾不分，梦中唤作梨花云。”

⑤“修禊”二句：修禊：古代于阴历三月上旬的巳日，到水边嬉游，以消除不祥。饧：用麦芽或谷芽等熬成的稀糖。唐沈佺期《岭表逢寒食》诗：“海外无寒食，春来不见饧。”宋祁《寒食》诗：“草色引开盘马路，箫声催暖卖饧天。”

⑥苏堤：杭州西湖中的一道长堤，为苏轼守杭时疏浚西湖，堆泥而成，堤上广植杨柳。以上二句，写漂泊异乡之感。

清平乐

采芳人杳①。顿觉游情少，客里看春多草草②，总被诗愁分了。　　去年燕子天涯③，今年燕子谁家？三月休听夜雨。如今不是催花④。

【注释】

①采芳：即踏青，唐宋时民俗于立春清明时踏青。

②草草：草率从事，没有心思。

③燕子天涯：漂泊无依之慨，乃张炎自喻也。俞陛云《两宋词选释》下阕云：“羁泊之怀，讬诸燕子。易代之悲，讬诸夜雨。深人无浅语也。”

④催花：助花早开。宋庄绰《鸡肋编》卷中：“西北春时，率多大风而少雨……韩持国亦有‘轻云薄雾，散作催花雨’之句。”宋王庭珪《桃园忆故人》：“催花一霎清明雨，留得春风且住。”

朝中措

清明时节雨声哗①。潮拥渡头沙。翻被梨花冷看，人生苦恋天涯。　　燕帘莺户，云窗雾阁[②]，酒醒啼鸦。折得一枝杨柳，归来插向谁家[③]。

【注释】

①“清明”句：化用杜牧《清明》诗：“清明时节雨纷纷。”案：作者曾于宋亡后北游大都，另有《阮郎归·有怀北游》云：“清明寒食天。”此首乃作于同时。

②“燕帘”二句：犹歌楼舞榭，莺燕指歌儿舞女。赵闻礼《玉漏迟》：“彩柱秋千散后，怅尘锁、燕帘莺户。”

③“折得”二句：唐宋时人清明时有插柳于门旁的习俗，赵鼎《寒食书事》诗：“寂寞柴门村落里，也教插柳纪年年。”此二句写无家可归之悲哀。

刘将孙

刘将孙(1257—?),字尚友,庐陵(今江西吉安)人,须溪先生刘辰翁之子,又称小须,宋末进士,曾为延平教官,临汀书院山长。《四库全书总目提要》云:“将孙以文名于宋末,濡染家学,颇习父风,故当时有小须之目。”有《养吾斋集》,久佚。《彊村丛书》辑有《养吾斋诗余》一卷。

踏莎行 闲游[①]

水际轻烟,沙边微雨。荷花芳草垂杨渡。多情移徙忽成愁,依稀恰是西湖路[②]。 血染红笺[③],泪题锦句[④]。西湖岂忆相思苦?只应幽梦解重来,梦中不识从何去。

【注释】

①此词写宋亡后重游西湖之感,触景伤怀,血泪盈笺,移民之痛,情见乎辞。明沈际飞《草堂诗余》评曰:“前人诗‘梦魂不知处,飞过大江西’,此云飞不去,绝好翻用法。”

②西湖:在浙江杭州。

③红笺:古代蜀笺有十色,红笺为其中之一,此泛指彩色笺纸。

④锦句:《晋书·窦滔传》:滔妻苏氏曾织锦为回文诗以寄。

沁园春

大桥名清江桥,在樟镇十里许[①],有无闻翁赋《沁园春》《满庭芳》二阕[②],书避乱所见女子,末有“埋怨姐姐,衔恨婆婆”语,极俚。后有螺川杨氏和二首,又自序:“生杨嫁罗,丙子暮春[③],自涪翁亭下舟行[④],追骑迫,间逃入山,卒不免于驱掠。行三日,经此桥,睹无闻二词，以为特未见其苦，乃和于壁。”复云：“观者毋谓弄笔墨非好人家儿女。”此词虽俚，谅当近情，而首及权奸误国。又云：“便归去，懒东涂西抹，学少年婆。”又云：“错应谁铸。”皆追记往日之事，甚可哀也。因念南北之交，若此何限，心常痛之，适触于目，因其调为赋一词，悉叙其意，辞不足而情有余悲矣。

流水断桥，坏壁春风，一曲韦娘⑤。记宰相开元，弄权疮痏⑥；全家骆谷，追骑仓皇⑦。彩凤随鸦，琼奴失意⑧，可似人间白面郎！知他是，燕南牧马，塞北驱羊⑨。

啼痕自诉衷肠。尚把笔低徊愧下堂⑩。叹国手无棋⑪，危涂何策⑫，书窗如梦，世路方长。青冢琵琶⑬，穹庐笳拍⑭，未比渠侬泪万行⑮。二十载，竟何时委玉，何地埋香⑯？

【注释】

①樟镇：在今江西清江。

②无闻翁：《全宋词》指为“宋末人”，并收其《沁园春》“埋冤姐姐，衔恨婆婆”两句，有题序云“题樟镇清江桥”。与本词题序相合。

③丙子：南宋端宗景炎元年(1276)。

④涪翁：北宋诗人黄庭坚，江西人，曾为涪州别驾，自号涪翁。

⑤韦娘：唐有歌妓杜韦娘，刘禹锡《李司空席上赠妓》有“春风一曲杜韦娘”句，此借指杨氏。

⑥“宰相开元”二句：唐玄宗开元、天宝年间，先后任李林甫、杨国忠为相，他们弄权祸国殃民，酿成安史之乱。元稹《连昌宫词》：“弄权宰相不记名，依稀记得杨与李。庙谋颠倒四海摇，五十年来作疮痏。”疮痏，伤痕，疤瘢，借指国家民众受到伤害。此“宰相”喻宋末误国权奸贾似道、史嵩之。

⑦骆谷：在今陕西周至县西南。唐杜甫《三绝句》："二十一家同入蜀，唯残一人出骆谷。"此喻宋末被蒙古军侵扰时人们大批流离逃亡。

⑧"彩凤"二句：指妇女为蒙军所掠。彩凤随鸦，汤显祖《紫钗记》四六《哭受钗燕》："那里有彩凤去随鸦，老鹳戏弹牙！"似出于此。琼奴：即潘玉儿，南朝齐东昏侯妃，于齐亡后不肯为军主田安启妇。

⑨"燕南"二句：指蒙古人。

⑩下堂：原指妻子被休弃离异。此指被蒙军掠去而离开故家。

⑪国手：原指技艺高超国内无敌手者，此喻国家执政者。

⑫涂：通"途"，道路。

⑬青冢琵琶：汉王昭君远嫁匈奴，曾作怨思之歌，后人名为《昭君怨》。昭君墓葬在今内蒙古呼和浩特西南。传说塞外草白，昭君墓草独青，故称"青冢"，反映她死犹向汉之意。唐杜甫《咏怀古迹》之三："一去紫台连朔漠。独留青冢向黄昏"，"千载琵琶作胡语，分明怨恨曲中论。"

⑭穹庐笳拍：穹庐，北方民族的毡帐。笳，北方民族乐器。汉末蔡文姬被掳入匈奴，曾作《胡笳十八拍》。

⑮渠侬：他（她），他们（她们）。吴地方言。

⑯委玉、埋香：指女子之死与埋葬。

郑文妻

郑文妻,生卒年不详。郑文,秀州(今浙江嘉兴)人,为太学服膺斋上舍学生。《彤管遗编》云:妻孙氏。下选词见《古杭杂记》,系为寄郑文而作,相传"此词为同舍见者传播,酒楼妓馆皆歌之"。

忆秦娥[①]

花深深,一钩罗袜行花阴。行花阴,闲将柳带[②],细结同心。　　日边消息空沉沉[③],画眉楼上愁登临[④]。愁登临,海棠开后,望到如今[⑤]。

【注释】

①《全宋词》案:此首别误作孙绚词,见《历代诗余》卷十五。《古杭杂记》云,人传以为欧阳修作。别又误作黄庭坚词,见《草堂诗余隽》卷三。谢章铤《赌棋山庄词话》评此词云:"深得《国风·卷耳》之遗。"徐案:即朱熹集传所云:"可以见其贞静专一之至矣。"

②柳带:指柳枝、柳条。

③日边:指皇帝所在地。作者丈夫为太学生,在当时京都临安(今浙江杭州)。

④画眉:《汉书·张敞传》载有张敞为妻子画眉故事,此画眉楼指作者夫妇的居室。

⑤徐案:此词结二句极雅致,今京剧《春闺梦》以之为唱词。

无名氏

无名氏，生平不详。

眉峰碧[1]

蹙破眉峰碧[2]，纤手还重执。镇日相看未足时[3]，忍便使，鸳鸯只[4]。　　薄暮投村驿[5]，风雨愁通夕[6]。窗外芭蕉窗里人，分明叶上心头滴。

【注释】

①眉峰碧：调名原为《卜算子》，此词以首句末三字易之。沈雄《古今词话·词辨》："真州柳永少读书时，以无名氏《眉峰碧》词题壁，后悟作词章法。一妓向人道之，永曰：某于此亦颇变化多方也，然遂成屯田蹊径。"

②"蹙破"句：形容两眉紧蹙。碧：青黑色。此句谓眉色青黑而弯似远山。

③镇日：整日。

④鸳鸯只：鸳鸯只剩一只，指情侣分开。

⑤薄暮：傍晚。

⑥通夕：整夜。

水调歌头[1]

平生太湖上[2]，短棹几经过。如今重到，何事愁与水云多？拟把匣中长剑，换取扁舟一叶，归去老渔蓑[3]。银艾非吾事[4]，丘壑已蹉跎[5]。　　脍新鲈，斟美酒，起悲歌。太平生长，岂谓今日识兵戈[6]。欲泻三江雪浪[7]，净洗胡尘千里[8]，不用挽天河[9]。回首望霄汉，双泪堕清波。

【注释】

①宋龚明之《中吴纪闻》:"建炎庚戌(1130),两浙被虏祸,有题《水调歌头》于吴江(今属江苏)者,不知其姓氏,意极悲壮。"曾敏行《独醒杂志》:"绍兴中,有于吴江长桥(即垂虹桥)上题《水调歌头》云:……不题姓氏,后其词传入禁中,上(宋高宗)命寻访其人甚力,秦丞相(桧)乃请降黄榜招之,其人竟不至。或曰:隐者也。自谓:'银艾非吾事',可见其泥涂轩冕之意。秦丞相请招以黄榜,非求之,乃拒之也。"

②太湖:湖名,跨江苏浙江两省。

③老渔蓑(suō):犹老渔翁。蓑,蓑衣,雨具,以草编成。

④银艾:银印和拴印的绿色绶带。此指代做官。《后汉书·张奂传》遗命曰:"吾前后仕进,十要银艾,不能和光同尘,为谗邪所忌。"

⑤丘壑:山丘和幽谷,此指隐居生活。蹉跎:失去时机。

⑥"太平"二句:宋自太祖建隆元年(960)立国,至靖康二年(1127)金人入侵,共一百六十七年,江南无事,未动干戈。孟元老《东京梦华录序》:"太平日久,人物繁阜,垂髫之童,但习鼓舞,班白之老,不识干戈。"即此义。

⑦三江:历来所指不一。此或指与太湖相通的吴淞江、娄江、东江。或属泛指。

⑧胡尘:北方部族兵马扬起的尘土,此指金人侵扰势力。

⑨天河:银河。此处化用杜甫《洗兵马》诗:"安得壮士挽天河,尽洗甲兵长不用。"

满江红

斗帐高眠[①],寒窗静,潇潇雨意。南楼近,更移三鼓,漏传一水[②]。点点不离杨柳外,声声只在芭蕉里。也不管,滴破故乡心,愁人耳。　无似有,游丝细[③]。聚复散,真珠碎。天应分付与,别离滋味。破我一床蝴蝶梦[4]，输他双枕鸳鸯睡。向此际，别有好思量，人千里。

【注释】

①斗帐：小帐，形似覆斗。

②漏：漏壶。古代计时器。

③游丝：原为蜘蛛等昆虫所吐之丝，飘荡于空中，故称游丝，此比喻雨丝。

④蝴蝶梦：《庄子·齐物论》记庄子梦为蝴蝶，“蝴蝶梦”含梦幻非真之意。

一剪梅

漠漠春阴酒半酣[1]。风透春衫，雨透春衫。人家蚕事欲眠三[2]。桑满筐篮，柘满筐篮[3]。　先自离怀百不堪，樯燕呢喃[4]，梁燕呢喃[5]。篝灯强把锦书看[6]。人在江南，心在江南。

【注释】

①酣：饮酒而乐。

②蚕事：指养蚕。眠三：蚕不食不动曰眠。休眠已三次，谓即将上山结茧。

③柘（zhè）：桑属，叶可饲蚕。

④樯：船桅。

⑤梁：屋梁。

⑥篝灯：灯笼。锦书：同锦字，指夫妻间往来书信。《晋书·窦滔妻苏氏传》：前秦秦州刺史窦滔被徙流沙，妻苏氏思之，织锦为回文旋图诗以寄滔。词甚凄惋。

长相思

去年秋，今年秋，湖上人家乐复忧。西湖依旧流①。吴循州，贾循州，十五年前一转头②，人生放下休。

【注释】

①西湖：在浙江杭州。

②吴循州三句。吴循州即吴潜，于理宗景定元年（丙子，1260）为权奸贾似道陷害，被贬循州（今广东惠阳），贾还命人将吴潜毒死。到恭帝德祐元年（庚申，1275），贾似道因与元军作战失利逃跑，也被贬循州，途中为人锤死，两事相隔十五年，颇似巧合，当时有人题本词于壁上。《东南纪闻》记录本词，并云“而丙子之事，非复庚申之役矣”，即是说贾、吴两人先后都被贬循州，其被贬的性质是截然不相同的，因而本词对世人“劝儆尤多”。

御街行

霜风渐紧寒侵被，听孤雁，声嘹唳①。一声声送一声悲，云淡碧天如水。披衣起、告雁儿略住，听我些儿事。　塔儿南畔城儿里，第三个桥儿外②，濒河西岸小红楼，门外梧桐雕砌③。请教且与、低声飞过，那里有，人人无寐④。

【注释】

①嘹唳：响亮凄清的声音。指雁叫声。

②第三个桥：疑在苏州吴江境内，因此地有第四桥，又名甘泉桥。参见姜夔《点绛唇》（燕雁无心）注。因知此词乃怀念吴

江之作。

③雕砌：雕花的台阶。

④人人：《诗词曲语辞汇释》卷六："对于所昵者之称，多指彼美而言。欧阳修《蝶恋》词：忆得前春，有个人人共。"无寐：犹失眠。

吴激

吴激(？—1142)，字彦高，号东山，建州(今福建建瓯)人，宋宰相吴栻之子，大书画家米芾之婿。工诗能文，尤精于词，与蔡松年齐名，号“吴蔡体”。刘祁《归潜志》称其词“精微尽善”，“真奇作也”。宣和至靖康间出使金国被留，累官为翰林待制。有《东山集》，已佚。赵万里辑有《东山乐府》。

人月圆 宴北人张侍御家有感①

南朝千古伤心事②，犹唱后庭花③。旧时王谢④，堂前燕子，飞向谁家⑤？　恍然一梦，仙肌胜雪，宫髻堆鸦⑥。江州司马，青衫泪湿，同是天涯⑦。

【注释】

①张侍御：洪皓《江梅引》序有“张总侍御”，或即同一人。据刘祈《归潜志》等载，此次留仕金国的宇文虚中与作者等参加张侍御家宴会，遇一歌妓乃宋朝宗室女子，沦落彼邦，座客为之感叹作词，宇文赋《念奴娇》，作者次韵赋此。

②“南朝”句：东晋及宋、齐、梁、陈等朝均建都偏处南方，又相继灭亡，为历史悲剧。

③《后庭花》：乐府吴声歌曲，坊曲名。南朝陈后主与近臣于清乐中造此曲。歌词绮艳，男女唱和，而其音甚哀。唐杜牧《泊秦淮》诗：“商女不知亡国恨，隔江犹唱《后庭花》。”比喻歌妓犹唱南朝歌曲。

④王谢：东晋时以王导、谢安为首的两大望族。

⑤“堂前燕子”二句：化用唐刘禹锡《乌衣巷》诗：“旧时王谢堂前燕，飞入寻常百姓家。”此比喻歌妓原为北宋宗室，如今沦落他乡。

⑥堆鸦：形容黑发高梳。以上两句描绘歌女之发式犹是宫廷妆束。

⑦"江州司马"三句：白居易被贬谪为江州司马时，遇原为京城名妓的琵琶女，为作《琵琶行》，有句云："座中泣下谁最多，江州司马青衫湿。""同是天涯沦落人，相逢何必曾相识。"此作者化用白诗以自喻，兼喻歌妓。《归潜志》云："诗不宜用前人语，若夫乐章则剪截古人语亦无害，但要能使用尔。如彦高《人月圆》半是古人句，其思致含蓄甚远，不露圭角，不犹胜于宇文（虚中）自作者哉！"

春从天上来

会宁府遇老姬，善鼓瑟，自言梨园旧籍，因感而赋此。①

海角飘零。叹汉苑秦宫，坠露飞萤。梦里天上，金屋银屏。歌吹竞举青冥②。问当时遗谱，有绝艺、鼓瑟湘灵③。促哀弹、似林莺呖呖④，山溜泠泠⑤。　梨园太平乐府⑥，醉几度春风，鬓变星星⑦。舞破中原⑧，尘飞沧海，飞雪万里龙庭⑨。写胡笳幽怨⑩，人憔悴，不似丹青⑪。酒微醒，对一窗凉月，灯火青荧。

【注释】

①会宁府：治所在今黑龙江阿城南白城。老姬：指老年歌伎。梨园：唐玄宗首创，宫中教习艺人之所。此指北宋宫廷教坊。

②青冥：青天。这句形容老姬歌声高唱入云。

③湘灵：湘水之神。屈原《远游》："使湘灵鼓瑟兮，令海若舞冯夷。"

④呖呖：声音清脆流利。

⑤溜：小股水流。泠（líng）泠：声音清脆。

⑥太平乐府：指梨园所唱歌颂太平盛世的诗词。

⑦星星：鬓发花白貌。

⑧舞破：言中原因歌舞作乐而破败。唐杜牧《过华清宫》："霓裳一曲千峰上，舞破中原始下来。"杜诗讽刺唐玄宗沉湎声色。此借喻宋徽宗。

⑨龙庭：匈奴单于祭天地鬼神之所。此指金国严寒地区。

⑩胡笳：北方少数民族乐器。汉末蔡文姬被匈奴所掳，归汉时曾作《胡笳十八拍》以写悲哀之情。

⑪丹青：泛指绘画用的颜色，此即指画。化用汉王昭君故事。相传王昭君在汉宫时，画师毛延寿曾为其画像，后远嫁匈奴和亲。此言歌姬沦落北方已久，年老憔悴，容貌已不似当年在北宋之时。

蔡松年

蔡松年(1107—1159)，字伯坚，自号萧闲老人，真定(今河北正定)人。父靖，宋宣和末守燕山，战败时，松年随父降金。金朝天会间(1128)，尝随金兀术攻宋。仕至右丞相，封卫国公。卒谥文简。文词与吴激齐名，时号吴蔡体。词集名《明秀集》。魏道明曾为之作注，但不全。此据《全金元词》。

念奴娇

还都后，诸公见追和《赤壁词》，用韵者凡六人，亦复重赋。①

离骚痛饮②，笑人生佳处，能消何物？夷甫当年成底事，空想岩岩玉壁③。五亩苍烟，一丘寒碧，岁晚犹风雪。西州扶病，至今悲感前杰④。　我梦卜筑萧闲⑤，觉来岩桂，十里幽香发。嵬隗胸中冰与炭⑥，一酌春风都灭。胜日神交⑦，悠然得意，遗恨无毫发。古今同致，永和徒记年月⑧。

【注释】

①还都：回到京都，此时金都城在会宁府，号上都，在今黑龙江阿城南白城。和《赤壁词》：前在公元 1140 年，作者曾和苏轼《赤壁怀古》，作《念奴娇》词。元好问《中州集》卷一云：此词为“公乐府中最得意者，读之则其平身自处，为可见矣。”

②离骚：《屈原传》：“离骚者，犹离忧也。”遭遇忧愁。

③“夷甫”二句：夷甫，晋王衍的字。顾恺之《夷甫画赞》称其形象“岩岩清峙，壁立千仞”。岩岩，高峻貌。后王衍为石勒所杀，死前叹曰：“向若不祖尚浮虚，戮力以匡天下，犹可不至今日。”底事：何事。谓王衍不能成事。

④西州：在今江苏南京玄武门，为东晋扬州刺史治所。东晋

名臣谢安曾指挥抗击苻坚南侵，取得淝水大捷，但常怀退隐之志。后扶病舆入西州门，不久病逝。下句“前杰”即指谢安。

⑤卜筑：择地建屋。萧闲：蔡松年所居镇阳别墅有萧闲堂，因以自号。

⑥嵬隗：高低不平貌。此犹块磊。《世说新语·任诞》：“阮籍胸中垒块，故须酒浇之。”冰炭：指冷热两种感情冲突。唐韩愈《听颖师弹琴》诗：“无以冰炭置我肠。”

⑦胜日：指节日或亲朋相聚的日子。神交：精神之交，也即知己之交。

⑧永和：东晋穆帝年号(345—356)。东晋王羲之《兰亭集序》开端即记“永和九年”，此翻用其意，谓古今之人意趣相同，而不以年代为限。

完颜亮

完颜亮(1122—1161)，金海陵王，字元功，本名迪古乃。熙宗时任丞相。后杀熙宗自立为帝，迁都燕京(今北京)，改燕京为中都。正隆六年(1161)，大举攻宋，在采石矶被宋军虞允文打败，退至扬州，为部将所杀。能诗文，词存4首，风格豪放。此据《全金元词》。

鹊桥仙　待月

停杯不举，停歌不发，等候银蟾出海[①]。不知何处片云来，做许大[②]、通天障碍。　　虬髯捻断[③]，星眸睁裂[④]，唯恨剑锋不快。一挥截断紫云腰，仔细看、嫦娥体态。

【注释】

①银蟾：月亮。古代神话月中有蟾蜍，月光洁白，故称银蟾。《诗词曲语辞汇释》卷三(二)：“许，犹云这样或如此也……杜荀鹤《自江西归九华》：‘许大乾坤吟未了，挥鞭回首出陵阳。’”

②许大：这样大。

③虬髯：卷曲如虬龙的胡须。捻断：形容急速思考之状。

④星眸：明亮如星的眼瞳。唐章孝标《见八臂苍鹰》诗：“星眸未放瞥秋毫，频掣金铃试雪毛。”

刘 著

刘著，生卒年不详，字鹏南，皖城（今安徽潜山）人。北宋宣和、政和年间进士，入金历任州县官。年六十余始入翰林，充修撰，终于忻州刺史。元好问《中州乐府》收其词1首。

鹧鸪天

雪照山城玉指寒[①]，一声羌管怨楼间[②]。江南几度梅花发，人在天涯鬓已斑。　星点点，月团团，倒流河汉入杯盘[③]。翰林风月三千首[④]，寄与吴姬忍泪看[⑤]。

【注释】

①玉指：美女的手指。

②羌管：羌笛。

③河汉：银河。此指银河之光影。

④“翰林”句：宋欧阳修《赠王介甫》：“翰林风月三千首，吏部文章二百年。”欧诗中“翰林”，指唐诗人李白，曾供奉翰林。“风月”指诗作，此处作者自喻诗作之多。

⑤吴姬：吴地女子。

党怀英

党怀英(1134—1211)，字世杰，其先冯翊(今陕西大荔)人，徙家泰安(今属山东)，与辛弃疾为同学。金世宗大定十年(1170)进士，后为翰林学士承旨。卒，谥文献。有《竹溪集》。此据《全金元词》。

青玉案[①]

红莎绿蒻春风饼[②]，趁梅驿[③]，来云岭[④]。紫桂岩空琼窦冷。佳人却恨，等闲分破，缥缈双鸾影[⑤]。　一瓯月露心魂醒[⑥]，更送清歌助清兴。痛饮休辞今夕永。与君洗尽，满襟烦暑，别作高寒境。

【注释】

①本词为咏茶。况周颐《蕙风词话》卷三评此词曰："以松秀之笔，达清劲之气，倚声家精诣也。'松'字最不易做到。"言此词风格轻松也。

②蒻(ruò)：草名，嫩香蒲。红莎绿蒻均为茶饼包装。

③梅驿：南朝宋陆凯自江南寄梅花给在长安的范晔，并赠诗有句云："折花逢驿使。"此谓茶饼寄托驿使自远道运来。

④云岭：即雪山，在今云南丽江县西北。此泛指高山。

⑤"佳人"三句：化用南朝将亡时乐昌公主与其夫分镜各执一半为信物，及《异苑》载鸾鸟见镜中己影以为同类而哀鸣故事。意谓佳人在随意分破团圆如镜之茶饼时，也将引起别离的感伤。

⑥月露：形容茶水之清。

鹧鸪天[①]

云步凌波小凤钩[②]，年年星汉踏清秋[③]。只缘巧极稀相见，底用人间乞巧楼④。　　天外事，两悠悠⑤。不应也作可怜愁。开帘放入窥窗月，且尽新凉睡美休⑥。

【注释】

①本词咏七夕牛郎、织女相会。

②凌波：魏曹植《洛神赋》"凌波微步"，指在水波上细步行走。小凤钩：形容小脚。此句描写织女步态。

③星汉：银河、天河。

④乞巧：传说农历七月七日夜天上牛郎织女相会，妇女于当晚穿针，称为乞巧。两句意谓，织女正因为手巧才不能与牛郎经常相会，人间在楼上向她乞巧又有何用呢？

⑤悠悠：遥远。

⑥况周颐《蕙风词话》卷三评结二句云："潇洒疏俊极矣，尤妙在上句'窥窗'二字，窥窗之月，先已有情，用此二字，便曲折而意多。"

月上海棠　用前人韵

傲霜枝嫋团珠蕾①。冷香霏②、烟雨晚秋意。萧散绕东篱，尚仿佛、见山清气③。西风外，梦到斜川栗里④。

断霞鱼尾明秋水⑤。带三两、飞鸿点烟际。疏林飒秋声⑥，似知人、倦游无味。家何处？落日西山紫翠。

【注释】

①傲霜枝：指菊。苏轼《赠刘景文》："荷尽已无擎雨盖，菊残犹有傲霜枝。"嫋：摇动。珠蕾：指菊花的花蕾。

②霏：纷飞，散发。

③"萧散"二句：化用晋陶渊明《饮酒二十首》之五："采菊东篱下，悠然见南山。"

④斜川：今江西星子县境。栗里：今江西九江南陶村西。以

上是晋陶渊明所居之地。

⑤断霞鱼尾：片片晚霞像红的鱼尾。语本苏轼《游金山寺》："断霞半空鱼尾赤。"况周颐《蕙风词话》卷三评此词下阕云："融景情中，旨淡而远。迂倪（瓒）画笔，庶几近之。"

⑥飒：风声。

元好问

元好问(1190—1257),字裕之,号遗山,太原秀容(今山西晋城)人。唐诗人元结后裔,德明子,七岁能诗,金兴定五年(1221)进士,官至尚书省左司员外郎。金亡,不仕。诗文为一代宗匠,晚年尤以著作自任。著有《遗山集》四十卷。又采录金代诗人作品,编有《中州集》。他在《遗山自题乐府引》中说:"乐府以来,东坡为第一,以后便到稼轩。"可见他作词崇尚苏轼和辛弃疾的风格。然亦有"风流蕴藉处,不减周秦"。(见吴梅《词学通论》)刘熙载则云:"亦可谓集两宋之大成者矣。"

水调歌头 与李长源游龙门①

滩声荡高壁,秋气静云林。回头洛阳城阙②,尘土一何深。前日神光牛背③,今日春风马耳④,因见古人心。一笑青山底,未受二毛侵⑤。　问龙门,何所似,似山阴⑥。平生梦想佳处,留眼更登临。我有一卮芳酒⑦,唤取山花山鸟,伴我醉时吟。何必丝与竹,水山有清音⑧。

【注释】

①况周颐《蕙风词话》卷三曰:"《水调歌头》,当是遗山少作。"龙门:山名,在洛阳南,又称伊阙。李长源:名汾,作者好友。

②城阙:指城楼。

③神光牛背:典出《世说新语·雅量》,晋王衍为族人所辱,不以为意,与王导同乘车时对导说:"汝看我眼光,乃出牛背上。"注云:"盖自谓风神英俊,不至与人校(计较)。"

④春风马耳:唐李白《答王十二寒夜独酌有怀》:"世人闻此皆掉头,有如东风射马耳。"喻对外界议论置若罔闻。李长源为人好议论,性偏躁。以上两句有劝慰之意。

⑤二毛：头发花白。语本潘岳《秋兴赋序》。

⑥山阴：在今浙江绍兴。《世说新语·言语》："王子敬云：'从山阴道上行，山川自相映，使人应迎不暇。'"此谓龙门美景甚多，如同山阴道。

⑦卮(zhī)：酒器，容量四升。

⑧丝竹：指琴瑟、箫笛等乐器。两句用左思《招隐》诗"非必丝与竹，山水有清音"成句。

水调歌头 赋三门津[①]

黄河九天上[②]，人鬼瞰重关[③]。长风怒卷高浪，飞洒日光寒。峻似吕梁千仞[④]，壮似钱塘八月[⑤]，直下洗尘寰[⑥]。万象入横溃[⑦]，依旧一峰闲。 仰危巢[⑧]，双鹄过[⑨]，杳难攀[⑩]。人间此险何用，万古秘神奸[⑪]。不用然犀下照[⑫]，未必佽飞强射[⑬]，有力障狂澜。唤取骑鲸客[⑭]，挝鼓过银山[⑮]。

【注释】

①三门津：渡口。三门山：又名砥柱。在今河南陕县东北黄河中。现已炸平，以便通航。

②九天：极言其高。指高空。此句化用李白《将进酒》"黄河之水天上来"和王之涣《凉州曲》"黄河远上白云间"诗意。况周颐《蕙风词话》卷三评此句云："'黄河九天上'云云，何尝不崎岖排奡。坡公之所不可及者，尤能于此等处不露筋骨耳。"

③人鬼：三门津地段非常险要，河西分人门、鬼门、神门。瞰：俯视。

④吕梁：山名。在今山西省西部，黄河与汾河间。仞：古以七尺为仞。《庄子·达生》："孔子观于吕梁，悬水三十仞，流沫四十里。"

⑤钱塘：钱塘江。浙江之下游。每年八月，钱塘江潮势似排

山倒海。

⑥尘寰：人世间。

⑦万象：指自然界的一切事物、景象。横溃：冲决。

⑧危巢：高处鸟巢。

⑨鹄：天鹅。

⑩杳：昏暗，深远。

⑪秘神奸：谓禁闭神异怪物。《左传·宣公三年》："铸鼎象物，百物而为之备，使民知神奸。"

⑫然犀：然同"燃"。见本丛书辛弃疾《水龙吟·过南剑双溪楼》词注⑤。

⑬佽飞：春秋楚国勇士。曾仗剑入江刺杀两蛟，西汉时即以此为射手武官名。

⑭骑鲸客：《文选》载扬雄《羽猎赋》："乘巨鳞，骑京鱼。"唐李白曾自称"海上骑鲸客"。

⑮挝：敲击。银山：喻波浪白而高大如山。

青玉案[①]

落红吹满沙头路。似总为，春将去。花落花开春几度。多情唯有，画梁双燕，知道春归处。　　镜中冉冉韶华暮[②]，欲写幽怀恨无句。九十花期能几许[③]！一卮芳酒，一襟清泪，寂寞西窗雨。

【注释】

①此词用北宋贺铸《横塘路》韵。

②冉冉：渐进的样子。韶华：美好的年华，也指人的青春。

③九十花期：春季共三个月，为九十日，百花盛开，并有二十四番花信风，故云。

小重山

酒冷灯青夜不眠。寸肠千万缕，两相牵。鸳鸯秋雨半池莲。分飞苦，红泪晓风前[①]。　　天远雁翩翩。雁来人北去，远如天。安排心事待明年。无情月，看待几时圆。

【注释】

①红泪：晋王嘉《拾遗记》（七）："（魏）文帝（曹丕）所爱美人，姓薛，名灵芸……灵芸闻别父母，歔欷累日，泪下沾衣。至升车就路之时，以玉唾壶承泪，壶则红色。既发常山，及至京师，壶中泪凝如血。"

鹧鸪天

颜色如花画不成。命如叶薄可怜生[①]。浮萍自合无根蒂[②]，杨柳谁教管送迎[③]。　　云聚散，月亏盈。海枯石烂古今情[④]。鸳鸯只影江南岸，肠断枯荷夜雨声[⑤]。

【注释】

①《诗词曲语辞汇释》卷五："可怜，犹云可喜也；可爱也；可羡也；可贵可重也……赵彦端《虞美人》词，《刘帅生日》：'风流椿树可怜生，长与柳枝桃叶共青青。'此托言椿树风流之可爱。生，语助辞。"然本词"可怜"却有怜悯意。

②合：应当。

③"杨柳"句：古代常折柳赠别，唐刘禹锡《杨柳枝》云："长安陌上无穷树，唯有垂杨管别离。"又李商隐《杨柳枝》："为报行人休尽折，半留相送半迎归。"此翻用其意。

④海枯石烂：作者另《西楼曲》云："海枯石烂两鸳鸯。只会双飞并双死。"言永久不变心也。

⑤枯荷夜雨声：此句化用李商隐《宿骆氏亭寄崔雍崔衮》："秋阴不散霜飞晚，留得残荷听雨声。"

摸鱼儿

乙丑岁[①],赴试并州[②],道逢捕雁者云:“今日获一雁,杀之矣。其脱网者悲鸣不能去,竟自投于地而死。”予因买得之,葬之汾水之上[③],累石为识,号曰雁丘[④]。时同行者多为赋诗,予亦有《雁丘词》。旧所作无宫商[⑤],今改定之。

恨人间、情是何物?直教生死相许。天南地北双飞客,老翅几回寒暑。欢乐趣,离别苦,是中更有痴儿女[⑥]。君应有语,渺万里层云,千山暮景,只影向谁去?

横汾路,寂寞当年箫鼓[⑦]。荒烟依旧平楚[⑧]。招魂楚些何嗟及[⑨],山鬼自啼风雨[⑩]。天也妒,未信与、莺儿燕子俱黄土。千秋万古。为留待骚人[⑪],狂歌痛饮,来访雁丘处。

【注释】

①乙丑:金章宗泰和五年,即宋宁宗开禧元年(1205)。

②并州:今山西太原。

③汾水:即汾河,黄河支流,源出山西宁武县管涔山,南流经曲沃县至河津县。

④雁丘:在今山西阳曲县。

⑤宫商:指词之音律。古代五音:宫、商、角、徵、羽。

⑥“是中”句:作者另有《摸鱼儿》词谓“太和中,大名民家小儿女,有以私情不如意赴水者”,即咏“痴儿女”,参见下一首。

⑦“横汾路”二句:语本汉武帝《秋风辞》:“泛楼船兮济汾河,横中流兮扬素波,箫鼓鸣兮发棹歌。”

⑧平楚:楚,丛木,登高远望。树梢齐平,故称平楚。

⑨招魂:招唤死者灵魂。《楚辞》有《招魂》篇,以“些”字为

语助词，故称楚些。

⑩山鬼：山神。屈原《九歌》有《山鬼》篇。

⑪骚人：诗人。屈原作《离骚》，后世遂以之称诗人。李白《古风》第一："正声何微茫，哀怨起骚人。"

摸鱼儿

泰和中[1]，大名民家小儿女[2]，有以私情不如意赴水者，官为踪迹之，无见也。其后踏藕者得二尸水中，衣服仍可验，其事乃白。是岁此陂荷花开，无不并蒂者，沁水梁国用，时为录事判官[3]，为李用章内翰言如此[4]。此曲以乐府《双蕖怨》命篇。"咀五色之灵芝，香生九窍[5]；咽三危之瑞露[6]，春动七情[7]"，韩偓《香奁集》中自叙语[8]。

问莲根、有丝多少，莲心知为谁苦[9]？双花脉脉娇相向[10]，只是旧家儿女。天已许。甚不教、白头生死鸳鸯浦[11]。夕阳无语。算谢客烟中[12]，湘妃江上[13]，未是断肠处。　香奁梦，好在灵芝瑞露。人间俯仰千古。海枯石烂情缘在，幽恨不埋黄土。相思树[14]，流年度。无端又被西风误[15]。兰舟少住[16]。怕载酒重来，红衣半落[17]，狼藉卧风雨。

【注释】

①泰和：金章宗完颜璟年号（1201—1209）。相当于宋宁宗嘉泰元年至嘉定二年。

②大名：府名，今河北大名县一带。

③沁水：县名，今属山西省。梁国用，生平不详，录事判官，州郡官名，掌总录众官署文簿，举弹善恶。

④李用章：名俊明，任金应奉翰林文字，因称内翰。

⑤九窍：九孔。通常称七窍，指眼、耳、口、鼻七孔。此处增以二孔，盖避免与下文“七情”犯重。

⑥三危：仙山名。《山海经·西山》：“三危之山，三青鸟居之。”

⑦七情：《礼·礼运》：“何谓人情？喜、怒、哀、惧、爱、恶、欲，七者弗学而能。”

⑧韩偓：晚唐诗人。其诗多写艳情，号香奁体，有《香奁集》一卷。

⑨莲根：即藕。以上三句丝谐思，莲谐怜，皆为谐音双关语。

⑩脉脉：含情不语貌。《古诗十九首》：“盈盈一水间，脉脉不得语。”

⑪鸳鸯浦：中有鸳鸯的河流。此指上文中的陂池。

⑫谢客烟中：《嘉泰会稽志》卷十载越中渔者杨氏有女，谢生求娶焉，遂偶之，不久瞑目而逝。后一年，江上烟花溶曳，见此女立于江中，人称“烟中怨”。南朝宋谢灵运小字“客儿”，人称谢客，此当借指上述谢生。

⑬湘妃江上：相传虞舜南巡苍梧，其妃娥皇、女英追之不及，溺于湘江，遂为湘江之神，称为湘妃。

⑭相思树：《搜神记》：“宋康王舍人韩凭娶妻何氏，美。康王夺之，凭自杀，妻投台而死。里人埋之，冢相望也。宿昔有大梓木生于二冢之端，有鸳鸯各一，恒栖树上，交头悲鸣，音声感人。宋人哀之，遂号其木曰相思树。”

⑮“无端”句：贺铸《芳心苦》：“当年不肯嫁春风，无端却被秋风误。”

⑯兰舟：木兰制成之舟。船之美称。

⑰红衣：荷花。贺铸《芳心苦》：“断无蜂蝶慕幽香，红衣脱尽芳心苦。”

鹧鸪天

只近浮名不近情，且看不饮更何成。三杯渐觉纷华近[1]，一斗都浇磈磊平[2]。　　醒复醉，醉还醒。灵均憔悴可怜生[3]。离骚读杀浑无味[4]，好个诗家阮步兵[5]。

【注释】

①纷华：繁华盛丽。《史记·礼书》："自子夏，门人之高弟也，犹云'出见纷华盛丽而说（悦），入闻夫子之道而乐，二者心战，未能自决'。"

②磈磊：犹磊块，谓心中抑郁不平之气如垒积的石块。《世说新语·任诞》云："阮籍胸中垒块，故须酒浇之。"

③"醒复醉"三句：灵均，屈原字灵均。《史记·屈原列传》谓屈原被放，"至于江滨，被发行吟泽畔，颜色憔悴，形容枯槁"。又曾与渔父论醉与醒，渔父曰："众人皆醉，何不餔其糟而啜其醨。"

④离骚：屈原所作长诗。浑：全然。

⑤阮步兵：三国魏人阮籍，曾为步兵校尉。《晋书》本传称"嗜酒能啸，善弹琴，当其得意。忽忘形骸，时人多谓之痴……作《咏怀诗》八十余篇，为世所重。"

清平乐　太山上作[1]

江山残照，落落舒清眺[2]，涧壑风来号万窍[3]，尽入长松悲啸。　　井蛙瀚海云涛，醯鸡日远天高[4]。醉眼千峰顶上，世间多少秋毫[5]！

【注释】

①太山：即泰山，在今山东泰安市。

②落落：清晰貌。清眺：谓远眺甚清。

③万窍：自然界孔隙。《庄子·齐物论》："夫大块噫气，其名为风。是唯无作，作则万窍怒号。"

④"井蛙"二句：词人登山纵览，自喻如井蛙见到大海云涛、醯鸡见到天上太阳。语本《庄子·秋水》："井蛙不可以语于海

者，拘于虚也。”又《庄子·田子方》：“（孔）丘之于道也，其犹醯鸡欤？微（没有）夫子（指老子）之发吾伏也，吾不知天地之大全也。”醯（xī）鸡是醋瓮中的蠛蠓（一种小虫），伏是盖子。

⑤秋毫：《庄子·齐物论》：“天下莫大于秋毫之末，而太（泰）山为小。”

清平乐

离肠宛转，瘦觉妆痕浅。飞去飞来双语燕，消息知郎近远[①]。　楼前小雨珊珊[②]，海棠帘幕轻寒。杜宇一声春去[③]，树头无数青山。

【注释】

①“飞去”二句：语本陈克《谒金门》：“飞来飞去双燕……消息不知郎近远。”况周颐《蕙风词话》卷三云此二句“用冯延巳‘双燕来时，陌上相逢否’句意。彼未定其逢否，此则直以为知，唯消息远近未定耳。好在能变化。”

②珊珊：雨声。白居易《题卢秘书夏日新栽竹》诗：“碧笼烟幂幂，珠洒雨珊珊。”

③杜宇：杜鹃，相传为古蜀帝杜宇之魂所化，故名。暮春时鸣，故云“一声春去”。

玉楼春[①]

惊沙猎猎风成阵[②]，白雁一声霜有信。琵琶肠断塞门秋[③]，却望紫台知远近[④]。　深宫桃李无人问，旧爱玉颜今自恨[⑤]。明妃留在两眉愁，万古春山颦不尽[⑥]。

【注释】

①此词咏昭君出塞。

②猎猎：风声。

③“琵琶”句：谓昭君手抱琵琶出塞和亲。语本晋石崇《王明君辞序》：“昔公主嫁乌孙，令琵琶马上作乐，以慰其道路之思，其送明君亦必尔也。”明君：即昭君，晋代为避司马昭讳改。

④紫台：即紫宫，指汉都长安宫廷。杜甫《咏怀古迹》咏昭君云：“一去紫台连朔漠，独留青冢向黄昏。”

⑤“深宫”二句：谓昭君在汉宫时，不被宠幸，然甚自惜容颜之美。《后汉书·南匈奴传》：“入宫数岁，不得见御，积悲怨。”又云：“昭君丰容靓饰，光明汉宫，顾影徘徊，竦动左右。”

⑥春山：喻眉。颦：皱。此二句谓眉黛含愁无限。

临江仙 自洛阳往孟津道中作①

今古北邙山下路②，黄尘老尽英雄。人生长恨水长东③。幽怀谁共语？远目送归鸿④。　盖世功名将底用⑤？从前错怨天公。浩歌一曲酒千钟。男儿行处是，未要论穷通⑥。

【注释】

①洛阳：今属河南省。孟津，今河南省县名。作者于金宣宗元光初（1222，相当于宋宁宗嘉定十五年）六月至孟津，词作于此前不久。

②北邙山：在洛阳城北，过邙山即为孟津。

③“人生”句：用李煜《相见欢》词成句。

④“远目”句：晋嵇康《赠秀才入京》诗：“目送归鸿，手挥五弦。”

⑤底用：何用。

⑥穷通：指命运的困厄与通达。

水龙吟

素丸何处飞来[①]？照人只是承平旧。兵尘万里，家书三月，无言搔首。几许光阴，几回欢聚，长教分手。料婆娑桂树[②]，多应笑我，憔悴似，金城柳[③]。　不爱竹西歌吹[④]，爱空山，玉壶清昼[⑤]。寻常梦里，膏车盘谷[⑥]，拏舟枋口[⑦]。不负人生，古来唯有，中秋重九[⑧]。愿年年此夕，团栾儿女[⑨]，醉山中酒。

【注释】

①素丸：指明月。素，白色。韩愈《秋怀》诗之九："日月如跳丸。"

②婆娑：枝叶茂盛貌。

③金城柳：金城，在今江苏句容县北。《世说新语·言语》载，东晋桓温北征，经金城，见前次所种柳皆已十围，因叹曰："昔年种柳，依依汉南；今看摇落，凄怆江潭；树犹如此，人何以堪？"

④竹西：在扬州城北。唐杜牧《题禅智寺》诗："谁知竹西路，歌吹是扬州。"

⑤玉壶：南朝宋鲍照《代白头吟》："直如朱丝绳，清如玉壶冰。"

⑥膏车盘谷：唐韩愈《送李愿归盘谷序》："膏吾车兮秣吾马，从子于盘兮，终吾生以徜徉。"盘谷，在今河南济源市北。唐李愿读书隐居于此。

⑦拏舟：指乘船游览。枋口：在济源市。

⑧重九：九月初九重阳节。

⑨团栾：即团圆。《景德传灯录》卷八载庞蕴《偈》云："有男不婚，有女不嫁。大家团栾头，共说无生话。"

木兰花慢 游三台[1]

拥岧岧双阙，龙虎气，郁峥嵘。想暮雨珠帘[2]，秋香桂树，指顾台城[3]。台城，为谁西望，但哀弦、凄断似平生[4]。只道江山如画[5]，争教天地无情？　风云奔走十年兵[6]，惨淡入经营。问对酒当歌，曹侯墓上，何用虚名[7]？青青，故都乔木[8]，怅西陵、遗恨几时平[9]。安得参军健笔，为君重赋芜城[10]。

【注释】

①三台：《初学记》卷八引陆翙《邺中记》："魏武（曹操）于邺城西北立三台，中台名铜雀台，南名金兽（虎）台，北名冰井台。"

②暮雨珠帘：唐王勃《滕王阁》诗："画栋朝飞南浦云，珠帘暮卷西山雨。"

③台城：旧址在今南京鸡鸣寺南，本是东吴后苑，东晋成帝时改建，为朝廷台省和皇宫所在地，中唐后渐衰。此处借指邺城三台。

④哀弦：曹操爱好音乐。《三国志·魏武本纪》注称他："登高必赋，及造新诗，被之管弦，皆成乐章。"

⑤江山如画：张昇《离亭燕》："一带江山如画，风物向秋潇洒。"

⑥十年兵：《三国志》本纪谓曹操自建安九年(204)击败袁尚，至建安十八年(213)被封为魏公，共十年。

⑦对酒当歌：曹操《短歌行》："对酒当歌，人生几何。"

⑧故都：指曹魏首都邺城，故址在今河北临漳县北。

⑨西陵：原为黄帝时国名，此指陵墓。

⑩"安得"二句：鲍照，字明远，南朝宋东海人，临海王刘子顼镇荆州，为前军参军，掌书记，世号鲍参军，扬州经竟陵王之乱，城邑荒芜，鲍照感而作《芜城赋》。